中國古典文學基本叢書

楊炯集箋注

第四册

祝尚書　箋注

中華書局

楊炯集箋注卷九

墓誌

鄘國公墓誌銘〔一〕

永昌元年春二月甲申朔，鄘國公薨〔二〕。公諱柔，字懷順，弘農人也。縣犯太原王廟諱，改爲仙掌焉〔三〕。公即隋煬帝之玄孫、元德太子之曾孫〔四〕、恭帝之孫〔五〕、鄘國公行基之子〔六〕。粤若稽古〔七〕，崇德象賢，統承先王，修其禮物〔八〕。惟丞相保寧西漢〔九〕，惟太尉亮弼東朝，功書王家，澤流後嗣〔一〇〕。亦猶司徒之敬敷五教，殷德日新〔一一〕；后稷之播時百穀，周有大賚〔一二〕。隋高祖昧旦丕顯〔一三〕，齊聖廣淵，皇天眷佑，誕受顧命〔一四〕。恭皇帝遜位明歟，能讓天下，作賓皇室，與國咸休〔一五〕。系承百代之宗，國稱二王之後〔一六〕。

【箋注】

〔一〕墓誌銘，古代墓碑文之一種，刊石埋於墓中。其文體一般分序、銘兩部分，故文心雕龍誄碑曰：「屬碑之體，資乎史才，其序則傳，其文則銘。」前者述其生平事迹，後者讚頌其人品功德。本文首句即云「永昌元年春二月甲申朔，酇國公薨」；後又謂「越某月，葬於某原」，知當作於武則天永昌元年（六八九）二月之後數月間。

〔二〕「酇國公」句，隋書恭帝紀：恭帝義寧二年（六一八，即唐高祖武德元年）五月戊午，「上（恭帝）遜位於大唐，以爲酇國公」。則酇國公乃楊柔嗣恭帝入唐後所賜爵號。

〔三〕「縣犯」二句，元和郡縣志卷二華州華陰縣：「華陰，（漢）屬弘農郡，後魏屬華州。隋大業五年（六〇九）移於今理。垂拱元年（六八五）改曰仙掌，尋復舊名。」舊唐書地理志：華陰縣，「垂拱二年改爲仙掌縣，……神龍元年（七〇五）復爲華陰」。則改縣名有垂拱元年、二年之異。按唐會要卷六八、新唐書地理志皆謂「元年」改，「二年」疑誤。所謂廟諱，指武則天諱其父武士彠，「彠」、「華」音近。

〔四〕「元德太子」句，隋書煬三子傳：「元德太子昭，煬帝長子也。」大業元年（六〇五）立爲太子，未幾薨。

〔五〕「恭帝」句，隋書恭帝紀：「恭皇帝諱侑，元德太子之子也。」義兵入長安，立爲帝，後遜位於唐，封酇國公。「武德二年（六一九）夏五月崩，時年十五。」

〔六〕「鄭國公」句，資治通鑑卷一八七：武德二年八月（與上引五月異，不詳孰是）丁酉，「鄭公薨，謚曰隋恭帝。無後，以族子行基嗣」。則楊行基乃恭帝假子，行基及其子楊柔是否系出元德太子，亦存疑。

〔七〕「粤若」句，粤，助詞，義同「曰」。尚書堯典：「曰若稽古。」僞孔傳：「若，順；稽，考也。」古，謂古時傳説。

〔八〕「崇德」三句，尚書微子之命：「惟稽古，崇德象賢，統承先王，修其禮物。」僞孔傳釋首句曰：「惟考古典，有尊德象賢之義，言今法之。」又釋「統承」二句曰：「言二王之後，各修其典禮，正朔服色，與時王并通三統。」

〔九〕「惟丞相」句，丞相，指楊敞。漢書楊敞傳：「楊敞，華陰人也，給事大將軍莫府，爲軍司馬。霍光愛厚之，稍遷至大司農。……後遷御史大夫，代王訢爲丞相，封安平侯。」預廢昌邑王、立宣帝之謀。「宣帝即位月餘，敞薨，謚曰敬侯。」

〔一〇〕「惟太尉」三句，太尉，指楊震，東朝，東漢也。後漢書楊震傳：「楊震，字伯起，弘農華陰人也。……高祖敞，昭帝時爲丞相，封安平侯。」震少好學，「年五十乃始仕州郡，大將軍鄧騭聞其賢而辟之。舉茂才，四遷荆州刺史、東萊太守」。永寧元年（一二〇），代劉愷爲司徒。延光二年（一二三），代劉愷爲太尉。震立朝正直，爲奸臣所誣，飲酖自殺。後嗣，「後」原作「后」，誤，據英華卷九三五、全唐文卷一九六改。

〔一一〕「亦猶」二句，司徒，指契，殷之始祖。尚書舜典：「帝（舜）曰：『契！百姓不親，五品不遜。汝作司徒，敬敷五教，在寬。』」僞孔傳：「五品，謂五常；遜，順也。」又曰：「布五常之教，務在寬，所以得人心，亦美其前功。」舜典又曰：「愼徽五典，五典克從。」僞孔傳：「五典，五常之教：父義、母慈、兄友、弟恭、子孝。」同書咸有一德：「今嗣王新服厥命，惟新厥德；終始惟一，時乃日新。」僞孔傳：「其命王命新其德，戒勿怠。言德行終始不衰殺，是乃日新之義。」

〔一二〕「后稷」二句，后稷，即棄，周之始祖。尚書舜典：「帝（舜）曰：『棄！黎民阻饑，汝后稷，播時百穀。』」僞孔傳：「阻，難；播，布也。衆人之難在於饑，汝后稷布種是百穀以濟之，美其前功以勉之。」同上武成：「大賚於四海，而萬姓悦服。」僞孔傳：「施捨己責，救乏賙無，所謂周有大賚，天下皆悦仁服德。」賚，賜予。以上由漢代楊敞、楊震遠推至契、棄，皆言楊氏先人功德深厚。

〔一三〕「隋高祖」句，隋高祖，即隋文帝楊堅（五四一—六〇四），弘農郡華陰人。北周時拜驃騎大將軍，封大興郡公，進位大將軍。後滅周建立隋朝，統一中國。事迹詳隋書高祖紀。左傳昭公三年：「至讒鼎之銘曰：『昧旦丕顯，後世猶怠。』」杜預注：「昧旦，早起也。丕，大也。言夙興以務大顯，後世猶解怠。」

〔一四〕「齊聖」三句，尚書微子之命：「嗚呼！乃祖成湯克齊聖廣淵，皇天眷佑，誕受厥命。」僞孔傳：「言汝祖成湯能齊德聖達，廣大深遠，澤流後世。大天眷顧，湯佑助之，大受其命。謂天命。」

〔一五〕「作賓」二句，尚書微子之命：「作賓於王家，與國咸休，永世無窮。」僞孔傳：「爲時王賓客，與時皆美，長世無竟。」此指恭帝讓位於唐。

〔一六〕「國稱」句，二王，指夏、商，見上注引尚書微子之命。此以由殷入周之微子，喻由隋入唐之楊柔。

公山河積氣，清白餘基。孝友著於閨門，信義行於邦國。縱心妙用，不出户庭〔一〕；覃思典墳，不窺園圃〔二〕。及其上公傳位，命服居前，有怵惕之心，無驕矜之色。漢之平帝，猶封魯侯〔三〕；宋之戴公，尚聞商頌〔四〕。大唐貴爲辰極，富有寰瀛〔五〕。用三王之禮，以同天地；奏八代之樂，以答神祇〔六〕。郊上玄，定泰畤〔七〕。金繩玉匣，日觀登封〔八〕；左箇西偏，明堂布政〔九〕。未嘗不虞賓在列，周客來庭，禮秩尊於百僚，贊拜絶於群后〔一〇〕。猶能小心畏懼，恪慎肅恭〔一一〕。上帝時歆，下民祇協，以爲藩屏〔一二〕，以訓子孫。稟命不融，享年五十有五，嗚呼哀哉！越某月，葬於某原。嗣子某官，生盡其孝，死盡其哀〔一三〕。學不替於爲喪，禮有踰於鑽燧〔一四〕。卜其宅兆，俾無後艱〔一五〕；述其家風，謂之不朽〔一六〕。

【箋注】

〔一〕「縱心」二句，張衡歸田賦：「苟縱心於物外，安知榮辱之所如。」則縱心，謂潛心也。王符潛夫論卷一贊學：「景君明經年不出户庭，得鋭精其學。」

〔二〕「不窺」句，漢書董仲舒傳：「董仲舒，廣川人也。少治春秋。孝景時爲博士，下帷講誦，弟子傳以久次相授業，或莫見其面，蓋三年不窺園，其精如此。」顔師古注：「雖有園圃，不窺視之，言專學也。」

〔三〕「漢之平帝」二句，猶封魯侯，原作「猶敬劉歆」，各本同，英華卷九三五校：「集作猶封魯侯。」按：「猶敬劉歆」與此處文意不符，「猶封魯侯」是，據所校集本改。漢書平帝紀：元始元年（公元一年），「封周公後公孫相如爲褒魯侯」。兩句謂漢代尚能尊崇古帝王聖人後裔。

〔四〕「宋之戴公」二句，史記宋微子世家：周滅殷之後，以微子奉其先祀，封於宋。「微子開卒，立其弟衍，是爲微仲。」傳至惠公，「惠公四年（前八二七），周宣王即位。三十年（前八〇一），惠公卒，子哀公立。哀公元年（前七九九）卒，子戴公立。戴公二十九年（前七七一），周幽王爲犬戎所殺」。太史公曰：「襄公之時，修行仁義，欲爲盟主。其大夫正考父美之，故追道契、湯、高宗，殷所以興，作商頌。」集解（裴）駰案：「韓詩商頌章句亦美襄公。」索隱：「今按：毛詩商頌序云：『正考父於周之太師得商頌十二篇，以那爲首。』國語亦同此説。今五篇存，皆是商家祭祀樂章，非考父追作也。又考父佐戴、武、宣，則在襄公前且百許歲，安得述而美之？斯謬説耳。」所辨是。宋，原作「魯」。按史記宋微子世家，宋爲齊、衛、楚所滅，三分其地，宋與魯終不相干。此稱「魯之戴公」，非，四庫全書本已改「魯」爲「宋」，是，據改。

〔五〕「大唐」二句，辰極，論語爲政：「子曰：爲政以德，譬如北辰，居其所而衆星共之。」文選嵇康琴賦：「參辰極而高驤。」李善注引爾雅曰：「北極，北辰也。」代指皇位。寰瀛，寰宇、瀛海，泛指天下。

〔六〕「用三王」四句，文選陸機辯亡論上：「於是講八代之禮，蒐三王之樂。」李善注：「八代，三皇五帝也。杜預左氏傳注曰：『蒐，閱也。』蒐與搜古字通。三王，夏、殷、周也。」此禮、樂與陸機所言不同，互文也。

〔七〕「郊上玄」二句，文選揚雄甘泉賦：「惟漢十世，將郊上玄，定泰畤，雍神休，尊明號。」李善注：「十世，成帝也。上玄，天也。……言將祭泰畤，冀神擁佑之以美祥，因尊己之明號也。」此以漢事言唐之典禮。

〔八〕「金繩」二句，指唐高宗乾封元年（六六六）初東封泰山事，前已屢注。

〔九〕「左个」二句，个，正堂兩邊之側室。吕氏春秋卷一孟春紀：「天子居青陽左个。」高誘注：「青陽者，明堂也，中方外圜，通達四出，各有左右房，謂之个，猶隔也。東出謂之青陽，南出謂之明堂，西出謂之總章，北出謂之玄堂。」高宗生前嘗多次議建明堂，然未動工。舊唐書則天皇后紀：垂拱四年（六八八）春二月，「毁乾元殿，就其地造明堂」。此即指其事。

〔一〇〕「未嘗」四句，周禮春官大司樂：「以六律、六同、五聲、八音、六舞大合樂，以致鬼神示，以和邦國，以諧萬民，以安賓客，以説遠人，以作動物。」鄭玄注引虞書云：「夔曰：戛擊鳴球，搏拊琴瑟以詠，祖考來格，虞賓在位，群后德讓。」孔穎達正義：「虞賓在位者，謂舜以爲賓，即堯後丹朱也。云群后德讓者，謂諸侯助祭者以德讓。」則虞賓、周客，指前朝帝王後代。此喻指楊柔，謂其在唐朝廷行大典禮時，禮秩、贊拜皆高於所有官僚。後，英華、四子集作「彥」，英華校：「集作后。」作「彥」誤。后，此泛指王侯大臣。

〔一一〕「恪慎」句，尚書微子之命：「王若曰：『……爾惟踐修厥猷，昭聞遠近，恪慎克孝，肅恭神人。予嘉乃德，曰篤不忘。』」僞孔傳：「言微子敬慎能孝，嚴恭神人，故我善汝德，謂厚不可忘。」

〔一二〕「上帝」三句，民，原作「人」，避唐諱，徑改。尚書微子之命：「王若曰：『……上帝時歆，下民祗協，……慎乃服命，率由典常，以蕃王室。』」僞孔傳：「孝恭之人，祭祀則神歆享，施令則人敬和。……慎汝祖服命數，循用舊典，無失其常，以蕃屏周室。」以上數句，皆以微子擬楊柔。

〔一三〕「生盡」二句，孝經喪親章：「生事愛敬，死事哀慼，生民之本盡矣，死生之義備矣，孝子之事親終矣。」英華於「孝」字下校：「集作養。」又於「死」字下校：「集作没。」皆可通。

〔一四〕「禮有」句，論語陽貨：「宰我問：『三年之喪期已久矣。君子三年不爲禮，禮必壞；三年不爲樂，樂必崩。舊穀既没，新穀既升，鑽燧改火，期可已矣。』子曰：『食夫稻，衣夫錦，於女安乎？』曰：『安。』『女安，則爲之。君子之居喪，食旨不甘，聞樂不樂，居處不安，故不爲也。今女安，則爲之！』宰我出，子曰：『予之不仁也。子生三年，然後免於父母之懷。夫三年之喪，天下之通喪也，予也有三年之愛於其父母乎？』」何晏集解引馬（融）曰：「周書月令有更火之文：春取榆柳之火，夏取棗杏之火，季夏取桑柘之火，秋取柞楢之火，冬取槐檀之火。一年之中，鑽火各異木，故曰改火也。」句謂其子不拘「改火」之説，而超過喪禮之規定。

〔一五〕「卜其」二句，舊唐書呂才傳：「呂才，博州清平人也。少好學，善陰陽方伎之書。」累遷太常博士。太宗令刊正陰陽書。「呂才與學者十餘人共加刊正，削其淺俗，存其可用者勒成五十三卷，并舊書四十七卷。（貞觀）十五年（六四一）書成，詔頒行之。」其叙葬經云：「孝經云：卜其宅兆而安厝之。以其顧復事畢，長爲感慕之所；窀穸禮終，永作魂神之宅。朝市遷變，不得豫測於將來；泉石交侵，不可先知於地下。是以謀及龜筮，庶無後艱，斯乃備於慎終之禮，曾無吉凶之義。」謂當卜葬也。

〔一六〕「述其」二句，家風，謂宗祖之德。用潘岳作家風詩事，見前唐上騎都尉高君神道碑「叙潘岳之家風」句注引世説新語。左傳襄公二十四年：「太上有立德，其次有立功，其次有立言，雖久不廢，此之謂不朽。」

其銘曰：

有客有客，乘殷之馬〔一〕。建于上公，尹兹東夏〔二〕。有客有客，乘殷之輅〔三〕。作賓王家，率由典故〔四〕。天之蒼蒼，人之云亡〔五〕。柏櫝成行〔六〕，魂歸故鄉。

【箋　注】

〔一〕「有客」二句，詩經周頌有客小序：「有客，微子來見祖廟也。」鄭玄箋：「成王既黜殷命，殺武庚，命微子代殷後。既受命，來朝而見也。」詩曰：「有客有客，亦白其馬。有萋有且，敦琢其旅。」毛傳：「殷尚白也。亦亦，周也。」鄭玄箋：「有客有客，重言之者，異之也。亦亦，武庚也。武庚爲二王後，乘殷之馬，乃叛而誅，不肖之甚也。今微子代之，亦乘殷之馬，獨賢而見尊異，故言亦。」孔穎達疏：「亦白其馬，意以殷尚白故也。檀弓曰：殷人戎事乘翰，翰，白色馬。雖戎事乘之，亦以所尚，故白言『亦白其馬』，則是一代所尚。宜以代相亦，故云亦亦，周也。」

〔二〕「建于」二句，尚書微子之命：「上帝時歆，下民祇協。庸建爾于上公，尹兹東夏。」僞孔傳：「孝恭之人祭祀，則神歆享，施令，則人敬和。用是封立汝于上公之位，正此東方華夏之國。宋在京師東。」按：以上二句，以微子代殷後封宋以擬楊柔，言其有德，故嗣封鄺國公。

〔三〕「乘殷」句，論語衛靈公：「顏淵問爲邦。子曰：行夏之時，乘殷之輅，服周之冕。」何晏集解引馬（融）曰：「殷車曰大輅。左傳曰：『大輅越席，昭其儉也。』」孔穎達正義：「乘殷之輅者，殷車曰大輅，謂木輅也。取其儉素，故使乘之。」

〔四〕「作賓」二句，尚書微子之命：「欽哉！往敷乃訓，慎乃服命，率由典常，以蕃王室。」僞孔傳：「敬哉，敬其爲君之德，往臨人布汝教訓，慎汝祖服命數，循用舊典，無失其常，以蕃屏周室，戒之。」

〔五〕「人之」句，云亡，原作「亡亡」，誤，據英華、全唐文改。

〔六〕「柏櫝」句，柏櫝，柏樹、櫝樹（即楸樹）。柏櫝成行，謂墓周所植柏、櫝甚多，見前唐上騎都尉高君神道碑「松櫝成行」句注。

常州刺史伯父東平楊公墓誌銘〔一〕

楊氏之先，其來尚矣。在皇爲皇軒〔二〕，在帝爲帝嚳〔三〕，在王爲周武〔四〕，在霸爲晉文〔五〕：此之謂不朽〔六〕。西京爲丞相〔七〕，東漢爲司徒〔八〕，魏室爲九卿〔九〕，晉朝爲八座〔一〇〕：此之謂世禄〔一一〕。

【箋　注】

〔一〕題目，英華卷九五〇無「伯父東平」四字，校：「集作伯父東平楊公。」按文載墓主楊德裔卒於文明元年（六八四）夏四月，「越垂拱元年（六八五）春二月某日，與夫人隴西李氏合葬於某原」，則本文當作於此時段内。

〔二〕「在皇」句，皇軒，即黄帝軒轅氏。後世稱楊氏出自周，而周之始祖后稷爲姬姓，母姜原乃帝嚳元妃（詳下注）。按史記五帝本紀：「帝嚳高辛氏，黄帝之曾孫也。」故謂楊氏在皇爲皇軒。

〔三〕「在帝」句，新唐書宰相世系表稱「楊氏出自姬姓」。按史記周本紀曰：「周后稷，名棄，其母有邰氏女，曰姜原。姜原爲帝嚳元妃。」帝堯舉棄爲農師，帝舜封棄於邰，「號曰后稷，別姓姬氏」，故云。

〔四〕「在王」句，楊氏出於姬姓，一説乃晉之後（詳下注），而晉之始祖乃周武王子唐叔虞，故云。史記晉世家：「晉唐叔虞者，周武王子，而成王弟。……成王與叔虞戲，削桐葉爲珪，以與叔虞，曰：『以此封若。』史佚因請擇日立叔虞。成王曰：『吾與之戲爾。』史佚曰：『天子無戲言，言則史書之，禮成之，樂歌之。』於是遂封叔虞於唐。唐在河、汾之東，方百里，故曰唐叔虞，姓姬氏，字子於。唐叔子燮，是爲晉侯。」周武，英華作「武王」，校：「集作周武。」按：周武，即周武王，義同。

〔五〕「在霸」句，史記晉世家：唐叔虞子燮爲晉侯。傳至文侯仇，文侯卒，子昭侯伯立。昭侯伯封文侯弟成師於曲沃，而曲沃邑大於晉君都邑翼，晉遂分爲兩支。曲沃武公伐晉侯緡，滅之，周釐王命武公爲晉君，列爲諸侯。其子獻公詭諸立。獻公殺太子申生，又趣殺公子重耳，重耳遂出亡。十九年後返國，即位爲晉君，是爲文公，終爲諸侯霸。「在霸爲晉文」指此。按新唐書宰相世系表云：「楊氏出自姬姓，周宣王子尚父封爲楊侯。一云晉武公子伯僑生文，文生突，羊舌大夫也。又云晉之公族，食邑於羊舌，凡三縣，一曰銅鞮，二曰楊氏，三曰平陽。突生職，職五子：赤、肹、鮒、虎、季夙。赤字伯華，爲銅鞮大夫，生子容。肹字叔向，亦曰叔譽。鮒字叔魚，虎字叔羆，號羊舌四族。叔向，晉太傅，食采楊氏，其地平陽楊氏縣是也。叔向生伯石，字食我，以邑爲氏，號曰楊石，黨於祁盈。盈得罪於晉，并滅羊舌氏，叔向子孫逃於華山仙谷，遂居華陰。」（引者按：上述史實，散見左傳。）則華陰楊氏，乃晉大夫叔向之後，故謂楊氏「在霸爲晉文」也。

〔六〕「此之謂」句，左傳襄公二十四年：「春，穆叔（按：即叔孫豹，謚穆叔，魯大夫）如晉。范宣子逆之，問焉，曰：『古人有言曰：死而不朽，何謂也？』穆叔未對，宣子曰：『昔匄之祖，自虞以上爲陶唐氏，在夏爲御龍氏，在商爲豕韋氏，在周爲唐杜氏，晉主夏盟爲范氏，其是之謂乎？』」

〔七〕「西京」句，西京，即長安，此代指西漢。丞相，指楊敞。楊敞，華陰人，漢昭帝時爲丞相，封安平侯。詳見前鄭國公墓誌銘「惟丞相保寧西漢」句注引漢書楊敞傳。

〔八〕「東漢」句，司徒，指楊震。楊震，字伯起，楊敞乃其高祖。安帝永寧元年（一二〇），代劉愷爲司徒。詳見前鄭國公墓誌銘「惟太尉亮弼東朝」句注引後漢書楊震傳。

〔九〕「魏室」句，九卿，指楊阜。三國志魏書楊阜傳：「楊阜，字義山，天水冀人也。」以討馬超、平定隴右功封關内侯。「太祖征漢中，以阜爲益州刺史。還，拜金城太守，未發，轉武都太守」。明帝時遷將作大匠，又遷少府。「上疏欲省宫人諸不見幸者，乃召御府吏問後宫人數，吏守舊令，對曰：『禁密不得宣露。』阜怒杖吏一百，數之曰：『國家不與九卿爲密，反與小吏爲密乎？』帝聞而愈敬憚阜。」按，少府，乃九卿之一。

〔一〇〕「晉朝」句，八座，通典卷二二歷代尚書附八座：「後漢以六曹尚書（按：三公曹尚書二人，吏曹、二千石曹、民曹、客曹尚書各一人）并令、僕二人，謂之八座。魏以五曹（按：吏部、左民、客曹、五兵、度支）尚書、二僕射、一令（按：尚書令）爲八座，宋、齊八座與魏同。」未述晉，然晉承魏制，其八座當亦同。晉爲八座者，當指楊珧。晉書楊駿傳：「楊駿，字文長，弘農華陰人也。」據同書楊珧傳，珧乃楊駿弟，「字文琚，歷位尚書令、衛將軍，素有名稱，得幸於武帝」。

〔一一〕「此之謂」句，上注引左傳襄公二十四年范宣子稱其祖先歷代尊顯，可謂「死而不朽」。穆叔曰：「以豹所聞，此之謂世禄，非不朽也。（叔孫）豹聞之：太上有立德，其次有立功，其次有立言，雖久不廢，此之謂不朽。」世禄，世代令禄。世，原作「代」，避唐諱，全唐文卷一九五已改，茲從之。

公諱德裔，字德裔，弘農華陰人也。即常州刺史華山公之元孫〔一〕，左衛將軍武安公之長子〔二〕。生而岐嶷〔三〕，代不乏賢。事親以孝聞，在鄉黨恂恂如也〔四〕。始以父任，爲太子左千牛備身〔五〕。轉秀容、華亭、福昌、雒四縣令〔六〕。詔封東平公，策勳上柱國〔七〕。是時也，天子仄席求賢，勵精爲化，以公屈臨小縣，焉用牛刀〔八〕，處治中、別駕之任，方展其驥足耳〔九〕。擢拜潁州、幽州二司馬〔一〇〕。寬以濟猛〔一一〕，嚴而不殘。每行縣録囚徒，其所平反者十八九。詔徵尚書郎、御史中丞〔一二〕。謇謇亮直〔一三〕，有王臣之節。尋以公事去官〔一四〕，復拜饒州、括州、越州都督府三州長史〔一五〕。在會稽，引陂水溉田數千頃，人獲其利，于今稱之焉。遷棣、曹、恒、常四州刺史〔一六〕。歷政清白，爲當時所重。於是覽先賢之言，知止足之分，罷歸初服，告老私庭。乃率群從子弟，營別業於宜神鄉之望仙里〔一七〕。其制宅也，宗廟爲先，廄庾爲次，居室爲後〔一八〕。喟然而言曰：古人所謂「歌於斯，哭於斯，聚國族於斯」者，吾知之矣〔一九〕。維文明元年夏四月某日〔二〇〕，薨於正寢，春秋八十有五。嗚呼哀哉！

【箋注】

〔一〕「即常州」句，華山公，楊初封號。楊炯從弟去盈墓誌銘（見本卷後）曰：「曾祖諱初，周大將軍，隋宗正卿、常州刺史、順陽公，皇朝左光禄大夫、華山郡開國公、食邑本鄉二千五百户。」

〔二〕「左衛」句，左衛將軍，唐六典卷二四諸衛左右衛：「將軍各二人，從三品。左右衛大將軍、將軍之職，掌統領宮庭警衛之法令，以督其屬之隊仗，而總諸曹之職務。」按：武安公即華山郡公楊初之子楊虔威，亦即楊炯祖父。

〔三〕「生而」句，詩經大雅生民：「誕實匍匐，克岐克嶷，以就口食。」毛傳：「岐，知意也；嶷，識也。」鄭玄箋：「能匍匐則岐岐然意有所知也，其貌嶷嶷然有所識別也。」言早慧。

〔四〕「在鄉黨」句，論語鄉黨：「孔子於鄉黨，恂恂如也，似不能言者。」何晏集解引王（肅）曰：「恂恂，温恭之貌。」

〔五〕「始以」句，左千牛備身，武職名，太子左内率府侍奉官。其職名來歷，詳見前後周明威將軍梁公神道碑「隋左千牛備身」句注。千牛備身之職事，可由唐六典卷二八太子左右内率府窺得：「左右内率府之職，掌東宫千牛備身侍奉之事，而主其兵仗，總其府事，而副率爲之貳。以千牛執細刀弓箭，以備身宿衛侍從，以主仗守、戎服、器物。凡皇太子坐朝，則領千牛備身之屬升殿；若射於射宫，則率領其屬以從，位定，千牛備身奉細弓及矢。」父，英華校：「父字集作文。」誤。

〔六〕「轉秀容」句，元和郡縣志卷一四忻州秀容縣：「本漢陽曲縣地，屬太原郡。後漢末於此置九原縣，屬新興郡。後魏莊帝於今縣東十里置平寇縣。隋開皇十八年（五九八），於此置忻州，又於今縣西北五十里秀容故城移後魏明元所置秀容縣於今理，屬忻州。國朝因之。」故治在今山西忻州市西北五十里。華亭，同上書卷二一隴州華亭縣：「本秦涇陽縣地，大業元年（六〇五）置華亭縣，以在華亭川口，故名。」今屬甘肅平凉市。福昌，同上書卷五河南府福昌縣：「古宜陽地。……隋義寧二年（六一八），於此置宜陽郡。武德元年（六一八）改爲穀州，改宜陽縣爲福昌縣，取縣西隋宫爲名。顯慶二年（六五七）廢穀州，以縣屬河南府。」今爲河南宜陽縣。雒縣，同上書卷三一漢州雒縣：「本漢舊縣也，屬廣漢郡，縣南有雒水，因以爲名。隋開皇三年（五八三）屬益州，垂拱二年（六八六）割屬漢州。」治今四川廣漢市。

〔七〕「詔封」二句，東平爲鄆州。元和郡縣志卷一〇鄆州：「漢爲東平國，屬兖州。……宋及後魏并爲東平郡。」則東平公，當即東平郡公。東平郡故址，在今山東東平縣。上柱國，唐六典卷二尚書吏部：「凡勳十有二等，十二轉爲上柱國，比正二品。」詔，英華作「制」，校：「集作詔。」皆通。按舊唐書則天皇后紀：載初元年（六八九）春正月，「政詔書爲制書」。

〔八〕「焉用」句，論語陽貨：「子之武城，聞絃歌之聲。夫子莞爾而笑，曰：『割雞焉用牛刀？』」何晏集解引孔（安國）曰：「言治小何須用大道。」意謂大才小用。

〔九〕「處治中」二句，治中、别駕，漢官名，主衆曹文書，即唐之長史、司馬，前已屢注。三國志蜀書龐統傳：「先主（劉備）領荆州，統以從事守耒陽令，在縣不治，免官。吴將魯肅遺先主書曰：『龐士元非百里才也，使處治中、别駕之任，始當展其驥足耳。』」

〔一〇〕「擢拜」句，元和郡縣志卷七潁州：「春秋胡子國，楚滅之。秦并天下，爲潁川郡之地，在漢則汝南郡之汝陰縣也。魏晉於此置汝陰郡。……武德四年（六二一）討平王世充，於汝陰縣西北十里置信州，六年，改爲潁州，移於今理。」治所在今安徽阜陽。幽州，舊唐書地理志二：「幽州，領薊、良鄉、潞、涿、固安、雍奴、安次、昌平等八縣。」治今河北涿州及北京市部份地區。潁，英華作「穎」，誤。

〔一一〕「寬以」句，濟，原作「制」，據英華、四子集、全唐文改。

〔一二〕「詔徵」句，尚書郎，唐六典卷一尚書省：「左司郎中一人、右司郎中一人，并從五品上。……左右司郎中、員外郎，各掌付十有二司之事。」楊德裔爲左司抑或右司，不得而詳。同書卷一三御史臺：「中丞二人，正五品。」御史中丞爲御史大夫之貳，「凡天下之人有稱冤而無告者，與三司詰之」。按唐會要卷六一「龍朔二年（六六二）三月，鐵勒道行軍大總管鄭仁泰、薛仁貴殺降九十餘萬，更就磧北討其餘衆，遇大雪，兵士糧盡，凍餓死者十八九。御史大夫楊德裔劾奏曰『謹按仁泰猥以非才，謬荷拔擢，擁旌瀚海，問罪天山』」云云，知楊德裔爲御史中丞，在高宗龍朔初，謂其爲「御史大夫」蓋誤。又宋馬永易實賓録卷七載：「唐楊德裔拜御史中丞，性遲淡。嘗因朝會舞，舉袖舒回，發聲遲緩，久而不輟。列侍相顧，忍笑不禁，西臺舍人杜範固號爲『安穩朝』。」乃德裔爲中丞時逸事。

〔一三〕「謇謇」句，楚辭屈原離騷：「余固知謇謇之爲患兮。」王逸注：「謇謇，忠貞貌也。易曰：『王臣謇謇，匪躬之故。』」亮直，耿直。亮，英華、全唐文作「諒」，英華校：「集作亮。」皆通。

〔一四〕「尋以」句，據下文銘詞「士師三黜」句，此所謂「去官」，實爲貶謫，所言「公事」不詳。

〔一五〕「復拜」句，謂爲饒州、括州、會稽都督府所管越州三州長史（饒、括二州無都督府）。元和郡縣志卷二八饒州：「本秦鄱陽縣也，屬九江郡。……隋開皇九年（五八九）平陳，改鄱陽爲饒州。」今爲江西景德鎮市。同書卷二六處州：「春秋爲越國。……晉立爲永嘉郡，梁、陳因之。隋開皇九年（五八九）平陳，改永嘉爲處州。……武德四年（六二一）討平李子通，復立括州，仍置總管府，七年改爲都督府，貞觀元年（六二七）廢府。」治今浙江麗水。同上越州（會稽都督府）：「武德四年（六二一）討平李子通，置越州總管。六年陷輔公祏。七年平定公祏，改總管爲都督。」今爲浙江紹興市。長史，據唐六典卷三〇，上州長史一人，從五品上；中都督府長史一人，正五品上。

〔一六〕「遷棣、曹」句，元和郡縣志卷一七棣州：「春秋爲齊地。……秦并天下，爲齊郡。漢爲平原、渤海、千乘三郡地。……隋開皇十七年（五九七），割滄州陽信縣置棣州。大業二年（六〇六）廢入滄州。武德四年（六二一）又置棣州，六年又廢。貞觀十七年（六四三）又置，移於厭次縣，即今州理是也。」治今山東陽信縣西南。同書卷一一曹州：「周爲曹國之地，後屬於宋。「宣帝甘露二年（前五二），更名定陶。……後魏於定陶城置西兖州，周武帝改西兖州爲曹州，取曹國爲名也。隋大業三年（六〇七）改爲濟陰郡，隋亂陷賊。武德四年平孟海公，復爲曹州。」轄今山東菏澤、曹縣、成武、東明及河南蘭考、民權等地。恒州，地在今河北正定縣，見前唐恒州刺史建昌公王公神道碑注。常州，今屬江蘇。

〔一七〕「營別業」句，別業，即別墅。宜神鄉望仙里，按楊炯伯母東平郡夫人李氏墓誌銘，稱其伯父楊德裔之妻李氏卒於「華陰之望仙里」，則望仙里當爲華陰縣宜神鄉地名。「宜」字下，英華、四子集有「城」字，英華校：「集無此字。」當衍。

〔一八〕「宗廟」三句，庾，英華、四子集、全唐文作「庫」，義同。詩經大雅緜：「乃召司空，乃召司徒，俾立室家。其繩則直，縮版以載，作廟翼翼。」僞孔傳：「君子將營宫室，宗廟爲先，廄庫爲次，居室爲後。」

〔一九〕「古人」三句，禮記檀弓下：「晉獻文子成室，晉大夫發焉。張老曰：『美哉輪焉，美哉奂焉。歌於斯，哭於斯，聚國族於斯。』文子曰：『武（按：趙文子名）也得歌於斯，哭於斯，聚國族於斯，是全要領以從先大夫於九京也。』北面再拜稽首。」鄭玄注：「祭祀、死喪、燕會於此足矣。全要領者，免於刑誅也。晉卿大夫之墓地在九原，京蓋字之誤，當爲原。」兹姑仍舊。

〔二〇〕「維文明」句，文明，唐睿宗李旦年號。文明元年爲公元六八四年。

公簡貴不交流俗，非禮不動，非禮不行〔一〕，望之儼然，聽其言也厲。博觀史籍，不學書生尋章摘句而已〔二〕。至於臺閣舊事〔三〕，法令科條，莫不成誦在心，若指諸掌。凡爲尚書郎二年〔四〕，御史中丞滿歲，宰民者四縣，上佐及專城者九州〔五〕。盛德形容，被於歌詠〔六〕；門生故吏，遍於天下。永淳二年，輿駕幸東都，召見公於金城頓〔七〕，訪以得失。公採摭群言〔八〕，悉心以對，高宗嗟嘆者良久，賜几杖粟帛，鄉里榮之。一子令珍，早亡，朝夕温清者四女。公慨然有喪明之痛〔九〕，因不豫彌留〔一〇〕，遺命以弟之子神毅爲後。越垂拱元年春二月某日，與夫人隴西李氏合葬於某原，禮也。遠近會葬千餘人，操筆而爲誄者以百數。嗚呼哀哉！

【箋注】

〔一〕「非禮」二句，禮記中庸：「齊明盛服，非禮不動，所以修身也。」漢書董仲舒傳：「進退容止，非禮不行。」

〔二〕「博觀」二句，三國志吴書孫權傳裴松之注引吴書：「（趙）咨，字德度，南陽人。博聞多識，應對辯捷。權爲吴王，擢中大夫，使魏。魏文帝善之，嘲咨曰：『吴王頗知學乎？』咨曰：『吴王浮江萬艘，帶甲百萬，任賢使能，志存經略。雖有餘閑，博覽書傳，歷史籍，採奇異，不效書生尋章摘句而已。』」

〔三〕「至於」句，後漢書仲長統傳：「雖置三公，事歸臺閣。」李賢注：「臺閣，謂尚書也。」

〔四〕「凡爲」句，凡，英華作「最」，校：「集作凡。」作「最」誤。「尚書郎」前，英華有「六」字，校：「集無此字。」「六」字當衍。

〔五〕「宰民」二句，民，原作「人」，避唐諱，徑改。上佐，此指州司馬。專城，文選潘岳馬汧督誄：「剖符專城，紆青拖墨之司。」張銑注：「專，擅也，謂擅一城也。謂守宰之屬。」此指州刺史。

〔六〕「盛德」二句，詩大序：「頌者，美盛德之形容，以其成功告於神明者也。」孔穎達正義：「易稱聖人擬諸形容，象其物宜。則形容者，謂形狀容貌也。作頌者美盛德之形容，則天子政教有形容也。可美之形容，正謂道教周備也。」此謂有歌詩頌揚楊德裔之德。

〔七〕「召見」句，金城，當即金墉城。頓，暫駐地。三國志魏書陳群傳：「群上疏曰：『……若必當移避，繕治金墉城西宮及孟津別宮，皆可權時分止，可無舉宮暴露野次，廢損盛節蠶農之要。』」輿地廣記卷五四京：「金墉城，在（洛陽）故城西北角，魏明帝所築。」其城唐代尚在。舊唐書李密傳：「（王）世充大潰。……密乘勝陷偃師，於是修金墉城居之，有衆三十餘萬。」同書地理志一：「河南（府），隋舊。武德四年（六二一）權治司隸臺。貞觀元年（六二七）移治所於大理寺，貞觀二年徙理金墉城。六年，移治都内之毓德坊。」召見公，英華、四子集作「召公見」。

〔八〕「公采摭」句，採摭，英華校：「集作博採。」皆通。

〔九〕「公慨然」句，禮記檀弓上：「子夏喪其子，而喪其明。曾子弔之，曰：『吾聞之也，朋友喪明則哭之。』曾子哭，子夏亦哭，曰：『天乎！予之無罪也。』」鄭玄注：「怨天罰無罪。」此以喪明代指喪子。

〔一〇〕「因不豫」句，尚書金縢：「既克商二年，王有疾，弗豫。」僞孔傳：「王有疾，不悦豫。」後以病重爲「不豫」。彌留，同書顧命：「（成）王曰：『嗚呼，疾大漸，惟幾。病日臻。既彌留，恐不獲誓言嗣，兹予審訓命汝。』」僞孔傳釋「彌留」爲「已久留」。句謂重病已久。

其銘曰〔一〕：

巖巖華山，峻極於天〔二〕。上侵神氣，下涸窮泉〔三〕。夫惟積德，生我大賢。其一

【箋　注】

〔一〕「其銘」句，英華校：「其字，集作乃爲。」

〔二〕「巖巖」句，巖巖，高大貌。詩經魯頌閟宮：「泰山巖巖。」同書大雅嵩高：「崧高維岳，駿極于天。維岳降神，生甫及申。」毛傳：「崧，高貌。山大而高曰崧。岳，四岳也，東岳岱，南岳衡，西岳華，北岳恒。……駿，大；極，至也。岳降神靈和氣，以生申甫之大功。」駿、峻義同。

〔三〕「上侵」二句，侵，英華校：「集作寢。」誤。侵，入也。涸，原作「固」，各本同，據四庫全書本改。此用如動詞。兩句言高大無比之華山，上入天中，下入枯泉，與天、地之神氣相接，故能誕生大賢如楊德裔。

滔滔河水，中國之紀〔一〕。派別九都〔二〕，經營萬里。夫惟積潤，生我君子。其二

【箋　注】

〔一〕「滔滔」二句，河水，指黃河。中國，中原之國，此指華陰縣。漢代華陰縣屬弘農郡，古乃中原之地，故云。兩句仿詩經小雅四月：「滔滔江漢，南國之紀。」毛傳：「滔滔，大水貌。其神足以綱紀一方。」

〔二〕「派別」句，九都，山海經中山經：「（騩山）又東二十里曰和山，其上無草木，而多瑤碧，實惟河

之九都。是山也五曲，九水出焉，合而北，流注於河。」郭璞注：「九水所潛，故曰九都。」

惟忻之城，惟華之亭。宜陽之地，益部之星〔一〕。公爲其宰，不殞其名。其三

【箋　注】

〔一〕「惟忻」四句，分别指秀容縣（屬忻州）、華亭縣、福昌縣、雒縣。益部之星，指雒縣。後漢書李郃傳：「李郃，字孟節，漢中南鄭人也。……和帝即位，分遣使者，皆微服單行，各至州縣，觀采風謡。使者二人當到益部，投郃候舍。時夏夕露坐，郃因仰觀，問曰：『二君發京師時，寧知朝廷遣二使邪？』二人默然，驚相視曰：『不聞也。』問何以知之？郃指星示云：『有二使星向益州分野，故知之耳。』」雒縣屬益州，故云。楊德裔嘗任上述四縣縣令，見本文前注。忻，英華作「柳」，注：「疑作忻。」按志文爲秀容令，即忻州所治。所疑是，「柳」字誤。

汝陰之國〔一〕，薊門之北〔二〕。陂水朝黄〔三〕，燕雲夜黑〔四〕。公爲其佐，日宣其德。其四

【箋　注】

〔一〕「汝陰」句，汝陰，指潁州，魏、晉於此置汝陰郡，故稱。詳本文前注。

〔二〕「薊門」句，薊門，古關名。鄭樵通志卷四〇開元十道圖：「薊門，在幽州北。」清李衛等畿輔通志卷四〇居庸關：「在昌平州（按：今北京市昌平區）西北二十四里。關門南北相距四十里，兩山夾峙，下有巨澗，懸崖峭壁，稱爲絶險。淮南子天下九塞，居庸其一也。……唐十道志：居庸，亦名薊門關。」此以薊門代指幽州。以上兩句，言楊德裔嘗擢潁州、幽州二司馬，詳前注。

〔三〕「陂水」句，潁水流經潁州，而潁水下游多注入陂塘湖泊之水，故云「黄」也。水經潁水注：「（潁水）又東南至慎縣東南，入於淮。」潁水東南流，左合上吴、百尺二水，俱承次塘、細陂，南流注於潁。潁水又東南，江陂水注之。……潁水又東南流，逕青陵亭城北，北對青陵陂，陂縱廣二十里。潁水逕其北，枝入爲陂，陂西則㶏水注之。水出褒城縣之邑城下，東流注於陂。陂水又東，入臨潁縣之狼波。潁水又東南流，而歷臨潁縣也。」

〔四〕「燕雲」句，幽州爲古燕國之地。雲，與上句「水」對應。以上兩句，復言知潁州、幽州事。

入踐郎官〔一〕，含香握蘭〔二〕。來居白室〔三〕，直繩明筆〔四〕。潘子一除〔五〕，士師三黜〔六〕。

其五

【箋注】

〔一〕「入踐」句，入，原作「人」，據英華、全唐文改。郎官，指入朝爲尚書郎，詳前注。

〔二〕「含香」句，初學記卷一一引應劭漢官儀：「尚書郎含雞舌香，伏奏事，黄門郎對揖跪受。故稱尚書郎懷香握蘭，趨走丹墀。」又通典卷二二：「（漢）尚書郎口含雞舌香，以其奏事答對，欲使氣息芬芳也。」

〔三〕「來居」句，白室，莊子人間世：「瞻彼闋者，虚室生白。」郭象注：「夫視有若無，虚室者也。室虚而純白獨生矣。」釋文引司馬彪云：「室比喻心，心能空虚，則純白獨生也。」此謂爲官毫無私念，其心如白室。

〔四〕「直繩」句，謂斷案公正。初學記卷一二御史中丞引王隱晉書：「周處，字子隱，爲御史中丞，奏征虜將軍石崇、大將軍梁王彤等，正繩直筆，權豪震肅。」

〔五〕「潘子」句，潘子，指潘岳，字安仁。其閒居賦云：「自弱冠涉於知命之年，八徙官而一進階，再免，一除名，一不拜，職遷者三而已矣。」

〔六〕「士師」句，士師，指柳下惠。論語微子：「柳下惠爲士師，人曰：『子未可以去乎？』曰：『直道而事人，焉往而不三黜？枉道而事人，何必去父母之邦？』」何晏集解引孔（安國）曰：「士師，典獄之官。」三黜，多次貶黜。按荀子大略篇楊倞注：「柳下惠，魯賢人公子展之後，名獲，字禽，居於柳下，謚惠。」按：以上兩句，感慨前文「尋以公事去官」事。

邑號鄱陽〔一〕，山名括蒼〔二〕。東南之美，吴會之鄉〔三〕。展其驥足，實賴王祥〔四〕。其六

【箋　注】

〔一〕「邑號」句，鄱陽，指饒州。饒州及下所云括州、越州，楊德裔復官後嘗任三州長史，見前注。

〔二〕「山名」句，括蒼，太平寰宇記卷九八台州：「括蒼山，在州西四十里，高一萬六千丈。」

〔三〕「東南」二句，爾雅釋地：「東南之美者，有會稽之竹箭焉。」郭璞注：「會稽，山名，今在山陰縣南。竹箭，篠也。」吴會，英華校：「集作會稽。」皆通。

〔四〕「展其」二句，展驥句，用龐統事，見本文前注。王祥，晉書王祥傳：王祥，字休徵，琅邪臨沂人。徐州刺史吕虔檄爲别駕，祥年垂耳順，而虔委以州事。「於時寇盜充斥，祥率勵兵士，頻討破之，州界清静，政化大行，時人歌之曰：『海沂之康，實賴王祥。邦國不空，别駕之功。』」此以王祥擬楊德裔，謂其爲三州長史時頗有政績。實，原作「有」，英華作「直」，校：「集作實。」作「實」是，據改。

四州之大〔一〕，是稱都會。千里之榮，即分麾蓋〔二〕。言旋舊國，保兹耆艾〔三〕。其七

【箋　注】

〔一〕「四州」句，四州，指棣、曹、恒、常，楊德裔嘗任四州刺史，見前注。

〔二〕「千里」二句，古代諸侯封地方千里（見周禮夏官職方氏），後世州郡略似之，故稱治州爲「榮」。

分麾蓋，分，給予。麾蓋，旌麾、車蓋，州郡長官儀制。周禮春官司常：「諸侯建旌，孤卿建旜，大夫士建物，師都建旗，州里建旟，縣鄙建旐。」按夢溪筆談卷四曰：「今之守郡謂之建麾，蓋用顏延年詩『一麾乃出守』，此誤也。延年謂一麾者，乃指揮之麾，如『武王右秉白旄以麾』之麾，非旌麾之麾也。」謂顏延年詩「一麾」乃指揮之麾，是，然守郡謂之建麾則不誤，蓋「麾」有兩義耳。

〔三〕「言旋」二句，言，語詞。旋，返也。舊國，謂故鄉。禮記曲禮上：「五十曰艾，服官政；六十曰耆，指使。」鄭玄注：「艾，老也。」又曰：指使，「指事使人也」。兩句義即前所言「罷歸初服，告老私庭」。

生爲貴臣，死爲貴神〔一〕。陰堂是夜〔二〕，古木非春。鄧攸無子，天道何親〔三〕。其八

【箋注】

〔一〕「死爲」句，死，英華校：「集作歿。」

〔二〕「陰堂」二句，後漢書周磐傳：「建光元年（一二一），年七十三。歲朝，會集諸生講論終日，因令其二子曰：『吾日者夢見先師東里先生與我講於陰堂之奧。』既而長歎：『豈吾齒之盡乎？』」李賢注：「歲朝，歲旦。東南隅謂之奧。陰堂，幽闇之室，又入其奧，死之象也。」此指墳墓。文

選陸機挽歌：「送子長夜臺。」李周翰注：「墳墓一閉，無復見明。」

〔三〕「鄧攸」二句，晉書鄧攸傳：「鄧攸，字伯道，平陽襄陵人也。」仕爲河東太守。永嘉末没於石勒，勒召爲參軍。「石勒過泗水，攸乃斫壞車，以牛馬負妻子而逃。又遇賊掠其牛馬，步走，擔其兒及其弟子綏，度不能兩全，乃謂其妻曰：『吾弟早亡，唯有一息，理不可絶，止應自棄我兒耳。幸而得存，我後當有子。』妻泣而從之，乃棄之。其子朝棄而暮及，明日攸繫之於樹而去。……攸棄子之後，妻不復孕。過江納妾，甚寵之，訊其家屬，説是北人遭亂，憶父母姓名，乃攸之甥。攸素有德行，聞之感恨，遂不復畜妾。卒以無嗣，時人義而哀之，爲之語曰：『天道無知，使鄧伯道無兒。』弟子綏服攸喪三年。」兩句言楊德裔一子早亡、以弟之子爲後事。

杜袁州墓誌銘〔一〕

公諱某，字某，京兆杜陵人也〔二〕。高辛之撫教萬方〔三〕，堯帝之平章百姓〔四〕。傳稱聖人之後〔五〕，易曰積善之家〔六〕。在夏爲御龍，在周爲唐杜〔七〕。三王以降，百代可知。車服出於南陽，衣冠集於京兆〔八〕。曾祖榮華，後魏秦州別駕〔九〕。祖良，宇文朝復州長史〔一〇〕。父舉，唐易州司兵參軍事〔一一〕。州端履道，掾史安貞〔一二〕，厚於天爵〔一三〕，薄於人位。闕里之庭，學夫詩禮〔一四〕；太丘之門，執其羔鴈〔一五〕。

【箋注】

〔一〕按文稱墓主杜氏於「天授三年（六九二）春二月」，與夫人王氏「合祔於杜陵之平原」，則文當作於此稍前。

〔二〕「京兆」句，元和郡縣志卷一京兆府萬年縣：「杜陵，在縣東南二十里，漢宣帝陵也。」三輔黄圖卷六：「宣帝杜陵，在長安城南。帝在民間時好遊鄠、杜間，故葬此。」按：杜陵，在今西安市雁塔區曲江鄉三兆村南；杜陵邑，在杜陵西北五里。

〔三〕「高莘」句，史記五帝本紀：「帝嚳高辛者，黄帝之曾孫也。……高辛生而神靈，自言其名，普施利物，不於其身。聰以知遠，明以察微。順天之義，知民之急，仁而威，惠而信，修身而天下服。取地之財而節用之，撫教萬民而利誨之。」

〔四〕「堯帝」句，尚書堯典：「（帝堯）克明俊德，以親九族。九族既睦，平章百姓。」僞孔傳：「能明俊德之士任用之，以睦高祖玄孫之親。百姓，百官。言化九族而平和章明百姓。」以上二句，述杜氏始祖。

〔五〕「傳稱」句，左傳昭公七年：「孟僖子病，不能相禮，……及其將死也，召其大夫，曰：『禮，人之幹也，無禮，無以立。吾聞將有達者曰孔丘，聖人之後也。……臧孫紇有言曰：聖人有明德者，若不當世，其後必有達人。』今其將在孔丘乎！」杜預注：「聖人之後，有明德而不當大位，謂正考父。」孔穎達正義：「聖人，謂殷湯也。不當世，謂不得在位爲國君也。」此「聖人」指帝嚳、帝堯。史記五帝本紀：「帝嚳娶陳鋒氏女，生放勳。……放勳立，是爲帝堯。」杜氏乃帝堯裔孫之後（見下注），故云。

〔六〕「易曰」句，周易坤卦文言：「積善之家，必有餘慶。」

〔七〕「在夏」二句，左傳襄公二十四年：范宣子曰：「昔匄之祖，自虞以上爲陶唐氏，在夏爲御龍氏，在商爲豕韋氏，在周爲唐杜氏。」杜預注：「唐、杜，二國名。殷末，豕韋國於唐，周成王滅唐，遷之於杜，爲杜伯。杜伯之子隰叔奔晉。」又新唐書宰相世系表：「劉氏出自祁姓。帝堯陶唐氏子孫生子，有文在手，曰劉累，因以爲名。能擾龍，事夏爲御龍氏，在商爲豕韋氏，在周封爲杜伯，亦稱唐杜氏。」

〔八〕「車服」二句，新唐書宰相世系表：「杜氏出自祁姓，帝堯裔孫劉累之後。在周爲唐杜氏。成王滅唐，以封弟叔虞，改封唐氏子孫於杜城，京兆杜陵縣是也。杜伯入爲宣王大夫，無罪被殺，子孫分適諸侯之國。居杜城者爲杜氏，在魯有杜洩，避季平子之難奔於楚，生大夫綽。綽生段，段生赫。赫爲秦大將軍，食采於南陽衍邑，世稱爲杜衍。赫少子秉，上黨太守，生南陽太守札。札生周，御史大夫，以豪族徙茂陵。」車服，此代指故居。史記孔子世家：「太史公曰：……余讀孔氏書，想見其爲人。適魯觀仲尼廟堂、車服、禮器，諸生以時習禮其家，余低回留之不能去云。」衣冠，代指仕宦爲官者。集，原作「襲」，英華卷九五〇、四子集作「集」，英華校：「集作襲。」按：作「集」義勝，據英華等改。

〔九〕「曾祖」句，榮華，華，英華校：「集作業。」四子集、全唐文卷一九五作「業」。不詳孰是，姑依底本。秦州，元和郡縣志卷三九秦州：古西戎地。「（秦）始皇分天下爲三十六郡，此爲隴西地。漢武帝元鼎三年（前一一四），分隴西置天水郡。……後漢建武、永平之後，改天水曰漢陽郡。魏分隴右爲秦州。」地在今甘肅天水市。

〔一〇〕「祖良」句，宇文朝，即西魏。元和郡縣志卷二一復州：「秦屬南郡。在漢即江夏郡之竟陵縣地也。晉惠帝分江夏立竟陵郡，周武帝改置復州，取州界復池湖爲名也。貞觀七年（六三三）州理在沔陽縣，寶應二年（七六三）移理竟陵縣。」沔陽縣，今爲湖北仙桃市。

〔一一〕「父舉」句，元和郡縣志卷一八易州（上州）：秦爲上谷郡，「漢分置涿郡，今州則漢涿郡故安縣之地。隋開皇元年（五八一）改爲易州，因州南十三里易水爲名」。今爲河北易縣。司兵參軍事，原「參軍」下有「州事」二字。二字當倒誤，即應作「事州」，「州」屬下句。據文意乙。唐六典卷三〇上州中州下州官吏：上州，「司兵參軍事一人，從七品」。

〔一二〕「州端」二句，州端，宋書張暢傳：「（王）子夏親爲州端，曾無同異。」資治通鑑卷一二六宋紀八述此文，胡三省注：「州別駕，居群僚之右，故曰州端。」掾，原作「椽」，據英華、全唐文改。掾史，分曹治事之屬吏。兩字四子集、全唐文作「操失」，然「操失安貞」乃貶詞，與文意不符，當誤。安貞，安静。周易坤卦彖曰：「柔順利貞，君子攸行，……乃終有慶，安貞之吉。」兩句謂杜舉言行合乎爲官之道，雖掾史位卑，然一生平安。

〔一三〕「厚於」二句，天爵，孟子告子上：「孟子曰：有天爵者，有人爵者。仁義忠信，樂善不倦，此天爵也；公卿大夫，此人爵也。」趙岐注：「天爵以德，人爵以禄。」人位，即所謂「人爵」。兩句言雖厚於德，卻卑於位。

〔一四〕「闕里」二句，闕里，孔子故居，代指孔子。詩禮，論語季氏：「鯉趨而過庭，曰：『學詩乎？』對曰：『未也。』『不學詩，無以言。』鯉退而學詩。他日，又獨立，鯉趨而過庭，曰：『學禮乎？』對曰：『未也。』『不學禮，無以立。』鯉退而學禮。」鯉，何晏集解引馬（融）曰：「以爲伯魚，孔子之子。」兩句言自幼接受家庭之良好教育。

〔一五〕「太丘」二句，後漢書陳寔傳：「陳寔，字仲弓，潁川許人也。」嘗爲太丘長。天下服其德，從其學者甚衆，如同書王烈傳曰：「王烈，字彦方，太原人也。少師事陳寔，以義行稱。」羔鴈，古代進見尊長禮物。白虎通義卷下文質：「卿大夫贄，古以麑鹿，今以羔鴈。何以爲？古者質，取其內，謂得美草鳴相呼；今文，取其外，謂羔跪、乳鴈有行列也。」兩句謂曾拜德高者爲師。

公孝慈而敬，威莊而安〔一〕。淹貫義方〔二〕，周覽典籍。服其服，則文之以君子之容；遂其辭，則實之以君子之德〔三〕。起家左翊衛〔四〕，選授貝州司倉參軍事〔五〕。出自中禁，在於外臺；謹其蓋藏〔六〕，實其倉庾。尋遷蓬州咸安〔七〕、許州長社〔八〕、洛州洛陽三縣令〔九〕。地方百里，官歷三城。言非法度，不出於口；行非公道，不萌於心。令不肅而威宣，教不舒而德洽。轉虢州司馬〔一〇〕。制授朝散大夫、婺州司馬〔一一〕。又遷蘇州長史，加中散大夫〔一二〕。鸞鳳不棲於枳棘，燕雀不集於梧桐〔一三〕，宜得其材，非公莫可。我大周誕受萬國，寵綏四方，建官維賢，垂拱而治〔一四〕。乃命公爲朝議大夫、使持節袁州諸軍事、守袁州刺史〔一五〕。天王之使，列國之君〔一六〕。發其德音，而勸不用賞；正其顔色，而禁不用刑。德成而位尊，名遂而身退。乞骸告老，謝病言歸。以某年月日終於淮海之館〔一七〕，春秋七十有七。嗚呼哀哉！

【箋　注】

〔一〕「公孝慈」二句，禮記表記：「子言之：君子之所謂仁者，其難乎！詩云：『凱弟君子，民之父母。』凱以强教之，弟以説安之。樂而毋荒，有禮而親，威莊而安，孝慈而敬，使民有父之尊，有母之親，如此而後可以爲民父母矣。非至德，其孰能如此乎！」鄭玄注：「有父之尊，有母之親，謂其尊、親己如父母。」

〔二〕「淹貫」句，淹貫，通曉。義方，做人之道。左傳隱公三年：「石碏諫曰：『臣聞愛子，教之以義方。』」後多指家教。蔡邕司徒袁公夫人馬氏碑銘：「義方之訓，如川之流。」

〔三〕「服其服」四句，禮記表記：「小雅曰：『不愧于人，不畏于天。』是故君子服其服，則文以君子之容；有其容，則文以君子之辭；遂其辭，則實以君子之德。是故君子恥服其服而無其容，恥有其容而無其辭，恥有其辭而無其德，恥有其德而無其行。是故君子衰絰則有哀色，端冕則有敬色，甲胄則有不可辱之色。」鄭玄注：「遂，猶成也。無其行，謂不行其德。」所引小雅二句，見詩經小雅何人斯。

〔四〕「起家」句，家，英華作「於」，校：「集作家。」作「於」誤。左翊衛，唐代禁衛軍，有左右衛親衛、勳衛、翊衛及左右率府親勳、翊衛，及諸衛之翊衛，通謂之三衛，見唐六典卷五尚書兵部、卷二四諸衛。

〔五〕「選授」句，元和郡縣志卷一六貝州（清河，上）：「春秋時其地屬晉。七國時屬趙。秦兼天下，以爲鉅鹿郡。漢文帝又分鉅鹿置清河郡，以郡臨清河水，故號清河。……周武帝建德六年（五七七）平齊，於此置貝州，因丘以爲名。……武德四年（六二一）討平竇建德，復置貝州。」地在今河北邢臺市清河縣。司倉參軍事，司，原作「府」，據四子集、全唐文改。唐六典卷三〇上州中州下州官吏：上州「司倉參軍事一人，從七品下」。

〔六〕「謹其」句，禮記月令：「孟冬之月，……命百官謹蓋藏。」鄭玄注：「謂府庫囷倉有藏物。」所任爲司倉參軍，故云。

〔七〕「尋遷」句，舊唐書地理志二：「蓬州，下。武德元年（六一八）割巴州之安固、伏虞，隆州之儀隴、大寅，梁州之宕渠、咸安等六縣置蓬州，因周舊名。」咸安縣，治今四川營山縣三元鄉興福村。

〔八〕「許州」句，長社，縣名。元和郡縣志卷八許州長社縣：「本漢舊縣，屬潁川郡。……隋開皇三年（五八三）罷郡，以縣屬汴州。大業三年（六〇七）改爲潁川縣，武德四年（六二一）復爲長社，改屬許州。」地在今河南許昌市魏都區。

〔九〕「洛州」句，洛，原作「湘」，英華作「相」，皆誤，據全唐文改。洛陽縣，元和郡縣志卷五河南府（洛州、東都）洛陽縣：「本秦舊縣，歷代相因。貞觀六年（六三二）自金墉城移入郭内毓德坊，今理是也。」即今河南洛陽市。

〔一〇〕「轉虢州」句，元和郡縣志卷六虢州：「周初爲虢國。……漢武帝元鼎四年（前一一三）置弘農郡。……隋開皇三年（五八三）廢郡，以縣屬陝州。……武德元年（六一八）改爲虢州。」地在今河南靈寶市南。司馬，即司馬參軍。

〔一一〕「制授」句，唐六典卷二尚書吏部：「從五品下曰朝散大夫。」元和郡縣志卷二六婺州：「春秋時爲越之西界，秦屬會稽郡，今之州界分得會稽郡之烏傷、太末二縣之地。……隋開皇九年（五八九）平陳，置婺州，蓋取其地於天文爲婺女之分野。隋氏喪亂，陷於寇境，武德四年（六二一）討平李子通，置婺州。」即今浙江金華市。

〔一二〕「又遷」句，唐六典卷三〇上州中州下州官吏：「長史一人，從五品上。」同書卷二尚書吏部：「正五品上曰中散大夫。」

〔一三〕「鸞鳳」二句，莊子秋水：「鵷鶵發於南海，而飛於北海，非梧桐不止。」枳棘，枳木、棘木，謂其凡庸不材。鵷鶵，鳳類。又史記陳涉世家：「陳涉太息曰：嗟乎，燕雀安知鴻鵠之志哉！」索隱：「鴻鵠是一鳥，若鳳皇然。」兩句以鳳凰喻杜氏，言其爲難得之賢才，理當處高位，居要職。

〔一四〕「建官」二句，尚書武成：「建官惟賢。」僞孔傳：「立官以官賢才。」治，原作「理」，避高宗諱，徑改。

〔一五〕「乃命」句，唐六典卷二尚書吏部：「正五品下曰朝議大夫。」使持節，通典卷三二州牧刺史：「魏、晉爲刺史，任重者爲使持節都督，輕者爲持節。」元和郡縣志卷二八袁州：「本秦九江郡地，在漢爲宜春縣，屬豫章郡。……隋開皇十一年（五九一）置袁州，因袁山爲名。大業三年（六〇七）罷袁州爲宜春郡。武德五年（六二二）討平蕭銑，復置袁州。」地在今江西宜春市。唐六典卷二尚書吏部：「凡任官，階卑而擬高則曰守。」

〔一六〕「列國」句，晉書何曾傳：「郡守之權雖輕，猶專任千里，比之於古，則列國之君也。」

〔一七〕「終於」句，淮海之館，當爲杜氏故鄉杜陵之私宅名。海，英華作「水」，校：「集作海。」

夫人太原王氏，魏驃騎大將軍、新昌公平之曾孫〔一〕，唐蜀王府典軍、上柱國志隆之女也〔二〕。纂承洪烈，嗣續徽音，中外柔嘉〔三〕，小大懷睦。夫人之化，國風美於鵲巢〔四〕；寶劍之沉，夜氣衝於牛斗〔五〕。享年四十八，嗚呼！咸亨二年某月日，終長杜之官第。維天授三年春二月，合祔於杜陵之平原，禮也。王人弔祭〔六〕，儀仗官給。長子某官等，毁形於骨〔七〕，痛貫於心。父母哀哀，昊天莫報〔八〕；佳城鬱鬱，白日何年〔九〕！顧述餘風，式銘幽壤。

【箋注】

〔一〕「魏驃騎」句：魏，當指後魏。驃騎將軍，武散官名。通典卷三四驃騎將軍：「後魏初，加『大』則在三司上；太和中，制加『大』，則在都督中外諸軍下。」魏書地形志上：「遼東郡，領縣二：太平、新昌（永熙中置）。」隋改爲遂城。故城在今河北徐水縣西。又，後魏另置新昌，隋改盧龍，即今河北盧龍縣。王平所封，未詳在何地。

〔二〕「唐蜀王」二句：舊唐書太宗諸子傳：「蜀王愔，太宗第六子也。貞觀五年（六三一）封梁王，……十年改封蜀王，轉益州都督。」愔常非理毆擊所部縣令，又畋獵無度，數爲非法，太宗怒斥其爲「不如禽獸」。高宗時坐與吴王恪謀逆，黜爲庶人，徙居巴州，尋改爲涪陵王。乾封二年（六六七）薨。唐六典卷二九親王府：「親王親事府典軍二人，正五品上。」上柱國，勳名。同上卷二尚書吏部：「司勳郎中、員外郎掌邦國官人之勳級，凡勳十有二等，十二轉爲上柱國，比正二品。」王志隆，事迹别無可考。

〔三〕「嗣續」二句：續，英華校：「集作揚。」嘉，原作「加」，據全唐文改。詩經大雅抑：「敬爾威儀，無不柔嘉。」鄭玄箋：「柔，安；嘉，善也。」

〔四〕「夫人」二句，詩經國風召南鵲巢小序：「夫人之德也。……夫人起家而居有之，德如鳲鳩，乃可以配焉。」詩稱「維鵲有巢，維鳩居之」云云。

〔五〕「寶劍」二句，用晉張華所得寶劍龍淵、太阿事，劍沉，喻人亡故，前已屢注。夜，英華校：「集作祥。」按晉書張華傳稱「斗牛之間常有紫氣」，是「夜」之所出；張華問雷焕「是何祥也」？是「祥」之所出，則兩字皆可通。

〔六〕「王人」句，春秋左傳莊公六年：「春王正月，王人子突救衛。」杜預注：「王人，王之微官也。」此指朝廷所派祭弔官員。

〔七〕「毁形」句，孝經喪親：「三日而食，教人無以死傷生。毁不滅性，此聖人之政也。」邢昺疏：「不食三日，哀毁過情，滅性而死，皆虧孝道。」此言哀痛之極。

〔八〕「父母」二句，詩經小雅蓼莪：「父兮生我，母兮鞠我。……欲報之德，昊天罔極。」鄭玄箋：「我欲報父母是德，昊天乎！我心無極。」

〔九〕「佳城」句，文選沈約冬節後至丞相第詣庶子車中作：「誰當九原上，鬱鬱望佳城。」李善注引西京雜記曰：「滕公（夏侯嬰）駕至東都門，馬鳴，局不肯前，皆以前脚踴地。久之，滕公懼，使卒掘馬所踴地，入三尺所，得石槨，有銘焉。銘曰：『佳城鬱鬱，三千年，見白日。吁嗟滕公，居此室。』滕公曰：『嗟乎，天也！吾其即安此乎？』遂葬焉。」三千年方見白日，故感歎「何年」。李周翰注：「鬱鬱，松柏盛貌。佳城，墓之塋域也。」

其銘曰：

鳳凰鳴矣，于彼高岡〔一〕。顯允君子〔二〕，邦家之光〔三〕。猗歟令德，秀于閨房〔四〕。歲云暮矣〔五〕，池樹荒涼。死則同穴〔六〕，如何彼蒼〔七〕！

【箋注】

〔一〕「鳳凰」二句，詩經大雅卷阿：「鳳凰鳴矣，于彼高岡。」鄭玄箋：「鳳凰鳴于山脊之上者，居高視下，觀可集止。喻賢者待禮乃行，翔而後集。」此喻杜氏夫婦。

〔二〕「顯允」句，詩經小雅湛露：「顯允君子，莫不令德。」鄭玄箋：「令，善也，無不善其德。」孔穎達正義釋「顯允君子」爲「明信之君子」。

〔三〕「邦家」句，詩經周頌載芟：「有飶其香，邦家之光。」鄭玄箋：「芬香之酒醴饗燕賓客，則多得其歡心，于國家有榮譽。」此言杜某乃國家之榮光。

〔四〕「猗歟」二句，詩經周頌潛：「猗與漆沮，潛有多魚。」鄭玄箋：「猗與，歎美之言也。」令德，見上注。兩句言夫人王氏有德，乃女中之穎秀。

〔五〕「歲云」句，詩經小雅小明：「曷云其還，歲聿云莫。」鄭玄箋：「何言其還，乃至歲晚，尚不得歸。」此言人已亡，雖歲晚不可復還。按：杜某夫婦葬於天授三年（六九二）春二月，蓋杜某卒於上年末，故言「歲暮」。

〔六〕「死則」句，詩經王風大車：「穀則異室，死則同穴。謂予不信，有如皦日。」毛傳：「穀生，皦白也。生在于室，則外内異；死則神合，同爲一也。」鄭玄箋：「穴，謂塚壙中也。」按：此言死後夫婦合葬。

〔七〕「如何」句，彼蒼，詩經秦風黄鳥：「彼蒼者天，殲我良人。如可贖兮，人百其身。」鄭玄箋：「言彼蒼者天，愬之。如此奄息之死，可以他人贖之者，人皆百其身。謂一身百死，猶爲之惜善人之甚。」

隰川縣令李公墓誌銘〔一〕

公諱嘉，字大善，隴西成紀人也〔二〕。趙郡太守、雍州大中正、上開府、永康公之孫〔三〕，幽州都督、鎮軍大將軍、上柱國、丹陽公之子〔四〕。重華以文明允塞〔五〕，謨九德於皋陶〔六〕；仲尼以恭儉温良，繙六經於柱史〔七〕。將軍李牧，人主願其同時〔八〕；河尹李膺，天下思其執御〔九〕。况乎衣冠世美，祖考時續〔一〇〕。家聲占於日月，爲宗周之姻姓〔一一〕；誓以山河，則炎漢之劉氏〔一二〕。

【箋　注】

〔一〕隰川縣，地在今山西臨汾市，詳後注。按誌文稱「越弘道二年歲次甲申，正月甲申朔二十六日己酉，陪葬於昭陵東南之平原」。所謂「弘道二年」，即中宗嗣聖元年（六八四，詳後注），則文當作於此稍前。

〔二〕「隴西」句，元和郡縣志卷三九秦州：「（秦）始皇分天下爲三十六郡，此爲隴西地。漢武帝元鼎三年（前一一四），分隴西置天水郡。……魏分隴右爲秦州，因秦邑以爲名。……大業三年（六〇七）罷州爲天水郡。隋末陷於盜賊。武德二年（六一九）討平薛舉，改置秦州，仍立總管府。」此言隴西，乃循舊名。同上成紀縣：「本漢舊縣也，屬天水。……周成紀縣屬略陽郡。隋開皇三年（五八三）罷郡，縣屬秦州，皇朝因之。」縣址約在今甘肅平涼市静寧縣西南。

〔三〕「趙郡」句，趙郡，唐改爲趙州，地在今河北石家莊市趙縣。大中正，官名。隋書百官志中：「流内比視官十三等。……諸州大中正，……視第五品。」上開府，原「開」下有「封」字，據英華卷九五九、四子集、全唐文卷一九五删。上開府，即上開府儀同三司。唐六典卷二尚書吏部：「從一品曰開府儀同三司。」注：「後周置上開府儀同三司、開府儀同三司、上儀同三司、儀同三司等十一號，以酬勤勞，隋氏因之。」永康公，封號。其人即李詮，乃李靖（舊唐書本傳稱「本名藥師」）。新唐書謂「字藥師」，疑非是）、李客師兄弟之父。舊唐書李靖傳：「父詮，隋趙郡守。」上句謂墓主李嘉爲「隴西成紀人」，兩唐書本傳稱李氏「雍州三原人」，皆不誤：「隴西成紀」乃郡望，實居雍州三原也。三原，雍州（即京兆府）縣名，地在今陝西咸陽市東北部。

〔四〕「幽州」句，指李客師。舊唐書李靖傳：「靖弟客師，貞觀中官至右武衛將軍，以戰功累封丹陽郡公。」新唐書二李傳增如下兩句：「卒，年九十，贈幽州都督。」關於李氏家族，參見本書附録楊炯年譜。

〔五〕「重華」句，尚書舜典：「曰若稽古，帝舜曰重華，協於帝。濬哲文明，温恭允塞。」僞孔傳：「華，謂文德。言其光文重合於堯，俱聖明。濬，深；哲，智也。舜有深智文明温恭之德，信允塞上下。」據下句義，此言舜文明允塞，故用皋陶作士。同上：「帝（舜）曰：『皋陶！蠻夷猾夏，寇賊姦宄。汝作士。五刑有服，五服三就；五流有宅，五宅三居：惟明克允！』」僞孔傳：「士，理官也。」

〔六〕「謨九德」句，尚書皋陶謨：「皋陶曰：『都！亦行有九德。亦言，其人有德，乃言曰：載采采。』禹曰：『何？』皋陶曰：『寬而栗，柔而立，愿而恭，亂而敬，擾而毅，直而温，簡而廉，剛而塞，彊而義，彰厥有常，吉哉！』」「寬而栗」至「彊而義」，即所謂「九德」。僞孔傳釋「九德」及末句曰：「性寬弘而能莊栗；和柔而能立事；慤愿而恭恪；亂，治也，有治而能謹敬；擾，順也，致果爲毅；行正直而氣温和；性簡大而有廉隅；剛斷而實塞；無所屈撓，動必合義。彰，明；吉，善也。明九德之常，以擇人而官之，則政之善。」按通志氏族略第四：「李氏，嬴姓。高陽氏生大業，大業生女華，女華生皋陶，字庭堅，爲堯大理，因官命族爲理氏。」理氏後改爲李氏。則皋陶爲高陽氏帝顓頊後裔，李氏遠祖，故云。

〔七〕「仲尼」句，論語學而：「子禽問於子貢曰：『夫子至於是邦也，必聞其政，求之與？抑與之與?』子貢曰:『夫子温、良、恭、儉、讓以得之。』」柱史,指老子(按史記老子列傳張守節正義稱老子「姓李,名耳,字伯陽,一名重耳,外字聃」),嘗爲周柱下史。繙六經,指孔子向老子問禮。孔子家語卷三觀周:「(孔子)至周,問禮於老聃。」事又見史記老莊列傳。

〔八〕「將軍」二句,漢書馮唐傳:「文帝曰:『吾居代時,吾尚食監高祛數爲我言趙將李齊之賢,戰於鉅鹿下。吾每飯食,意未嘗不在鉅鹿也。父老知之乎?』唐對曰:『齊尚不如廉頗、李牧之爲將也。』上曰:『何已?』唐曰:『臣大父在趙時爲官帥將,善李牧;臣父故爲代相,善李齊,知其爲人也。』上既聞廉頗、李牧爲人,良説,乃拊髀曰:『嗟乎!吾獨不得廉頗、李牧爲將,豈憂匈奴哉!』」

〔九〕「河尹」二句,河,黄河也,此代指河南,即洛陽。尹,官名,衆官之長。後漢書李膺傳:「李膺,字元禮,潁川襄城人也。」性簡亢,無所交接,唯以同郡荀淑、陳寔爲師友。嘗爲青州刺史、漁陽太守、烏桓校尉,以公事免官。教授常千人。「荀爽嘗就謁膺,因爲其御。既還,喜曰:『今日乃得御李君矣!』其見慕如此。……延熹二年(一五九)徵,再遷河南尹。」

〔一〇〕「况乎」二句,世,原作「代」,避唐諱,徑改。「祖考」下,英華校:「集有時續二字。」按:若無「時續」二字,則句爲「祖考家聲」,既與上句「衣冠世美」不對應,文意亦礙。若補二字,則「時續」與「世美」正相對,「家聲」屬下句,是。據所校集本補。

〔一一〕「家聲」二句,左傳成公十六年:「吕錡夢射月,中之,退入於泥。占之,曰:『姬姓,日也;異姓，月也，必楚王也。射而中之，退入於泥，亦必死矣。』」杜預注：「周世姬姓，尊；異姓，卑。」姻，原作「姬」，英華作「姻」。據文意，兩句當言李氏在周代亦貴，然李氏非姬姓（通志氏族略第四稱李氏爲「嬴姓」），故以作「姻」是，據英華改。史記秦本紀：「秦之先人柏翳輔佐舜有功，「舜賜姓嬴氏」。後裔中潏，「以親故歸周」，故稱嬴氏爲「宗周之姻姓」。宗周，即周王朝。

〔一一〕「誓以」二句，史記高祖功臣侯者年表：「封爵之誓曰：『使河如帶，泰山若厲，國以永寧，爰及苗裔。』」集解引應劭曰：「封爵之誓，國家欲使功臣傳祚無窮。帶，衣帶也；厲，砥石也。河當何時如衣帶，山當何時如厲石，言如帶、砥，國乃絶耳。」按漢代李氏封侯者，當指李廣從弟李蔡。史記李將軍列傳：「（李蔡）元朔五年（前一二四）爲輕車將軍，從大將軍擊右賢王，有功中率，封爲樂安侯。元狩二年（前一二一）中，代公孫弘爲丞相。」炎，英華校：「集作大。」亦通。唐人稱漢應不云「大」，當誤。

公門承將相〔一〕，地積英靈。望之儼然，横斷山而鬱起〔二〕；聽其言也，注懸河而不竭〔三〕。玉則秦王所見，天照白虹〔四〕；劍則殷帝所傳，星浮紫氣〔五〕。假使蔡中郎之博學〔六〕，郭有道之人倫〔七〕，何嘗不迎王粲而倒屣〔八〕，爲茅容而下拜〔九〕！起家爲太子左千衛〔一〇〕，以調升也。按河圖於玉版，震一索而爲長男〔一一〕；考天象於銅渾，心前星而爲太子〔一二〕。直城霞繞〔一三〕，曲障雲平〔一四〕。出入青牓之門〔一五〕，周旋黑衣之列〔一六〕。稍遷越王府户曹參軍〔一七〕。

越之建國也，地居南斗之躔〔一八〕；王之受封也，禮極東門之拜〔一九〕。郕霍所以隆懿親〔二〇〕，恭和所以資明德〔二一〕。一言而干楚后，即從雲夢之畋〔二二〕；三見而説趙王，仍襲上卿之印〔二三〕。又遷隰川令〔二四〕。川原爽塏〔二五〕，風俗和平。晉獻公之胤，夷吾是邑〔二六〕；代恭王之子，郢客爲侯〔二七〕。陽泉依六壁之城〔二八〕，孟津合三溪之水〔二九〕。公以輜車就列，墨綬當官〔三〇〕。有蠶績於郕人〔三一〕，用牛刀於魯邑〔三二〕。市鄽無競，不假鞭絲〔三三〕；學校方興，唯聞擊石〔三四〕。諸侯取其軌則，四海瞻其儀表。爲杜陵之男子，誰詣後曹〔三五〕；蔑鄉里之小人，願辭彭澤〔三六〕。於是退歸初服，就養私門。戲嬰兒於階下，扶老生於井上〔三七〕。尋丁外艱，哀毁踰制，加人一等，俯就三年〔三八〕。服闋，襲封丹陽公，勳上騎都尉〔三九〕。公以安車禮盛，賜杖年高〔四〇〕，被服先王之道，游優太平之化。左琴右書，謀孫翼子〔四一〕。居常飽德，不言何氏之萬錢〔四二〕；直置當仁，豈特于公之駟馬〔四三〕。清風可賞，必有鸞鳳相期；白雪時遊，多以神仙見屬〔四四〕。義形於金石，節貫於松筠。西山五日之朝，將化羽而生翼〔四五〕；北海明年之驗，便展辰而至巳〔四六〕。以永淳元年八月二十一日〔四七〕，終於京師道政里之私第〔四八〕，享年七十二。嗚呼哀哉！

【箋注】

〔一〕「公門承」句，據上句，李嘉伯父李靖爲唐開國大將，又嘗爲宰相，其父亦爲將，故云。貞觀政要卷二：王珪對太宗曰：「才兼文武，出將入相，臣不如李靖。」

〔二〕「望之」二句，世説新語賞譽下：「世目周侯嶷如斷山。」劉孝標注引晉陽秋曰：「（周）顗正情嶷然，雖一時儕類，皆無敢媟近。」

〔三〕「聽其」二句，世説新語賞譽下：「王太尉云：郭子玄語議如懸河寫水，注而不竭。」劉孝標注引名士傳曰：「子玄有儁才，能言莊老。」按晉書郭象傳：「郭象，字子玄。」

〔四〕「玉則」二句，玉，底本訛爲「王」，據英華、四子集改。秦王所見，指和氏璧，乃玉之極品。禮記聘義：「孔子曰：……君子比德於玉焉：温潤而澤，仁也；縝密以栗，知也；廉而不劌，義也；垂之如隊，禮也；……氣如白虹，天也。」

〔五〕「劍則」二句，列子湯問：「中他曰：吾聞衛孔周，其祖得殷帝之寶劍，一童子服之，卻三軍之衆。」星浮紫氣，用張華雙劍事，謂殷帝之劍，亦寶劍之精。以上數事，極言李嘉資質之優。

〔六〕「假使」句，後漢書蔡邕傳：「蔡邕，字伯喈，陳留圉人也。……少博學，師事太傅胡廣。好辭章、數術、天文，妙操音律。」嘗任左中郎將，故稱「蔡中郎」。

〔七〕「郭有道」句，後漢書郭太（泰）傳：「郭太（泰），字林宗，太原界休人也。」人稱有道先生。「善人倫，而不爲危言核論。」李賢注：「禮記曰：『擬人必於其倫。』鄭玄注：『倫，猶類也。』」

〔八〕「何嘗」句，接上蔡邕事。倒屣，忙亂中倒穿鞋子。三國志魏書王粲傳：「獻帝西遷，粲徙長安，左中郎將蔡邕見而奇之。時邕才學顯著，貴重朝廷，常車騎填巷，賓客盈坐，聞粲在門，倒屣迎之。」「迎」上原有「聞」字，據四子集、全唐文删。

〔九〕「爲茅容」句，接上郭泰事。後漢書郭太（泰）傳附茅容傳：「茅容，字季偉，陳留人也。年四十餘，耕於野。時與等輩避雨樹下，衆皆夷踞相對，容獨危坐愈恭。林宗行見之，而奇其異，遂與共言，因請寓宿。旦日，容殺雞爲饌，林宗謂爲己設，既而以共其母，自以草蔬與客同飯。林宗起拜之，曰：『卿賢乎哉！』因勸令學，卒以成德。」

〔一〇〕「起家」句，太子左千衛，當即太子左内率府之千牛備身。唐六典卷二八太子左右内率府：「千牛十六人。」

〔一一〕「按河圖」二句，謂以玉版所刻河圖爲占。漢書五行志上：「受河圖，則而畫之，八卦是也。」周易説卦：「乾，天也，故稱乎父；坤，地也，故稱乎母。震一索而得男，故謂之長男；巽一索而得女，故謂之長女。」索，陸德明音義引王肅云：「求也。」

〔一二〕「考天象」二句，謂用銅渾觀察天象。銅渾，古代測天儀。漢書五行志下之下：「劉向以爲星傳曰：『心，大星，天王也。其前星，太子；後星，庶子也。』」

〔一三〕「直城」句，漢書成帝紀：「孝成皇帝，元帝太子也。……初居桂宫，上嘗急召，太子出龍樓門，不敢絶馳道，西至直城門，得絶，乃度，還入作室門。上遲之，問其故，以狀對。上大説，乃著令令太子得絶馳道云。」注引應劭曰：「馳道，天子所行道也，若今之中道。」又引晉灼曰：「（直城門），黄圖：西出南頭第二門也。」後爲太子故事，如舊唐書孝敬皇帝（李）弘傳：薨，制曰：「皇太子弘生知誕質，惟幾毓性。直城趨駕，肅敬著於三朝。」此代指太子宫。

〔一四〕「曲障」句，障，影壁，又稱照壁。雲平，言其高。張敞東宫舊事（説郛卷五九上，又見太平御覽卷一八八窗引）：「（太子）閣内有曲鄣，鄣上雀目窗。」

〔一五〕「出入」句，舊題東方朔神異經中荒經：「東方有宫，青石爲牆，高三仞，左右闕高百丈，畫以五色。門有銀牓，以青石碧鏤，題曰『天帝長男之宫』。」此指太子宫門，本當稱「銀牓」，言「青牓」，蓋以青石碧鏤牓，而與下句「黑」對應，變言之也。

〔一六〕「周旋」句，戰國策趙策四：「左師公（觸讋謂太后）曰：『老臣賤息舒祺最少，不肖，而臣衰，竊愛憐之。願令得補黑衣之數，以衛王宫，没死以聞。』」鮑彪注：「尸祝之服，所謂袨服。又漢書蕭望之傳注：『朝時皆著皂衣。』」吴師道正曰：「增韻：黑衣，戎服。」武士所著衣服，即戎服。

〔一七〕「稍遷」句，越王，舊唐書太宗諸子傳：「濮王泰，字惠褒，太宗第四子也。少善屬文。武德三年（六二〇）封宜都王，四年進封衛王，以繼衛懷王霸後。貞觀二年（六二八）改封越王，授揚州大都督。……十年，徙封魏王。」同上傳：「越王貞，太宗第八子也。貞觀五年封漢王，七年授徐州都督，十年改封原王，尋徙封越王，拜揚州都督。」少善騎射，頗涉文史，兼有吏幹。垂拱三年（六八七）因起兵反武則天，飲藥而死。則李貞當接替李泰封越王。據李嘉年齡，所仕必爲前越王李泰。唐六典卷二九親王府：「户曹參軍事二人，正七品上。」

〔一八〕「越之」二句，漢書天文志：「南斗，越分也。」按：越分，即越之分野。躔，星辰運行度次。

〔一九〕「王之」二句，東門，指西漢洛陽之上東門。賈誼新書卷一益壤：「高皇帝瓜分天下，以王功臣，反者如蝟毛而起。高皇帝以爲不可，故剽去不義諸侯而空其國，擇良日立諸子洛陽上東門之外。諸子畢王，而天下乃安。」

〔二〇〕「郕霍」句，左傳僖公二十四年：「昔周公弔二叔之不咸，故封建親戚以蕃屏周。管、蔡、郕、霍、魯、衛、毛、聃、郜、雍、曹、滕、畢、原、酆、郇，文之昭也；邘、晉、應、韓，武之穆也。凡、蔣、邢、茅、胙、祭，周公之胤也。召穆公思周德之不類，故糾合宗族於成周，而作詩曰：『常棣之華，鄂不韡韡。凡今之人，莫如兄弟。』其四章曰：『兄弟鬩於牆，外禦其侮。』如是，則兄弟雖有小忿，不廢懿親。」「管、蔡」至「酆、郇」，杜預注：「十六國皆文王子也。」又注「懿親」：「懿，美也。」此以文王十六子之郕、霍泛指王子。郕、霍，原作「郎爵」，英華同，校：「集作郕霍。」四子集、全唐文作「郕霍」，是，據改。

〔二一〕「恭和」句，尚書皋陶謨：「天秩有禮，自我五禮有庸哉，同寅協恭和衷哉！」僞孔傳：「庸，常；自，用也。天次秩有禮，當用我公、侯、伯、子、男五等之禮以接之，使有常。衷，善也。以五禮正諸侯，使同敬合恭而和善。」則「恭和」，義爲恭敬、和善。

〔二二〕「一言」二句，戰國策楚策一：「江乙説於安陵君曰：『君無咫尺之功，骨肉之親，處尊位，受厚祿，一國之衆，見君莫不斂衽而拜，撫委而服，何以也？」曰：『王過舉而已。不然，無以至此。』江乙曰：『以財交者，財盡而交絶；以色交者，華落而愛渝。是以嬖女不敝席，寵臣不避軒。今君擅楚國之勢，而無以深自結於王，竊爲君危之。』安陵君曰：『然則奈何？』『願君必請從死，以身爲殉，如是必長得重於楚國。』曰：『謹受令。』……於是楚王游於雲夢，結駟千乘，旌旗蔽日，野火之起也若雲蜺，兕虎嘷之聲若雷霆，有狂兕牂車依輪而至，王親引弓而射，壹發而殪。王抽旃旄而抑兕首，仰天而笑曰：『樂矣，今日之游也。寡人萬歲千秋之後，誰與樂此矣？』安陵君泣數行而進曰：『臣入則編席，出則陪乘。大王萬歲千秋之後，願得以身試黄泉，蓐螻蟻，又何如得此樂而樂之。』王大説，乃封壇（鮑彪注：「名壇，失其姓，楚之倖臣。」）爲安陵君。君子聞之曰：江乙可謂善謀，安陵君可謂知時矣。」畋，打獵。從，英華校：「集作收。」誤。

〔二三〕「三見」二句，當指蘇秦説趙王合縱事。戰國策趙策二蘇秦從燕之趙始合從，謂蘇秦獻三策，趙王以爲是「社稷之長計」，「乃封蘇秦爲武安君，飾車百乘，黄金千鎰，白璧百雙，錦繡千純，以約諸侯」。以上四句，謂李嘉對越王多有進益之言，以表忠誠。

〔二四〕「又遷」句，隰川，元和郡縣志卷一二隰州隰川縣：「本漢蒲子縣地也，屬河東郡。……周宣帝改置長壽縣。隋開皇十八年（五九八），改爲隰川縣，南有龍泉下濕，因以爲名，屬隰州。」今屬山西臨汾市。

〔二五〕「川原」句，左傳昭公三年：「景公欲更晏子之宅，……請更諸爽塏者。」杜預注：「爽，明；

塏，燥。」

〔二六〕「晉獻公」二句，史記晉世家：「驪姬生奚齊，獻公有意廢太子，乃曰：『曲沃，吾先祖宗廟所在，而蒲邊秦，屈邊翟，不使諸子居之，我懼焉。』於是使太子申生居曲沃，公子重耳居蒲，公子夷吾居屈，獻公與驪姬子奚齊居絳。晉國以此知太子不立也。」其後太子申生被迫自殺，重耳奔翟，夷吾奔梁，晉遂亂。

〔二七〕「代恭王」二句，漢書楚元王（交）傳：「高后時，以元王子郢客爲宗正，封上邳侯。元王立二十三年薨，太子辟非先卒，文帝乃以宗正、上邳侯郢客嗣，是爲夷王。」客，原作「容」，據改。彭叔夏文苑英華辨證卷二事疑曰：「楊炯隰州令李公誌『代恭王之子，郢客爲侯』。按漢代恭王子義嗣，其父爲王。楚元王子郢客，由上邳侯嗣楚王。今云代恭王子郢客，未詳。而集本又云『楚代恭王之子，郢非客爲侯』，尤不可曉。」今按：漢書文三王傳：「代孝王參，初立爲太原王。四年，代王武徙爲淮陽王，而參徙爲代王，復并得太原，都晉陽如故。五年一朝，凡三朝，十七年薨，子共王登嗣。二十九年薨，子義嗣。」共王之「共」，顏師古注：「讀曰恭。」則楊炯蓋將楚元王誤記爲代共王。至於集本，前有「楚」字，乃誤記之證，「非」字當衍。又按：此二句因隰川而述晉陽事，不應涉楚。

〔二八〕「陽泉」句，陽泉，即陽泉水。水經文水注：「（文水）東逕六壁城南，魏朝舊置六壁於其下，防離石諸胡，因爲大鎮。太和中罷鎮，仍置西河郡焉。勝水又東，合陽泉水。水出西山陽溪，東逕六壁城北，又東南流，注於勝水。」太平寰宇記卷四一汾州孝義縣：「（六壁城），俗以城有六面，因以爲名。在縣西八里。」

〔二九〕「孟津」句，水經河水：「（河水）南出龍門口，汾水從東來注之。」酈道元注：「昔者大禹導河積石，疏決梁山，謂斯處也，即經所謂龍門矣。魏土地記曰：『梁山北有龍門山，大禹所鑿，通孟津河口，廣八十步。』」又曰：「河水又南，右合暢谷水。水自溪東南流，逕夏陽縣西北，東南注於河。」又曰：「河水又南，崌谷水注之。水出縣西北梁山，東南流，横溪水注之。」所謂「三溪」，當即指暢谷水、崌谷水及横溪水。按：以上所言陽泉、孟津，皆距隰川縣不遠。

〔三〇〕「墨綬」句，漢書百官公卿表上：凡吏，「秩比六百石以上，皆銅印黑綬」。按舊唐書輿服志，唐「五品黑綬」。此代指縣令。

〔三一〕「有蠶績」句，禮記檀弓下：「成人有其兄死而不爲衰者，聞子皋將爲成宰，遂爲衰。成人曰：『蠶則績而蟹有匡，範則冠而蟬有緌，兄則死而子皋爲之衰。』」鄭玄注：「蚩兄死者，言其衰之不爲兄死，如蟹有匡、蟬有緌不爲蠶之績、範之冠也。範，蜂也；蟬，蜩也。緌爲蜩喙，長在腹下。」藝文類聚卷九七蜂引此文，「成」作「郕」。子皋，孔子弟子。

〔三二〕「用牛刀」句，論語陽貨：「子之武城，聞絃歌之聲。夫子莞爾而笑，曰：『割雞焉用牛刀？』子游對曰：『昔者偃也聞諸夫子曰：君子學道則愛人，小人學道則易使也。』」言偃，字子游，孔子弟子。邢昺疏：「武城，魯邑名。」

〔三三〕「市鄽」二句，南齊書傅琰傳：「太祖輔政，以山陰獄訟煩積，復以琰爲山陰令。賣針、賣糖老姥爭團絲，來詣琰，琰不辯核，縛團絲於柱鞭之，密視有鐵屑，乃罰賣糖者。……縣内稱神明，無敢復爲偷盜。」

〔三四〕「唯聞」句，擊石，尚書舜典：「帝曰：『夔！命汝典樂，教胄子。……』夔曰：『於！予擊石拊石，百獸率舞。』」僞孔傳：「石，磬也。磬，音之清者。拊亦擊也。」

〔三五〕「爲杜陵」二句，詣，原作「繼」。英華校：「集作詣。」作「詣」是，據改。漢書蕭望之傳附蕭育傳：「育字次君，少以父（蕭望之）任爲太子庶子。……後爲茂陵令，會課，育第六，而漆令郭舜殿，見責問，育爲之請扶風，怒曰：『君課第六，裁自脱，何暇欲爲左右言？』及罷出，傳召茂陵令詣後曹，當以職事對。育徑出曹，書佐隨牽育，育案佩刀曰：『蕭育杜陵男子，何詣曹也？』遂趨出，欲去官。明旦，詔召入，拜爲司隸校尉。」

〔三六〕「蔑鄉里」二句，宋書陶潛傳：「爲彭澤令，……郡遣督郵至縣，吏白應束帶見之。潛嘆曰：『我不能爲五斗米折腰向鄉里小人。』即日解印綬去職。」按後銘詞有「亟改炎涼，罷歸桑梓」二句，則所謂李嘉「願辭」，實爲罷官，其緣由恐不如陶潛之高尚，今已不可考。

〔三七〕「扶老生」句，生，原作「子」。英華、四子集、全唐文作「生」。按：老子，古代多用於老人自稱，此作「生」義勝，據改。唐開元占經卷八四客星占八引黄帝占：「客星出老人星，有兵起，老人不安。若老人者行，若守之久，命曰扶老人，其國安，老人昌。」井上，指老人星入東井。同書卷六八老人星占：「石氏（星經）曰：『老人星在弧南（原注：入井十九度，去極百三十三度半，在黄道外七十五度太）。』」句謂願作「扶老人」，以求國安。

〔三八〕「尋丁」四句，丁外艱，謂喪父。艱，英華校：「集作難。」誤。孝經喪親：「喪不過三年，示民有終也。」孔子家語卷一〇曲禮子貢問：古人喪親，「及二十五月而祥」。此言三年，故謂「加人一等」。

〔三九〕「勳上騎」句，唐六典卷二尚書吏部：「凡勳有十二等，……六轉爲上騎都尉，比正五品。」

〔四〇〕「公以」二句，漢書杜延年傳顔師古注：「安車，坐乘之車也。」賜杖，禮記内則稱「七十杖於國」，乃周制。按：李嘉雖官卑，然所襲爵位高，故有所謂安車、賜杖云云。高，英華校：「集作侵。」誤。

〔四一〕「謀孫」句，詩經大雅文王有聲：「詒厥孫謀，以燕翼子。」毛傳：「燕，安；翼，敬也。」鄭玄箋：「詒，猶傳也。孫，順也。……傳其所以順天下之謀，以安其敬事之子孫，謂使行之也。」孔穎達正義：「詒訓遺，即流傳之義，故詒猶傳也。傳其順天下之謀者，謂聖人所謀之事，行之則必順天下之心。安其敬事之子孫，言子孫敬事，能遵用其道，則得安也。」

〔四二〕「居常」二句，詩經大雅既醉：「既醉以酒，既飽以德。」孟子告子上：「詩云：『既醉以酒，既飽以德。』言飽乎仁義也，所以不願人之膏粱之味也。」何氏，太平御覽卷二五八良刺史下引語林曰：「何公爲揚州，有葬親者乞數萬錢，而帳下無有。」按北堂書鈔卷三八廉潔引語林，謂「何公」爲何宏。言以廉潔爲德。

〔四三〕「直置」二句，直置，謂剛直、公正。于公，漢書于定國傳：「始，定國父于公，其閭門壞，父老方共治之。于公謂曰：『少高大門閭，令容駟馬高蓋車。我治獄多陰德，未嘗有所冤，子孫必有興者。』」

〔四四〕「清風」四句，鸞鳳，喻指才俊，言其高潔；神仙，指道士。謂李嘉外出遊賞，相伴者絶無俗人。

〔四五〕「西山」二句，西山，即首陽山。史記伯夷列傳集解引馬融曰：「首陽山，在河東蒲坂、華山之北，河曲之中。」該山又稱西山。同上伯夷列傳：伯夷、叔齊餓且死，作歌，其辭曰：「登彼西山兮，采其薇矣。」索隱：「西山，即首陽山。」五日之朝，史記高祖本紀：「六年（前二〇一），高祖五日一朝。」兩漢多遵此制。化羽，用王喬事。後漢書王喬傳：「王喬者，河東人也。顯宗世，爲葉令。喬有神術，每月朔望，常自縣詣臺朝，帝怪其來數，而不見車騎，密令太史伺望之。言其臨至，輒有雙鳧從東南飛來。於是候鳧至，舉羅張之，但得一只舄焉。乃詔尚方診視，則四年中所賜尚書官屬履也。」其後，天下玉棺於堂前，喬曰：「天帝獨召我邪？」乃沐浴服飾，寢其中，蓋便立覆。宿昔葬於城東，土自成墳。兩句謂李嘉即將羽化仙去，婉言其將死也。

〔四六〕「北海」二句，後漢書鄭玄傳：「鄭玄，字康成，北海高密人也。……（袁）紹乃舉玄茂才，表爲左中郎將，皆不就。公車徵爲大司農，給安車一乘，所過長吏送迎。玄乃以病自乞還家。五年春，夢孔子告之曰：『起！起！今年歲在辰，來年歲在巳。』既寤，以讖合之，知命當終。有頃寢疾。時袁紹與曹操相拒於官渡，令其子譚遣使逼玄隨軍，不得已，載病到元城縣，疾篤不進。其年六月卒，年七十四。」李賢注引北齊劉晝高才不遇傳論玄曰：「辰爲龍，巳爲蛇，歲至龍蛇，賢人嗟。玄以讖合之，蓋謂此也。」「明年之」三字，英華校：「一作大明而。」展，同上校：「集作度。」皆誤。

〔四七〕「以永淳」句，永淳，唐高宗年號，永淳元年爲公元六八二年。

〔四八〕「終於」句，徐松唐兩京城坊考卷三西京外郭城：朱雀門街東第五街（即皇城東之第三街），街東從北第一坊，次南興寧坊，次南永嘉坊，次南興慶坊，次南道政坊。

長子隨州光化縣令守節等〔一〕，哀纒弔鶴，痛結鄰人〔二〕。孝之始也，則身體髮膚，所以全其性〔三〕；孝之終也，則衣裳棺槨，所以成其禮〔四〕。天高八萬，想京兆而何從〔五〕；地闊三阡，對佳城而有恨〔六〕。越弘道二年歲次甲申，正月甲申朔二十六日己酉〔七〕，陪葬於昭陵東南之平原〔八〕。烔㮊櫟庸材〔九〕，瓶筲小器〔一〇〕。仰惟先友，叨雅契於金環〔一一〕；俯逮嘉姻，荷深知於玉潤〔一二〕。南容有道，僅聞將聖之言〔一三〕；東武建塋，俄述安仁之賦〔一四〕。嗚呼哀哉！

【箋　注】

〔一〕「長子」句，元和郡縣志卷二一隨州光化縣：「本漢隨縣地。南齊武帝分其地立安化縣，屬隨郡。後魏文帝改爲新化縣，廢帝改爲光化縣。」縣於一九八三年撤併入湖北老河口市。

〔二〕「哀纏」二句，太平御覽卷九一六鶴引陶侃别傳：「侃丁母艱，在墓下，忽有二客來弔，不哭而退，儀服鮮潔，知非常人。隨看之，但見雙鶴，飛而衝天。」鄰人，晉書吴隱之傳：「事母孝謹，及其執喪，哀毁過禮。……與太常韓康伯鄰居，康伯母，殷浩之姊，賢明婦人也，每聞隱之哭聲，輟餐投筯，爲之悲泣。」

〔三〕「孝之始」句，孝經開宗明義章：「身體髮膚，受之父母，不敢毁傷，孝之始也。」李隆基（唐明皇）注：「父母全而生之，己當全而歸之，故不敢毁傷。」

〔四〕「孝之終」二句，孝經喪親章：「子曰：孝子之喪親也，……爲之棺椁衣衾而舉之。」李隆基注：「周屍爲棺，周棺爲椁。衣，謂斂衣，衾，被也。舉，謂舉屍内於棺也。」

〔五〕「天高」二句，周髀算經卷上稱「日高八萬里」。何，英華作「可」，校：「集作何。」作「可」誤。何從，謂不可得也。

〔六〕「地闊」二句，史記秦本紀：「四十一縣爲田，開阡陌。」索隱引風俗通曰：「南北曰阡，東西曰陌。河東以東西爲阡，南北爲陌。」此所謂「三阡」，「三」言其多，非定數；阡，亦含陌，謂面積大。佳城，塋墓也。佳，原作「任」，據英華、四子集、全唐文改。

〔七〕「越弘道」二句，按舊唐書則天皇后紀，「嗣聖元年（六八四）春正月甲申朔，改元（爲嗣聖）」。合葬李嘉夫婦在是年「正月甲申朔二十六日己酉」，則已改元二十多日，即并無所謂「弘道二年」。蓋志銘已在改元前刻就，不便改刊，故有此紀年。

〔八〕「陪葬」句，昭陵，唐太宗陵墓名，在今陝西禮泉縣城西北五十里九嵕山上。

〔九〕「炯樗櫟」句，樗、櫟，皆木名。莊子逍遥遊：「惠子謂莊子曰：吾有大樹，人謂之樗，其大本擁腫而不中繩墨，其小枝卷曲而不中規矩，立之塗，匠者不顧。」同書人間世：「匠石之齊，至乎曲轅，見櫟社樹，其大蔽牛，絜之百圍，其高臨山千仞，而後有枝。其可以爲舟者旁十數，觀者如市，匠伯不顧，遂行不輟。弟子厭觀之，走及匠石曰：『自吾執斧斤以隨夫子，未嘗見材如此其美也，先生不肯視，行不輟，何邪？』曰：『已矣，勿言之矣，散木也。以爲舟則沈，以爲棺槨則速腐，以爲器則速毁，以爲門户則液樠，以爲柱則蠹。是不材之木也，無所可用，故能若是之壽。』」後以樗櫟喻人之不才。此乃楊炯自謙自貶之詞。

〔一〇〕「瓶筲」句，瓶，古代小酒器。詩經小雅蓼莪：「缾之罄矣，維罍之恥。」毛傳：「缾小而罍大。」筲，論語子路：「子曰：噫！斗筲之人，何足算也。」何晏集解引鄭（玄）曰：「筲，竹器，容斗二升。」後喻人氣局小。陳書韓子高華皎傳「史臣曰」評二人：「瓶筲小器，輿臺末品。」

〔一一〕「仰惟」二句，先友，指楊炯父之友人。晉書傅玄傳附傅暢傳：「暢，字世道。年五歲，父友見而戲之，解暢衣，取其金環與侍者，暢不之惜，以此賞之。」

〔一二〕「俯逮」二句，晉書魏瓘傳：「總角乘羊車入市，見者皆以爲玉人，觀之者傾都。……瓘妻父樂廣，有海内重名，議者以爲婦公冰清，女婿玉潤。」嘉，原作「婚」，有校曰：「集作嘉。」英華校：

「集作嘉。」四子集亦作「嘉」。按：作「嘉」義勝。潘岳懷舊賦：「余總角而獲見，承戴侯之清塵。名余以國士，眷余以嘉姻。」據底本校、英華校等改。以上四句，楊炯自謂從小得其父友李客師器重，成人後，兩家便結爲「嘉姻」。

〔一三〕「南容」二句，論語公冶長：「子謂南容，『邦有道，不廢；邦無道，免於刑戮』。以其兄之子妻之。」何晏集解引王（肅）曰：「南容，弟子南宫縚，魯人也，字子容。不廢，言見用。」將聖，指孔子。論語子罕：「大宰問於子貢曰：『夫子聖者與？何其多能也。』子貢曰：『固天縱之將聖，又多能也。』」兩句謂孔子之兄僅聞孔子之言，即將女兒嫁與南宫縚。兩句亦自謂得李客師垂愛，被招爲婿。

〔一四〕「東武」二句，塋，原作「瑩」，據英華、全唐文改。文選潘岳懷舊賦：「余十二而獲見於父友東武戴侯楊君。始見知名，遂申之以婚姻，而道元、公嗣，亦隆世親之愛，不幸短命，父子凋殞。」李善注引潘岳楊肇碑曰：「肇字秀初，滎陽人，封東武伯，薨，謚曰戴。」又引賈弼之山公表注曰：「楊肇女適潘岳。……肇生潭，字道元，大中大夫；次韶，字公嗣。」則「東武」指楊肇。懷舊賦又曰：「東武託焉，建塋起疇。」李善注引如淳漢書注曰：「塋，冢田也。」按潘岳字安仁，則「安仁之賦」即懷舊賦。兩句謂爲妻兄李嘉營葬并作墓誌銘，與潘岳當年受岳父楊肇所託，爲妻兄弟楊潭、楊韶「建塋起疇」之事相同。

乃作銘曰：

爰初帝子，堯之大理〔一〕。降及真人，國之柱史〔二〕。衣冠百代，慶靈千祀。吉兆占熊〔三〕，嘉名贈鯉〔四〕。聿修厥德〔五〕，必復其始〔六〕。大孝因心〔七〕，至仁由己〔八〕。肅成門内〔九〕，章華宫裏〔一〇〕。父任爲郎〔一一〕，學優則仕〔一二〕。陽山之曲〔一三〕，蜀江之涘〔一四〕。月旦乘凫〔一五〕，田間狎雉〔一六〕。其心若鏡〔一七〕，其直如矢〔一八〕。亟改炎涼，罷歸桑梓〔一九〕。象賢舊國，安車暮齒〔二〇〕。忽愴池臺〔二一〕，俄悲生死。郭門一望，郊煙四起。夫復何言，平生已矣！

【箋注】

〔一〕「爰初」二句，爰，原作「愛」，誤，據四子集、全唐文改。爰，於也。帝子，指皋陶，皋陶爲帝顓頊高陽氏後裔（見本文前注），故稱。大理，指皋陶爲堯理官，詳本文前注。

〔二〕「降及」二句，真人，指李聃，即老子，嘗爲周柱下史。詳本文前注。後代道教奉老子爲教主，故稱「真人」。

〔三〕「吉兆」句，史記齊太公世家：「西伯將出獵，卜之，曰：所獲非龍非彲，非虎非羆，所獲霸王之輔。於是周西伯獵，果遇太公於渭之陽。」此當指李藥師、客師兄弟，謂其軍事才能有如姜太公。

〔四〕「嘉名」句，孔子家語本姓解：「（孔子）至十九娶於宋之上官氏，生伯魚。魚之生也，魯昭公以鯉魚賜孔子。榮君之貺，故因以名鯉，而字伯魚。」因墓主名「嘉」，疑有來歷，或與「贈鯉」相似。

〔五〕「聿修」句，詩經大雅文王：「無念爾祖，聿修厥德。」毛傳：「聿，述。」

〔六〕「必復」句，左傳閔公元年：「公侯之子孫，必復其始。」孔穎達正義：「公侯之子孫，必當復其初始，言此人子孫又將爲公侯也。」此言李嘉具再爲公侯之德。

〔七〕「大孝」句，詩經大雅皇矣：「因心則友，則友其兄。」毛傳：「因，親也。」孔穎達正義：「言其有親親之心。」

〔八〕「至仁」句，論語顏淵：「子曰：『……爲仁由己，而由人乎哉？』」何晏集解引孔（安國）曰：「行善在己，不在人也。」

〔九〕「肅成門」句，曹丕與王郎書：「集諸儒於肅城門内，講論大義，侃侃無倦。」城，初學記卷二一講論、太平御覽卷九三文皇帝引，皆作「成」。

〔一〇〕「章華宮」句，章華宮，又稱章華臺，楚靈王築。顏之推古意詩：「十五好詩書，二十彈冠仕。楚王賜顏色，出入章華裏。」此及上句，以肅成門、章華宮代指太子宮，言其爲太子左千衛事。

〔一一〕「父任」句，漢代宦族，多以父任爲郎，如漢書張安世傳：「安世字子孺，少以父任爲郎。」又韋玄成傳：「玄成字少翁，以父任爲郎。」又翟方進傳：「少子曰義，義字文仲，少以父任爲郎。」等等，後代亦常見。後漢書公孫述傳：「哀帝時，以父任爲郎。」李賢注：「任，保任也。」

〔一二〕「學優」句，論語子張：「子夏曰：『仕而優則學，學而優則仕。』」

〔一三〕「陽山」句，陽山，指首陽山。史記伯夷列傳：伯夷、叔齊「義不食周粟，隱於首陽山，采薇而食之」。集解引馬融曰：「首陽山，在河東蒲坂，華山之北，河曲之中。」雍正山西通志卷二四蒲州府永濟縣：「首陽山，在縣南三十里，即雷首南支也。」此代指隰川縣，言李嘉爲隰川令事。

〔一四〕「蜀江」句，蜀江，蜀中江河之泛稱或别稱。據上下文，此句當仍述爲隰川令事，况李嘉平生行迹未至蜀，不詳何以言及。疑「蜀」字誤，待考。湙，英華校：「集作氾。」

〔一五〕「月旦」句，月旦，每月初一。此指朔望，用王喬爲葉令時，每月朔望乘舄自縣詣臺朝見事，已見前注。此以喻李嘉，謂其爲令隰川時輕鬆自如，宛如神人。

〔一六〕「田間」句，狎雉，後漢書魯恭傳：「魯恭，字仲康，扶風平陵人也。」拜中牟令。「建初七年（八二），郡國螟傷稼，犬牙緣界，不入中牟。河南尹袁安聞之，疑其不實，使仁恕掾肥親往廉之。恭隨行阡陌，俱坐桑下，有雉過止其傍，傍有童兒，親曰：『兒何不捕之？』兒言『雉方將雛』。親瞿然而起，與恭訣，曰：『所以來者，欲察君之政迹耳。今蟲不犯境，此一異也；化及鳥獸，此二異也；竪子有仁心，此三異也。久留徒擾賢者耳。』還府，具以狀白安。」李賢注：「仁恕掾，主獄，屬河南尹，見漢官儀。廉，察也。」此以魯恭喻李嘉，謂其在隰川政績甚佳。

〔一七〕「其心」句，莊子應帝王：「至人之用心若鏡。」郭象注：「鑒物而無情。」此謂斷事清明。

〔一八〕「其直」句，詩經小雅大東：「周道如砥，其直如矢。」毛傳：「如砥，貢賦平均也；如矢，賞罰不偏也。」此言李嘉生性耿直，辦事公正。

〔一九〕「罷歸」句，詩經小雅小弁：「維桑與梓，必恭敬止。」毛傳：「父之所樹，已尚不敢不恭敬。」後以「桑梓」指故鄉。李嘉於隰川令任上罷歸事，細節不詳，參本文前注。

〔二〇〕「象賢」二句，謂李嘉晚年好遊獵，似其父李客師。李客師封丹陽郡公（已見前注），故稱「舊國」。舊唐書李靖傳：「靖弟客師，……永徽初以年老致仕。性好馳獵，四時從禽，無暫止息。有別業在昆明池南，自京城之外，西際澧水，鳥獸皆識之，每出則鳥鵲隨逐而噪，野人謂之『鳥賊』。」安車，漢書武帝紀「遣使者安車……徵魯申公」。顔師古注：「以蒲裹輪，取其安也。」

〔二一〕「忽愴」句，悲李嘉亡故。池臺，用説苑善説之雍門子周以琴説孟嘗君事，稱「高臺既已壞，曲池既已漸，墳墓既已下而青廷」云云，前已屢引。

李懷州墓誌銘〔一〕

公諱沖寂，字廣德，隴西狄道人也〔二〕。左衛大將軍、西平王之孫〔三〕，荆州大都督、漢陽王之子〔四〕，今上之族兄也〔五〕。原夫帝堯之緒，運期受於天漢；顓頊之胄，大命集於皇家〔六〕。光耀則若木十枝〔七〕，波瀾則長河九派〔八〕。或中軍按部，金鼓所以接其聲〔九〕；或刺史班條，冕旒所以彰其德〔一〇〕。信可謂玉林多寶，天族多奇〔一一〕，以御家邦〔一二〕，以藩王室者也。

【箋注】

〔一〕懷州，指李沖寂死後贈懷州刺史，詳後注。按誌文述墓主卒於永淳元年（六八二）某月，於次年五月葬，則本文當作於此時間段内。

〔二〕「隴西」句，隴西，古邑名。秦昭王始設隴西郡，治狄道，即今甘肅臨洮縣。乃唐皇李氏發祥地。

〔三〕「左衛」句，西平王，即李安。舊唐書宗室傳：「襄武王（李）琛，高祖從父兄子也。祖蔚，周朔州總管；父安，隋領軍大將軍。武德初，追封蔚爲蔡王，安爲西平王。」李安爲左衛大將軍，當亦在隋代。

〔四〕「荆州」句，指李瓌。新唐書宗室傳：「漢陽郡王瓌，始爲郡公，進王。高祖使持幣遺突厥頡利可汗言和親事。……遷左武侯將軍，代孝恭爲荆州都督。政務清静。嶺外酋豪數相攻，瓌遣使諭威德，皆如約不敢亂。後例爲公長史馮長命者，嘗爲御史大夫，素貴，事多專決。瓌怒杖之，坐免。起爲宜州刺史、散騎常侍，薨。」

〔五〕「今上」句，今上，即唐高宗李治。

〔六〕「原夫」四句，謂顓頊、帝堯乃李氏遠祖。北史序傳：「李氏之先，出自帝顓頊高陽氏。當唐堯之時，高陽氏有才子曰庭堅（按：即臯陶），爲堯大理，以官命族，爲理氏。歷夏、殷之季，其後理徵字德靈，爲翼隸中吴伯，以直道不容，得罪於紂，其妻契和氏攜子利貞逃隱伊侯之墟，食木子而得全，遂改理爲李氏。」運期，歷運之期；天漢，即天。太平御覽卷八〇帝堯陶唐氏引帝王世紀，稱堯「常夢攀天而上，故年二十而登帝位」。大命，謂天命。皇家，指唐，謂天命集於李氏。按：四句言古帝王爲李氏遠祖。現代學者陳寅恪嘗對正史所載唐皇族李氏之世系提出質疑，以爲李淵實爲西魏弘農太守、鮮卑大野氏人李初古拔後代，詳見所著李唐氏族之推測、李唐氏族之推測後記以及唐代政治史述論稿等，可參讀。

〔七〕「光耀」句，淮南子墬形訓：「若木在建木西，末有十日，其華照下地。」高誘注：「末，端也。若木端有十日，狀如蓮華，華猶光也，光照其下也。」末有十日，則「末」有十枝矣。

〔八〕「波瀾」句，長河九派，即前常州刺史伯父東平楊公墓誌銘所謂「滔滔河水，……派别九都」之意。山海經中山經：「（䰠山）又東二十里曰和山，其上無草木，而多瑶碧，實惟河之九都。是山也五曲，九水出焉，合而北流，注於河。」郭璞注：「九水所潛，故曰九都。」九派，即九水。以上兩句，以若木、黄河喻李氏枝繁葉茂、源遠流長。

〔九〕「或中軍」二句，中軍，古代軍隊分上、中、下三軍，主帥居中軍。按部，按兵法行動。節其聲，謂用鼓聲節制衆軍。此以金鼓代指主將。節，原作「接」，據英華卷九五〇、四子集、全唐文卷一九六改。文選顏延年赭白馬賦：「勒五營使按部，聲八鸞以節步。」李善注：「漢書（王莽傳下）：『（王尋）敕諸營皆按部。』薛綜東京賦注曰：『馬步齊則鸞聲和。』」

〔一〇〕「或刺史」二句，班條，頒布教條法令。冕旒，即冕冠、垂旒，皇帝禮帽。彰其德，謂冕旒象徵其德，亦即權力。文選劉孝標辨命論：「天王之冕旒，任百官以司職。」李善注：「天王冕旒而執契，必因百官司職以立政。文子曰：『德、仁、義、禮四者，聖人之所以御萬物也。』」呂向注：「冕旒，天子服也。言天子之命，居旒冕之尊，須任百官以爲主司之職，乃成其命。」以上四句，謂李氏家族或爲軍將，或爲長吏，富於人才。

〔二〕「信可謂」二句，天族，皇帝家族。晉書載記慕容超傳：「（慕容）法曰：『向見北海王子天資弘雅，神爽高邁，始知天族多奇，玉林皆寶。』」

〔三〕「以御」句，家邦，原作「邦家」，據英華、四子集、全唐文改。詩經大雅思齊：「刑于寡妻，至于兄弟，以御于家邦。」

公山河誕慶，辰昴發祥〔一〕。金多木少，孔文舉之天骨〔二〕；玉潔冰清，華子魚之神彩〔三〕。南陽李偉恭，懸識宰臣〔四〕；沛國趙元儒，竊知公輔〔五〕。編漢皇之兄弟〔六〕，列周室之邢茅〔七〕。天下稱其八才〔八〕，吾家號爲千里〔九〕。初任尚舍直長〔一〇〕，稍遷城門郎〔一一〕，仍奉敕於弘文館讀書，掌舍諸宮城門列校〔一二〕。制詣東觀，有黄香之博聞〔一三〕；賜其制書，有班斿之廣學〔一四〕。尋授駕部員外郎〔一五〕，轉金部郎中〔一六〕。又敕公爲戎州道支度軍糧使〔一七〕。天府充牣〔一八〕，軍儲委積。振南宮之紱冕，譽表三臺〔一九〕；歷西蜀之江山，榮高駟馬〔二〇〕。遷太府、鴻臚二少卿〔二一〕，丁艱去職。楊播之登太府，初聞累遷之命〔二二〕；鄭默之拜鴻臚，遽見終喪之禮〔二三〕。孔宣尼既祥五日，彈不成聲〔二四〕；孟獻子加人一等，懸而不樂〔二五〕。

【箋　注】

〔一〕「公山河」二句，謂李沖寂乃天地之精所生。淮南子墬形訓：「山爲積德，川爲積刑。」高誘注：「山，仁，萬物生焉，故爲積德；川，水，智。智制斷，故爲積刑也。」此言地。辰昴，乃天之精。文選王儉褚淵碑文：「辰精感運，昴靈發祥。」李善注：「爾雅曰：『大辰，房、心尾也。』王逸楚辭注曰：『辰星，房星也。』春秋元命苞曰：『殷紂之時，五星聚房，房者，蒼神之精，周據而興。齊水德，故曰辰精。』春秋佐助期曰：『漢將蕭何，昴星精，生於豐，通於制度。』毛詩曰：『長發其祥。』」呂向注：「辰星，主水也；感運，謂齊水德也。蕭何稟昴星而生。齊帝則蕭何後也。」邢邵廣平王碑文：「公山瀆效神，辰昴降德。」

〔二〕「金多」二句，白虎通義卷上五行：「木王即謂之春，金王即謂之秋。」秋主肅殺，春主和同（初學記卷三春稱春季「天地和同，草木萌動」）。故金多木少，謂多威武肅殺之氣，而少和氣。後漢書孔融傳：「孔融，字文舉，魯國人，孔子二十世孫也。」三國志魏崔琰傳裴松之注引張璠漢記，稱孔融「天性氣爽，頗推平生之意，狎侮太祖（曹操）」，「御史大夫郗慮知旨，以法免融官」。天骨，即天性。兩句言李沖寂爲人莊重，然不善處事。

〔三〕「玉潔」二句，冰，原作「水」，據英華、四子集、全唐文改。玉潔冰清，謂品德極高尚。司馬遷與摯伯峻書：「伏惟伯陵……冰清玉潔，不以細行荷累其名，固已貴矣。」華子魚，「魚」原作「全」，據四子集、全唐文改。三國志魏書華歆傳：「華歆，字子魚，平原高唐人也。」拜豫章太守，爲政清静，不煩吏民。「素清貧，禄賜以振施親戚故人，家無擔石之儲。公卿嘗并賜没入生口，唯歆出而嫁之，帝歎息。」明帝即位，進封博平侯，轉拜太尉。同書陳矯傳：「淵清玉潔，有禮有法，吾敬華子魚。」

〔四〕「南陽」二句，三國志吴書步騭傳裴松之注引吴書曰：「（李）肅，字偉恭，南陽人。少以才聞，善論議，臧否得中，甄奇録異，薦述後進，題目品藻，曲有條貫，衆人以此服之。權擢以爲（選曹尚書），選舉號爲得才。求出補吏，爲桂陽太守，吏民悦服。徵爲卿，會卒，知與不知并痛惜焉。」同書孫晧傳裴注引吴録曰：「（孟）仁，字恭武，江夏人也。本名宗，避晧字易焉。少從南陽李肅學，其母爲作厚褥大被，或問其故，母曰：『小兒無德致客，學者多貧，故爲廣被，庶可得與氣類接也。』其讀書夙夜不懈，肅奇之，曰：『卿宰相器也。』」後果爲丞相、司空。李，原誤「季」，據此改。偉恭，原倒爲「恭偉」，據此乙。

〔五〕「沛國」二句，晉書石苞傳：「石苞，字仲容，渤海南皮人也。雅曠有智局，容儀偉麗，不修小節，故時人爲之語曰：『石仲容，姣無雙。』縣召爲吏，給農司馬。會謁者陽翟郭玄信奉使求人爲御，司馬以苞及鄧艾給之。行十餘里，玄信謂二人曰：『子後併當至卿相。』苞曰：『御隸也，何卿相乎！』既而又被使到鄴，事久不決，乃販鐵於鄴市。市長沛國趙元儒名知人，見苞異之，因與結交，歎苞遠量，當至公輔。由是知名。」公輔，原作「公望」，據此改，以與上句「宰臣」對應。

〔六〕「編漢皇」句，漢書平帝紀：元始五年（五）春正月，「祫祭明堂，諸侯王二十八人，列侯百二十人，宗室子九百餘人徵助祭。禮畢，皆益户、賜爵及金帛，增秩補吏各有差。詔曰：『蓋聞帝王以德撫民，其次親親以相及也。昔堯睦九族，舜惇叙之。朕以皇帝幼年，且統國政，惟宗室子皆太祖高皇帝子孫及兄弟，吴頃（按：劉仲）、楚元（按：劉濞）之後，漢元至今十有餘萬人，雖有王侯之屬，莫能相糾，或陷入刑罪，教訓不至之咎也。……其爲宗室，自太上皇以來族親，各以世氏，郡國置宗師以糾之，致教訓焉。』」

〔七〕「列周室」句，邢，原作「邪」，乃「邢」之形訛，據英華、四子集、全唐文改。左傳僖公二十四年：「周公傷夏殷之叔世，疏其親戚，以至滅亡，故廣封其兄弟。……凡蔣、邢、茅、胙、祭，周公之胤也。」杜預注：「胤，嗣也。……高平昌邑縣西有茅鄉。」同書隱公五年：「曲沃莊伯以鄭人、邢人伐翼。」杜注：「邢國，在廣平襄國縣。」則邢、茅代指周公之兄弟。以上二句，言李沖寂爲宗室子，乃皇帝親戚。

〔八〕「天下」句，左傳文公十八年：「高辛氏有才子八人。」杜預注：「高辛，帝嚳之號。八人，亦其苗裔伯奮、仲堪、叔獻、季仲、伯虎、仲熊、叔豹、季貍。」

〔九〕「吾家」句，三國志魏書曹休傳：「曹休，字文烈，太祖（曹操）族子也。天下亂，宗族各散去鄉里，休……間行北歸見太祖，太祖謂左右曰：『此吾家千里駒也。』」

〔一〇〕「初任」句，唐六典卷一一殿中省尚舍局：「直長六人，正七品下。……掌殿庭張設，供其湯沐，而潔其灑掃。」

〔一一〕「稍遷」句，唐六典卷八門下省：「城門郎四人，從六品上。……城門郎掌京城、皇城宮殿諸門開闔之節，奉其管鑰而出納之。」

〔一二〕「掌舍」句，掌舍，謂仍掌諸宫城門事。列校，即列校郎將。資治通鑑卷五四漢紀四六：「宗族列校郎將。」胡三省注：「列校，謂北軍五校尉郎將，即三署中郎將。」三署，唐代爲親、勳、翊三府。

〔一三〕「制詣」二句，後漢書黄香傳：「黄香，字文彊，江夏安陸人也。年九歲失母，思慕憔悴，殆不免喪，鄉人稱其至孝。年十二，太守劉護聞而召之，署門下孝子，甚見愛敬。香家貧，内無僕妾，躬執苦勤，盡心奉養，遂博學經典，究精道術，能文章，京師號曰『天下無雙，江夏黄童』。初除郎中，元和元年（八四），肅宗詔香詣東觀，讀所未嘗見書。」東觀，東漢藏書處，此代指弘文館。

〔一四〕「賜其」二句，漢書叙傳上：「（班）況生三子：伯、斿、穉。……斿博學有俊材，左將軍史丹舉賢良方正，以對策爲議郎。遷諫大夫、右曹中郎將。與劉向校祕書，每奏事（顔師古注：斿每奏校書之事），斿以選受詔進讀群書（顔注「於天子前讀書」）。上器其能，賜以祕書之副。」斿，原作「游」，據此改。以上四句，以黄香、班斿擬李沖寂，言其有皇帝賜讀書之幸。

〔一五〕「尋授」句，駕，原作「篤」，據英華、全唐文改。唐六典卷五尚書兵部：「兵部尚書、侍郎之職，掌天下軍衛武官選授之政令。……其屬有四：一曰兵部，二曰職方，三曰駕部，四曰庫部。」又曰：「（駕部）員外郎一人，從六品上。……駕部郎中、員外郎，掌邦國之輿輦車乘，及天下之傳驛廄牧，官私馬牛雜畜之簿籍。」

〔一六〕「轉金部」句，唐六典卷三尚書户部：「户部尚書、侍郎之職，掌天下户口、井田之政令。……其屬有四：一曰户部，二曰度支，三曰金部，四曰倉部。」又曰：「金部郎中一人，從五品上。……金部郎中、員外郎，掌庫藏出納之節，金寶財貨之用，權衡度量之制，皆總其文籍，而頒其節制。」

〔一七〕「又敕」句，元和郡縣志卷三一戎州：「古僰國也。……至漢武帝建元六年（前一三五），遣唐蒙發巴、蜀卒通西南夷自僰道抵牂柯，鑿石開道二十餘里，通西南夷，置僰道縣，屬犍爲郡。今州即僰道縣也。……梁武帝大同十年（五四四），使先鐵討定夷獠，乃立戎州，即以鐵爲刺史，後遂不改。」地在今四川宜賓市。支度軍糧使，資治通鑑卷二〇三唐紀一九高宗下胡三省注：「唐制：凡天下邊軍有支度使，以計軍資糧仗之用，所費皆申度支會計，以長行旨爲準。」

〔一八〕「天府」句，周禮春官宗伯「天府」鄭玄注：「府，物所藏。言天者，尊此所藏，若天物然。」即國庫。充牣，充滿。

〔一九〕「振南宫」二句，史記天官書：「南宫，朱鳥：權、衡。衡，太微，三光之廷。」索隱引文耀鉤云：「南宫赤帝，其精爲朱鳥也。」又引宋均曰：「太微，天帝南宫也。」此以「南宫」代指朝廷。紱冕，代指百官。紱，繫官印之絲帶；冕，官帽。三臺，文選陳琳爲袁紹檄豫州：「坐領三臺，專制朝政。」李善注引漢官儀曰：「尚書爲中臺，御史爲憲臺，謁者爲外臺。」此泛指朝廷百司。

〔二〇〕「歷西蜀」二句，駟馬，代指司馬相如。華陽國志蜀志：「（成都）城北十里有昇仙橋，有送客觀。司馬相如初入長安，題其門曰：『不乘赤車駟馬，不過汝下也。』」按：今成都城北駟馬橋，即其址。據史記司馬相如列傳，武帝嘗拜相如爲中郎將，往通西夷，「便略定西夷，邛、筰、冉、駹、斯榆之君，皆請爲内臣」。兩句謂李沖寂爲戎州道支度軍糧使之功，高過司馬相如。

〔二一〕「遷太府」句，太，原作「大」，據英華、全唐文改。唐六典卷二〇太府寺：「少卿二人，從四品上。太府卿之職，掌邦國財貨之政令，總京都四市、平準、左右藏、常平八署之官屬，舉其綱目，修其職務。少卿爲之貳。」同書卷一八鴻臚寺：「少卿二人，從四品下。鴻臚卿之職，掌賓客及凶儀之事，領典客、司儀二署，……少卿爲之貳。」

〔二二〕「楊播」二句，北史楊播傳：「楊播，字延慶，弘農華陰人也。……母王氏，文明太后之外姑。播少修飭，奉養盡禮，擢爲中散，累遷衛尉少卿。……除太府卿，進爵爲伯。後爲華州刺史。」

〔二三〕「鄭默」二句，晉書禮志中：「太康七年（二八六），大鴻臚鄭默母喪。既葬，當依舊攝職，固陳不起，於是始制大臣得終喪三年。」據此，知上句所謂「丁艱」，或如鄭默，當爲丁内艱，即喪母。

〔二四〕「孔宣尼」二句，孔子家語卷一〇公西赤問：「孔子泫然而流涕，曰：『吾聞之：古不修墓，及二十五月而祥，五日而彈琴，不成聲。』」孔宣尼，即孔子。三字全唐文作「卜子夏」，誤。

〔二五〕「孟獻子」二句，禮記檀弓上：「孟獻子禫，縣而不樂。……夫子曰：『獻子加於人一等矣。』」鄭玄注：「孟獻子，魯大夫仲孫蔑。加，猶踰也。」按：禫，除喪服之祭禮。縣，同懸，指鐘、磬類樂器，演奏時懸掛於架上。依禮，除喪即可作樂，孟獻子喪除而不作樂，故謂加人一等。此謂李沖寂守喪過禮。

服闋，歷青、德、齊、徐四州刺史〔一〕。東臨鉅海，西至長原〔二〕，或全齊歷下之軍〔三〕，或大禹徐方之地〔四〕。任隆荆部，陶侃八州〔五〕；寄重潯陽，桓伊十郡〔六〕。遷宣州刺史〔七〕。吴王舊邑，楚國先封〔八〕。江迴鵲尾之城〔九〕，山枕梅根之冶〔一〇〕。蜀郡無此計吏，則惟薦張堪〔一一〕；潁川尤多制書，則但稱黄霸〔一二〕。巡察使以尤異聞〔一三〕，遷陝州刺史〔一四〕。觀其井邑，虢伯上陽之故墟〔一五〕；度其川原，周公分陝之遺跡〔一六〕。唇齒通其列國〔一七〕，咽喉壯其天險〔一八〕。善人爲政，無待於百年〔一九〕；童子行謡，先符於兩日〔二〇〕。于斯時也，天以順動〔二一〕，帝以會昌〔二二〕。修封禪於岱嶽〔二三〕，作明堂於汶上〔二四〕。望山川而遍群神〔二五〕，執玉帛而朝萬國〔二六〕。制公檢校司禮常伯〔二七〕。文昌之省，遥接大階〔二八〕；建禮之門，旁連複道〔二九〕。萬機匡贊，八座謀猷〔三〇〕。既陪軒帝之巡，仍覲漢家之事〔三一〕。

【箋　注】

〔一〕「歷青、德」句，青州、齊州、徐州，本書前已注。德州，元和郡縣志卷一七德州：「戰國時亦爲齊地。秦兼天下，今州秦之齊郡。漢分齊郡置平原郡。……後魏文帝於今州置安德郡。隋開皇三年（五八三）改爲德州，大業三年（六〇七）罷州，爲平原郡。……武德四年（六二一）討平竇建德，復爲德州。」今爲山東德州市。

〔二〕「西至」句，長原，「長」與上句「巨」對應。原，當指太行山。古青、兖、徐、豫之西爲太行山，太行山之東，爲今山東省。

〔三〕「或全齊」句，史記淮陰侯列傳：「（韓）信因襲齊歷下軍，遂至臨菑。」歷下，集解引徐廣曰：「濟南歷城縣。」句言李沖寂爲齊州刺史，其治軍有如韓信。

〔四〕「或大禹」句，史記夏本紀：「禹乃行相地宜所有以貢，及山川之便利。……海岱及淮維徐州，……其土赤埴墳，草木漸包。其田上中，賦中中。」徐方，詩經大雅常武：「徐方繹騷，震驚徐方。如雷如霆，徐方震驚。」鄭玄箋徐方爲「徐國」。史記秦本紀：「徐偃王作亂。」集解（裴）駰案地理志曰：「臨淮有徐縣，云故徐國。」正義引括地志云：「大徐城在泗州徐城縣北三十里，古徐國也。」此指徐州，謂李沖寂爲徐州刺史，能相地宜，有如大禹。

〔五〕「任隆」二句，荆，原作「刑」，英華注「疑」，當疑其誤；全唐文作「荆」，是，據改。荆部，指荆州。據晉書陶侃傳，侃仕終侍中、太尉，嘗都督荆、江、雍、梁、交、廣、益、寧八州諸軍事，荆、江二州刺史。

〔六〕「寄重」二句，晉書桓宣傳：「桓宣，譙國銍人也。」族子伊，字叔夏，都督豫州諸軍事、西中郎將、豫州刺史。以功封永修縣侯，進號右軍將軍。「遷都督江州、荆州十郡、豫州四郡軍事，江州刺史，將軍如故。」「十郡」之「郡」，英華作「部」，校：「本傳作郡。」作「部」誤。潯陽，江州舊名。元和郡縣志卷二八江州：「晉太康十年（二八九），以荆、揚二州疆域曠遠，難爲統理，分豫章、鄱陽、廬江等郡之地置江州，因江水以爲名，理豫章。至惠帝，分廬江之潯陽、武昌之柴桑置潯陽郡。……隋文帝平陳，置江州總管，移理湓城。大業三年（六〇七），罷江州爲九江郡。武德四年（六二一）討平林士弘，復置江州。」地在今江西九江市。

〔七〕「遷宣州」句，元和郡縣志卷二八宣州：「春秋時屬楚（按：當作「吴」），秦爲鄣郡，漢武帝改爲丹陽郡。……順帝立宣城郡。……隋開皇九年（五八九）平陳，改郡爲宣州，移於今理（宣城）。」今爲安徽宣城市。

〔八〕「楚國」句，漢書地理志上丹陽郡丹陽，原注：「楚之先熊繹所封。」宋洪适隸續卷三丹陽太守郭旻碑按曰：「西漢志丹陽云：『楚之先熊繹所封。』案史記：『周封熊繹於楚，居丹陽。』徐廣注云：『在南郡枝江縣。』秦、齊破楚屈匄，遂取丹陽（引者按：此乃史記張儀傳語），即其地。東漢（郡國）志亦云：『枝江，侯國，有丹陽聚。』班史所注，乃以丹陽爲楚子始封，誤也。」按：枝江縣在今湖北省，與漢武帝改鄣郡爲丹陽郡（地在今安徽）相去甚遠，故洪适謂漢書地理志注誤。其説是。

〔九〕「江迴」句，後漢書郡國志四廬江郡：「舒有桐鄉。」李賢注：「古桐國。左傳昭五年：『吴敗楚鵲岸。』杜預曰：『縣有鵲尾渚。』」地在今安徽桐城市北。

〔一〇〕「山枕」句，宋書百官志上：「江南唯有梅根及冶塘二冶，皆屬揚州。」庾信枯樹賦：「南陵以梅根作冶。」又元和郡縣志卷二八宣州南陵縣：「梅根監，在縣西一百三十五里。梅根監并宛陵監，每歲共鑄錢五萬貫。」又太平寰宇記卷一〇五池州銅陵縣：「銅陵縣北一百里元五鄉，本漢南陵縣，自齊、梁之代，爲梅根冶，以烹銅鐵。」梅，原作「海」，冶，原作「治」，皆形訛，據改。以上兩句，言宣州之地理、物産。

〔一一〕「蜀郡」二句，後漢書張堪傳：「張堪，字君游，南陽宛人也。」拜蜀郡太守，協助吴漢伐公孫述，拔成都，「堪先入據其城，撿閲庫藏，收其珍寶，悉條列上言，秋毫無私」。拜漁陽太守。「帝嘗召見諸郡計吏，問其風土及前後守令能否。蜀郡計掾樊顯進曰：『漁陽太守張堪，昔在蜀漢，仁以惠下，威能討姦。前公孫述破時，珍寶山積，捲握之物，足富十世，而堪去職之日，乘折轅車，布被囊而已。』帝聞，良久歎息，拜顯爲魚復長，方徵堪，會病卒。」兩句言李沖寂在宣州仁威廉潔，有如張堪。

〔一二〕「潁川」二句，漢書黄霸傳：「黄霸，字次公，淮陽陽夏人也，以豪桀役使徙雲陵。」爲潁川太守，「時上垂意於治，數下恩澤詔書，吏不奉宣。太守霸爲選擇良吏，分部宣布詔令，令民咸知上意。……治爲天下第一，徵守京兆尹」。制，四子集、全唐文作「璽」。兩句言李沖寂在宣州宣傳皇帝詔令，有如黄霸。

〔一三〕「巡察使」句，巡察使，朝廷所遣巡行各地之使者。如舊唐書蔣儼傳：「幽州司馬劉祥道以巡察使到部表最狀，擢會州刺史。」同書元讓傳：「永淳元年（六八二），巡察使奏讓孝悌殊異，擢拜太子右内率府長史。」然至高宗末，尚是臨時差遣。據舊唐書李嶠傳，武則天之初，李嶠建議設立專職使者，於是「乃下制：分天下爲二十道，簡擇堪爲使者。會有沮議者，竟不行」。至神龍時，方成爲制度。通典卷三二州郡上：「神龍二年（七〇六）二月，分天下爲十道，置巡察使二十人（一道二人），以左右臺及内外官五品以下堅明清勁者爲之，兼按郡縣，再期而代。」參見文獻通考卷五九觀察使。

〔一四〕「遷陝州」句，元和郡縣志卷六陝州：「周爲二伯分陝之地。……又爲古之虢國，今平陸縣地是也。……漢爲弘農郡之陝縣，自漢至宋不改。後魏孝文帝太和十一年（四八七）置陝州。……隋大業二年（六〇六）復罷，以其地屬河南郡。義寧元年（六一七）改置弘農郡。武德元年（六一八）改爲陝州。」今爲河南三門峽市所屬陝縣。

〔一五〕「觀其」二句，井邑：城鄉。虢，春秋時小諸侯國，地在今三門峽市。虢伯，指虢國國君虢公醜。左傳僖公五年：「八月甲午，晉侯圍上陽。問於卜偃曰：『吾其濟乎？』對曰：『克之。』公曰：『何時？』對曰：『……其九月十月之交乎！……』冬十二月丙子朔，晉滅虢，虢公醜奔京師。」杜預注：「上陽，虢國都，在弘農陝縣東南。」伯，英華、全唐文作「仲」。按左傳桓公八年：「冬，（周）王命虢仲立晉哀侯之弟緡於晉。」杜預注：「虢仲，王卿士虢公林父。」則作

「仲」非。

〔一六〕「度其」二句，尚書顧命序：「成王將崩，命召公、畢公中分天下而治之，率諸侯相康王。」僞孔傳：「二公，爲二伯。」孔穎達正義：「隱五年公羊傳云：『諸公者何？天子三公。天子三公者何？天子之相也。天子之相何以三？自陝而東者，周公主之；自陝而西者，召公主之；一相處乎内，是言三公，爲二伯也。』公羊傳，漢世之書，陝縣者，漢之弘農郡所治，其地居二京之中，故以爲二伯分掌之界，周之所分，亦當然也。公羊傳所言周、召分主，謂成王即位之初，此時周公已薨，故畢公代之。」

〔一七〕「唇齒」句，左傳僖公五年：「晉侯復假道於虞以伐虢。宫之奇諫曰：『虢，虞之表也，虢亡虞必從之。晉不可啓，寇不可玩。一之爲甚，其可再乎？諺所謂輔車相依，唇亡齒寒者，其虞、虢之謂也。』」

〔一八〕「咽喉」句，咽喉，當指函谷關。李尤函谷關銘：「函谷險要，襟帶咽喉。」按：函谷關，在今河南靈寶市北黄河岸邊，古屬弘農郡。

〔一九〕「善人」二句，史記孝文本紀：「太史公曰：孔子言『必世然後仁。善人之治國，百年亦可以勝殘去殺』。誠哉是言！」集解引王肅曰：「勝殘暴之人，使不爲惡。去殺，不用殺也。」

〔二〇〕「童子」二句，姚之駰後漢書補逸卷一〇引謝承後漢書：「（黄）昌爲蜀郡太守，未至郡時，蜀有童謡曰：『兩日出，天兵戢。』」兩日，「昌」字也。

〔二一〕「天以」句，周易豫卦彖曰：「天地以順動，故日月不過，而四時不忒。聖人以順動，則刑罰清而民服，豫之時義大矣哉！」句謂政治清明，天下太平。

〔二二〕「帝以」句，文選左思蜀都賦：「岷山之精，上爲井絡，天帝運期而會昌。」劉淵林注：「昌，慶也，言天帝於此會慶建福也。」

〔二三〕「修封禪」句，指唐高宗於乾封元年（六六六）初封禪泰山事，前已屢注。

〔二四〕「作明堂」句，史記孝武本紀：「初，天子封泰山，泰山東北阯古時有明堂處，處險不敞。上欲治明堂奉高旁，未曉其制度。濟南人公王帶上黄帝時明堂圖。明堂圖中有一殿，四面無壁，以茅蓋，通水，圜宫垣爲複道，上有樓，從西南入，命曰崑崙，天子從之入，以拜祠上帝焉。於是上令奉高作明堂汶上，如帶圖。」集解引徐廣曰：「在元封二年（前一〇九）秋。」漢書郊祀志上述此事，顔師古注「汶上」曰：「汶，水名也，出琅邪朱虚，作明堂於汶水之上也。」句指唐高宗封禪泰山後，又欲建明堂。舊唐書高宗紀下：「（乾封三年）丙寅，以明堂制度歷代不同，漢魏以還，彌更訛舛，遂增古今新制其圖，下詔大赦，改元爲總章。（總章）元年（六六八）二月己卯，分長安、萬年置乾封、明堂二縣，分理於京城之中。」按：分縣蓋表其決心之大，然明堂終未建而罷。

〔二五〕「望山川」句，謂高宗封禪之後，又望祭名山大川之群神。舊唐書高宗紀下：乾封元年（六六六）正月甲午，高宗次曲阜縣，幸孔子廟，以少牢致祭；二月己未次亳州，幸老君廟，創造祠堂。其行次所在，當有望祭活動。

〔二六〕「執玉帛」句，執玉帛，謂攜帶禮器、禮物。朝萬國，猶言萬國來朝。萬國，謂萬邦，指全國各地及友邦近鄰。資治通鑑卷二〇一：麟德二年（六六五）十月丙寅，高宗封禪，發自東都，「東自高麗，西至波斯、烏長諸國朝會者，各帥其屬扈從，穹廬毳幕，牛羊駝馬，填咽道路」。

〔二七〕「制公」句，檢校，代理。司禮，「禮」原作「理」。按唐六典載尚書省各部於龍朔二年（六六二）改官名，所改官名中無「司理」而有「司禮」，則「理」當是「禮」之音訛，因改。該書卷四尚書禮部：「禮部尚書一人，正三品。」注：「龍朔二年改爲司禮太常伯，咸亨元年（六七〇）復爲禮部。光宅元年（六八四）爲春官尚書，神龍元年（七〇五）復故。」又曰：「侍郎一人，正四品下。」注：「龍朔二年改爲司禮少常伯，咸亨、光宅、神龍并隨曹改復。」此言「常伯」，則李沖寂所檢校者，當爲禮部侍郎。

〔二八〕「文昌」二句，史記天官書：「斗魁戴匡六星曰文昌宮。一曰上將，二曰次將，三曰貴相，四曰司命，五曰司中，六曰司禄。」索隱：文耀鉤曰「文昌宮爲天府」。又曰：「孝經援神契云：『文者精所聚，昌者揚天紀。』輔拂并居，以成天象，故曰文昌宮。」索隱又引春秋元命包，稱「司禄賞功進士」，後遂以尚書省爲文昌省，以尚書禮部掌選舉。初學記卷一一尚書令「天府」：「荀綽晉百官表注曰：『尚書爲文昌天府。』天官書又曰：『魁下六星，兩兩相比者，名曰三能。』三能即三台。索隱引孟康曰：『泰階，三台也。台星凡六星，六符，六星之符驗也。』應劭引黄帝泰階六符經曰：『泰階者，天子之三階。』所謂『遥接大階』，『大』即『太』（同『泰』）字。兩句言尚書省與天子之宮遥接。

〔二九〕「建禮」二句，建禮門，兩漢時尚書官署居所。晉書職官志：「尚書郎，西漢舊置四人，以分掌尚書。……及光武分尚書爲六曹之後，合置三十四人，秩四百石，并左右丞爲三十六人。郎主作文書起草，更直五日於建禮門内。」又宋書百官志上引漢官云：「尚書寺，居建禮門内。」複道，閣道也。後漢書竇武傳：「（曹節）召尚書官屬，脅以白刃，使作詔板，拜王甫爲黄門令……令中謁者守南宫，閉門，絶複道。」尚書既居建禮門内，據此可知其地在南宫，距複道（如今之天橋）不遠。

〔三〇〕「萬機」二句，萬機，尚書皋陶謨：「兢兢業業，一日二日萬幾。」僞孔傳：「幾，微也。言當戒懼萬事之微。」又後漢書馮衍傳：「忠臣不顧争引之患，以達萬機之變。」李賢注：「事非一塗，故曰萬機之變也。書曰『一日二日萬機』。」幾、機同。一般用指皇帝。匡贊，文選王儉褚淵碑文：「匡贊奉時之業。」劉良注：「匡正、贊佐也。」八座，唐六典卷一尚書都省注：「今（按：指唐）則以二丞相、六尚書爲八座。」謀猷，尚書君陳：「爾有嘉謀嘉猷，則入告爾后於内。」僞孔傳：「汝有善謀善道，則入告汝君於内。」兩句言是時李沖寂上以協助皇帝，中爲宰相、尚書獻謀納策。

〔三一〕「既陪」二句，軒帝，黄帝軒轅氏。此以陪黄帝巡行天下，喻指陪高宗東巡封禪。覿，遇也。漢家之事，指漢武帝元封元年（前一一〇）封禪泰山事，見漢書武帝紀、同書郊祀志上。漢武帝之後，至唐高宗方行封禪之禮，故云。

屬河孫南走，憑斗骨而爲城居〔一〕；衛滿東亡，界朝鮮而爲役屬〔二〕。乘輿乃誅後至〔三〕，討不庭〔四〕，申命六事之人〔五〕，以問三韓之罪〔六〕。制曰：「師出遼左，卿可爲北道主人。〔七〕」檢校營州都督〔八〕。石門山險，銅鼎河流〔九〕。天文則營室辨方〔一〇〕，地象則神臺鎮野〔一一〕。供其行李，鄭國有東道之名〔一二〕；爲我主人，常山當北州之寄〔一三〕。遼東平〔一四〕，以功遷蒲州刺史〔一五〕。堯都蒲坂〔一六〕，舜耕歷山〔一七〕。昭襄王始作河橋〔一八〕，穆天子至於雷首〔一九〕。汝南朕之心腹，遂拜韓崇〔二〇〕；河東吾之股肱，時徵季布〔二一〕。遷少府監〔二二〕。忠信爲主，楊阜齊衡〔二三〕；清白在官，常林比德〔二四〕。又除蒲州刺史。諸童之逢迎郭伋，再牧并州〔二五〕；百姓之願得耿純，復臨東郡〔二六〕。孝敬皇帝，國之儲嗣，乾之長男〔二七〕。四極奏於重光，二年賓於上帝〔二八〕。崇其謚號，用黄屋於羽儀〔二九〕；卜其園塋，象玄宮之制度〔三〇〕。山陵之建也，以公檢校將作大匠〔三一〕。游衣漢寢之外〔三二〕，抱劍橋山之下〔三三〕。百工畢力，陳球於是乎躬親〔三四〕；諸吏懷恩，魏霸於是乎無謫〔三五〕。遷銀青光禄大夫、行少府監〔三六〕。

【箋注】

〔一〕「屬河孫」二句，孫，原作「縣」，據全唐文改。「河孫」下原有「而」字，下句無對文，當衍，據英華、四子集、全唐文删。周書異域傳高麗：「高麗者，其先出於夫餘。自言始祖曰朱蒙，河伯女感日影所孕也。朱蒙長而有材略，夫餘人惡而逐之。土於紇斗骨城，自號曰高句麗，仍以高爲氏。」又魏書高句麗傳：「夫餘人以朱蒙非人所生，將有異志，請除之，王不聽。……夫餘之臣又謀殺之，朱蒙母陰知，告朱蒙曰：『國將害汝，以汝才略，宜遠適四方。』朱蒙乃與烏引、烏違等二人棄夫餘，東南走。中道遇一大水，欲濟無梁，夫餘人追之甚急，朱蒙告水曰：『我是日子，河伯外孫。今日逃走，追兵垂及，如何得濟？』於是魚鼈并浮，爲之成橋，朱蒙得渡，魚鼈乃解，追騎不得渡。……至紇升骨城（按：「升」，上引周書作「斗」），遂居焉，號曰高句麗，因以爲氏焉。」則所謂「河孫」即朱蒙，謂爲河伯外孫也。

〔二〕「衛滿」二句，後漢書東夷傳東夷：「昔武王封箕子於朝鮮。……其後四十餘世，至朝鮮侯準，自稱王。漢初大亂，燕、齊、趙人往避地者數萬口，而燕人衛滿擊破準，而自王朝鮮。」

〔三〕「乘輿」句，乘輿，代指皇帝。誅後至，史記孔子世家：「仲尼曰：禹致群神於會稽山，防風氏後至，禹殺而戮之。」集解引韋昭曰：「防風氏違命後至，故禹殺之。陳屍爲戮。」

〔四〕「討不庭」句，左傳成公十二年：「謀其不協，而討不庭。」杜預注：「討背叛不來在王庭者。」

〔五〕「申命」句，史記夏本紀：「有扈氏不服，啓伐之，大戰於甘。將戰，作甘誓。乃召六卿申之。啓曰：『嗟！六事之人，予誓告汝：有扈氏威侮五行，怠棄三正，天用勦絶其命，今予維共行天之罰。』」則六事之人，指六卿。集解引孔安國曰：「各有軍事，故曰六事。」

〔六〕「以問」句，後漢書東夷傳東夷：「韓有三種：一曰馬韓，二曰辰韓，三曰弁辰。馬韓在西，有五十四國，其北與樂浪、南與倭接；辰韓在東，十有二國，其北與濊貊接；弁辰在辰韓之南，亦十有二國，其南亦與倭接。凡七十八國。……大者萬餘户，小者數千家，各在山海間。」按：句指乾封初高宗伐高麗事。舊唐書高宗紀下：乾封元年（六六六）「冬十月己酉，命司空、英國公勣爲遼東道行軍大總管，以伐高麗」。

〔七〕「卿可」句，後漢書鄧晨傳：「鄧晨，字偉卿，南陽新野人也。更始北都洛陽，以晨爲常山太守。會王郎反，光武自薊走信都，晨亦間行，會於鉅鹿下，自請從擊邯鄲。光武曰：『偉卿以一身從我，不如以一郡爲我北道主人。』乃遣晨歸郡。」

〔八〕「檢校」句，營州，新唐書地理志：「營州柳城郡，上都督府。本遼西郡，萬歲通天元年（六九六）爲契丹所陷，聖曆二年（六九九）僑治漁陽，開元五年（七一七）又還治柳城，天寶元年（七四二）更名。」按：營州初置於後魏，唐初爲營州遼西郡，治所在今遼寧朝陽市。

〔九〕「石門」二句，石門山、銅鼎河，當爲古營州境内山、水名，不詳待考。

〔一〇〕「天文」句，史記天官書：「（紫宫）後六星，絶漢抵營室，曰閣道。」又曰：「北宫：玄武。……營室爲清廟，曰離宫、閣道。」索隱：「元命包云：『營室十星，埏陶精類，始立紀綱，包物爲室。』」

又爾雅云：『營室謂之定。』郭璞云：『定，正也。天下作宮室，皆以營室中爲正也。』」辨方，謂建造房屋，以營室星定方位。此言營州州名來歷。

〔一一〕「地象」句，謂在地，則以神臺爲鎮。據周禮夏官職方氏，古代九州皆有鎮山，所謂神臺，當建於鎮山之上。上引職方氏曰：「東北曰幽州，其山鎮曰醫無閭。」鄭玄注：「醫無閭，在遼東。」

〔一二〕「供其」二句，左傳僖公三十年：「九月甲午，晉侯、秦伯圍鄭，以其無禮於晉。」「（鄭大夫）燭之武見秦伯，曰：『若舍鄭以爲東道主，行李之往來，共其乏困，君亦無所害。』」杜預注：「行李，使人。」此言李沖寂爲營州都督，以供伐三韓之軍需。

〔一三〕「爲我」句，即光武帝遣鄧晨爲常山太守事，已見上注。

〔一四〕「遼東平」二句，遼東平，在總章初。舊唐書高宗紀下：總章元年（六六八）「九月癸巳，司空、英國公勣破高麗，拔平壤城，擒其王高藏及其大臣男建等以歸。境内盡降，其城一百七十，户六十九萬七千，以其地爲安東都護府，分置四十二州」。

〔一五〕「以功」句，蒲州，元和郡縣志卷一二河中府：「按今州本帝舜所都蒲坂也。……即秦河東郡也。……後魏太武帝於今州理置雍州。延和元年（四三二），改雍州爲秦州。周明帝改秦州爲蒲州，因蒲坂以爲名。隋大業三年（六〇七）罷州，又置河東郡。……武德元年（六一八）罷郡，置蒲州。」地在今山西永濟市。

〔一六〕「堯都」句，史記秦本紀：「（昭襄王）四年（前三〇三），取蒲坂。」正義引括地志云：「蒲坂故城，在蒲州河東縣南，堯、舜所都也。」元和郡縣志卷一二河中府河東縣：「故堯城，在縣南二十八里。」

〔一七〕「舜耕」句，尚書大禹謨：「帝（舜）初於歷山，往於田。」僞孔傳：「言舜初耕於歷山。」又史記五帝本紀：「舜耕歷山。」集解引鄭玄曰：「在河東。」正義引括地志云：「蒲州河東縣雷首山，一名中條山，亦名歷山，亦名首陽山，亦名蒲山……此山西起雷首山，東至吴坂，凡十一名，隨州縣分之。歷山南有舜井。」元和郡縣志卷一二河中府河東縣：「州城，即蒲坂城也，城中有舜廟，城外有舜宅及二妃壇。」

〔一八〕「昭襄王」句，史記秦本紀：昭襄王五十年（前二五七），「初作河橋」。正義：「此橋在同州臨晉縣東，渡河至蒲州，今蒲津橋也。」

〔一九〕「穆天子」句，穆天子傳卷四：「天子南旋，升於長松之隥。孟冬壬戌，至於雷首。」郭璞注：「雷首，山名，今在河東蒲坂縣南也。」

〔二〇〕「汝南」二句，北堂書鈔卷七四太守「汝南心腹」條引謝承後漢書：「韓崇遷汝南太守，詔引見，賜車馬劍革帶，上敕崇曰：『汝南，朕之心腹也。』」

〔二一〕「河東」二句，漢書季布傳：「布爲河東守。孝文時，人有言其賢，召欲以爲御史大夫；又言其勇，使酒難近，至留邸一月，見罷。布進曰：『臣待罪河東，陛下無故召臣，此人必有以臣欺陛下者；今臣至，無所受事，罷去，此人必有毀臣者。夫陛下以一人譽召臣，一人毀去臣，臣恐天下有識者聞之，有以窺陛下。』」上默然慚，曰：『河東，吾股肱郡，故特召君耳。』」

〔二二〕「遷少府」句，唐六典卷二二少府監：「監一人，從三品。……少府監之職，掌百工伎巧之政令，總中尚、左尚、右尚、織染、掌治五署之官屬，庀其工徒，謹其繕作。」

〔二三〕「忠信」二句，三國志魏書楊阜傳：「楊阜，字義山，天水冀人也。」察孝廉，辟丞相府，州表留參軍事。嘗與馬超戰，身被五創，宗族兄弟死者七人。太祖封討超之功，侯者十一人，賜阜爵關内侯。阜讓，太祖報曰：「君與群賢共建大功，西土之人以爲美談。子貢辭賞，仲尼謂之止善，君其剖心，以順國命。」爲益州刺史、武都太守，遷將作大匠。明帝時屢上疏言事，「天子感其忠言，手筆詔答」。齊衡，謂李沖寂、楊阜二人之忠信等同。

〔二四〕「清白」二句，三國志魏書常林傳：「常林，字伯槐，河内温人也。」太祖以爲南和宰，治化有成，超遷博陵太守、幽州刺史，所在有績。文帝爲五官將，林爲功曹。出爲平原太守、魏郡東部都尉，入爲丞相東曹屬。魏國既建，拜尚書。文帝踐阼，遷少府，封樂陽亭侯。明帝即位，進封高陽鄉侯。時論以林節操清峻，欲致之公輔，而林遂稱疾篤，年八十三薨。裴松之注引魏略曰：「林性既清白，當官又嚴。」比德，謂李沖寂、常林二人德行相當。

〔二五〕「諸童」二句，後漢書郭伋傳：王莽時，伋嘗爲并州牧。光武帝時，轉爲漁陽太守。「帝以盧芳據北土，乃調伋爲并州牧。……伋前在并州，素結恩德，及後入界，……有童兒數百各騎竹馬於道次迎拜。伋問兒曹何自遠來？對曰：『聞使君到，喜，故來奉迎。』」

〔二六〕「百姓」二句，後漢書耿純傳：「耿純，字伯山，鉅鹿宋子人也。」從劉秀起兵，屢有戰功。世祖即位，封純高陽侯。「因自請曰：『……天下略定，臣無所用，志願試治一郡，盡力自效。』帝笑曰：『卿既治武，復欲修文邪？』迺拜純爲東郡太守。時東郡未平，純視事數月，盜賊清寧。」因事坐免，「以列侯奉朝請。從擊董憲，道過東郡，百姓老小數千隨車駕涕泣，云：『願復得耿君。』」

〔二七〕「孝敬皇帝」三句，孝敬皇帝，即太子李弘。舊唐書孝敬皇帝弘傳：「孝敬皇帝（李）弘，高宗第五子也。永徽四年（六五三。新唐書作「六年」）封代王，顯慶元年（六五六）立爲皇太子，大赦改元。」長男，周易説卦：「乾，天也，故稱乎父。坤，地也，故稱乎母。震一索而得男，故謂之長男。」

〔二八〕「四極」二句，四極，淮南子墬形訓：「地形之所載，六合之間，四極之内。」高誘注：「四極，四方之極。」重光，崔豹古今注卷中：「漢明帝爲太子，樂人作歌詩四章，以贊太子之德。其一曰日重光。」皇帝、太子爲兩日，故曰重光。賓於上帝，婉言死。風俗通義卷二：「太子晉曰：『然吾後三年，將上賓於天。……』其後太子果死。」舊唐書孝敬皇帝弘傳：「上元二年（六七五），太子從幸合璧宫，尋薨（高宗制稱因「沉瘵嬰身」，新唐書謂「遇鴆薨」），年二十四。制曰：『……慈惠愛親曰「孝」，死不忘君曰「敬」，謚爲孝敬皇帝。』其年，葬於緱氏縣景山之恭陵。制度一準天子之禮。」按：恭陵，在今河南偃師市景山之白雲嶺。

〔二九〕「崇其」二句，李弘并未嗣皇帝位，因謚爲孝敬皇帝，乃用皇帝禮下葬，故稱「崇其謚號」。黄屋，史記項羽本紀：「紀信乘黄屋。」正義引李斐云：「天子車，以黄繒爲蓋裏。」羽儀，指儀仗。周易漸卦：「上九，鴻漸於陸，其羽可用爲儀，吉。」

〔三〇〕「卜其」句，園塋，即墳域。玄宫，史記天官書：「（紫宫）後六星，絶漢抵營室，曰閣道。」正義曰：「營室七星，天子之宫，亦爲玄宫，亦爲清廟。」此言墓中象天上玄宫，即按皇帝陵制度。

〔三一〕「以公」句，檢校，代理。唐六典卷二三將作監：「將作監大匠一人，從三品。……將作大匠之職，掌供邦國修建土木工匠之政令。……凡山陵及京都之太廟、郊社諸壇廟，京都諸城門，……并謂之外作。」

〔三二〕「游衣」句，游衣，即游衣冠。漢書叔孫通傳：「惠帝爲東朝長樂宫，及間往，數蹕煩民，作複道，方築武庫南，通奏事，因請間曰：『陛下何自築複道高帝寢，衣冠月出遊高廟？子孫奈何乘宗廟道（上）行哉！』惠帝懼，曰：『急壞之。』通曰：『人主無過舉。今已作，百姓皆知之矣。願陛下爲原廟渭北，衣冠月出遊之，益廣宗廟，大孝之本。』上乃詔有司立原廟。」服虔、應劭、如淳等皆有説（見漢書注），顔師古注以爲「諸家之説皆未允也。謂從高帝陵寢出衣冠，游於高廟，每月一爲之，漢制則然。而後之學者不曉其意，謂以月出之時而夜游衣冠，失之遠也」。此以漢寢代指唐帝陵寢，謂李沖寂爲建恭陵，常視察唐先帝陵寢，有如漢代游衣冠。

〔三三〕「抱劍」句，史記五帝本紀：「黄帝崩，葬橋山。」集解（裴）駰案引皇覽曰：「黄帝冢，在上郡橋山。」索隱：「地理志：橋山在上郡陽周縣，山有黄帝冢也。」正義引括地志云：「黄帝陵在寧州羅川縣東八十里子午山。」羅川縣，即今甘肅正寧縣。又，今陝西黄陵縣亦有橋山，有黄帝陵。此以橋山代指唐帝陵所在地，言常去謁拜，有如抱劍衛士。

〔三四〕「百工」二句，球，原作「琳」。後漢書陳球傳：「陳球，字伯真，下邳淮浦人也。……遷魏郡太守，徵拜將作大匠，作桓帝陵園，所省巨萬以上。」後漢書補逸卷一二引謝承後漢書：「陳球，字伯真，爲將作大匠。桓帝崩，營寢陵，躬親作事，爲士卒先，百工畢（力）。」則「琳」乃「球」之誤，據改。

〔三五〕「諸吏」二句，後漢書魏霸傳：「魏霸，字喬卿，濟陰句陽人也。……永元十六年（一〇四），徵拜將作大匠。明年，和帝崩，典作順陵。時盛冬地凍，中使督促，數罰縣吏以厲霸。霸撫循而已，初不切責，而反勞之曰：『今諸卿被辱，大匠過也。』吏皆懷恩，力作倍功。」

〔三六〕「遷銀青」二句，唐六典卷二尚書吏部：「（吏部）郎中一人，掌考天下文吏之班秩品命，凡叙階二十九。……從三品曰銀青光禄大夫。」同上：「凡任官，階卑而擬高則曰守，階高而擬卑則曰行。」少府監，上已注。

若夫協時月〔一〕，乘天正〔二〕。秦人往事，遊别館而祈年〔三〕；漢宫舊儀，下明庭而避暑〔四〕。上幸九成宫〔五〕，以公檢校右領軍將軍〔六〕，本官如故。董司戎政，以戒不虞。七校陳其甲兵〔七〕，五營按其車服〔八〕。領軍之職，用文武於紀瞻〔九〕；右軍之官，叙勤勞於常惠〔一〇〕。尋以公事免，左授歸州司馬〔一一〕。楚之舊也，始得子男之田〔一二〕；夔之先也，裁爲附庸之國〔一三〕。人同賈傅〔一四〕，路似長岑〔一五〕。伯鸞有聲於鄉里〔一六〕，仲任見知於筆札〔一七〕。制遷中大夫，行兖州都督府長史〔一八〕。大庭之庫〔一九〕，少昊之墟〔二〇〕，上真降婁〔二一〕，金精吐宿〔二二〕。旁瞻日觀，水德題山〔二三〕。别乘初迎，將宣萬邦之化〔二四〕；佩刀終爽，徒見三公之服〔二五〕。以永淳元年某月日，行次唐州方城縣〔二六〕，遇疾薨。朝廷聞而傷之，贈懷州刺史〔二七〕。

【箋注】

〔一〕「若夫」句，尚書舜典：「協時月正日。」僞孔傳：「合四時之氣節，月之大小，日之甲乙，使齊一也。」

〔二〕「乘天正」句，左傳昭公十七年：「火出，於夏爲三月，於商爲四月，於周爲五月。夏數得天。」杜預注：「得天正。」孔穎達正義：「斗柄所指，一歲十二月，分爲四時。夏以建寅爲正，則斗柄東指爲春，南指爲夏，是爲得天四時之正也。若殷、周之正，則不得正。」此即指夏季。

〔三〕「秦人」二句，史記秦本紀：「繆公卒，葬雍。」集解（裴）駰案皇覽曰：「秦繆公冢在橐泉宮祈年觀下。」正義引廟記云：「橐泉宮，秦孝公造；祈年觀，德公起，蓋在雍州城内。」水經渭水注：「水南流，逕胡城東，俗名也，蓋秦惠公之故居，所謂祈年宮也，孝公又謂之爲橐泉宮。」别館，即別墅。

〔四〕「漢宮」二句，漢書劉屈氂傳：「是時上（武帝）避暑在甘泉宮。」按漢書載諸帝幸甘泉宮事甚衆，多爲避暑。梁劉孝威行幸甘泉歌：「漢家迎夏畢，避暑甘泉宮。」

〔五〕「上幸」句，上，指唐高宗。九成宮，即隋文帝所建仁壽宮。唐貞觀五年（六三一）修復，爲唐皇帝避暑之所。元和郡縣志卷二鳳翔府麟遊縣：「九成宮，在縣西一里（新唐書地理志作五里）。」遺址在今陝西麟遊縣新城區天臺山上。李沖寂護衛高宗避暑九成宮，當在上元間恭陵建成之後。按舊唐書高宗紀下：上元三年（六七六）夏四月戊午，「幸九成宮」。所指或即此行。

〔六〕「以公」句，右領軍將軍，唐六典卷二四諸衛：左右衛「領軍將軍各（按：指左、右）二人，從三品」。

〔七〕「七校」句，漢書刑法志：「京師有南北軍之屯。至武帝平百粤，内增七校。」注引晉灼曰：「百官表：中壘、屯騎、步兵、越騎、長水、胡騎、射聲、虎賁，凡八校尉。胡騎不常置，故此言七也。」

〔八〕「五營」句，車，原作「軍」，據英華改。後漢書順帝紀：「調五營弩師，郡舉五人，令教習戰射。」李賢注：「五營，五校也。謂長水、步兵、射聲、（胡）〔屯〕騎、（車）〔越〕騎等五校尉也。」

〔九〕「領軍」二句，晉書紀瞻傳：「紀瞻，字思遠，丹陽秣陵人也。」「明帝嘗獨引瞻於廣室，慨然憂天下曰：『社稷之臣，欲無復十人，如何？』因屈指曰：『君便其一。』瞻辭讓，帝曰：『方欲與君善語，復云何崇謙讓邪！』瞻才兼文武，朝廷稱其忠亮雅正。俄轉領軍將軍，當時服其嚴毅，雖恒疾病，六軍敬憚之。」

〔一〇〕「右軍」二句，漢書常惠傳：「常惠，太原人也。少時家貧，自奮應募，隨栘中監蘇武使匈奴，并見拘。留十餘年，昭帝時迺還，漢嘉其勤勞，拜爲光禄大夫。……後代蘇武爲典屬國。明習外國事，勤勞數有功。甘露中，後將軍趙充國薨，天子遂以惠爲右將軍，典屬國如故。」

〔一一〕「左授」句，歸州，舊唐書地理志二歸州：「隋巴東郡之秭歸縣。武德二年（六一九），割夔州之秭歸、巴東二縣，分置歸州。」秭歸縣，今屬湖北省。據新唐書地理志，歸州爲下州。唐六典卷三〇：下州「司馬一人，從六品上」。按：李沖寂貶官，蓋得罪族弟唐高宗。前文謂其「金多木少」，又言及孔融，疑即禍根也。

〔一二〕「楚之」二句，之，原作「州」，四子集、全唐文作「之」。按對句爲「之」，此亦當作「之」，據改。史記楚世家：「周文王之時，季連之苗裔曰鬻熊。鬻熊子事文王，蚤卒，其子曰熊麗。熊麗生熊狂，熊狂生熊繹。熊繹當周成王之時，舉文、武勤勞之後嗣，而封熊繹於楚蠻，封以子男之田，姓芈氏，居丹陽。」正義：「括地志云：歸州巴東縣東南四里，歸故城，楚子熊繹之始國也。又熊繹墓在歸州秭歸縣。輿地志云：秭歸縣東有丹陽城，周回八里，熊繹始封也。」

〔一三〕「夔之」二句，左傳僖公二十六年：「夔子不祀祝融與鬻熊。楚人讓之，對曰：『我先王熊摯有疾，鬼神弗赦，而自竄於夔。吾是以失楚，又何祀焉？』」杜預注：「夔，楚同姓國，今建平秭歸縣。」又曰：「祝融，高辛氏之火正，楚之遠祖也。鬻熊，祝融之十二世孫。」夔，楚之別封，故亦世紹其祀。」注又曰：「熊摯，楚嫡子，有疾，不得嗣位，故別封爲夔子。」因夔爲楚之別封，故稱其爲「附庸之國」。

〔一四〕「人同」句，賈傅，即賈誼。漢書賈誼傳：「賈誼，雒陽人也。」主張更定法令及列侯就國，文帝愛其能，欲任公卿之位，公卿盡害之，出爲長沙王太傅。

〔一五〕「路似」句，岑，原作「沙」，據英華、全唐文改。長岑，縣名。後漢書崔駰傳：「崔駰，字亭伯，涿郡安平人也。」肅宗時上四巡頌，帝深愛之，令侍中竇憲見之。「及憲爲車騎將軍，辟駰爲掾。……憲擅權驕恣，駰數諫之。及出擊匈奴，道路愈多不法，駰爲主簿，前後奏記數十，指切長短，憲不能容，稍疏之。因察駰高第，出爲長岑長。駰自以遠去，不得意，遂不之官而歸。」李賢注：「長岑縣，屬樂浪郡，其地在遼東。」後以長岑路喻指遠貶。如陰鏗罷故章縣：「長岑舊知遠，萊蕪本自貧。……惟當有一犢，留持贈後人。」又庾信詠懷詩：「由來不得意，何必往長岑。」以上四句，以賈誼、崔駰擬李沖寂，爲其得罪高宗遭遠謫鳴不平。

〔一六〕「伯騫」句，晉袁宏後漢紀孝順皇帝紀：「漢安二年（一四三）十二月，「匈奴中郎將馬寔有功於邊，詔書褒奬，賜錢十萬。」寔，字伯騫，扶風茂陵人也。晝誦經書，夜習弓兵，希慕名流，交結豪傑，荷擔徒走，不遠千里。山陽王暢，知名當時，寔慕其名，故往之。……（暢）即引俱入，知其異士也。……寔臨退，執暢手曰：『太上立德，其次立功。幸俱生盛明之世，當垂名千載，不可徒存天壤之間，各遇當仁之功，勿相忘也。』歸，舉孝廉，補尚書郎。西羌之難，王暢薦寔於執事，由是爲匈奴中郎將。」

〔一七〕「仲任」句，後漢書王充傳：「王充，字仲任，會稽上虞人也。……師事扶風班彪，好博覽，而不守章句。家貧無書，常游洛陽市肆，閲所賣書，一見輒能誦憶，遂博通衆流百家之言。後歸鄉里，屏居教授。仕郡爲功曹，以數諫争不合去。充好論説，始若詭異，終有理實，以爲俗儒守文，多失其真，乃閉門潛思，絶慶弔之禮，户牖牆壁各置刀筆，著論衡八十五篇，二十餘萬言。」

〔一八〕「制遷」句，唐六典卷二尚書吏部：「（吏部）郎中一人，掌考天下文吏之班秩品命，凡叙階二十九：……從四品下曰中大夫。」元和郡縣志卷一〇兖州（中都督府）：「春秋時爲魯國。……隋大業元年（六〇五），於兖州置都督府。二年，改爲魯州，三年，改爲魯郡。……武德五年（六二二），討平圓朗，改魯郡置兖州。貞觀十四年（六四〇），改置都督府。」據唐六典卷三〇，中都督府「長史一人，正五品上」。

〔一九〕「大庭」句，後漢書郡國志二：「魯國，……古奄國，有大庭氏庫。」李賢注引杜預曰（按見左傳昭公五年注）：「大庭氏，古國名，在城内，魯於其處作庫。」

〔二〇〕「少昊」句，史記魯世家：「封周公旦於少昊之虚曲阜，是爲魯公。周公不就封，留佐武王。」正義引括地志云：「兖州曲阜縣外城，即魯公伯禽所築也。」又漢書地理志下：「周興，以少昊之虚曲阜封周公子伯禽爲魯侯，以爲周公主。」顔師古注：「少昊，金天氏之帝。」又曰：「主周公之祭祀。」

〔二一〕「上真」句，上真，天上真人，即指天。降婁，分野星名。周禮小宗伯保章氏：「以星土辨九州之地所封，封域皆有分星，以觀妖祥。」鄭玄注：「星土，星所主土也，封猶界也。……今其存可言者，十二次之分也：星紀，吴越也；玄枵，齊也；娵訾，衛也；降婁，魯也……」賈公彦疏稱：「此古之受封之日，歲星所在之辰，國屬焉，則魯之分星爲降婁。」唐開元占經卷六四宿次分野：「奎、婁，魯之分野。自奎五度至胃六度，於辰在戌，爲降婁。降，下；婁，曲也。陰生於午，與陽俱行，至八月陽遂下，九月陽微，剥卦用事，陽將剥盡。陽在上，萬物枯落卷縮而死，故曰降婁。」句謂魯於李沖寂爲凶地。

〔二二〕「金精」句，春秋公羊傳哀公十四年：「金精埽旦，置新之象。」徐彦疏：「孛（引者按：即彗星）從西方鄉東，故曰金精（引者按：西方爲金）。彗者埽除之象，鄉晨而見，故曰埽旦也。是天不能殺，地不能理。」吐宿，謂金精吐星宿（指彗星）。史記天官書「三月生彗星，長二丈，類彗」，正義：「天彗者，一名埽星，本類星，末類彗。……光芒所及爲災變，見則兵起，除舊布新。」亦言李沖寂即將有災。

〔二三〕「旁瞻」二句，日觀，泰山東南山頂名。題山，指秦始皇泰山刻石。史記秦始皇本紀：始皇二十八年（前二一九），「乃遂上泰山，立石封祠祀，……禪梁父，刻所立石，其辭曰『皇帝臨位，作制明法，臣下修飭。二十有六年，初并天下，罔不賓服』」云云。水，原作「木」。然秦爲水德而非木德。同上書：始皇二十六年（前二二一），「更名河曰德水，以爲水德之始」。則「木」當爲「水」之形訛，據文意改。

〔二四〕「別乘」二句，別乘，即别駕。唐六典卷三〇：「（大都督府）長史一人，從三品。」注：「秦、漢邊郡有長史。……隋九等州亦有長史。開皇三年（五八三），改雍州别駕爲長史。煬帝罷州置郡，又改爲别駕，唯都督府則置長史。永徽中，始改别駕爲長史。」則長史乃由别駕改名而來。鄭樵通志卷五六職官略：「别駕從事史。一人。臣謹按：庾亮答郭豫書云：『别駕與舊刺史别乘同流，宣王化於萬里，其任居刺史之半。』」原注：「從刺史行部，别乘一乘傳車，故謂之别駕，漢制也。歷代皆有之，隋、唐并爲郡佐。」

〔二五〕「佩刀」二句，晉書王覽傳：「初，吕虔有佩刀，工相之，以爲必登三公，可服此刀。虔謂（王）祥曰：『苟非其人，刀或爲害。卿有公輔之量，故以相與。』祥固辭，彊之乃受。祥臨薨，以刀授覽，曰：『汝後必興，足稱此刀。』覽後奕世多賢才，興於江左矣。」三公，各代不一，唐以太尉、司徒、司空爲三公，見唐六典卷一。爽，違背，謂未能實現進位三公之願。

〔二六〕「行次」句，次，到。元和郡縣志卷二一唐州方城縣：「本漢堵陽地也，屬南陽郡，在堵水之陽，故名。……梁於此置堵陽郡。隋改置方城縣，取方城山爲名也，屬淯陽郡。貞觀改屬唐州。」今屬河南南陽市。

〔二七〕「贈懷州」句，元和郡縣志卷一六懷州：「春秋時屬晉，七國時屬韓、魏二國。秦兼天下，滅韓爲三川郡，滅魏爲河東郡，今州爲三川郡之北境、河東郡之東境。……漢高帝二年（前二〇五），以其地爲河内郡。……隋開皇三年（五八三）罷郡，置懷州。」武德四年（六二一），移治於河内。治所在今河南沁陽縣。

公嚴而有禮，直而能和。行孝立身，移忠事主〔一〕。生知者上，重之以八索九丘〔二〕；道在斯尊，加之以文昭武穆〔三〕。故能入登常伯〔四〕，出踐方州，爲六卿之儀表，發三軍之號令。列長戟於門前〔五〕，羅曲旃於堂下〔六〕。子孫朝夕，玉樹相輝〔七〕；賓客遠迎，玳簪交映〔八〕。悲夫！展禽三黜〔九〕，安仁再免〔一〇〕。奚辭棘署〔一一〕，俯集桐華〔一二〕。慘舒則不繫於陰陽〔一三〕，喜愠則不形於顔色〔一四〕。何嗟及矣，竟遊東岱之山〔一五〕；無所不知，旋閉南陽之墓〔一六〕。二年夏五月日，葬於萬年縣龜川鄉之平原〔一七〕。長子某官某，次子某官某，箕裘必復〔一八〕，花萼生光〔一九〕。鄰人泣其悲慟〔二〇〕，明主憂其毁瘠。觀其弔客，不無雙鶴之徵〔二一〕；察其成墳，自有百烏之感〔二二〕。森森隴樹，漠漠郊煙。右玄灞而浩蕩〔二三〕，左驪山而起伏〔二四〕。杜陵萬家之邑，非復城池〔二五〕；滕公駟馬之銘，不知年代〔二六〕。

【箋注】

〔一〕「移忠」句，孝經廣揚名章：「子曰：君子之事親孝，故忠可移於君。」

〔二〕「生知」二句，生知，謂生而知之。論語季氏：「孔子曰：生而知之者上也，學而知之者次也，困而學之又其次也。」八索九丘，左傳昭公十二年：「左史倚相趨過，王曰：『是良史也，子善視之！是能讀三墳、五典、八索、九丘。』」杜預注：「皆古書名。」僞孔安國尚書序：「八卦之説，謂之八索，求其義也；九州之志，謂之九丘，丘，聚也，言九州所有土地所生、風氣所宜，皆聚此書也。」按：乃傳説中古書名，已不可知其詳，尚書序之説，亦後人臆度而已。

〔三〕「道在」二句，昭、穆，乃古代宗廟或墓地之輩次排列，太祖居中。二、四、六世位左稱「昭」，三、五、七世位右稱「穆」。昭爲文，穆則爲武。此泛指祖宗，言李沖寂既有道，又爲皇帝近親，地位顯赫。

〔四〕「故能」句，指李沖寂嘗檢校禮部侍郎，見本文前注。

〔五〕「列長戟」句，列戟，謂門前架設棨戟，以示威武和地位。唐會要卷三二云「開元八年（七二〇）九月敕『廟社宮門、正一品、開府儀同三司、嗣王、郡王、上柱國、柱國、帶職事二品已上，及京兆、河南尹，大都督、上都護、開國及護軍、帶職事三品，若下都督、諸州門』，門皆列戟。又：「天寶六載（七四七）四月八日，初改儀制，令廟社門，宮殿門，每門各二十四戟。東宮，每門各十八戟。一品門，十六戟。嗣王、郡王、右上柱國、柱國、帶職事二品、散官光禄大夫已上、鎮軍大將軍上、各司職事品及京兆、河南、太原尹，大都督、大都護門，十四戟。上柱國、柱國、帶職事三品、上護軍、帶職事二品，若中都督、上州、上都護門，十二戟。國公及上護軍、帶職事三品，若下都督、中下州門，各十戟。并官給。」唐初情況不詳，蓋亦大致相同。李沖寂官至從三品（將作大匠、右領軍將軍等），故亦列戟。戟及列戟之法，宋史卷一五〇輿服志二曰：「門戟，木爲之，而無刃。門設架而列之，謂之棨戟。」唐代蓋亦略同。

〔六〕「羅曲旃」句，漢書田蚡傳：「前堂羅鐘鼓，立曲旃。」注引蘇林曰：「禮，大夫建旃，曲，柄上曲也。」顔師古注引許慎云：「旃，旗；曲，柄也。所以旃表士衆也。」

〔七〕「子孫」二句，晉書謝玄傳：「玄，字玄度，少穎悟。與從兄朗俱爲叔父（謝）安所器重。安嘗戒約子姪，因曰：『子弟亦何豫人事，而正欲使其佳？』諸人莫有言者，玄答曰：『譬如芝蘭玉樹，欲使其生於庭階耳。』安悦。」

〔八〕「賓客」二句，史記春申君列傳：「趙平原君使人於春申君，春申君舍之於上舍。趙使欲夸楚，爲瑇瑁簪，刀劍室以珠玉飾之，請命春申君客。春申君客三千餘人，其上客皆躡珠履以見趙使，趙使大慚。」

〔九〕「展禽」句，論語微子：「柳下惠爲士師，三黜，人曰：『子未可以去乎？』曰：『直道而事人，焉往而不三黜？枉道而事人，何必去父母之邦？』」又左傳文公二年：「仲尼曰：『臧文仲其不仁者三，不知者三。下展禽，廢六關，妾織蒲，三不仁也。……』」杜預注：「展禽，柳下惠也。文仲知柳下惠之賢，而使在下位，非己欲立而立人之道。」

〔一〇〕「安仁」句，潘岳，字安仁，其閒居賦曰：「自弱冠涉於知命之年，八徙官而一進階，再免，一除名，一不拜，職遷者三而已矣。」以上二句，再爲李沖寂免官左授鳴不平。

〔一一〕「奚辭」句，禮記王制：「正以獄成告於大司寇，大司寇聽之棘木之下。」鄭玄注：「周禮鄉師之屬，辨其獄訟，異其死刑之罪而要之職。聽於朝，司寇聽之；朝，王之外朝也，左九棘，孤卿大夫位焉；右九棘，公侯伯子男位焉；面三槐，三公位焉。」此當指李沖寂謫官後爲州司馬、都督府長史，其職爲聽獄訟，故稱「棘署」。奚辭，謂不辭爲之也。

〔一二〕「俯集」句，禮記月令：「季春之月，……桐始華。」此所謂「桐華(花)」，即指梧桐。集梧桐，詩經大雅卷阿：「鳳凰鳴矣，于彼高岡；梧桐生矣，于彼朝陽。」鄭玄箋：「鳳凰鳴于山脊之上者，居高視下，觀可集止。喻賢者待禮乃行，翔而後集。……鳳凰之性，非梧桐不棲，非竹實不食。」句言李沖寂人格高潔有如鳳凰，視梧桐而後棲集。

〔一三〕「慘舒」句，慘舒，猶言憂樂。文選張衡西京賦：「夫人在陽時則舒，在陰時則慘，此牽乎天者也。」薛綜注：「陽，謂春夏，陰，謂秋冬。」李善注引春秋繁露曰：「春之言猶偆也，偆者，喜樂之貌也；秋之言猶湫也，湫者，憂悲之狀也。」句謂其憂樂與陰陽季節變化無關。

〔一四〕「喜愠」句，論語公冶長：「子張問曰：『令尹子文三仕爲令尹，無喜色；三已之，無愠色。舊令尹之政，必以告新令尹，何如？』子曰：『忠矣。』」

〔一五〕「竟游」句，東岱，即東嶽泰山。張華博物志卷一：「泰山，一曰天孫，言爲天帝孫也。主召人魂魄，東方萬物始成，知人生命之長短。」游泰山，婉言辭世。

〔一六〕「旋閉」句，後漢書王喬傳：「王喬者，河東人也，顯宗世爲葉令。喬有神術。……後天下玉棺於（葉縣）堂前，吏人推排，終不摇動。喬曰：『天帝獨召我邪？』乃沐浴服飾，寢其中，蓋便立覆。宿昔葬於城東，土自成墳。」葉縣，漢屬南陽郡。

〔一七〕「葬於」句，元和郡縣志卷一京兆府（雍州）萬年縣：「本漢舊縣，屬馮翊，在今櫟陽縣東北三十五里。周明帝二年（五六〇）分長安、霸城、山北等三縣，始於長安城中置萬年縣。隋開皇三年（五八三）遷都，改爲大興縣，理宣陽坊。武德元年（六一八）復爲萬年。」則唐代之萬年縣，治在長安城中，當今西安市區。龜川鄉遺址待考。

〔一八〕「箕裘」句，謂二子能繼承父業家風。箕，柳箕；裘，衣裘也。詳見前唐同州長史宇文公神道碑「箕裘早學」句注引禮記學記。必復，左傳閔公元年：「公侯之子孫，必復其始。」孔穎達正義：「公侯之子孫，必當復其初始，言此人子孫又將爲公侯也。」

〔一九〕「花蕚」句，謂兄弟二人友愛如常棣之花，韡韡生輝。事見詩經小雅常棣，本書前注已屢引。

〔二〇〕「鄰人」句，用吴隱之爲母執喪事，見前隰川縣令李公墓誌銘「痛結鄰人」句注引晉書吴隱之傳。

〔二一〕「觀其」二句，晉書陶侃傳：「以母憂去職。嘗有二客來弔，不哭而退，化爲雙鶴，衝天而去，時人異之。」

〔二二〕「察其」二句，太平御覽卷九二〇烏引孝子傳曰：「李陶，交趾人。母終，陶居於墓側，躬自治墓，不受鄰人助，群烏銜塊助成墳。」

〔二三〕「右玄灞」句，文選潘岳西征賦：「南有玄灞素滻。」李善注：「玄、素，水色也；灞、滻，二水名也。」按：灞水乃渭河支流，發源於秦嶺北麓藍田縣，由南北流，匯於渭河。

〔二四〕「左驪山」句，史記周本紀：「西夷犬戎攻幽王，……遂殺幽王驪山下。」正義引括地志云：「驪山，在雍州新豐縣南十里。」按：山在今西安臨潼區城南。

〔二五〕「杜陵」二句，史記呂不韋列傳：「故夏太后獨别葬杜東，曰：『東望吾子，西望吾夫。後百年，旁當有萬家邑。』」索隱：「杜原之東也。」正義：「夏太后陵在萬年縣東南三十五里。」按：夏太后，秦莊襄王母，秦始皇祖母。二〇〇四年，在今西安市長安區南神禾原上發現一大墓，考古界或以爲即夏太后墓。兩句謂李沖寂之萬年縣葬所，乃大吉之地，杜陵人將大量遷入（按秦漢與唐代之萬年縣，雖名同而地異。此乃用事，勿庸深究）。

〔二六〕「滕公」二句，滕公（夏侯嬰）嘗駕至東都門，馬局不肯前，使卒掘馬所蹋地，得石槨，有銘曰：「佳城鬱鬱，三千年，見白日。吁嗟滕公，居此室。」滕公死，遂葬焉。事出西京雜記，前已屢引。

其銘曰：

高陽積德〔一〕，武昭餘慶〔二〕。宅鎬開基〔三〕，封唐啓聖〔四〕。協和萬國，平章百姓〔五〕。天叙諸侯〔六〕，禮陳宗正〔七〕。其一

【箋　注】

〔一〕「高陽」句，謂李氏乃高陽氏顓頊之後，詳本文前注。

〔二〕「武昭」句，武昭，指李暠。舊唐書高祖紀：「高祖神堯大聖大光孝皇帝姓李氏，諱淵，其先隴西狄道人，涼武昭王暠七代孫也。」按：涼，史稱西涼，李暠所建。武昭王爲暠死後謚號。晉書卷八七有傳。餘慶，周易坤卦：「積善之家，必有餘慶。」謂前人積善，子孫獲享福慶之餘。

〔三〕「宅鎬」句，鎬，在今陝西長安縣馬王鎮、斗門鎮灃河兩岸。西周文王建豐京，武王建鎬京，豐在灃河之西，鎬在河東。此代指長安。謂李氏至唐高祖李淵時，始定居長安，於是開有唐基業。舊唐書高祖紀：「高祖以周天和元年（五六六）生於長安。」

〔四〕「封唐」句，啓，原作「起」，據英華、全唐文改。啓聖，開啓聖明。指李虎。舊唐書高祖紀：「皇祖諱虎，後魏左僕射，封隴西郡公。……周受禪，追封唐國公，謚曰襄。……武德初，追尊景皇帝，廟號太祖。」其子昞、昞子淵，皆襲封唐國公。

〔五〕「協合」二句，尚書堯典：「克明俊德，以親九族。九族既睦，平章百姓。百姓昭明，協和萬邦黎民，於變時雍。」協合，僞孔傳謂「合協」，猶今言「團結」。萬國，萬邦，指衆部落。平章，僞孔傳謂「平和章明」。

〔六〕「天叙」句，天指皇帝，叙，按規定排列等級次第。李沖寂祖安、父瓌皆封王（詳本文前注），乃古之諸侯。

〔七〕「禮陳」句，陳，原作「樂」，據英華、四子集改。宗正，即宗正寺。唐六典卷一六宗正寺：「宗正卿之職，掌皇九族六親之屬籍，以别昭穆之序，紀親疏之列，并領崇玄署。少卿爲之貳。九廟之子孫，其族五十有九，……其籍如州縣之法，凡大祭祀及册命、朝會之禮，皇親、諸親應陪位豫會者，則爲之簿書以申司封；若皇親爲王公子孫應襲封者，亦如之。」李沖寂爲宗室子，故云。

周之曲阜〔一〕，漢之平陸〔二〕。地則葭莩〔三〕，祥惟岳瀆〔四〕。鄉黨稱善〔五〕，閨庭雍穆〔六〕。始拜城門〔七〕，即游天禄〔八〕。其二

【箋　注】

〔一〕「周之」句，史記魯世家：「（周）徧封功臣同姓戚者，封周公旦於少昊之虚曲阜，是爲魯公。」李沖寂之祖襄武王李琛，乃高祖李淵從父兄之子，詳本文前注。周公旦爲周武王弟，李琛乃唐高祖從兄弟，關係略相似。

〔二〕「漢之」句，漢書景帝紀：前元三年（前一五四）「夏六月，詔曰：『乃者吴王濞等爲逆，……楚元王子蓺等與濞等爲逆，朕不忍加法，除其籍，毋令汙宗室。』立平陸侯劉禮爲楚王，續元王後。」注引孟康曰：「禮，元王子也。」按：此當指李沖寂之父漢陽郡王李瓌因杖長史馮長命失

王爵事（詳本文前注），故以劉禮爲喻，言其唯是王之後，已無爵位。

〔三〕「地則」句，漢書景十三王傳：「今群臣非有葭莩之親，鴻毛之重……」注引張晏曰：「葭，蘆葉也，莩，葉裏白皮也。」又引晉灼曰：「莩，葭裏之白皮也，皆取喻於輕薄也。」顔師古注：「葭，蘆也，莩者，其筩中白皮，至薄者也。葭，張言葉（裏）〔裏〕白皮，非也。」句謂李沖寂雖爲宗室子，然非至親，故地位不高。

〔四〕「祥惟」句，岳瀆，此偏指岳。詩經大雅嵩高：「崧高維岳，駿極于天。維岳降神，生甫及申。」毛傳：「……岳降神靈和氣，以生申、甫之大功。」鄭玄箋：「降，下也。四岳，卿士之官，掌四時者也。因主方岳巡守之事，在堯時姜姓爲之，德當岳神之意，而福興其子孫，歷虞、夏、商，世有國土。周之甫也、申也、齊也、許也，皆其苗胄。」句謂李沖寂雖是皇帝疏親，然亦爲岳神子孫，自當有吉祥之福。

〔五〕「鄉黨」句，論語雍也：「孔子爲魯司寇，以原憲爲家邑宰，與之粟九百，辭。子曰：『毋，以與爾鄰里鄉黨乎。』」何晏集解引鄭（玄）曰：「五家爲鄰，五鄰爲里，萬二千五百家爲鄉，五百家爲黨。」此泛指鄉邦鄰里。

〔六〕「閨庭」句，閨庭，指女眷居所，此泛指家庭。雍穆，文選曹植求通親親表：「是以雍雍穆穆，風人詠之。」吕延濟注：「雍，和；穆，美也。」後漢書陳寔傳附陳紀傳：「兄弟孝養，閨門廱和。」

〔七〕「始拜」句，指拜城門郎，見本文前注。

〔八〕「即游」句，天禄，尚書大禹謨：「四海困窮，天禄永終。」僞孔傳釋「天禄」爲「天之禄籍」。游天禄，謂入仕食禄。

大微之位〔一〕，益部之星〔二〕。卿則有六，四至丹青〔三〕。州則有九，八牧專城〔四〕。既踐臺閣，仍司甲兵〔五〕。其三

【箋注】

〔一〕「大微」句，大，即「太」字。史記天官書：「南宫朱鳥，權、衡。衡，太微，三光之廷。」索隱引宋均曰：「太微，天帝南宫也。三光，日、月、五星也。」此指朝廷。太微之位，謂李沖寂位在朝廷。

〔二〕「益部」句，史記天官書：「觜觿、參，益州。」謂參星爲益州分野。此指李沖寂爲戎州道支度軍糧使事，詳本文前注。

〔三〕「卿則」二句，唐六典卷一尚書省：「尚書令，掌部領百官，儀刑端揆。其屬有六尚書，法周之六卿：一曰吏部，二曰户部，三曰禮部，四曰兵部，五曰刑部，六曰工部。」此當指李沖寂爲檢校司禮常伯即禮部侍郎事。侍郎爲尚書之副，故亦稱之爲「六卿」。四至，四方所至，猶言處處。丹青，指圖畫其像。

〔四〕「州則」二句，九州，指先後任青、德、齊、徐、宣、陝、營、蒲（兩任）刺史。因蒲州爲再任，故「專

城」者爲八。

〔五〕「既踐」句，後漢書仲長統傳：「雖置三公，事歸臺閣。」李賢注：「臺閣，謂尚書也。」此指尚書省禮部。仍司甲兵，指高宗避暑九成宫時，爲檢校右領軍將軍。

倚伏無兆〔一〕，遭隮有運〔二〕。賈誼從王〔三〕，桓譚佐郡〔四〕。自忘寵辱〔五〕，曾無喜愠。人去何歸，天高不問〔六〕。其四

【箋注】

〔一〕「倚伏」句，老子：「禍兮福之所倚，福兮禍之所伏。」河上公注：「倚，因也。夫禍因福而生，人遭禍而能悔過責己，修善行道，則禍去而福來。禍伏匿於福中，人得福而爲驕恣，則福去禍來。」無兆，無預兆，不知何時而至。

〔二〕「遭隮」句，隮，毁壞。此指貶謫。運，命運。謂李沖寂左授歸州司馬，乃命運使然。

〔三〕「賈誼」句，漢文帝將擢賈誼爲公卿之位，遭舊功臣反對，出爲長沙王太傅，見前注。

〔四〕「桓譚」句，後漢書桓譚傳：「桓譚，字君山，沛國相人也。」世祖（光武帝）時以薦拜議郎、給事中，上疏諫帝「屏群小之曲説」，勿信圖讖。「其後有詔會議靈臺所處，帝謂譚曰：『吾欲讖決之，何如？』譚默然良久，曰：『臣不讀讖。』帝問其故，譚復極言讖之非經，帝大怒，曰：『桓譚

非聖無法，將下斬之。』譚叩頭流血，良久乃得解，出爲六安郡丞。」

〔五〕「自忘」句，老子：「何謂寵辱？辱爲下，得之若驚，失之若驚，是謂寵辱若驚。」此反其言，謂寵辱皆忘，故亦無所謂「驚」。

〔六〕「天高」句，楚辭天問王逸解題：「天問者，屈原之所作也。何不言問天？天尊不可問，故曰『天問』也。」既不可問，故不如「不問」。

東都門外〔一〕，長樂宮邊〔二〕。白馬旒旐〔三〕，青烏墓田〔四〕。楸梓夾路，碑石書年。百代之後，南陽之阡〔五〕。其五

【箋注】

〔一〕「東都門」句，用滕公（夏侯嬰）事，本文前已注。

〔二〕「長樂宮」句，史記樗里子傳：「樗里子者，名疾，秦惠王之弟也。……樗里子卒，葬於渭南章臺之東，曰：『後百歲，是當有天子之宮夾我墓。』……至漢興，長樂宮在其東，未央宮在其西，武庫正直其墓。秦人諺曰：『力則任鄙，智則樗里。』」

〔三〕「白馬」句，晉書五行志中：「庾亮初鎮武昌，出至石頭，百姓於岸上歌曰：『庾公上武昌，翩翩如飛鳥；庾公還揚州，白馬牽旒旐。』……及薨於鎮，以喪還都葬，皆如謠言。」元方回續古今考

卷三：「設崇，商也，綢練，夏也，此則周禮司常之所共也。設崇，謂崇牙旌旗之飾；綢練，以練綢旌之杠，此旌葬乘車所建。旌之旒，緇布廣充幅，長尋，曰旐。爾雅：『素錦綢杠。』今人以紅帛粉書某官某人之柩，上下繪板，俗曰旐旐。」

〔四〕「青烏」句，青烏，漢代方士，善相冢，著有相冢書。舊唐書經籍志下著録青烏子三卷，或即其書。此泛指相士。烏，原誤「鳥」，據英華、全唐文改。

〔五〕「南陽」句，用南陽郡葉令王喬事，本文前已注。

從弟去盈墓誌銘〔一〕

古者黄帝軒轅氏没，帝嚳高辛氏作〔二〕。幼而狥齊，長而敦敏〔三〕，則天下之人用其教者百年；忠肅恭懿，宣慈惠和，則天下之人謂之才者八子〔四〕。赤烏流而白魚躍，有周武之興王〔五〕；彤弓百而玈矢千，有晉文之啓霸〔六〕。雖隱公遜位〔七〕，哀侯失國〔八〕，而文之昭也，武之穆也，司徒爲五教之官〔九〕；有社稷焉，有黎民焉〔一〇〕，丞相臨萬機之職〔一一〕。崤、函鼎盛，赫奕於朱輪〔一二〕；河、洛台階，昭彰於白玉〔一三〕。積善餘慶，信而有徵。

【箋注】

〔一〕從弟，文苑英華卷九六一作「楊」，校：「集作從弟。」文稱墓主楊去盈死於上元三年（六七六）

五月二十二日，儀鳳四年（六七九）十二月二日葬，則本文當作於此時段内。

〔二〕「古者」二句，據史記五帝本紀，黄帝軒轅氏没，帝顓頊高陽氏立；顓頊崩，帝嚳高辛氏立。此不述顓頊，因楊炯以黄帝、帝嚳爲楊氏遠祖故也，見前常州刺史伯父東平楊公墓誌銘注。

〔三〕「幼而」二句，史記五帝本紀：「（黄帝）姓公孫，名曰軒轅。生而神靈，弱而能言，幼而徇齊，長而敦敏，成而聰明。」集解引徐廣曰：「墨子曰『年踰十五，則聰明心慮無不徇通矣』。」（裴）駰案：「徇，疾；齊，速也。言聖德幼而疾速也。」索隱稱「斯文未是」，其考甚繁，此略。

〔四〕「忠肅」三句，左傳文公十八年：「高辛氏有才子八人，忠肅共懿，宣慈惠和，天下之民謂之八元。」杜預注：「肅，敬也；懿，美也；宣，徧也；元，善也。」謂之，英華校：「集作稱其。」

〔五〕「赤烏」二句，赤、流，原作「黄」、「旗」，據全唐文卷一九五改。史記周本紀：「武王渡河，中流，白魚躍入王舟中，武王俯取以祭。既渡，有火自上復於下，至於王屋，流爲烏，其色赤，其聲魄云。」集解引馬融曰：「魚者，介鱗之物，兵象也。白者，殷家之正色。言殷之兵衆與周之象也。」又曰：「王屋，王所居屋。流，行也。魄然，安定意也。」鄭玄曰：「書説云烏有孝名。武王卒父大業，故烏瑞臻。赤者，周之正色也。」躍，英華校：「集作燎。」誤。按：此言周事，因楊氏出自姬姓，爲周人之後，見前常州刺史伯父東平楊公墓誌銘注。

〔六〕「彤弓」二句，史記晉世家：「初，鄭助楚，楚敗，懼，使人請盟晉侯。晉侯與鄭伯盟。五月丁未，獻楚俘於周，駟介百乘，徒兵千。天子使王子虎命晉侯爲伯，賜大輅，彤弓矢百，玈弓矢千，……晉侯三辭，然後稽首受之。」集解引服虔曰：「駟介，駟馬，被甲也。徒兵，步卒也。」又引賈逵曰：「王子虎，周大夫。大輅，金輅。彤弓，赤，玈弓，黑也。諸侯賜弓矢，然後征伐。」百，原作「一」，玈，原作「旅」，誤，據此改。玈，全唐文作「盧」，蓋音訛（「玈」音「盧」）。啓，原作「起」，據英華、全唐文改。

〔七〕「雖隱公」句，史記晉世家：「（晉）鄂侯二年（前七二二），魯隱公初立。……哀侯六年（前七一一），魯弒其君隱公。」「遜位」指此。隱，英華校：「集作出。」誤。按：此當述晉事，魯隱公蓋因鄂侯、哀侯旁及之，以言世道之衰。隱公被殺事，詳見史記魯世家。

〔八〕「哀侯」句，史記晉世家：「孝侯十五年（前七二五），曲沃莊伯弒其君晉孝侯於翼，晉人攻曲沃莊伯，莊伯復入曲沃，晉人復立孝侯子郄爲君，是爲鄂侯。……鄂侯六年（前七一八）卒，……晉人共立鄂侯子光，是爲哀侯。……哀侯八年（前七一〇），晉侵陘廷，陘廷與曲沃武公謀。九年，伐晉於汾旁，虜哀侯。晉人乃立哀侯子小子爲君，是爲小子侯。小子元年（前七〇九），曲沃武公使韓萬殺所虜晉哀侯。」「失國」指被虜。按：以上述晉國事，乃楊炯以華陰楊氏爲晉大夫叔向後之故，見前常州刺史伯父東平楊公墓誌銘注。

〔九〕「司徒」句，指楊震。東漢安帝時，楊震爲司徒，其事迹詳前鄶國公墓誌銘注引後漢書楊震傳。五教，尚書舜典：「慎徽五典，五典克從。」僞孔傳：「徽，美也。五典，五常之教：父義、母慈、兄友、弟恭、子孝。」舜典又曰：「帝曰：契！百姓不親，五品不遜，汝作司徒，敬敷五教，在寬。」僞孔傳：「布五常之教，務在寬，所以得人心，亦美其前功。」

〔一〇〕「有黎民」句，民，原作「人」，避唐諱，徑改。黎民，謂百姓、民衆。尚書堯典：「協和萬邦黎民，於變時雍。」僞孔傳釋「黎民」爲「衆民」。

〔一一〕「丞相」句，丞，原作「承」，據英華、四子集、全唐文改。丞相，指楊敞。西漢昭帝時楊敞爲丞相，其事迹詳前鄺國公墓誌銘注引漢書楊敞傳。

〔一二〕「崤、函」二句，崤、函，即崤山、函谷關。漢書郊祀志上：「自崤以東，名山五，大川祠二。」顔師古注：「崤，即今之陝州二崤也。」史記項羽本紀：「行略定秦地，函谷關有兵守關，不得入。」集解引文穎曰：「時關在弘農縣衡山嶺。」正義引括地志云：「函谷關，在陝州桃林縣西南十二里。」按張衡西京賦稱西京「左有崤、函重險，桃林之塞」云云，故此以「崤、函」代指西京長安，又以長安代指西漢。赫奕朱輪，文選左思詠史詩：「濟濟京城内，赫赫王侯居。冠蓋蔭四術，朱輪竟長衢。」張銑注：「濟濟、赫赫，美盛貌。……貴人所乘車，朱其輪也。」赫奕，與「赫赫」義同。文選陸機弔魏武帝文：「伊君王之赫奕，寔終古之所難。」吕向注：「赫奕，盛貌。」兩句言西漢時楊氏貴盛之狀。

〔一三〕「河、洛」二句，河、洛，代指東京洛陽。張衡東京賦稱洛陽「泝洛背河，左伊右瀍」云云。此又以洛陽代指東漢。台階，後漢書郎顗傳：「三公上應台階，下同元首。」李賢注引春秋元命苞曰：「魁下六星，兩兩而比，曰三台。」注又曰：「言三公上象天之台階，下與人君同體也。」昭彰，鮮明貌。白玉，此代指車。劉昭補後漢書輿服志輿服下：「乘輿，諸侯、王公、列侯以白玉。」兩句言東漢時楊氏貴盛之狀。

國子進士楊去盈〔一〕，字流謙，弘農華陰人也。曾祖諱初，周大將軍，隋宗正卿〔二〕、常州刺史，順陽公〔三〕，皇朝左光禄大夫〔四〕、華山郡開國公，食邑本鄉二千五百户〔五〕。唐、虞之稷、契〔六〕，魏、晉之裴、王〔七〕。晏嬰可以事百君〔八〕，皋繇爲之謨九德〔九〕。麾蓋兵馬，人知牧伯之尊〔一〇〕；名山大川，地積公侯之氣〔一一〕。王考諱虔安，僞鄭王世充逼授二十八將，封鄫國公。尋謀歸順，爲充所害〔一二〕。皇朝贈大將軍，旌忠烈也。陶謙雅尚〔一三〕，祖逖雄心〔一四〕，會天子之蒙塵，見諸侯之釋位。雖陳平去就，潛懷杖劍之謀〔一五〕；而石勒凶殘，遂及推牆之禍〔一六〕。父某，潤州句容〔一七〕、遂州長江二縣令，朝散大夫，行鄧州司馬〔一八〕。文武兼備，清明在躬〔一九〕，人無間言，位不充量。四方取則，孔宣父之踐中都〔二〇〕；百里非才，龐士元之登别駕〔二一〕。

【箋　注】

〔一〕「國子」句，國子進士，即國子監學生，習進士科。唐六典卷二一國子監：「學生三百人。」又曰：「國子博士掌教文武官三品已上及國公子孫、從二品已上曾孫之爲生者。五分其經以爲之業：習周禮、儀禮、禮記、毛詩、春秋左氏傳，每經各六十人，餘經亦兼習之。……其習經有暇者，命習隸書并國語、説文、字林、三蒼、爾雅。每旬前一日則試其所習業，每歲其生有能通兩經已上求出仕者，則上於監；堪秀才、進士者亦如之。」

〔二〕「隋宗正卿」句，隋書百官志：「諸卿，梁初猶依宋、齊，皆無卿名。天監七年（五〇八），以太常爲太常卿，加置宗正卿，以大司農爲司農卿。三卿，是爲春卿。」唐六典卷一六「宗正寺卿」李林甫注：「隋開皇初，宗正卿三品，煬帝爲從三品。」

〔三〕「順陽公」句，順陽公，封爵名。陽，原作「楊」，各本同。古之封爵，以地爲封，而考無「順楊」之地名。按後漢書四王三侯列傳有順陽懷侯（劉）嘉傳，乃以順陽爲封地。同上書李通傳：「還屯田順陽。」李賢注：「順陽，縣名，屬南郡，哀帝改爲博山。故城在今鄧州穰縣西。」則「楊」當是「陽」之形訛，據此改。

〔四〕「皇朝」句，唐六典卷二尚書吏部：「（吏部）郎中一人，掌考天下文吏之班秩品命，凡叙階二十九。……從二品曰光禄大夫。」注：「皇朝初猶有左、右之名，貞觀之後唯有光禄大夫。」則楊初叙左光禄大夫，當在唐高祖時。

〔五〕「華山郡」二句，通典卷三一歷代王侯封爵：「（唐）庶姓卿士功業特盛者，亦封郡王，其次封國公，其次有郡、縣開國公、侯、伯、子、男之號，亦九等，并無官土。其加『實封』者，則食其租調，分食諸郡，以租調給（原注：自武德至天寶，實封者百餘家）。」則所謂「華山郡」，實僅以其地名爲號而已，并非實領其地，亦不真食其租調。

〔六〕「唐虞」句，唐、虞，指陶唐氏、有虞氏，即堯、舜。此偏指舜。史記五帝本紀索隱：「虞，國名，在河東大陽縣。舜，謚也。」尚書舜典：「帝（舜）曰：『棄！黎民阻饑，汝后稷播時百穀。』」稷，即后稷，名棄，周之始祖。五帝本紀又曰：「帝曰：『契！百姓不親，五品不遜，汝作司徒，敬敷五教，在寬。』」僞孔傳：「五品，謂五常；遜，順也。」按：契，殷之始祖。

〔七〕「魏晉」句，當亦偏指晉。裴，指裴秀。裴氏在魏時已顯，至晉方盛。晉書裴秀傳：「裴秀，字季彦，河東聞喜人也。祖茂，漢尚書令；父潛，魏尚書令。」秀少好學，有風操，時人爲之語曰：「後進領袖有裴秀。」晉武帝（司馬炎）即王位，拜尚書令、右光禄大夫。及受禪，加左光禄大夫、封鉅鹿郡公。後又拜司空，詔稱「勳德茂著，配蹤元凱」云云。泰始七年（二七一）薨。其子頠、從弟楷、楷子憲，皆有名。王，指王導。晉書王導傳：王導，字茂弘，琅邪臨沂人，光禄大夫覽之孫。渡江之初，拜右將軍、揚州刺史，監江南諸軍事，有定鼎之功。明帝即位，又受遺詔輔政，遷司徒。其家族極盛，史臣有贊曰：「契叶三主，榮逾九命。……赫矣門族，重光斯盛。」

〔八〕「晏嬰」句，晏子春秋卷四：「梁丘據問晏子曰：『子事三君，君不同心，而子俱順焉。仁人固多心乎？』晏子對曰：『嬰聞之：順愛不懈，可以使百姓；暴强不忠，不可以使一人。一心可以事百君，三心不可以事一君。』仲尼聞之，曰：『小子識之，晏子以一心事百君者也。』」

〔九〕「皋繇」句，尚書皋陶謨：「皋陶曰：『都！亦行有九德，亦言其人有德，乃言曰：載采采。』禹曰：『何？』皋陶曰：『寬而栗，柔而立，願而恭，亂而敬，擾而毅，直而温，簡而廉，剛而塞，彊而義。』」

〔一〇〕「麾蓋」二句，麾蓋，麾，用作指揮之旌旗；蓋，車蓋，代指車。牧伯，尚書周官：「六卿分職，各率其屬，以倡九牧，阜成兆民。」僞孔傳：「六卿各率其屬官大夫士，治其所分之職，以倡道九州牧伯，爲政大成，兆民之性命皆能其官，則政治。」後之州刺史，即古之牧伯。漢書朱博傳：「今部刺史居牧伯之位。」

〔一一〕「名山」二句，地，原作「蘊」，英華校：「集作地。」全唐文作「地」。按上句爲「人」，此作「地」是，據改。淮南子墬形訓：「山爲積德，川爲積刑。」高誘注：「山，仁，萬物生焉，故爲積德；川，水，智，智制斷，故爲積刑也。」尚書舜典：「望秩于山川。」僞孔傳：「謂五嶽，牲禮視三公；四瀆，視諸侯；其餘視伯、子、男。」按：自「唐、虞」至此，謂楊初在歷朝德業極盛。

〔一二〕「王考」三句，隋書王充傳（按：王充即王世充，避唐諱闕字，以下徑補「世」字）：「王世充，字行滿，本西域人也。」爲隋將軍。宇文化及殺煬帝於江都，王世充奉越王楊侗爲主，封鄭國公，又自稱鄭王，於是廢楊侗於别宫，「僭即皇帝位，建元曰開明，國號鄭」。大唐遺秦王率衆圍之，世充頻出兵，戰輒不利。都外諸城相繼降款，世充窘迫，遣使請救於竇建德，建德率精兵援之。師至武牢，爲秦王所破，禽建德以詣城下。世充將潰圍而出，諸將莫有應之者，自知潛竄無所，於是出降。至長安，爲讎人獨孤修德所殺」。逼，英華、全唐文作「遥」，英華校：「集作逼，是。」二十八將，東漢有所謂「中興二十八將」，「永平中，顯宗追感前世功臣，乃圖畫二十八將於南宮雲臺，其外又有王常、李通、竇融、卓茂，合三十二人」（後漢書馬武傳）。王世充蓋效之。⿰留阝國公，⿰留阝爲古國名，英華作「鄮」，蓋形誤。王世充殺楊虔安，當在其被秦王李世民包圍之後。楊虔安，原作楊安。按册府元龜卷一六四招懷：「席辯，字令言，隋末寓居東郡。及王世充僭號，署辯爲左龍驤將軍。辯私謂僞將楊虔安、李君義等曰：『充雖據有雒陽，無人君之量，大唐已定關中，即真主也。』乃共虔安、君義等遣使入京，密申忠款。高祖欲發兵攻雒陽，潛令以書召辯，辯奉書，即帥部兵入京。」則楊安，當即楊虔安，楊安弟名楊虔威可證，據此補「虔」字。蓋席辯帥部入京并不成功，故招致楊虔安被殺。

〔一三〕「陶謙」句，後漢書陶謙傳：「陶謙，字恭祖，丹陽人也。」爲車騎將軍、徐州刺史。下邳闕宣自稱天子，謙始與合從，後遂殺之，而并其衆。

〔一四〕「祖逖」句，晉書祖逖傳：「祖逖，字士稚，范陽遒人也。……與司空劉琨俱爲司州主簿，情好綢繆，共被同寢，中夜聞荒雞鳴，蹴琨覺，曰：『此非惡聲也！』因起舞。逖、琨并有英氣，每語世事，或中宵起坐，相謂曰：『若四海鼎沸，豪傑并起，吾與足下當相避於中原耳。』爲奮威將軍、豫州刺史，將本流徙部曲百餘家渡江，「中流擊楫而誓曰：『祖逖不能清中原而復濟者，有如大江！』辭色壯烈，衆皆慨歎」。以上二句，以陶謙、祖逖喻楊虔安，謂其既知順逆，又具英雄氣概。

〔一五〕「雖陳平」二句，史記陳丞相世家：「陳丞相平者，陽武戶牖鄉人也。……項羽略地至河上，陳平往歸之，從入破秦，賜平爵卿。項羽之東王彭城也，漢王還定三秦而東。殷王反楚，項羽乃以平爲信武君，將魏王咎客在楚者以往，擊降殷王而還。項王使項悍拜平爲都尉，賜金二十鎰。居無何，漢王攻下殷王，項王怒，將誅定殷者將吏。陳平懼誅，乃封其金與印，使使歸項王，而平身閒行杖劍亡，……遂至修武降漢。」此以陳平降漢，喻楊虔安歸唐。杖，全唐文作「仗」，義同。

〔一六〕「而石勒」二句，晉書王衍傳：衍字夷甫，琅邪臨沂人。石勒寇京師，衍以太尉爲太傅軍司，衆共推爲元帥。「俄而舉軍爲石勒所破，勒呼王公，與之相見，問衍以晉故。衍爲陳禍敗之由，云計不在己。勒甚悅之，與語移日。衍自説少不豫事，欲求自免，因勸勒稱尊號。勒怒曰：『君名蓋四海，身居重任，少壯登朝，至於白首，何得言不豫世事邪？破壞天下，正是君罪。』使左右扶出，謂其黨孔萇曰：『吾行天下多矣，未嘗見如此人，當可活不？』萇曰：『彼晉之三公，必不爲我盡力，又何足責乎？』勒曰：『要不可加以鋒刃也。』使人夜排牆填殺之。」按：王衍大節有虧，此唯取石勒排牆之「凶殘」，以喻王世充殺楊虔安，蓋手段相同也。

〔一七〕「父某」二句，某，其名未詳，嘗爲長江縣令，見前遂州長江縣先聖孔子廟堂碑注。元和郡縣志卷二五潤州句容縣：「漢舊縣也。晉元帝興於江左，爲畿內第二品縣。縣有茅山，本名句曲。

以山形似『己』字，故名句曲；有所容，故號句容。」按：潤州即今江蘇鎮江市，句容爲鎮江所轄縣級市。

〔一八〕「行鄧州」句，元和郡縣志卷二一鄧州：「周爲申國。……秦昭襄王取韓地置南陽郡，以在中國之南而有陽地，故曰南陽。……隋開皇七年（五八七）……置鄧州，大業三年（六〇七）改爲南陽郡。武德二年（六一九）復爲鄧州。」今爲河南鄧州市。

〔一九〕「清明」句，明，原作「白」，英華、全唐文作「明」，英華校：「集作白。」按禮記孔子閒居：「清明在躬，氣志如神。」下文「四方取則」二句以孔子爲喻，此當如之，則作「明」是，據改。躬，英華校：「一作體。」誤。

〔二〇〕「四方」二句，史記孔子世家：「（魯）定公以孔子爲中都宰，一年，四方皆則之。」

〔二一〕「百里」二句，三國志蜀書龐統傳：「龐士元（統）非百里才也，使處治中、別駕之任，始當展其驥足耳。」百里，指一縣。

若夫庭生玉樹，身帶金鐶〔一〕，有衛玠之風神〔二〕，有張良之容貌〔三〕。黄琬之譏盛允，責在司空〔四〕；陳蕃之對薛勤，志清天下〔五〕。觀其昏定晨省〔六〕，立身揚名，怪草蔚其休徵，神魚會其冥感〔七〕。莊公獨嘆，聞潁叔之純行〔八〕；有道相推，見茅容之盡禮〔九〕。則閨門雍穆，以孝聞也。輔仁會友〔一〇〕，合志同方〔一一〕，晏平仲之善交〔一二〕，鮑叔牙之知我〔一三〕。張堪死日，妻子惟託於朱暉〔一四〕；劉惔生平，風月每思於玄度〔一五〕。則朋友之德，若蘭芬也〔一六〕。朱穆好學，終食忘餐〔一七〕；譙周研精，欣然獨笑〔一八〕。張華四海之内，若指諸掌〔一九〕；班固百家之言，無不窮究〔二〇〕。鉤深致遠〔二一〕，悦丘墳也〔二二〕。八音繁會，五色章明〔二三〕，動天地而感鬼神，序人倫而成孝敬〔二四〕。陽臺并作，楚襄王賜雲夢之田〔二五〕；上林同時，漢武帝給尚書之筆〔二六〕。則瓊敷玉藻，未足多也〔二七〕。自攝齊東序〔二八〕，撰杖西膠〔二九〕，推宰我之能言，貴顔回之有德〔三〇〕。成如麟角，道尊於璧水之前〔三一〕；翼若鴻毛，俯拾於金門之下〔三二〕。方將咫尺宣室〔三三〕，扈從明庭，申賈誼之忠讜，盡楊雄之規諫〔三四〕。豫章七載，擢修幹而聳長條〔三五〕；有鳥三年，摶積風而運滄海〔三六〕。豈期數有屯否，天無皂白〔三七〕，苗而不秀，秀而不實〔三八〕，蓋有是夫！古人有言：殁而不朽者〔三九〕，此之謂也。春秋二十有六，以上元三年五月二十二日，殁於京師勝業里〔四〇〕。嗚呼哀哉！至儀鳳四年十二月二日，歸葬於華陰之某原，不忘本也。山河鬱鬱，松柏蒼蒼，骨肉閉兮歸后土，魂魄游兮思故鄉。三荆摇落〔四一〕，五都悲涼〔四二〕，痛門户之無主，悼人琴之兩亡〔四三〕。嗚呼哀哉！

【箋注】

〔一〕「若夫」二句，玉樹、金鐶，分别用謝玄、傅暢事，言楊去盈資質之佳，分别見前李懷州墓誌銘「玉樹相輝」句、隰川縣令李公墓誌銘「叨雅契於金環」句注。

〔二〕「有衛玠」句，世説新語識鑒：「衛玠年五歲，神衿可愛，祖太保（瓘）曰：『此兒有異，顧吾老不見其大耳。』」劉孝標注引玠别傳曰：「玠有虚令之秀，清勝之氣，在群伍之中有異人之望。祖太保見玠五歲曰：『此兒神爽聰令，與衆大異，恐吾年老不及見爾。』」

〔三〕「有張良」句，史記留侯世家：「太史公曰：……上（漢高祖）曰：『夫運籌筴帷帳之中，決勝千里外，吾不如子房。』余以爲其人計魁梧奇偉，至見其圖，狀貌如婦人好女。」

〔四〕「黄琬」二句，宋彭叔夏文苑英華辨證卷一〇：「楊盈川楊去盈墓誌『蔣琬之譏盛元，責在司空』，元，集作『允』。按後漢黄琬對司空盛允曰：『蠻夷猾夏，責在司空。』當作黄琬、盛允。蔣琬乃蜀人也。」今按後漢書黄瓊傳：「黄瓊，字世英，江夏安陸人。」附黄琬傳：「瓊爲司徒，琬以公孫拜童子郎，辭病不就，知名京師。時司空盛允有疾，瓊遣琬候問，會江夏上蠻賊事副府（李賢注「副本詣公府也」），允發書視畢，微戲琬曰：『江夏大邦，而蠻多士少。』琬奉手對曰：『蠻夷猾夏，責在司空。』因拂衣辭去，允甚奇之。」言黄琬聰慧。彭氏所辨是，二字據改。

〔五〕「陳蕃」二句，後漢書陳蕃傳：「陳蕃，字仲舉，汝南平輿人也。祖河東太守。蕃年十五，嘗閑處一室，而庭宇蕪穢。父友同郡薛勤來候之，謂蕃曰：『孺子何不灑掃以待賓客？』蕃曰：『大丈夫處世，當掃除天下，安事一室乎？』勤知其有清世志，甚奇之。」

〔六〕「觀其」句，禮記曲禮上：「凡爲人子之禮，冬温而夏清，昏定而晨省。」鄭玄注：「安定其牀衽也。省,問其安否何如。」謂其孝。

〔七〕「怪草」二句,初學記卷一六孝引孝經援神契曰:「元氣混沌,孝在其中。天子孝,天龍負圖,地龜出書,夭孽消滅,景雲出遊。庶人孝,則澤林茂,浮珍舒,怪草秀,水出神魚。」休徵,好兆頭。冥感,冥冥中産生感應。

〔八〕「莊公」二句,莊公,謂鄭莊公。潁叔,即潁考叔。左傳隱公元年:「初,鄭武公娶於申,曰武姜,生莊公及共叔段。莊公寤生,驚姜氏,故名曰寤生,遂惡之。愛共叔段,欲立之,亟請於武公,公弗許。」及莊公即位,武姜遂與共叔段配合發動叛亂,戰敗。於是莊公「遂寘姜氏於城潁,而誓之曰:『不及黄泉,無相見也!』既而悔之。潁考叔爲潁谷封人(杜預注「封人,典封疆者」),聞之,有獻於公,公賜之食,食舍肉。公問之,對曰:『小人有母,皆嘗小人之食矣,未嘗君之羹,請以遺之。』公曰:『爾有母遺,繄我獨無。』潁考叔曰:『敢問何謂也?』公語之故,且告之悔。對曰:『君何患焉?若闕地及泉,隧而相見,其誰曰不然?』公從之。……遂爲母子如初。君子曰:潁考叔純孝也,愛其母,施及莊公。詩(按見詩經大雅既醉)曰:『孝子不匱,永錫爾類。』其是之謂乎!」潁,原作「穎」,各本同,據此改。行,英華、全唐文作「深」。按「純行」指純孝之德行,作「深」誤。

〔九〕「有道」二句,有道,即郭泰,人稱有道先生。後漢書郭太(泰)傳附茅容傳:「茅容,字季偉,陳留人也。……(郭林宗)請寓宿。旦日,容殺雞爲饌,林宗謂爲己設,既而以共其母,自以草蔬與客同飯。林宗起拜之，曰：『卿賢乎哉！』」

〔一〇〕「輔仁」句，論語顏淵：「曾子曰：君子以文會友，以友輔仁。」何晏集解引孔（安國）曰：「友以文德合。友相切磋之道，所以輔成己之仁。」

〔一一〕「合志」句，禮記儒行：「儒有合志同方，營道同術。」鄭玄注：「同方、同術，等志行也。」

〔一二〕「晏平仲」句，論語公冶長：「子曰：晏平仲善與人交，久而敬之。」何晏集解引周曰：「齊大夫，晏姓，平謚，名嬰。」

〔一三〕「鮑叔牙」句，史記管子列傳：「管仲曰：吾始困時，嘗與鮑叔賈，分財利多自與，鮑叔不以我爲貪，知我貧也。吾嘗爲鮑叔謀事而更窮困，鮑叔不以我爲愚，知時有利不利也。吾嘗三仕，三見逐於君，鮑叔不以我爲不肖，知我不遭時也。吾嘗三戰三走，鮑叔不以我爲怯，知我有老母也。公子糾敗，召忽死之，吾幽囚受辱，鮑叔不以我爲無恥，知我不羞小節，而恥功名不顯於天下也。生我者父母，知我者鮑子也。」正義引韋昭云：「鮑叔，齊大夫，姒姓之後。鮑叔之子，叔牙也。」

〔一四〕「張堪」二句，後漢書朱暉傳：「朱暉，字文季，南陽宛人也。」仕光武、明、章三帝，官終尚書令。爲人好節概。「初，暉同縣張堪素有名稱，嘗於太學見暉，甚重之，接以友道。乃把暉臂曰：『欲以妻子託朱生。』暉以堪先達，舉手未敢對，自後不復相見。堪卒，暉聞其妻子貧困，乃自往候視，厚賑贍之。暉少子頡怪而問曰：『大人不與堪爲友，平生未曾相聞，子孫竊怪之。』暉曰：『堪嘗有知己之言，吾以信於心也。』」堪，英華作「琪」，校：「集作堪。」作「琪」誤。

〔一五〕「劉惔」二句，晉書劉惔傳：「劉惔，字真長，沛國相人也。……尚明帝女廬陵公主，以惔雅善言理，簡文帝初作相，與王蒙并爲談客，俱蒙上賓禮。」世説新語言語：「劉尹云：清風朗月，輒思玄度。」劉孝標注引晉中興士人書曰：「許詢能清言，於時士人皆欽慕仰愛之。」按：劉惔爲丹陽尹，故稱劉尹。許詢，字玄度。

〔一六〕「則朋友」二句，周易繫辭上：「二人同心，其利斷金。同心之言，其臭如蘭。」

〔一七〕「朱穆」二句，太平御覽卷六一四好學引張璠漢記曰：「朱穆，字公叔。好學專精，每一思至，終日失食，行墜坑坎，亡失冠履。其父常言：『穆大專，幾不知馬之幾足。』」終，原作「中」，全唐文作「終」，核以漢紀，作「終」是，據改。按：朱穆，朱暉孫，後漢書朱暉傳有附傳。

〔一八〕「譙周」二句，三國志蜀書譙周傳：「譙周，字允南，巴西西充國人也。……周幼孤，與母兄同居。既長，耽古篤學，家貧，未嘗問産業，誦讀典籍，欣然獨笑，以忘寢食。」

〔一九〕「張華」二句，晉書張華傳：「張華……學業優博，辭藻温麗朗贍，多通圖緯方伎之書，莫不詳覽。……彊記默識，四海之内，若指諸掌。」

〔二〇〕「班固」二句，後漢書班固傳：「(班)固，字孟堅，年九歲能屬文，誦詩書。及長，遂博貫載籍，九流百家之言，無不窮究。所學無常師，不爲章句，舉大義而已。」

〔二一〕「鉤深」句，周易繫辭上：「探賾索隱，鉤深致遠，以定天下之吉凶、成天下之亹亹者，莫大乎蓍龜。」孔穎達正義釋「鉤深致遠」曰：「物在深處，能鉤取之；物在遠方，能招致之。」

〔二二〕「悅丘墳」句，丘，謂九丘；墳，三墳也。左傳昭公十二年：「左史倚相趨過，王曰：『是良史也，子善視之！是能讀三墳、五典、八索、九丘。』」杜預注：「皆古書名。」此泛指典籍。

〔二三〕「八音」二句，禮記樂記：「五色成文而不亂，八風從律而不姦。」鄭玄注：「五色，五行也；八風從律，應節至也。」孔穎達正義引崔氏云：「五色者，五行之音，謂宮、商、角、徵、羽之聲，和合成文不亂也。……八風從律而不姦者，八風，八方之風也；律，謂十二月之律也。樂音象八風，其樂得其度，故八風十二月律，應八節而至不爲姦慝也。」則八音，即八風，謂其樂音象八風也。徐陵丹陽上庸路碑：「若夫固天將聖，垂意藝文，五色相宣，八音繁會。」

〔二四〕「動天地」二句，毛詩序：「情發於聲，聲成文謂之音。治世之音安以樂，其政和；亂世之音怨以怒，其政乖；亡國之音哀以思，其民困。故正得失，動天地，感鬼神，莫近於詩。先王以是經夫婦，成孝敬，厚人倫，美教化，移風俗。」

〔二五〕「陽臺」二句，藝文類聚卷一九言語：「楚宋玉大言賦曰：楚襄王與唐勒、景差、宋玉游於陽雲之臺，王曰：『能爲寡人大言者上座。』……賦卒，而宋玉受賞。又曰：『有能爲小言賦者，賜之雲夢之田。』景差（賦）曰：……唐勒（賦）曰：……宋玉（賦）曰：……王曰：『善！』賜雲夢之田。」

〔二六〕「上林」二句，漢書司馬相如傳：「蜀人楊得意爲狗監，侍上（漢武帝），上讀子虛賦而善之，曰：

『朕獨不得與此人同時哉！』得意曰：『臣邑人司馬相如自言爲此賦。』上驚，乃召問相如，相如曰：『有是。然此乃諸侯之事，未足觀，請爲天子遊獵之賦。』上令尚書給筆札。……奏之天子，天子大説。其辭曰：……（按即上林賦。）賦奏，天子以爲郎。」

〔二七〕「則瓊敷」二句，文選陸機文賦：「彼瓊敷與玉藻，若中原之有菽。」李善注：「瓊敷、玉藻，以喻文也。」張銑注：「瓊敷、玉藻，謂文章妙句其爲無限，若中原有菽，採之則有，同天地之氣無窮，并育於中也。菽，豆葉也。」兩句言其極善詩賦。多，原作「云」，英華校集本同，據英華、四子集、全唐文改。

〔二八〕「自攝齊」句，論語鄉黨：「攝齊升堂，鞠躬如也，屏氣似不息者。」何晏集解引孔安國曰：「皆重慎也。衣下曰齊，攝齊者，摳衣也。」東序，禮記王制：「夏后氏養國老於東序，養庶老於西序。」孔穎達正義引熊氏云：「國老，謂卿大夫致仕者。庶老，謂士也。」按：此指太學，似當言西序，東序乃養「國老」之地。蓋爲對偶，當時不甚講究也。

〔二九〕「撰杖」句，禮記曲禮上：「侍坐於君子，君子欠伸，撰杖屨，視日蚤莫，侍坐者請出矣。」鄭玄注：「以君子有倦意也。撰，猶持也。」孔穎達正義：「撰杖屨者，則君子自執杖在坐著屨，升堂脱之在側。若倦，則自撰持之也。」西膠，禮記王制：「周人養國老於東膠，養庶老於虞庠。虞庠在國之西郊。」鄭玄注：「周立小學於西郊。」「西膠」、「西郊」義同，代指虞庠（即學校）。關於三代學校名稱變化，詳參前新都縣學先聖廟堂碑文「東膠西序」句注。

〔三〇〕「推宰我」二句，論語先進：「德行：顔淵、閔子騫、冉伯牛、仲弓；言語：宰我、子貢。」邢昺疏：「言若任用德行，則有顔淵、閔子騫、冉伯牛、仲弓（即冉雍）四人，若用其言語辯説以爲行人，使適四方，則有宰我、子貢二人。」推，英華作「唯」，校：「集作推。」按：對句爲「貴」，此作「推」是。

〔三一〕「成如」二句，太平御覽卷六〇七叙學引徐幹中論：「蔣子萬機論曰：諺曰『學如牛毛，成如麟角』，言其少也。」又顔氏家訓養生篇：「學如牛毛，成如麟角。」道尊，禮記學記：「凡學之道，嚴師爲難。師嚴然後道尊，道尊然後民知敬學。」璧水，指辟雍，古之太學。禮記禮統：「所以制辟雍何？教化天下也。辟雍之制奈何？王制曰：『辟雍員如璧，雍以水，内如覆，外如偃盤也。』」兩句謂已學成。

〔三二〕「翼若」二句，漢書景十三王傳：「今群臣非有葭莩之親，鴻毛之重。」注引晉灼曰：「皆取喻於輕薄也。」翼之輕薄，謂能高飛。俯拾，漢書夏侯勝傳：「經術苟明，其取青紫如俛拾地芥耳。」顔師古注：「地芥謂草芥之横在地上者。俛而拾之，言其易而必得也。青紫，卿大夫之服也。俛即俯字也。」金門，即金馬門。漢書公孫弘傳：「拜爲博士，待詔金馬門。」注引如淳曰：「武帝時相馬者東門京作銅馬法獻之，立馬於魯班門外，更名魯班門爲金馬門。」兩句謂羽翼已豐，取官易如拾芥。

〔三三〕「方將」句，咫尺，史記淮陰侯列傳：「遣辯士奉咫尺之書。」正義：「咫，八寸。言其簡牘或長尺也。」史記賈生列傳：「賈生（誼）徵見，孝文帝方受釐，坐宣室。」索隱引三輔故事云：「宣室，在未央殿北。」此代指皇帝。句謂即將向皇帝上書，距召見已經很近。

〔三四〕「申賈誼」二句，賈誼忠讜，集中在「更法」，如改正朔、易服色制度、定官名、興禮樂，以及「列侯就國」等。事詳漢書本傳。楊雄規諫乃用賦，其自述曰：「雄以爲賦者，將以風也。」因而嘗「奏甘泉賦以風」，「上河東賦以勸」，「聊因校獵，賦（校獵賦）以風」，「上長楊賦，聊因筆墨之成文章，故借『翰林』以爲主人，『子墨』爲客卿，以風」等（見漢書揚雄傳）。風，通「諷」，即規諫。

〔三五〕「豫章」句，史記司馬相如列傳載子虛賦：「楩柟豫章。」集解引郭璞曰：「豫章，大木也，生七年乃可知也。」此喻人才。

〔三六〕「有鳥」二句，莊子逍遥遊：「鵬之徙於南冥也，水擊三千里，摶扶摇而上者九萬里。……風之積也不厚，則其負大翼也無力，故九萬里則風斯在下矣，而後乃今培風，背負青天而莫之夭閼者，而後乃今將圖南。」三年，當爲對應上句「七載」而設。積，英華校：「集作高。」

〔三七〕「豈期」二句，迍否，艱難，時運不濟。晉書元帝紀：「建武元年（三一七）春二月辛巳，平東將軍宋哲至，宣愍帝詔曰：『遭運迍否，皇綱不振，朕以寡德，奉承洪緒。……』」皂白，即黑白。晉書天文志下：「康帝建元二年（三四四），歲星犯天關。安西將軍庾翼與兄冰書曰：『歲星犯天關，……石季龍頻年再閉關，不通信使，此復是天公憒憒，無皂白之徵也。』」

〔三八〕「苗而」二句，論語子罕：「子曰：苗而不秀者有矣夫，秀而不實者有矣夫！」何晏集解引孔

（安國）曰：「言萬物有生而不育成者，喻人亦然。」孔穎達正義：「以顏回早卒，孔子痛惜之，爲之作譬也。言萬物有生而不育成者，喻人亦然也。」

〔三九〕「殁而」句，左傳襄公二十四年：「春，穆叔如晉，范宣子逆之，問焉，曰：『古人有言曰：死而不朽，何謂也？』穆叔曰：『以豹所聞，……魯有先大夫曰臧文仲，既没，其言立，其是之謂乎？豹聞之：太上有立德，其次有立功，其次有立言，雖久不廢，此之謂不朽。』」

〔四〇〕「殁於」句，勝業里，清徐松唐兩京城坊考卷三：「朱雀門街東第四街，……次南安興坊，……次南勝業坊。本名宜仁，後改。……西南隅，勝業寺。」

〔四一〕「三荆」句，文選陸機豫章行：「三荆歡同株。」劉良注：「三荆，三枝共本也。昔有田廣、田真、田慶兄弟三人將别，無以分，明日欲分庭有荆樹。荆樹經宿萎黄，乃相謂曰：『荆樹尚然，況我兄弟乎？』遂不分，荆復悦茂。故云『歡同株』。」按：故事見吴均續齊諧記。楚辭宋玉九辯：「蕭瑟兮草木摇落而變衰。」王逸注：「華葉隕零，肥潤去也。」

〔四二〕「五都」句，五都，即洛陽、邯鄲、臨淄、宛、成都，見漢書食貨志下。此泛指普天下。

〔四三〕「悼人琴」句，世説新語傷逝：「王子猷（徽之）、子敬（獻之）俱病篤，而子敬先亡。子猷問左右：『何以都不聞消息，此已喪矣！』語時了不悲。便索輿來奔喪，都不哭。子敬素好琴，便徑入坐靈牀上，取子敬琴彈，絃既不調，擲地云：『子敬！子敬！人琴俱亡。』因慟絶良久。月餘亦卒。」

其銘曰：

高掌遠蹠〔一〕，濁涇清渭〔二〕。天子諸侯，司空太尉。星辰鼓舞，山澤通氣〔三〕。道在者尊〔四〕，德成爲貴〔五〕。賈家三虎，偉節最怒〔六〕。荀氏八龍，慈明無雙〔七〕。劍光衝斗〔八〕，璧氣浮江〔九〕。據於道德，聞於家邦。子之承親，温席扇枕〔一〇〕。子之友悌，同輿共寢〔一一〕。朝歌不入，盜泉不飲〔一二〕。垂露崩雲〔一三〕，繁絃縟錦〔一四〕。明經大學，射策鴻都〔一五〕。對揚天子〔一六〕，高揖司徒〔一七〕。鱗翮摶運，波濤不虞〔一八〕。子之喪也，良可悲夫！瞻望不及，佇立以泣。惟見黄埃〔一九〕，心腸以摧。躑躅兮徘徊，嗚呼兮哀哉！長夜漫漫何時旦〔二〇〕，魂兮魂兮歸去來〔二一〕！

【箋注】

〔一〕「高掌」句，掌，原作「集」，據四子集、全唐文改。文選張衡西京賦：「綴以二華，巨靈贔屭，高掌遠蹠，以流河曲，厥迹猶存。」薛綜注：「華，山名也。巨靈，河神也。巨，大也。古語云：此本一山，當河水過之而曲行，河之神以手擘開其上，足蹋離其下，中分爲二，以通河流，手足之迹，於今尚在。」二華，李善注引山海經曰：「太華之西，小華之山。」此即指華山。又引遁甲開山圖曰：「有巨靈胡者，偏得坤元之道，能造山川，出江河。」

〔二〕「濁涇」句，詩經邶風谷風：「涇以渭濁。」毛傳：「涇渭相入而清濁異。」釋文：「涇，濁水也；渭，清水也。」

〔三〕「天子」四句，漢書天文志序：「經星常宿中外官凡百一十八名，積數七百八十三里，皆有州國官宮物類之象。……迅雷風祅，怪雲變氣，皆陰陽之精，其本在地，而上發天者也。」謂天子及諸侯、司空、太尉等百官，皆與星辰交互感應。鼓舞，謂星辰運轉。周易繫辭上：「懸象運轉，以成昏明，山澤通氣，而雲行雨施，故變化見矣。是故剛柔相摩。」韓伯注：「相切摩也。言陰陽之交感也。」

〔四〕「道在」句，禮記學記：「凡學之道，嚴師爲難。師嚴然後道尊，道尊然後民知敬學。是故君之所不臣於其臣者二：當其爲尸，則弗臣也；當其爲師，則弗臣也。大學之禮，雖詔於天子無北面，所以尊師也。」鄭玄注：「嚴，尊敬也。」又曰：「尸，主也，爲祭主也。」又曰：「尊師重道焉，不使處臣位也。」

〔五〕「德成」句，禮記文王世子：「君子曰德，德成而教尊，教尊而官正，官正而國治，君之謂也。」又史記樂書：「是故德成而上，藝成而下。」正義：「德成，謂人君禮樂。德成則爲君，故居堂上南面，尊之也。」

〔六〕「賈家」二句，後漢書賈彪傳：「賈彪，字偉節，潁川定陵人也。……舉孝廉，補新息長。小民困貧，多不養子，彪嚴爲其制，與殺人同罪。……數年間，人養子者千數，僉曰：『賈父所長。』生男名爲賈子，生女名爲賈女。」延熹元年（一五八），黨事起，「乃入洛陽，説城門校尉竇武、尚書霍諝，武等訟之桓帝，以此大赦黨人。……以黨禁錮，卒於家。初，彪兄弟三人并有高名，而彪最優，故天下稱曰：『賈氏三虎，偉節最怒。』」怒，强也。

〔七〕「荀氏」二句，後漢書荀爽傳：「爽字慈明，一名諝。幼而好學，年十二能通春秋、論語。太尉杜喬見而稱之曰：『可爲人師。』爽遂耽思經書，慶弔不行，徵命不應。潁川爲之語曰：『荀氏八龍，慈明無雙。』」以上四句，以賈彪、荀爽喻楊去盈。

〔八〕「劍光」句，用張華得龍淵、太阿雙劍事，前已屢注。

〔九〕「璧氣」句，藝文類聚卷九八龍引尚書中候曰：「舜沉璧於河，榮光休至。」榮光，即所謂「璧氣」。本爲河，此云「江」，以押韻故也。

〔一〇〕「温席」句，東觀漢記卷一九黄香傳：「黄香，字文彊，江夏安陸人也。父況，舉孝廉，爲郡五官掾。貧無奴僕，香躬執勤苦，盡心供養。冬無被袴，而親極滋味，暑即扇牀枕，寒即以身温席。」

〔一一〕「同輿」句，鍾毓、鍾會兄弟善嘲，未嘗屈躓。一日同車從東至西門，被一女子嘲其多鬚，見前唐上騎都尉高君神道碑「一門兄弟」句注。後漢書姜肱傳：「肱與二弟仲海、季江俱以孝行著聞。其友愛天至，常共卧起。及各娶妻，兄弟相戀不能别寢，以係嗣當立，乃遞往就室。」

〔一二〕「朝歌」二句，淮南子説山訓：「墨子非樂，不入朝歌之邑；曾子立廉，不飲盜泉，所謂養志者也。」又説苑説叢：「水名盜泉，孔子不飲，醜其聲也。」按：朝歌，殷紂王國都，地在今河南淇縣。盜泉，在今山東泗水縣。

〔一三〕「垂露」句，初學記卷二一文字引蕭子良古今篆隸文體，稱書有數十種，其中有「垂露書」。又引王愔文字志曰：「垂露書如懸針，而勢不遒勁，阿那若濃露之垂，故謂之垂露。」唐韋續墨藪卷一：「垂露篆者，漢章帝時曹喜作也。」崩雲，謂下筆重。鮑照飛白書勢銘曰：「鳥企龍躍，珠解泉分。輕如游霧，重似崩雲。」唐孫過庭書譜：「觀夫懸針垂露之異，奔雷墜石之奇，……形或重若崩雲，或輕如蟬翼。」句謂楊去盈擅長書法。

〔一四〕「繁絃」句，謂詩歌音節豐富，文采斐然。蕭子範求撰昭明太子集表曰：「若乃緣情體物，繁絃縟錦，縱横艷思，籠蓋辭林，……既異陳王之躬撰，又非當陽之自集。」

〔一五〕「射策」句，射策，謂設難問疑義書之於策，欲射者隨其所取而釋之，詳見前唐同州長史宇文公神道碑「射策王庭」句注引漢書蕭望之傳。此泛指考試。鴻都，後漢書靈帝紀：光和元年（一七八）二月己未：「始置鴻都門學生。」李賢注：「鴻都，門名也，於内置學。時其中諸生皆敕州郡、三公舉召，能爲尺牘、辭賦及工書鳥篆者相課試，至千人焉。」句指唐之科舉考試。

〔一六〕「對揚」句，對揚，英華、全唐文作「揚名」，英華校：「集作對揚。」按：作「對揚」是。尚書説命下：「（傳）説拜稽首曰：敢對揚天子之休命。」僞孔傳：「對，答也。答受美命而稱揚之。」

〔一七〕「高揖」句，後漢書趙壹傳：「趙壹，字元叔，漢陽西縣人也。……光和元年（一七八），舉郡上計到京師。是時司徒袁逢受計，計吏數百人皆拜伏庭中，莫敢仰視，壹獨長揖而已。逢望而異之，令左右往讓之，曰：『下郡計吏而揖三公，何也？』對曰：『昔酈食其長揖漢王，今揖三公，何遽怪哉！』逢則斂衽下堂執其手，延置上坐。」

〔一八〕「鱗翮」二句，鱗指魚類，翮指鳥類。摶，上飛；運，游動。兩句謂鳥飛魚躍，難免有意外風險，婉言楊去盈之死。

〔一九〕「惟見」句，文選鮑照蕪城賦：「直視千里外，唯見起黄埃。凝思寂聽，心傷已摧。」黄埃，李善注引王逸楚辭注曰：『埃，塵也。』

〔二〇〕「長夜」句，藝文類聚卷九四牛引琴操曰：「甯戚飯牛，車下叩角而商歌曰：『……短布單衣裁至骭，長夜漫漫何時旦！』」

〔二一〕「魂兮」句，楚辭宋玉招魂：「乃下招曰：魂兮歸來！」王逸注：「巫陽受天帝之命，因下招屈原之魂，還歸屈原之身。」

從弟去溢墓誌銘〔一〕

處士弘農楊去溢，年二十，即華山公之曾孫，大將軍之孫，朝散大夫、鄧州司馬之第四子也〔二〕。維嶽有五，有華山之金石焉〔三〕，山阜相屬，含谿懷谷〔四〕，所以鎮其南也〔五〕。維瀆有四，有河宗之玉璧焉〔六〕，波瀾汩起，迴洑萬里，所以經其北也。言其土地，則巨靈之高掌遠蹠，作西漢之城池〔七〕；叙其衣冠，則太尉之四代五公，爲東京之柱國〔八〕。然後積勳累德，枝分葉散。大君有命，臨夏日之壇場〔九〕；天子動容，聽秋風之金鼓〔一〇〕。是以熊羆入兆〔一一〕，羔鴈成群〔一二〕。黄憲之名，聞於海内〔一三〕，陳蕃之志，掃於天下〔一四〕。群童忽聚，逢苦李而懸知〔一五〕；賓客相過，問楊梅而即對〔一六〕。善父母爲孝，善兄弟爲友〔一七〕，居家可移之道也〔一八〕；利者義之和，貞者事之幹〔一九〕，元亨日新之德也〔二〇〕。

【箋　注】

〔一〕從弟，文苑英華卷九六一作「楊」，校：「集作從弟。」按：文稱楊去溢葬於儀鳳四年（六七九）十月二日，則本文當作於此前不久。

〔二〕「處士」數句，處士，漢書異姓諸侯王表：「秦既稱帝，患周之敗，以爲起於處士横議。」顔師古注：「處士，謂不官於朝，而居家者也。」「華山公」即楊初，「大將軍」爲楊虔安，「鄧州司馬」楊某，其名未詳，見上文從弟去盈墓誌銘注。

〔三〕「有華山」句，金石，金指金液，石指玉版。初學記卷五華山引列仙傳曰：「馬明生從安期先生受金液神丹方，乃入華陰山合金液百藥昇天，但服半劑，爲地仙。」又引崔鴻前燕録曰：「石季龍使人采藥上華山，得玉版。」

〔四〕「含谿」句，含，原作「合」。英華作「含」，校：「集作合。」全唐文作「含」。按：「含」與「懷」字配，義較勝，據英華等改。

者也。」

〔五〕「所以」句，周禮夏官職方氏：「河南曰豫州，其山鎮曰華山。」鄭玄注：「鎮，名山安地德者也。」

〔六〕「維瀆」二句，尚書禹貢：「高山五嶽，大川四瀆。」孔穎達正義：「大川四瀆，謂江、河、淮、濟也。」河宗，地名。史記趙世家：「奄有河宗。」正義：「蓋在龍門，河之上流嵐、勝二州之地也。」清惠士奇禮説卷一一曰：「穆天子傳（卷一）：『天子西征，鶩行至陽紆之山，河伯無夷之所都居，是惟河宗氏。』……説者謂吕梁在西河離石縣西，孟門乃龍門之上口，兼孟津之名，古河宗之地。」按穆天子傳卷一又曰：穆天子（即周穆王）至河宗，「河宗伯夭逆天子燕然之山，勞用束帛加璧」。故稱「有玉璧焉」。

〔七〕「則巨靈」二句，巨靈，即河神，謂其用手掌將華山劈之爲二，見前從弟去盈墓誌銘注。城池，指西漢之初都咸陽。張衡西京賦：「漢氏初都，在渭之涘，秦里其朔，寔爲咸陽。左有崤函重險，桃林之塞，綴以二華，巨靈贔屭。高掌遠蹠，以流河曲，厥迹猶存。右有隴坻之隘，隔閡華戎，岐梁汧雍，陳寶鳴雞在焉。……於後則高陵平原，據渭踞涇，澶漫靡迤，作鎮於近。其遠則九嵕、甘泉，涸陰沍寒。……」兩句謂華陰在咸陽之左，爲西漢都城險要之地。

〔八〕「叙其」三句，衣冠，謂仕宦。太尉，指楊震，官至太尉。世，原作「代」，唐諱，徑改。四世，指楊震及其子秉、孫賜、曾孫彪；五公，加楊震玄孫、楊彪子楊修也。後漢書楊震傳曰：「自震至彪，四世太尉，德業相繼。」史臣贊曰：「楊氏載德，仍世柱國。」李賢注：「言世爲國柱臣也。」東京，東漢首都洛陽，代指東漢。兩句言楊氏祖先勳德彪炳史册。

〔九〕「大君」二句，大君，與對句「天子」互文義同。壇場，漢書高帝紀上：「於是漢王齊戒設壇場，拜（韓）信爲大將軍。」顔師古注：「築土而高曰壇，除地爲場。」兩句言楊氏祖先多曾登壇拜將。

〔一〇〕「天子」二句，金鼓，英華作「懿範」，校：「集作金鼓。」按：作「金鼓」是，金鼓代指爲國征戰殺伐，以英勇感動天子。古代征戰多在秋季馬肥時，故言及「秋風」。

〔一一〕「是以」句，謂爲天子欲得之才。史記齊太公世家：「西伯（周文王）將出獵，卜之，曰：『所獲非龍非彲，非虎非羆，所獲霸王之輔。』於是周西伯獵，果遇太公於渭之陽。」兆，占卜時灼龜甲所現裂紋，古人據以判斷吉凶。

〔一二〕「羔鴈」句，後漢書陳紀傳：「弟諶，字季方，與紀齊德同行，父（按：陳寔）子并著高名，時號『三君』。每宰府辟召，常同時旌命，羔鴈成群。」李賢注：「古者諸侯朝天子，卿執羔，大夫執鴈，士執雉。成群，言衆多也。」

〔一三〕「黄憲」二句，後漢書黄憲傳：「黄憲，字叔度，汝南慎陽人也。世貧賤，父爲牛醫。……同郡陳蕃、周舉常相謂曰：『時月之間不見黄生，則鄙吝之萌復存乎心。』及蕃爲三公，臨朝歎曰：『叔度若在，吾不敢先佩印綬矣。』太守王龔在郡，禮進賢達，多所降致，卒不能屈憲。郭林宗少游汝南，先過袁閎，不宿而退。進往從憲，累日方還。或以問林宗，林宗曰：『奉高（按：袁閎字）之器，譬諸汎濫，雖清而易挹。叔度汪汪若千頃陂，澄之不清，淆之不濁，不可量也。』」

〔一四〕「陳蕃」二句，陳蕃庭宇蕪穢，父友薛勤責之，蕃曰：「大丈夫處世，當掃除天下，安事一室乎？」詳前原州百泉縣令李君神道碑「不掃一室」句注引後漢書陳蕃傳。

〔一五〕「群童」二句，晉書王戎傳：「王戎，字濬沖，琅邪臨沂人也。……嘗與群兒戲於道側，見李樹多實，等輩競趣之，戎獨不往。或問其故，戎曰：『樹在道邊而多子，必苦李也。』取之信然。」懸，原作「先」。英華作「懸」，校：「集作先。」全唐文作「懸」。按：作「懸」義勝，若作「先」則不足奇，據改。

〔一六〕「賓客」二句，太平御覽卷五一八引郭子曰：「楊修，字德祖，九歲聰惠。孔文舉詣其父，父不在，乃呼修，修爲設果。果有楊梅，融指視曰：『此爾家果耶？』修應聲曰：『未聞孔雀是夫子家禽也。』」

〔一七〕「善父母」二句，周禮地官大司徒：「善於父母爲孝，善於兄弟爲友。」

〔一八〕「居家」句，孝經廣揚名章：「子曰：君子之事親孝，故忠可移於君；事兄悌，故順可移於長；居家治，故治可移於官。」

〔一九〕「利者」二句，周易乾卦文言：「元者善之長也，亨者嘉之會也，利者義之和也，貞者事之幹也。君子體仁足以長人，嘉會足以合禮，利物足以和義，貞固足以幹事。君子行此四德者，故曰：『乾，元亨利貞。』」

〔二〇〕「元亨」句，周易繫辭上：「日新之謂盛德。」韓伯注：「體化合變，故曰日新。」自「大君有命」至此，述楊震以後楊氏家族之文武俊彦。

若夫羽陵遺策〔一〕，汲冢殘書〔二〕，倚相之八索九丘〔三〕，張華之千門萬户〔四〕，莫不山藏海納，學無所遺。至如白雪迴光，清風度曲〔五〕，崔亭伯真龍之氣〔六〕，揚子雲吐鳳之才〔七〕，莫不玉振金聲〔八〕，筆有餘力。遠心天授，高興生知〔九〕，盡江海之良圖，得煙霞之秘算。貞不絶俗，從容於名教之場〔一〇〕；道由人弘，坐卧於羲皇之代〔一一〕。于時朝廷之上，山林之下，英儒贍聞之士〔一二〕，洪筆麗藻之客，希末光而影集〔一三〕，聽餘聲而響和者，猶藩籬之望天地〔一四〕，鱗介之宗龜龍也〔一五〕。

【箋注】

〔一〕「若夫」句，羽，原作「節」，據全唐文改。穆天子傳卷五：「天子東游，次於雀梁，蠹書於羽陵。」郭璞注：「謂暴書中蠹蟲，因云蠹書也。」

〔二〕「汲冢」句，晉書束皙傳：「太康二年（二八一），汲郡人不準盜發魏襄王墓，或言安釐王冢，得竹書數十車。其紀年十三篇，記夏以來至周幽王爲犬戎所滅，以事接之，三家分，仍述魏事至安釐王之二十年。蓋魏國之史書，大略與春秋皆多相應。」按：以上兩句所謂遺策、殘書，泛指古代典籍。

〔三〕「倚相」句，左傳昭公十二年：「左史倚相趨過，王曰：『是良史也，子善視之！是能讀三墳、五典、八索、九丘。』」杜預注：「皆古書名。」

〔四〕「張華」句，晉書張華傳：「華彊記默識，四海之内若指諸掌。武帝常問漢宫室制度及建章千門萬户，華應對如流，聽者忘倦，畫地成圖，左右屬目。」

〔五〕「至如」二句，言雪光返照，清風低吟。此連下文，謂每當是時，便有詩文。

〔六〕「崔亭伯」句，後漢書崔駰傳：「崔駰，字亭伯，涿郡安平人也。……元和中，肅宗（章帝）始修古禮，巡狩方嶽，駰上四巡頌，以稱漢德，辭甚典美。……帝雅好文章，自見駰頌後，常嗟歎之，謂侍中竇憲曰：『卿寧知崔駰乎？』對曰：『班固數爲臣説之，然未見也。』帝曰：『公愛班固而忽崔駰，此葉公之好龍也，試請見之。』」按：「葉公好龍」故事，見劉向新序卷五，謂「葉公非好龍也，好夫似龍而非龍者也」，則此以崔爲「真龍」。

〔七〕「揚子雲」句，揚雄，字子雲。西京雜記卷二：「揚雄讀書，有人語之曰：『無爲自苦，玄故難傳。』忽然不見。雄著太玄經，夢吐鳳凰，集玄之上，頃而滅。」以上二句，謂楊去溢其學其才，有如崔駰、揚雄。

〔八〕「莫不」句，漢書兒寬傳：寬對曰：「……唯天子建中和之極，兼總條貫，金聲而玉振之，以順成天慶，垂萬世之基。」顔師古注：「言振揚德音，如金玉之聲也。」此形容詩文極美。

〔九〕「高興」句，高興，興致、熱情極高。生知，與上句「天授」義同，謂自然而然，與生俱來。論語季氏：「孔子曰：『生而知之者上也，學而知之者次也，困而學之又其次也。』」

〔一〇〕「貞不」二句，後漢書郭太（泰）傳：「或問汝南范滂曰：『郭林宗何如人？』滂曰：『隱不違親，貞不絶俗，天子不得臣，諸侯不得友，吾不知其它。』」名教，以名份爲核心之禮教。兩句謂楊去溢既能守正，又能隨俗。

〔一一〕「道由」二句，論語衛靈公：「子曰：『人能弘道，非道弘人。』」陶潛與子儼等疏：「常言：五六月中，北窗下卧，遇涼風暫起，自謂是羲皇上人。」羲皇，即伏羲氏，爲三皇之一，故稱。藝文類聚卷一一引帝王世紀：「太昊帝庖羲氏，風姓也。虵身人首，有聖德，都陳。」兩句謂楊去溢能弘揚古道。

〔一二〕「英儒」句，贍，原作「瞻」，據英華、全唐文改。聞，英華校：「集作文。」按：贍，多也。作「聞」義勝。

〔一三〕「希末光」，希，慕也。末光，謙詞，即輝光。影集，文選陳琳爲曹洪與魏文帝書：「未有星流景集，飇奮霆擊，長驅山河，朝至暮捷若今者也。」劉良注：「星流景（同「影」）集，飇舉霆擊，言疾速也。」按：此言如影隨光而不離，以喻希慕之甚。

〔一四〕「猶藩籬」句，文選宋玉對楚王問：「鳳凰上擊九千里，絶雲霓，負蒼天，足亂浮雲，翱翔乎杳冥之上。夫藩籬之鷃，豈能與之料天地之高哉！」張銑注：「藩籬，蒿草之屬。鷃，小鳥也。言栖於藩籬之上，豈能料計天地之高遠哉！言其不知也。」地，原作「池」，據此作「池」誤，據英華、四子集、全唐文改。

〔一五〕「鱗介」句，文選蔡邕郭有道碑文：「於時纓緌之徒，紳佩之士，望形表而影附，聆嘉聲而響和者，猶百川之歸鉅海，鱗介之宗龜龍也。」李善注：「曾子曰：『介蟲之精者曰龜，鱗蟲之精者曰龍。』」劉良注：「鱗介之物，以龜龍爲長也。」按：以上皆極言楊去溢英邁傑出，爲時人所許。

嗟乎！陰陽爲道，大道無亭毒之心〔一〕；禍福惟人，聖人有抑揚之教〔二〕。智焉而斃，仁焉而終〔三〕。今也則亡，歎顔回之短命〔四〕；死而可作，冀隨會之同歸〔五〕。文不在兹乎，天之將喪也〔六〕。以某年某月某日，終於某所。越儀鳳四年十月二日，歸葬於華陰之某原。林野彌望，關山寥廓。樵童牧豎，孟嘗君之池臺〔七〕；一去千年，丁令威之城郭〔八〕。悲纏於魯衛〔九〕，痛深於花萼〔一〇〕。姜肱没齒，無因共被之歡〔一一〕；鍾毓生年，非復同車之樂〔一二〕。嗚呼哀哉！

【箋　注】

〔一〕「大道」句，老子：「故道生之，德畜之，長之育之，亭之毒之，養之覆之。生而不有，爲而不恃，長而不宰，是謂玄德。」王弼注：「亭謂品其行，毒謂成其質。」又注其義曰：「謂成其實，各得其庇蔭，不傷其體矣。」又曰：「有德而不知其主也，出乎幽冥。」大道任其自然，故謂無亭毒之心。

毒，英華校：「集作育。」按釋文曰：「毒，今作育。」

〔二〕「聖人」句，後儒稱孔子作春秋抑揚其詞，善善惡惡，一字褒貶。所謂抑揚之教蓋指此。

〔三〕「智焉」二句，文選顔延之陶徵士誄：「仁焉而終，智焉而斃。」李善注引應劭風俗通曰：「傳云：五帝聖焉死，三王仁焉死，五伯智焉死。」李周翰注：「歎自古仁智之人，皆不免於死。斃亦死也。」

〔四〕「今也」二句，論語雍也：「哀公問弟子孰爲好學？孔子對曰：『有顔回者好學，不遷怒，不貳過。不幸短命死矣，今也則亡，未聞好學者也。』」

〔五〕「死而」二句，禮記檀弓下：「趙文子與叔譽觀乎九原，曰：『死者如可作也，吾誰與歸？』叔譽曰：『其陽處父乎。』……文子曰：『……我則隨武子乎。利其君不忘其身，謀其身不遺其友。』晉人謂文子知人。」鄭玄注：「作，起也。」又注：「武子，士會也，食邑於隨。」按：士會食邑於隨，故又稱隨會，見左傳文公十三年。

〔六〕「文不」二句，論語子罕：「（孔子）曰：『文王既没，文不在兹乎！天之將喪斯文也，後死者不得與於斯文也。』」何晏集解引孔（安國）曰：「兹，此也。言文王雖已死，其文見在此。此，自謂其身。文王既没，故孔子自謂後死，言天將喪此文者，本不當使我知之，今使我知之，未欲喪也。」

〔七〕「樵童」二句，説苑善説：雍門子周以琴見孟嘗君，稱其死後「高臺既已壞，曲池既已漸，墳墓既已下而青廷矣。嬰兒豎子、樵採薪蕘者蹢躅其足而歌其上」云云，前已屢引。

〔八〕「一去」二句，搜神後記卷一：「丁令威，本遼東人，學道於靈虚山。後化鶴歸遼，集城門華表柱。時有少年舉弓欲射之，鶴乃飛，徘徊空中而言曰：『有鳥有鳥丁令威，去家千年今始歸。城郭如故人民非，何不學仙冢壘壘。』遂高飛衝天。」

〔九〕「悲纏」句，論語子路：「子曰：魯、衛之政，兄弟也。」何晏集解引包（咸）曰：「魯，周公之封；衛，康叔之封。周公、康叔既爲兄弟，康叔睦於周公，其國之政亦如兄弟。」此即指兄弟。

〔一〇〕「痛深」句，花萼，詩經小雅常棣：「常棣之華，鄂不韡韡。凡今之人，莫如兄弟。」萼、鄂通，花托也。此亦指兄弟。

〔一一〕「姜肱」二句，後漢書姜肱傳：「姜肱，字伯淮，彭城廣戚人也。家世名族。肱與二弟仲海、季江俱以孝行著聞，其友愛天至，常共卧起。及各娶妻，兄弟相戀，不能別寢。以係嗣當立，乃遞往就室。」

〔一二〕「鍾毓」二句，太平御覽卷三七四鬚髯引世説（新語）（按今本世説無此條）曰：「鍾毓兄弟警悟過人，每有嘲語，未嘗屈躓。毓、會語聞安陸能作調，試共視之，於是與弟盛飾共載，從東至西門。一女子笑曰：『車中央殊高。』二鍾都不覺。車後一門生云：『向已被嘲。』鍾愕然，門生曰：『中央高者，兩頭䅤。』毓兄弟多鬚，故以此調之。」此上四句，謂再無兄弟之友愛歡樂。

其銘曰：

叔虞建國，天錫之唐〔一〕。伯僑受氏，食菜於楊〔二〕。五侯簪紱，四世軒裳〔三〕。有德有行，如圭如璋〔四〕。乃生男子，載寢之牀〔五〕。從公小大〔六〕，辨日炎涼〔七〕。天下之寶，邦家之光〔八〕。神鋒太俊〔九〕，旗鼓相當〔一〇〕。事親以禮，左右無方〔一一〕。交友以信，芝蘭有芳〔一二〕。文犀健筆〔一三〕，白鳳雕章〔一四〕。鵬鷃齊致〔一五〕，江湖兩忘〔一六〕。謂天輔德，則惟其常〔一七〕。殲我吉士〔一八〕，于何不傷！關山搖落，洲渚蒼茫。黄塵匝地，白露爲霜〔一九〕。左右刮骨〔二〇〕，親賓斷腸。摧殘玉樹〔二一〕，埋没金鄉〔二二〕。交交黄鳥，爰集于桑〔二三〕。命不可續，人之云亡〔二四〕。

【箋注】

〔一〕「叔虞」二句，史記晉世家：「唐叔虞者，周武王子而成王弟。初，武王與叔虞母會時，夢天謂武王曰：『余命女生子，名虞，余與之唐。』及生子，文在其手曰『虞』，故遂因命之曰虞。」

〔二〕「伯僑」二句，漢書揚雄傳上：「揚雄，字子雲，蜀郡成都人也。其先出自有周伯僑者，以支庶初食采於晉之楊，因氏焉。」顔師古注：「采，官也。以官受地，謂之采地。」菜、采通。

〔三〕「五侯」二句，指楊震及其子、孫、曾孫、玄孫，詳見上文「太尉四世五公」句注。簪紱、軒裳，公侯所用車服。世，原作「代」，避唐諱，徑改。

〔四〕「如圭」句，圭、璋，古代玉製禮器。圭爲長條形，下端正方，上爲三角形。半圭爲璋。詩經大雅卷阿：「顒顒卬卬，如圭如璋。」

〔五〕「乃生」二句，詩經小雅斯干：「乃生男子，載寢之牀。」鄭玄箋：「男子生而卧於牀，尊之也。」載，原作「初」，英華校：「集作載。」全唐文作「載」。作「載」是，據改。載，語詞。

〔六〕「從公」句，尚書酒誥：「越小大德，小子惟一。」僞孔傳：「言子孫皆聰，聽父祖之常教，於小大之人皆念德，則子孫惟專一。」句言楊去溢能恭從父祖之教。

〔七〕「辨日」句，列子湯問：「孔子東游，見兩小兒辯鬬，問其故，一兒曰：『我以日始出時去人近，而日中時遠也。』一兒以日初出遠，而日中時近也。一兒曰：『日初出大如車蓋，及日中則如盤盂，此不爲遠者小而近者大乎？』一兒曰：『日初出滄滄涼涼，及其日中如探湯，此不爲近者熱而遠者涼乎？』孔子不能決也。兩小兒笑曰：『孰爲汝多知乎！』」句言楊去溢自小聰慧。

〔八〕「天下」二句，管子卷二三：「天下之寶，壹爲我用。」詩經小雅南山有臺：「樂只君子，邦家之光。」鄭玄箋：「光，明也。政教明，有榮曜。」

〔九〕「神鋒」句，俊，原作「阿」，據英華、四子集、全唐文改。世説新語賞譽上：「王平子目太尉阿兄形似道，而神鋒太儁。太尉答曰：『誠不如卿落落穆穆。』」按：王澄，字平子。其兄王衍，官至太尉。

〔一〇〕「旗鼓」句，三國志魏管輅傳裴松之注引輅别傳：「輅年十五至官舍讀書，諸生四百餘人皆服其才。琅邪太守單子春欲得見，大會賓客百餘人。輅問子春：「請先飲三升清酒，然後言之。」子春大喜。酒盡之後，問子春：「今欲與輅爲對者，若府君四坐之士邪？」子春曰：「吾欲自與卿旗鼓相當。」子春及衆士互共攻劫，議論鋒起，而輅人人答對，言皆有餘。「於是發聲徐州，號之神童。」句以管輅喻指楊去溢，謂其學極優贍。

〔一一〕「左右」句，無方，謂事親不僅止左右，而是全方位，全方位即無方，「左右」乃泛指。詩經周南關雎：「參差荇菜，左右流之。」朱熹注：「彼參差之荇菜，則當左右無方以流之矣。」

〔一二〕「交友」二句，交友，英華、全唐文作「交朋」，英華於「交」下校：「集作友。」作「友」較勝。芝蘭，香草名。周易繫辭上：「二人同心，其利斷金。同心之言，其臭如蘭。」

〔一三〕「文犀」句，傅玄傅子校工篇：「嘗見漢末一筆之柙，雕以黄金，飾以和璧，綴以隨珠，發以翠羽。此筆非文犀之植，必象齒之管，豐狐之柱，秋兔之翰。用之者必被珠繡之衣，踐雕玉之履。由是推之，極靡不至矣。」後漢書馬援傳李賢注：「文犀，犀之有文彩也。」

〔一四〕「白鳳」句，太平御覽卷九一五鳳引西京雜記：「揚雄讀書，有語之曰：『無爲自若苦，玄故難傳。』倏忽不見。雄著太玄經，夢吐白鳳凰集其頂上而滅（按今本西京雜記文字多異）。」句謂其作文極刻苦認真。

〔一五〕「鵬鷃」句，謂鯤鵬與鷃雀等齊。莊子逍遥遊：「鵬背若泰山，翼若垂天之雲，摶扶摇羊角而上者九萬里，絶雲氣，負青天，然後圖南，且適南冥也。斥鷃笑之曰：『彼且奚適也？我騰躍而上，不過數仞而下，翺翔蓬蒿之間，此亦飛之至也。』」

〔一六〕「江湖」句，莊子大宗師：「泉涸，魚相與處於陸，相呴以濕，相濡以沫，不如相忘於江湖。」郭象

注：「與其不足而相愛，豈若有餘而相忘。」

〔一七〕「則惟」句，詩經小雅十月之交：「彼月而食，則維其常。此日而食，于何不臧？」鄭玄箋：「臧，善也。」句謂天有月蝕乃常事，而日蝕則爲天之不善。此以楊去溢之死而婉言罪天。

〔一八〕「殲我」句，詩經秦風黄鳥：「彼蒼者天，殲我良人。」毛傳：「殲，盡；良，善也。」

〔一九〕「白露」句，詩經秦風蒹葭：「蒹葭蒼蒼，白露爲霜。」毛傳：「白露，露凝戾爲霜。」爲，英華作「成」，校：「集作爲。」全唐文作「成」。

〔二〇〕「左右」句，刮骨，本爲去毒療法，此喻悲痛之深，有如刮骨。

〔二一〕「摧殘」句，晉書庾亮傳：「亮將葬，何充會之歎曰：『埋玉樹於土中，使人情何能已！』」

〔二二〕「埋没」句，後漢書山陽郡金鄉，劉昭注：「晉地道記曰：縣多山，所治名金山。山北有鑿石爲冢，深十餘丈，隧長三十丈，傍卻入爲堂三方，云得白兔，不葬，更葬南山，鑿而得金，故曰金山。故冢今在，或云漢昌邑所作，或云秦時。」此代指墳墓。

〔二三〕「交交」二句，詩經秦風黄鳥：「交交黄鳥，止于桑。」毛傳：「交交，小貌。黄鳥以時往來得所，人以壽命終，亦得其所。」

〔二四〕「人之」句，詩經大雅瞻卬：「人之云亡，心之悲矣！」

從甥梁錡墓誌銘〔一〕

故右衛率府翊衛安定梁錡〔二〕，年二十有八〔三〕，以上元三年秋八月某日，終於某所。圖其景宿，天有大梁之星〔四〕；辨其物土，地有大梁之國〔五〕；考其衣冠，人有大梁之姓〔六〕。綜乾坤而列位，兼土木而成文〔七〕。業耕織而樂琴書，有梁鴻之雅尚〔八〕；生封侯而死廟食，有梁竦之雄圖〔九〕。西山求白鹿之仙〔一〇〕，東海受黄蛇之寶〔一一〕。曾祖某，光禄大夫、開府儀同三司、驃騎將軍、清河太守〔一二〕、右衛大將軍、同州刺史、上柱國。郡守旁通於月建〔一三〕，儀同上法於太階〔一四〕。光禄大夫，下大夫之職〔一五〕；驃騎將軍，大將軍之比〔一六〕。祖某，河南澠池令〔一七〕，鄭州司功參軍事，冀州、蒲州二州司馬〔一八〕，朝散大夫，紀王府司馬〔一九〕，襄州、同州二長史〔二〇〕。仲由宰邑〔二一〕，蕭何主吏〔二二〕。桓温之徵謝奕，暫爲司馬之官〔二三〕；周景之禮陳蕃，仍降題輿之命〔二四〕。考某，國子學生、霍王府參軍〔二五〕、并州大都督府兵曹、揚州大都督府録事參軍〔二六〕。仲尼閒居，曰參不敏〔二七〕；天子命我，參卿軍事〔二八〕。

【箋注】

〔一〕文稱墓主梁錡卒於上元三年（六七六）秋八月，葬於儀鳳三年（六七八）春二月某日，則本文當作於此時期内。

〔二〕「故右衛」句，唐六典卷二八太子左右衛率府：「左右衛率掌東宫兵仗羽衛之政令，以總諸曹之事。凡親、勳、翊府及廣濟等五府屬焉，副率爲之貳。凡元正、冬至，皇太子朝宫苑、諸方使，則率衛府之屬以儀仗爲左右厢之周衛；若皇太子備禮出入，則如鹵簿之法以從。」安定，元和郡縣志卷三涇州（安定）：「禹貢雍州之域，春秋時屬秦。至始皇分三十六郡，屬北地郡。漢分北地郡置安定郡，即此是也。……後魏太武帝神䴥三年（四三〇）於此置涇州，因水爲名。隋大業三年（六〇七）改爲安定郡。……武德元年（六一八）……改安定郡爲涇州。」治所在今甘肅涇川縣。

〔三〕「年二十」句，二，英華卷九六一作「三」，校：「集作二。」全唐文卷一九五作「二」。四子集作「三」。兩字形近易訛，孰是難定，姑依底本作「二」。

〔四〕「圖其」二句，景宿，謂星宿。文選左思吴都賦：「上圖景宿，辯於天文者也。」劉淵林注：「謂天垂其象而分野。」漢書五行志上：「大梁，昴也。」後漢書天文志：「建安五年（二〇〇）十月辛亥，有星孛於大梁，冀州分也。」通志天文略第二：「自胃七度至畢十一度爲大梁，於辰在酉，趙之分野，屬冀州。（原注：「費直起婁十度，蔡邕起胃一度。」）」按：大梁爲天區十二次之一。

〔五〕「辨其」二句，物土，文選左思吴都賦：「下料物土，析於地理者也。」劉淵林注：「形地以别土，而區域殊。料，度也。」吕向注：「料，計析、分别也。言計其土地上下，定其貢賦而分别也。」大梁之國，指魏國。漢書地理志下：「韓、魏皆姬姓也，自畢萬後十世稱侯，至孫稱王，徙都大梁，故魏一號爲梁。」後漢書明帝紀：永平十五年（七二）三月辛卯，「進幸大梁」。李賢注：「大梁城，魏惠王所築。故城在今汴州。」按：大梁，地在今河南開封。

〔六〕「考其」二句，大梁之姓，即梁姓。通志卷二六氏族略第二：「梁氏，嬴姓，伯爵伯益之後。秦仲有功周平王，封其少子康於夏陽梁山。夏陽，今爲同州，縣猶有新里城。新里，梁伯所城者。樂史云：『新里在澄城。（引者按：樂史太平寰宇記卷一：「新里縣故城，在縣東三十里，隋高祖開皇十六年（五九六）分滃儀縣置，因新里爲名。」未見新里在澄城之説。）（左傳）僖十九年秦取之，子孫以國爲氏。』」

〔七〕「綜乾坤」二句，梁姓既有天上星區之大梁，又有地之大梁，故謂「綜乾坤」。土木，原作「水土」。土，英華作「木」，校：「集作土。」四子集、全唐文作「木」。按：英華所校集本「土」作「木」是，然「水」當作「土」，即「水土」當作「土木」。徐幹中論卷上藝紀：「孔子曰：君子恥有其服而無其容，恥有其容而無其辭，恥有其辭而無其行。故寶玉之山，土木必潤；盛德之士，文藝必衆。」則「土木」乃山之文，以喻人之有文。茲據改。

〔八〕「業耕織」二句，後漢書梁鴻傳：梁鴻，字伯鸞，扶風平陵人也。受業太學，家貧而尚節介，博覽無不通，而不爲章句學。娶醜女孟光爲妻，「共入霸陵山中，以耕織爲業，詠詩書、彈琴以自娱」。

〔九〕「生封侯」二句，後漢書梁竦傳：梁竦，字叔敬，安定烏氏人，梁統子。「竦生長京師，不樂本土，自負其才，鬱鬱不得意。嘗登高遠望，歎息言曰：『大丈夫居世，生當封侯，死當廟食，如其不然，閒居可以養志，詩書足以自娛，州郡之職，徒勞人耳。』後辟命交至，并無所就。」

〔一〇〕「西山」句，用梁伯之成仙事。神仙传卷二衞叔卿：「衞叔卿者，中山人也，服雲母得仙。漢元鳳二年（前七九）八月壬辰，武帝閒居殿上，忽有一人乘浮雲，駕白鹿，集於殿前。帝驚問之爲誰，曰：『我中山衞叔卿也。』帝曰：『中山非我臣乎？』叔卿不應，即失所在。帝甚悔恨，即使使者梁伯之往中山推求，遂得叔卿子名度世，即將還見帝，問焉，度世答曰：『臣父少好仙道，服藥治身八十餘年，體轉少壯，一旦委臣去，言當入華山耳，今四十餘年未嘗還也。』帝即遣梁伯之與度世往華山覓之。」兩人覓得衞叔卿，然其以爲武帝「不識道真」，「不足告語，是以棄去」，而告度世長生不死之藥。度世得藥服之，又以教梁伯之，遂俱仙去。則所謂「西山」，當指西嶽華山。

〔一一〕「東海」句，用龍王女成佛事。妙法蓮華經提婆達多品第十二：「文殊師利言：『我於海中，唯常宣説妙法華經。』智積問文殊師利言：『此經甚深微妙，諸經中寶，世所稀有。頗有衆生勤加精進，修行此經，速得佛不？』文殊師利言：『有娑竭羅龍王女，年始八歲，智慧利根，善知衆生。……志意和雅，能至菩提。』智積菩薩言：『……不信此女於須臾頃便成正覺。』言論未訖，時龍王女忽現於前，頭面禮敬，却住一面，以偈贊曰：……時舍利弗語龍女言：『汝謂不久得無上道，是事難信。所以者何？女身垢穢，非是法器，曰何能得無上菩提？佛道懸曠，經無量劫，勤苦積行，具修諸度，然後乃成。又女人身猶有五障：一者不得作梵天王，二者帝釋，三者魔王，四者轉輪聖王，五者佛身。曰何女身，速得成佛？』爾時龍女有一寶珠，價值三千大千世界，持以上佛，佛即受之。龍女謂智積菩薩尊者舍利弗言：『我獻寶珠，世尊納受，是事疾不？』答言：『甚疾。』女言：『以汝神力，觀我成佛，復速於此。』當時衆僧，皆見龍女忽然之間變成男子，具菩薩行，即往南方無垢世界，坐寶蓮華，成等正覺。」按：以上兩句，言梁氏家男好仙道，女好佛道，皆有成就。

〔二〕「曾祖某」至此，清河，指隋之清河郡，即唐之貝州。元和郡縣志卷一六貝州：「春秋時其地屬晉，七國時屬趙，秦兼天下，以爲鉅鹿郡。漢文帝又分鉅鹿置清河郡，以郡臨清河水，故號清河。……齊於此置貝州，因丘以爲名。隋大業三年（六〇七），又爲清河郡。……武德四年（六二一）討平竇建德，復置貝州。」地在今河北清河縣（上下文所述州名、官名前已屢注，不贅）。

〔三〕「郡守」句，月建，即每月所置之辰，如正月建寅、二月建卯等。周禮春官馮相氏：「掌十有二歲、十有二月、十有二辰、十日、二十有八星之位，辨其叙事，以會天位。」鄭玄注：「歲謂太歲，歲星與日同次之月斗所建之辰。……歲、日、月、辰、星宿之位謂方面，所在辯其叙事。謂若仲春辯秩東作，仲夏辯秩南譌，仲秋辯秩西成，仲冬辯在朔易。會天位者，合此歲、日、月、辰、星宿五者以爲時事之候。」郡守之職，即按月叙事，故謂與月建「旁通」。月，英華作「日」，校：

「集作月。」作「日」誤。

〔一四〕「儀同」句，東觀漢記卷八鄧陟傳：「鄧陟（按：陟，後漢書本傳作「騭」，通），字昭伯，三遷虎賁中郎將，以延平元年（一〇六）拜爲車騎將軍、儀同三司，儀同三司始自陟也。」據唐六典卷二尚書吏部，唐代儀同三司爲從一品。史記天官書謂魁下六星名曰三台。三台即泰階，應劭注引黄帝泰階六符經，稱三階之中階上星爲「諸侯、三公」，故云開府儀同三司亦「上法太階」。太、泰同。

〔一五〕「光禄」句，唐六典卷二尚書吏部：「從二品曰光禄大夫。」注：「秦郎中令屬官，有中大夫，漢氏因之。武帝太初元年（前一〇四）更名光禄大夫，秩比二千石。」下大夫，指州刺史。漢書朱博傳：「刺史，位下大夫。」

〔一六〕「驃騎」句，後漢書光武帝紀下：「左中郎將劉隆爲驃騎將軍、行大司馬事。」李賢注：「武帝省太尉，置大司馬、將軍。成帝賜金印紫綬，置官屬，禄比丞相。哀帝去將軍，位在司徒上。見前（漢）書。」故謂驃騎將軍與大將軍相當。

〔一七〕「河南」句，元和郡縣志卷五河南府澠池縣：「本韓地，哀侯東徙，其地入秦。漢以爲縣，屬弘農郡。隋文帝時屬熊州，十六年（五九六）改屬谷州。顯慶二年（六五七）廢谷州，縣屬河南府。」今屬河南三門峽市。

〔一八〕「冀州」句，冀州，今河北冀縣；蒲州，今山西永濟。兩州前已注。二州，原作「二府」，府，英華校：「集作州字。」作「州」是，據改。「二州」下，原有「事」字，據英華、四子集、全唐文刪。

〔一九〕「紀王」句，舊唐書太宗諸子傳：「紀王慎，楊妃生。」太宗第十子也。貞觀五年（六三一）封申王，十年，改封紀王。「少好學，長於文史，皇族中與越王貞齊名，時人號爲『紀越』。」垂拱四年（六八八），越王貞起兵反武則天，「慎不肯同謀。及貞敗，慎亦下獄，臨刑放免，改姓虺氏，仍載以檻車，配流嶺表，道至蒲州而卒」。

〔二〇〕「襄州」句，舊唐書地理志二：「襄州，隋襄陽郡，武德四年（六二一）平王世充，改爲襄州，因隋舊名。」地在今湖北襄陽市。同州，本書前已注。

〔二一〕「仲由」句，史記仲尼弟子列傳：「仲由，字子路，卞人也，少孔子九歲。」又曰：「子路爲季氏宰。」

〔二二〕「蕭何」句，史記蕭相國世家：「蕭相國何者，沛豐人也。以文無害爲沛主吏掾。」索隱：「漢書云『何爲主吏』，主吏，功曹也。又云『何爲沛掾』，是何爲功曹掾。」

〔二三〕「桓温」二句，晉書謝奕傳：「奕字無奕，少有名譽。初爲剡令。……與桓温善，温辟爲安西司馬，猶推布衣好。在温坐，岸幘笑詠，無異常日，桓温曰：『我方外司馬。』」

〔二四〕「周景」二句，後漢書陳蕃傳：「陳蕃，字仲舉，汝南平輿人也。……初仕郡，舉孝廉，除郎中。遭母憂，棄官行喪。服闋，刺史周景辟別駕從事。」李賢注引續漢志曰：「別駕從事校尉，行部奉引，總録衆事。」題輿，北堂書鈔卷七三別駕「周景題輿」引謝承後漢書云：「周景爲豫州刺史，辟陳蕃爲別駕，不就。景題別駕輿曰：『陳仲舉座也，不復更辟。』蕃惶懼，起視職。」貞案牽連而卒。

〔二五〕「霍王」句，舊唐書高祖二十二子傳：「霍王元軌，高祖第十四子也。少多才藝，高祖甚奇之。武德六年（六二三）封蜀王，八年徙封吴王。……（貞觀）十年（六三六）改封霍王，授絳州刺史，尋轉徐州刺史。元軌前後爲刺史，至州惟閉閤讀書，吏事責成於長史、司馬。」後亦因越王貞案牽連而卒。

〔二六〕「并州」二句，元和郡縣志卷一三太原府（并州）：「武德元年（六一八）罷郡爲并州總管，……七年又改爲大都督。」揚州大都督府，「督」字原無，據英華、全唐文補。

〔二七〕「仲尼」二句，孝經開宗明義章：「仲尼居，曾子侍。子曰：『先王有至德要道，以順天下，民用和睦，上下無怨，汝知之乎？』曾子避席曰：『參不敏，何足以知之？』」李隆基（唐明皇）注：「居，謂閒居。」按：「參」乃曾子之名，與「參軍」無涉，此乃用其字面義。

〔二八〕「天子」二句，晉書孫楚傳：「孫楚，字子荊，太原中都人也。……遷佐著作郎，復參石包驃騎軍事。楚既負其材，氣頗侮易於包。初至，長揖曰：『天子命我參卿軍事。』因此而嫌隙遂構。」

張常山之福應，直保金鉤〔一〕；謝太傅之閨門，惟生玉樹〔二〕。所以圓光折水，真氣衝天〔三〕。孩笑之時，見之者知其孝友；能言之際，聽之者許其聰明〔四〕。審清河管輅之天文〔五〕，對江夏黄童之日蝕〔六〕。揮其勁翮，則鳳凰飛鳴於赤山〔七〕；整其蘭筋，則駿馬騰驤於緑地〔八〕。若夫神龍負卦〔九〕，瑞雀銜書〔一〇〕，安釐王汲冢之文〔一一〕，穆天子羽陵之籍〔一二〕，莫不因條報葉〔一三〕，望表知裏。鄭玄殫見，覽萬卷之八千〔一四〕；班固洽聞，涉五經之四部〔一五〕。至如雕弧夜月，角力三才〔一六〕，鐵劍秋霜，煙雲五色，莫不推之以智勇，成之以揖讓。歷諸侯而説劍，直之無前〔一七〕；引司馬而操弓，觀者如堵〔一八〕。可謂多才天縱〔一九〕，盛德日新〔二〇〕。曼倩不讓於詩書〔二一〕，翁歸兼强於文武〔二二〕。由是交通遂廣，聲名益振。朱家大俠，滕公有然諾之言〔二三〕；劇孟過人，袁盎有逢迎之禮〔二四〕。及其從微至著，資父事君，籍丹書之勳業〔二五〕，參黑衣之行伍〔二六〕。神宫海外，瞻鏤牓於明山〔二七〕；太室雲端，奏仙簧於洛水〔二八〕。翊駕馳道，周廬甲觀〔二九〕。方當奉詞出使，萬里行封，受命忘身〔三〇〕，三軍拜將。豈期年歲朝露〔三一〕，浮生過隙〔三二〕。漢逸人之雅操，命也如何〔三三〕；魯司寇之知言，苗而不秀〔三四〕。嗚呼哀哉！

【箋注】

〔一〕「張常山」二句，搜神記卷九：「京兆長安有張氏，獨處一室。有鳩自外入，止於牀。張氏祝曰：『鳩來，爲我禍也，飛上承塵；爲我福也，即入我懷。』鳩飛入懷。以手探之，則不知鳩之所在，而得一金鉤，遂寶之。自是子孫漸富，資財萬倍。蜀賈至長安，聞之，乃厚賂婢，婢竊鉤與賈。張氏既失鈎，漸漸衰耗，而蜀賈亦數罹窮厄，不爲己利。或告之曰：『天命也，不可力求。』於是賫鈎以反張氏，張氏復昌。故關西稱張氏傳鈎云。」按：此所謂「長安張氏」，與「常山」無涉。上引搜神記（中華書局一九七九年校點本）此條之前，有「常山張顥」條，稱張顥得鳥化爲圓石，破之得金印，文曰「忠孝侯印」云云。疑楊炯所見本兩條亦相接，而誤以「長安張氏」爲「常山張顥」，遂有此二句。兩句蓋謂梁氏家境嘗中衰而復振。

〔二〕「謝太傅」二句，世説新語言語：「謝太傅（安）問諸子姪：『子弟亦何預人事，而正欲使其佳？』諸人莫有言者，車騎（謝玄）答曰：『譬如芝蘭玉樹，欲使其生於階庭耳。』」

〔三〕「所以」二句，淮南子墬形訓：「水圓折者有珠，方折者有玉。」高誘注：「圓折者陽也，珠，陰中之陽；方折者陰也，玉，陽中之陰。皆以其類也。」真，英華校：「集作直。」按此謂珠玉生於陰陽本真之氣，作「直」誤。

〔四〕「孩笑」四句，孩笑，指能笑而不能言之嬰兒。曹植金瓠哀辭：「在襁褓而撫育，尚孩笑而未言。」許其，其，英華校：「集作以。」

〔五〕「審清河」句，三國志魏書管輅傳裴松之注引管輅别傳曰：「輅年八九歲，便喜仰視星辰，得人輒問其名。夜不能寐，父母常禁之，猶不可止，自言我年雖小，然眼中喜視天文。」

〔六〕「對江夏」句，後漢書黄香傳：「黄香，字文彊，江夏安陸人。」博學經典，究精道術，能文章，京師號曰「天下無雙，江夏黄童」。歷尚書令，延光元年（一二二）遷魏郡太守，卒。其論日蝕事，今唯見南齊書天文志上有摘引，曰：「漢尚書令黄香曰：『日蝕皆從西，月蝕皆從東，無上下中央者。』」疑是駁管輅，原委不詳。以上四句，言梁錡少時即好術數，且博學，有如管輅、黄香。

〔七〕「揮其」二句，赤山，即丹山。太平御覽卷九一五鳳引括地圖曰：「孟虧，人首鳥身，其先爲虞氏，馴百獸。夏后之末世，民始食卵，孟虧去之，鳳隨之，止於丹山。山多竹，長千仞，鳳凰食竹實，孟虧食木實，去九疑萬八千里。」又山海經卷一南山經：「丹穴之山，其上多金玉，丹水出焉，而南流，注於渤海。有鳥焉，其狀如雞，五采而文，名曰鳳凰。」飛鳴，英華作「鳴舞」。

〔八〕「整其」二句，蘭筋，文選陳琳爲曹洪與魏文帝書：「整蘭筋，揮勁翮。」李善注引相馬經云：「一筋從玄中出，謂之蘭筋。玄中者，目上陷如井字。蘭筋豎者千里。」吕向注：「蘭筋，馬筋節堅者，千里足也。」騰驤，文選張衡西京賦：「乃奮翅而騰驤。」薛綜注：「騰，超也；驤，馳也。言……奮其兩翼，如將超馳者矣。」緑，原作「陸」，據英華、四子集、全唐文改。英華校：「集作陸。」按：「緑」與上句「赤」字對應，當是。緑地，草地也。

〔九〕「若夫」句，藝文類聚卷九八龍引河圖曰：「舜以太尉即位，與三公臨觀，黄龍五采負圖出舜前，以黄玉爲柙，玉檢金繩，芝爲泥，章曰『天黄帝符璽』。」又引尚書中候曰：「舜沉璧於河，榮光休至，黄龍負卷舒圖出入壇畔。」尚書顧命「河圖在東序」，僞孔傳：「河圖，八卦也。」

〔一〇〕「瑞雀」句，瑞雀，指鳳凰。藝文類聚卷四七大司馬引春秋運斗樞曰：「黄帝與大司馬容光觀鳳御圖，置黄帝前。」按：以上二句，泛指讖緯之書。

〔一一〕「安釐王」句，指汲郡人於安釐王墓所得竹書，詳前從弟去溢墓誌銘「汲冢殘書」句注引晉書束皙傳。

〔一二〕「穆天子」句，穆天子傳卷五：「天子東游，次於雀梁，蠹書於羽陵。」郭璞注：「謂暴書中蠹蟲，因云蠹書也。」羽陵，當是地名，未詳。

〔一三〕「因條」句，條，樹枝。據枝條以知樹葉，謂學有條貫，由先人可知子孫。

〔一四〕「鄭玄」二句，後漢書鄭玄傳：「鄭玄，字康成，北海高密人也。」萬卷之八千，言其讀書多也。同上傳：「（玄）遂造太學受業，師事京兆第五元先，始通京氏易、公羊、春秋、三統曆、九章算術，又從東郡張恭祖受周官、禮記、左氏春秋、韓詩、古文尚書。以山東無足問者，乃西入關，因涿郡盧植，事扶風馬融。……玄日夜尋誦，未嘗怠倦。」參見本書卷三送徐録事詩序「書有萬」二句注。

〔一五〕「班固」二句，五經之四部，亦言讀書多。後漢書班固傳：「固字孟堅，年九歲能屬文，誦詩賦。及長，遂博貫載籍，九流百家之言，無不窮究。所學無常師，不爲章句，舉大義而已。」李賢注：「九流，謂道、儒、墨、名、法、陰陽、農、術、縱橫。」三國志魏志文帝紀裴松之注引曹丕典論自叙曰：「上（曹操）雅好詩書文籍，雖在軍旅，手不釋卷。每每定省，從容常言：『人少好學則思專，長則善忘。長大而能勤學者，唯吾與袁伯業耳。』余是以少誦詩、論，及長而備歷五經、四部，史、漢、諸子百家之言，靡不畢覽。」按：以上皆言梁錡極富於學。

〔一六〕「至如」句，雕弧，玉篇：「弧，木弓也。」雕弧，有雕畫之弓。夜月，謂滿弓如圓月。角力，角，英華作「筋」，校：「集作角。」三才，天、地、人也。才，全唐文作「材」。句指學射習武。

〔一七〕「歷諸侯」二句，莊子説劍：趙文王喜劍，莊子稱其「有天子劍，有諸侯劍，有庶人劍」，唯王所用。其説諸侯之劍曰：「諸侯之劍，以知勇士爲鋒，以清廉士爲鍔，以賢良士爲脊，以忠勝士爲鐔，以豪傑士爲夾，此劍直之亦無前，舉之亦無上，案之亦無下，運之亦無旁。上法圓天，以順三光；下法方地，以順四時；中知民意，以安四鄉。此劍一用，如雷霆之震也，四封之内，無不賓服而聽從君命者矣。此諸侯之劍也。」

〔一八〕「引司馬」二句，孔子家語卷七觀鄉射：「（孔子）與門人習射於矍相之圃，蓋觀者如牆堵焉。試射至於司馬，使子路執弓矢出列延。……」王肅注：「子路爲司馬，故射至，使子路出延射。」

〔一九〕「可謂」句，天縱，論語子罕：「太宰問於子貢曰：『夫子聖者與？何其多能也！』子貢曰：『固天縱之將聖，又多能也。』」

〔二〇〕「盛德」句，周易繫辭上：「日新之謂盛德。」

〔二一〕「曼倩」句，漢書東方朔傳：「東方朔，字曼倩，平原厭次人也。……朔初來上書，曰：『臣朔少失父母，長養兄嫂，年十二學書，三冬文史足用。十五學擊劍，十六學詩書，誦二十二萬言。十九學孫、吴兵法，戰陣之具，鉦鼓之教，亦誦二十二萬言。……』」

〔二二〕「翁歸」句，漢書尹翁歸傳：「尹翁歸，字子兄，河東平陽人也，徙杜陵。翁歸少孤，與季父居，爲獄小吏，曉習文法，喜擊劍，人莫能當。……田延年爲河東太守，行縣至平陽，悉召故吏五六十人，延年親臨見，令有文者東，有武者西。閱數十人，次到翁歸，獨伏不肯起，對曰：『翁歸文武兼備，唯所施設。』功曹以爲此吏倨敖不遜，延年曰：『何傷？』遂召上辭問，甚奇其對，除補卒史，便從歸府。案事發姦，窮竟事情，延年大重之，自以能不及翁歸。」兼，英華校：「集作自。」作「自」似誤，其自稱「文武兼備」。

〔二三〕「朱家」二句，史記季布傳：「季布者，楚人也，爲氣任俠，有名於楚。項籍使將兵，數窘漢王。及項羽滅，高祖購求布千金，敢有舍匿，罪及三族。季布匿濮陽周氏，周氏……置廣柳車中，并與其家僮數十人之魯朱家所賣之。朱家心知是季布，迺買而置之田。……朱家迺乘軺車之洛陽，見汝陰侯滕公，滕公留朱家飲，數日，因謂滕公曰：『季布何大罪，而上求之急也？』滕公曰：『布數爲項羽窘上，上怨之，故必欲得之。』朱家曰：『君視季布何如人也？』曰：『賢者也。』朱家曰：『臣各爲其主用。……君何不從容爲上言邪？』汝陰侯滕公心知朱家大俠，意季布匿其所，迺許曰：『諾。』待閒果言如朱家指。上迺赦季布。當是時，諸公皆多季布能摧剛爲柔，朱家亦以此名聞當世。」滕公，漢書季布傳顔師古注：「夏侯嬰也，本爲滕令，遂號爲滕公。」

〔二四〕「劇孟」二句，史記袁盎傳：「袁盎者，楚人也，字絲父。」文帝時爲中郎，又爲楚相，病免居家。「劇孟嘗過袁盎，盎善待之。安陵富人有謂盎曰：『吾聞劇孟博徒，將軍何自通之？』盎曰：『劇孟雖博徒，然母死，客送葬車千餘乘，此亦有過人者。且緩急人所有，夫一旦有急叩門，不以親爲解，不以存亡爲辭，天下所望者獨季心、劇孟耳。今公常從數騎，一旦有緩急，寧足恃乎！』罵富人，弗與通。諸公聞之，皆多袁盎。」

〔二五〕「籍丹書」句，謂梁錡家勳業在封侯名籍。漢書高惠高后文功臣表：「漢高祖封侯者百四十有三人，……於是申以丹書之信，重以白馬之盟。」則所謂「丹書」，指以丹書寫之文狀。籍，英華校：「集作策。」

〔二六〕「參黑衣」句，黑衣，指禁衛軍所穿戎服，詳前隰川縣令李公墓誌銘「周旋黑衣之列」句注。

〔二七〕「神宮」二句，舊題東方朔神異經：「東方外有東明山，有宮焉，左右有闕而立，其高百尺，畫以五色，青石爲牆，高三仞。門有銀榜，以青石碧鏤，題曰『天地長男之宮』。」神，英華校：「一作位。」誤。

〔二八〕「太室」二句，太室，嵩山東石室名，此代指嵩山。奏，英華作「聽」，校：「集作奏。」全唐文作「聽」。按：此用王子喬吹笙事，作「奏」是。王子喬，即周靈王太子晉，見前瀘州都督王湛神道碑「籍神仙以命氏」句注引列仙傳卷上王子喬。

〔二九〕「翊駕」二句，指梁錡爲太子翊衛。翊衛之職，若皇太子出入，則爲之周衛，見本文前注。馳道，用漢成帝爲太子時不敢絶馳道事，見漢書成帝紀，本書前注已屢引。史記秦始皇本紀：始皇二十七年（前二二〇），「治馳道」。集解引應劭曰：「馳道，天子道也，道若今之中道。」甲觀，漢書成帝紀：「元帝在太子宮生甲觀畫堂，爲世嫡皇孫。」注引如淳曰：「甲觀，觀名。畫堂，堂名。三輔黃圖云太子宮有甲觀。」顏師古注：「甲者，甲乙丙丁之次也。」按：自「參黑衣」至此，皆述梁錡爲太子右衛率府翊衛事。

〔三〇〕「萬里」二句，行封，用班超事，前已屢注。忘身，後漢書高彪傳：「彪乃獨作箴曰：『……古之君子，即戎忘身。』」李賢注引司馬穰苴曰：「將受命之日，忘其家；援枹鼓，即忘其身。」

〔三一〕「豈期」句，文選曹植贈白馬王彪：「存者忽復過，亡没身自衰。人生處一世，去若朝露晞。」李善注：「漢書：李陵謂蘇武曰：『人生如朝露，何久自苦如此。』薤露歌曰：『薤上零露何易晞。』毛萇詩傳曰：『晞，乾也。』」喻人生短促。

〔三二〕「浮生」句，莊子刻意：「（人）其生若浮，其死若休。」又盜跖：「人上壽百歲，中壽八十，下壽六十。除病瘦死喪，憂患其中，開口而笑者，一月之中不過四五日而已矣。天與地無窮，人死者有時。操有時之具，而託於無窮之間，忽然無異騏驥之馳過隙也。」騏驥馳過隙，謂時間極短，喻人生迫促。

〔三三〕「漢逸人」二句，後漢書趙岐傳：「趙岐，字邠卿，京兆長陵人也。初名嘉，生於御史臺，因字臺卿。……年三十餘，有重疾，卧蓐七年，自慮奄忽，乃爲遺令，敕兄子曰：『大丈夫生世，遁無箕山之操，仕無伊吕之勳，天不我與，復何言哉！可立一員石於吾墓前，刻之曰：「漢有逸人，姓趙名嘉，有志無時，命也奈何！」』」

〔三四〕「魯司寇」二句，魯司寇，指孔子，其曾任此職。苗而不秀，言萬物有生而不育成，喻人早亡，見前從弟去盈墓誌銘「苗而不秀，秀而不實」二句注引論語子罕。

望吾子者，空懷倚閭之歎〔一〕；嗟余弟者，獨有亡琴之悲〔二〕。從日月於龜謀〔三〕，考圖書於馬鬛〔四〕。越以儀鳳三年春二月某日甲子，葬於某所。悲夫！吾見其進，由來孔、李之家〔五〕；吾謂之甥，實曰何、劉之族〔六〕。陽元既没，瞻舊宅而無成〔七〕；康伯不存，對玄言而誰與〔八〕。

【箋注】

〔一〕「空懷」句，戰國策齊策六：「王孫賈年十五，事閔王，……其母曰：『女朝出而晚來，則吾倚門而望；女暮出而不還，則吾倚閭而望。』」宋戴植鼠璞卷下：「朝暮之出入，固可言倚門，若出稍久，當言倚閭，蓋門不可久倚故也。」按：此説似未妥。蓋言其母心情焦慮，故遠至閭門望也。

〔二〕「嗟余弟」二句，余弟，指梁錡。按：古代除姊妹之子女稱「甥」外，姑之子、舅之子、姊妹之夫等皆可稱甥。本文作者稱梁錡爲「甥」，此又稱「弟」，表明梁氏并非其從姊妹之子（兩家其實并無親戚關係，詳下注）。亡琴，世説新語傷逝：「王子猷（徽之）、子敬（獻之）俱病篤，而子敬先亡。子猷……索輿來奔喪，都不哭。子敬素好琴，便徑入坐靈牀上，取子敬琴彈，絃既不調，擲地云：『子敬！子敬！人琴俱亡。』」

〔三〕「從日月」句，言卜葬期。龜謀，謀以龜兆。詩經大雅緜：「爰始爰謀，爰契我龜。」此指擇地相冢。

〔四〕「考圖書」句，禮記檀弓上：「吾見封之若堂者矣，……見若斧者矣，從若斧者焉，馬鬣封之謂也。」鄭玄注：「俗間名。」句謂討論墳墓形制。此句，英華校：「集作老圖書於烏逝。」文字多訛誤。

〔五〕「吾見」二句，論語子罕：「子謂顔淵曰：惜乎吾見其進也，未見其止也。」何晏集解引包（咸）曰：「孔子謂顔淵進益未止，痛惜之甚。」孔、李之家，後漢書孔融傳：「融幼有異才。年十歲，隨父詣京師。時河南尹李膺以簡重自居，不妄接士賓客，敕外自非當世名人及與通家，皆不得白。融欲觀其人，故造膺門，語門者曰：『我是李君通家子弟。』門者言之，膺請融，問曰：『高明祖父嘗與僕有恩舊乎？』融曰：『然。先君孔子與君先人李老君同德比義，而相師友，則融與君累世通家。』衆坐莫不歎息。」此謂楊氏與梁氏有通家之舊。其事無考。

〔六〕「吾謂」二句，梁書何遜傳：「初，遜文章與劉孝綽并見重於世，世謂之何劉。」以上四句，作者自明與梁氏并非親戚，兩家抑或有舊，而兩人則爲文章之交。所以稱「甥」，蓋因愛之而親之也。

〔七〕「陽元」二句，晉書魏舒傳：「魏舒，字陽元，任城樊人也。少孤，爲外家甯氏所養。甯氏起宅，相宅者云當出貴甥，外祖母以魏氏甥小而慧，意謂應之。舒曰：『當爲外氏成此宅相。』」武帝時仕至司徒，封劇陽子。按：「宅相」後爲外甥典故。此言梁錡没後，楊家舊宅雖在，已無宅相之説。

〔八〕「康伯」二句，晉書韓伯傳：「韓伯，字康伯，潁川長社人也。」及長，清和有思理，留心文藝。簡文帝居藩，引爲談客。仕至丹陽尹、吏部尚書、領軍將軍。嘗注周易，爲著名玄學家。

其銘曰：

山河帶礪〔一〕，金木精靈〔二〕。磊磊千丈〔三〕，森森五兵〔四〕。騑驂西掖〔五〕，出入東明〔六〕。人壽無幾，皇天不平。碑留郭泰〔七〕，輓送田横〔八〕。終寂寥於相宅〔九〕，空嗟嘆於佳城〔一〇〕。

【箋　注】

〔一〕「山河」句，漢書高惠高后文功臣表稱漢高祖封爵之誓曰：「使黄河如帶，泰山若厲，國以永存，爰及苗裔。」厲、礪同。

〔二〕「金木」句，春秋公羊傳哀公十四年：「麟者，木精。」唐開元占經卷一一六獸占：「麟，木精也。」又引干寶曰：「虎，金精。」謂梁錡仁如麟，勇如虎。

〔三〕「磊磊」句，磊磊，多石貌。楚辭九歌山鬼：「石磊磊兮葛蔓蔓。」又古詩十九首：「青青陵上柏，磊磊澗中石。」此言梁錡其人，有如山石壁立千丈。磊磊，英華校：「集作礨礨。」

〔四〕「森森」句，世説新語賞譽上：「裴令公（楷）目夏侯太初（玄）『肅肅如入廊廟中，不修敬而人自敬』。一曰『如入宗廟，琅琅但見禮樂器』。見鍾士季（會）『如觀武庫，但覩矛戟』（按晉書裴楷傳，二句作「如觀武庫森森，但見矛戟在前」）。」五兵，漢書百官公卿表上：「從軍死事之子孫養羽林，官教以五兵，號曰羽林孤兒。」顏師古注：「五兵，謂弓、矢、殳、矛、戈戟也。」此以兵器之多，喻人之内涵豐富。

〔五〕「騑驂」句，騑，駕在車轅兩旁之馬，與驂義同。文選曹植應詔詩：「騑驂倦路，載寢載興。」李善注：「韓詩曰：『兩驂鴈行。』薛君曰：『兩驂，左右騑驂。』」西掖，初學記卷一一中書令「西掖，右曹」，注引應劭漢官儀曰：「左右曹，受尚書事。前世文士以中書在右，因謂中書爲右曹，又稱西掖。」西，英華作「面」，形訛。

〔六〕「出入」句，東明，即東明山，見本文上注引神異經。此代指太子宫。

〔七〕「碑留」句，後漢書郭太（泰）傳：「（卒），同志者乃共刻石立碑，蔡邕爲文。既而謂涿郡盧植曰：『吾爲碑銘多矣，皆有慚德，唯郭有道無愧耳。』」句謂作此墓誌銘，有如蔡邕銘郭泰，亦可稱無愧。

〔八〕「輓送」句，太平御覽卷五五二挽歌引譙周法訓曰：「挽歌者，高帝召田横，至尸鄉自斃，從者不敢哭，而不勝其哀，故作此歌以寄哀音焉。」干寶搜神記卷一六：「挽歌者，喪家之樂，執紼者相和之聲也。挽歌辭有薤露、蒿里二章，漢田横門人作。横自殺，門人傷之，悲歌言人如薤上露易晞滅，亦謂人死精魂歸於蒿里，故有二章。」按：田横事迹，詳史記、漢書田儋傳。

〔九〕「終寂寥」句，相宅，即所謂「宅相」，見上注。

〔一〇〕「空嗟歎」句，佳城，用西京雜記所載滕公（夏侯嬰）事，本書前注已屢引。

楊炯集箋注卷十

墓誌

彭城公夫人尒朱氏墓誌銘〔一〕

夫人尒朱氏〔二〕，河南洛陽人也。若夫陰山表裏，銜北斗之機衡〔三〕；瀚海彌綸，直西街之畢昴〔四〕。四時銜火，燭龍開照地之光〔五〕；六月摶風，大鵬運垂天之翼〔六〕。由是奄有京縣，遂荒中土〔七〕。車書禮樂，三王之損益可知〔八〕；將相公侯，百代之山河不殞〔九〕。

【箋注】

〔一〕此文盈川集不載，據英華卷九六四補。全唐文收於卷一九六。四庫提要盈川集提要曰：「英華載其（指楊炯）彭城公夫人尒朱氏墓銘一首、伯母東平郡夫人李氏墓誌銘一首，列庾信文後，明人因誤編入（庾）信集中。此本收尒朱氏誌一篇，而李氏誌仍不傳，則蒐羅尚有所遺也（按：在提要之前，倪璠庾子山集校注已辨，可參讀）。」所謂「此本」，指四庫全書所用底本，爲浙江鮑士恭家藏本，而今傳文淵閣四庫全書本，尒朱氏誌仍未收。英華所收本篇署作者爲庾信，庾信卒於北周静帝大定元年（五八一），而墓主卒於唐高宗永淳元年（六八二）八月，相去逾百年，署庾信顯誤。下篇伯母李氏墓誌銘署「前人」，而文中明言「炯忝參爲詹事司直」，則作者爲楊炯無疑，稱「前人」，則上篇即尒朱氏墓誌銘，亦當爲楊炯作。本文未載墓主尒朱氏卒年，謂葬於上元三年（六七六）十月二十日，則當作於是年十月稍前。尒，底本字形作「爾」，本書據魏書統改作「尒」。

〔二〕「夫人」句，魏書尒朱榮傳：「尒朱榮，字天寶，北秀容人也。其先居於尒朱川，因爲氏焉。常領部落，世爲酋帥。高祖羽健，登國初爲領民酋長，率契胡武士千七百人從駕平晉陽，定中山，論功拜散騎常侍，以居秀容川。詔割方三百里封之，長爲世業。太祖（道武帝拓跋珪）初以南秀容川原沃衍，欲令居之，羽健曰：『臣家世奉國，給侍左右，北秀容既在剗内，差近京師，豈以沃塉更遷遠地？』太祖許之。」按：尒朱氏爲東胡之一支。尒朱川即秀容川，地在今山西朔州市朔城區，尒朱川之北爲北秀容川。墓主尒朱氏，爲尒朱榮族子尒朱敞之女，詳下。

〔三〕「若夫」二句，史記匈奴列傳：「趙武靈王亦變俗胡服，習騎射，北破林胡、樓煩，築長城，自代并陰山，下至高闕爲塞。」正義引括地志云：「陰山，在朔州北塞外突厥界。」按：山在今内蒙古自治區中部，東入河北西北部，連綿一千二百多公里。左傳僖公二十八年：（晉）子犯曰：「若其不捷，表裏山河，必無害也。」杜預注：「晉國外河而内山。」史記天官書：「北斗七星，所謂旋、璣、玉衡，以齊七政。……魁枕參首。」正義：「魁，斗第一星也。言北方斗，枕於參星之上。……（參）中央三小星曰伐，天之都尉也，主戎狄之國。」此述陰山而及北斗，因斗魁與參星之伐相關，而伐主戎狄故也。

〔四〕「瀚海」二句，漢書霍去病傳：「封狼居胥山，禪於姑衍，登臨翰海。」注引如淳曰：「翰海，北海名也。」彌綸，包羅。西街，天街之西。史記天官書：「昴畢間爲天街，其陰，陰國；陽，陽國。」集解引孟康曰：「陰，西南坤維，河山已北國；陽，河山已南國。」正義：「天街二星，在畢昴間，主國界也。街南爲華夏之國，街北爲夷狄之國。」

〔五〕「四時」二句，楚辭屈原天問：「日安不到，燭龍何照？」王逸注：「言天之西北，有幽冥無日之國，有龍銜燭而照之也。」又山海經大荒北經：「西北海之外，赤水之北，有章尾山，有神人面蛇身而赤，直目正乘，其瞑乃晦，其視乃明。……是燭九陰，是謂燭龍。」郭璞注引詩含神霧曰：「天不足西北，無有陰陽消息，故有龍銜（火）精以往，照天門中云。」兩句以燭龍指塞外戎狄之地。

〔六〕「六月」二句，莊子逍遥遊：「北冥有魚，其名爲鯤。鯤之大，不知其幾千里也，化而爲鳥，其名爲鵬。鵬之背，不知其幾千里也，怒而飛，其翼若垂天之雲。……鵬之徙於南冥也，水擊三千里，摶扶摇而上者九萬里，去以六月息者也。」兩句以鯤鵬南徙，喻尒朱氏隨北魏朝廷南遷。按魏書高祖（孝文帝）紀下：太和十九年（四九五），遷都洛陽，「（六月）丙辰詔：『遷洛之民，死葬河南，不得還北。』於是代人南遷者，悉爲河南洛陽人」。

〔七〕「由是」二句，詩經魯頌閟宫：「奄有龜蒙，遂荒大東。」毛傳：「荒，有也。」鄭玄箋云：「奄，覆；荒，奄也。」孔穎達疏：「鄭以奄爲覆，覆有龜蒙之山，遂奄有極東之地。」此謂北魏遂擁有洛陽及中原之地。

〔八〕「車書」二句，車書禮樂，泛指漢地文化、政治之各項制度。按北魏拓跋氏遷都洛陽後，大力推進漢化。如魏書高祖（孝文帝）紀下：太和十九年（四九五）六月己亥詔：「不得以北俗之語言於朝廷，若有違者，免所居官。」戊午詔：「改長尺大斗，依周禮制度，班之天下。」等等。論語爲政：「子曰：殷因於夏禮，所損益可知也；周因於殷禮，所損益可知也。其或繼周者，雖百世可知也。」何晏集解引馬（融）曰：「所因，謂三綱五常；所損益，謂文質三統。物類相召，世數相生，其變有常，故可預知。」此所謂損益，指狄、漢之文化變遷。

〔九〕「將相」二句，史記高祖功臣侯者年表：「封爵之誓曰：『使河如帶，泰山若厲，國以永寧，爰及苗裔。』」集解引應劭曰：「封爵之誓，國家欲使功臣傳祚無窮。」此謂魏雖遷都，然如尒朱氏等舊功臣，其封爵地位依舊牢固。

祖敞〔一〕，隋儀同三司、金紫光禄大夫〔二〕，岐、同、金、申、信、臨、徐七州總管〔三〕，兵部尚書〔四〕，金城郡開國公〔五〕。天列尚書之星〔六〕，地標光禄之塞〔七〕。出身萬里，知吕岱之元勳〔八〕；專命一方，識劉宏之重寄〔九〕。父最，隋左千牛備身、朝散大夫、齊王府司馬〔一〇〕，襲封爵金城公。大夫稱伐〔一一〕，諸侯胙土〔一二〕。淮仙致雨，仍攀桂樹之山〔一三〕；楚客臨風，更入芙蓉之水〔一四〕。

【箋注】

〔一〕「祖敞」句，隋書尒朱敞傳：「尒朱敞，字乾羅，秀容契胡人，尒朱榮之族子也。父彦伯，官至司徒。」博陵王齊神武帝韓陵之捷，盡誅尒朱氏。敞小，隨母養於宮中，免於難。及年十二時逃出，詐爲道士，變姓名隱嵩山。後投周太祖，拜大都督行臺郎中，封靈壽縣伯，進爵爲公。（隋）高祖受禪，改封邊城郡公，拜金州總管，尋轉徐州總管。以年老上表乞骸骨，歸河内，卒於家。

〔二〕「隋儀同」句，隋書百官志下：儀同三司，「爲第二品」。「金紫光禄大夫，爲從二品」。

〔三〕「岐、同」句，岐，即岐州，地在今陝西寶雞市。同，即同州，在今陝西大荔、韓城、澄城一帶。詳前唐恒州刺史建昌公王公神道碑注。金，即金州。舊唐書地理志二：「隋西城郡，武德元年（六一八）改爲金州。」地在今陝西安康市。申，即申州。元和郡縣志卷九申州：「古申國也。……入後魏爲郢州，入梁爲司州。周武帝平齊，改爲申州。大業二年（六〇六）改爲義州，武德四年（六二一）復置申州。」今爲河南信陽市。信，即信州，今江西上饒，詳元和郡縣志卷二八。臨，即臨州。新唐書地理志：「隋巴東郡之臨江縣，義寧二年（六一八）置臨州。……貞觀八年（六三四）改臨州爲忠州。」今爲重慶忠縣。徐，即徐州。總管，隋書百官志下：「州置總管者，列爲上、中、下三等。總管、刺史加使持節。」又曰：上總管爲「視正三品」，「下總管爲視從三品」。通典卷三二：「總管、刺史加使持節。至開皇三年（五八三）罷郡，以州統縣，自是刺史之名存而職廢。」

〔四〕「兵部」句，隋書百官志下：「兵部尚書，統兵部。」又曰：「兵部尚書爲從二品。」唐六典卷五尚書兵部「兵部尚書」注：「齊、梁、陳、後魏、北齊皆置五兵尚書，後周依周官置大司馬卿一人，隋改爲兵部尚書。」兵，英華校：「集作藩。」誤，隋代官制中無藩部。

〔五〕「金城郡」句，漢書昭帝紀始元六年（前八一）秋七月，「以邊塞闊遠，取天水、隴西、張掖郡各二縣置金城郡」。隋書地理志上：「金城郡，開皇初置蘭州總管府，大業初府廢。統縣二，户六千八百一十八。金城舊縣曰子城，帶金城郡。開皇初郡廢，大業初改縣爲金城，置金城郡有關官。」地在今甘肅蘭州市。同書百官志中：「開國郡公爲從一品。」金，英華校：「集作邊。」前注引隋書本傳亦作「邊」。然地名無「邊城郡」。兹姑依底本。下文「襲封」句，英華有校同。

〔六〕「天列」句，史記天官書：「南宫朱鳥，權、衡。……其内五星，五帝座。後聚一十五星，蔚然，曰郎位。」正義：「郎位十五星，在太微中帝坐東北，周之元士，漢之光禄、中散、諫議，此三署郎中，是今之尚書郎。」又隋書天文志上經星中宫：「文昌六星，在北斗魁前，天之六府也，主集計天道。一曰上將、大將，建威武；二曰次將、尚書，正左右。」

〔七〕「地標」句，漢書匈奴傳：「（呼韓邪）單于就邸留月餘，遣歸國。單于自請願留居光禄塞下。」顔師古注：「即徐自爲所築者也。」資治通鑑卷二七漢紀一九述此事，胡三省補注：「余按武帝遣光禄徐自爲出五原塞，築亭障列城，後人因謂之光禄塞。」輿地廣記卷一八麟州：「中，銀城縣，本漢稒陽、曼柏二縣地，屬五原郡。後魏置石城縣，後周改爲銀城。隋屬綏州，後廢焉。唐貞觀二年（六二八）復置，四年屬銀州，八年屬勝州。天寶元年（七四二）來屬。漢本紀：光禄勳徐自爲築五原塞，外列城，西北至盧朐山，即今縣北所謂光禄塞是也。」按：盧朐山，在今内蒙古五原縣烏拉特中後聯合旗之陰山北麓。

〔八〕「出身」二句，三國志吴書吕岱傳：「吕岱，字定公，廣陵海陵人也。……孫亮即位，拜大司馬。岱清身奉公，所在可述。初，在交州，歷年不餉家，妻子饑乏。（孫）權聞之歎息，以讓群臣曰：『吕岱出身萬里，爲國勤事，家門内困，而孤不早知，股肱耳目，其責安在？』於是加賜錢米布絹，歲有常限。」

〔九〕「專命」二句，晉書劉弘傳：「劉弘，字和季，沛國相人也。……以勳德兼茂，封宣城公。太安中，張昌作亂，轉使持節南蠻校尉、荆州刺史。」又爲鎮南將軍、都督荆州諸軍事。嘗上表稱其用兵「比須表上，慮失事機……甘受專輒之罪」。武帝詔曰：「將軍文武兼資，……雖有不請之嫌，古人有專之之義，其恢宏奧略，鎮綏南海，以副推轂之望。」按：以上言尒朱敞之功業。

〔一〇〕「父最」句，「父」下原有「休」字。隋書尒朱敞傳：「子最嗣。」據删。同上書百官志下：「千牛備身十二人，掌執千牛刀。」同上：「朝散大夫爲散官，「以加文武官之德聲者，并不理事」。又曰：朝散大夫，「爲正四品」。又隋書煬三子傳：「齊王暕，字世胐，小字阿孩。……及長，頗涉經史，尤工騎射。」後驕淫無度，爲宇文化及所殺。同上百官志下：親王府司馬，「爲從四品」。

〔一一〕「大夫」句，左傳襄公十九年：「大夫稱伐。」杜預注：「銘其功伐之勞。」孔穎達正義：「從行征伐，可得稱伐勞耳。」

〔一二〕「諸侯」句，左傳隱公八年：「諸侯因生以賜姓，胙之土而命之氏。」杜預注：「因其所由生以賜姓，謂若舜由嬀汭，故陳爲嬀姓，報之以土，而命氏曰陳。」

〔一三〕「淮仙」二句，指淮南王劉安。神仙傳卷六淮南王：「淮南王安好神仙之道。」八公求見，因其老，拒之數四。八公於是振衣整容，立成童幼之狀，王倒屣而迎之，設禮稱弟子，曰：「高仙遠降，何以教寡人？」八公稱「各能吹噓風雨，震動雷電」云云。其後或告淮南王反，八公「乃取鼎煮藥，使王服之，骨肉近三百餘人同日昇天，雞犬舐藥器者亦同飛去」。又楚辭淮南小山招隱士：「攀援桂枝兮聊淹留。」

〔一四〕「楚客」二句，楚客，指屈原。楚辭九歌少司命：「臨風怳兮浩歌。」又湘君：「搴芙蓉兮木末。」芙蓉之水，指湘水，代指汨羅水。屈原以忠遭讒，史記屈原列傳稱於是懷石，遂自投汨羅以死。

以上言劉安、屈原，疑與尒朱最遭遇有關。蓋齊王楊暕被殺，尒朱最亦未能善終。

夫人玉臺貞氣〔一〕，金河仙液〔二〕。蔡中郎之女子，早聽色絲〔三〕。謝太傅之閨門，先揚麗則〔四〕；彭城公發源殷伯，承家漢相〔五〕。山川氣候，彰白虎於皋陶〔六〕；象緯休徵，下蒼龍於曼倩〔七〕。三星照夜，佇稽鳴鴈之期〔八〕；七日秉秋，坐薦飛皇之兆〔九〕。夫人年甫十八，遂歸於我〔一〇〕。巫山南眺，逢暮雨於瑶姬〔一一〕；華嶽西臨，降明星於玉女〔一二〕。

【箋注】

〔一〕「夫人」句，漢書禮樂志郊祀歌天馬徠：「游閶闔，觀玉臺。」注引應劭曰：「閶闔，天門；玉臺，上帝之所居。」玉臺貞氣，謂夫人尒朱氏乃上天之正氣所産。

〔二〕「金河」句，太平寰宇記卷四九雲州雲中縣金河水：「郡國志：郡有紫河鎮，界内有金河水。其泥色紫，故曰金河。」該河流經古朔州，尒朱氏出於朔州，與古雲中相接，故用此事。仙，英華校：「集作靈。」句謂尒朱氏乃金河水所育。

〔三〕「蔡中郎」二句，蔡中郎，即蔡邕，字伯喈，嘗任左中郎將。其女蔡琰。後漢書列女傳董祀妻傳：「陳留董祀妻者，同郡蔡邕之女也，名琰，字文姬。博學有才辯，又妙於音律。適河東衛仲道，夫亡無子，歸寧於家。興平中，天下喪亂，文姬爲胡騎所獲，没於南匈奴左賢王，在胡中十二年，生二子。曹操素與邕善，痛其無嗣，乃遣使者以金璧贖之，而重嫁於祀。……後感傷亂離，追懷悲憤，作詩二章。」色絲，世說新語捷悟稱曹操、楊修過曹娥碑下，碑背有「黄絹幼婦，外孫齏臼」八字，兩人解爲「絶妙好辭」。其中「黄絹」，解爲「色絲也，於字爲絶」。詳見前唐恒州刺史建昌公王公神道碑注引。此言蔡文姬詩歌絶妙。

〔四〕「謝太傅」二句，世說新語言語：「謝太傅（安）寒雪日内集，與兒女講論文義。俄而雪驟，公欣然曰：『白雪紛紛何所似？』兄子胡兒（謝朗）曰：『撒鹽空中差可擬。』兄女（謝道韞）曰：『未若柳絮因風起。』公大笑樂。即公大兄無奕女，左將軍王凝之妻也。」麗則，作品華麗而不失爲正。揚雄法言吾子篇：「詩人之賦麗以則。」按：以上四句，以蔡琰、謝道韞擬尒朱氏，謂其極有文才。

〔五〕「彭城公」二句，彭城公，因文内綫索太少，史料闕如，難以考定其姓名，所可知者，其遠祖爲殷伯，漢代爲丞相。以史證之，疑爲韋氏。按漢書韋賢傳：「韋賢，字長孺，魯國鄒人也。其先韋孟，家本彭城，爲楚元王傅，傅子夷王及孫王戊。戊荒淫不遵道，孟作詩風諫，後遂去位，徙家於鄒，又作一篇。其諫詩曰：『肅肅我祖，國自豕韋。黼衣朱紱，四牡龍旂，彤弓斯征。撫寧遐荒，總齊群邦，以翼大商。迭彼大彭，勳績惟光。』」注引應劭曰：「在商爲豕韋氏也。」又曰：「國語曰：大彭豕韋爲商伯。」顔師古注：「迭，互也。自言豕韋氏與大彭互爲伯於殷商也。」漢書本傳又曰：「本始三年（前七一），代蔡義爲丞相，封扶陽侯。……少子玄成，復以明經歷位至丞相。」則韋氏嘗爲殷伯、漢丞相，誌文所述與之合。又按新唐書宰相世系表述韋氏世系，稱「韋氏出自風姓，顓頊孫大彭爲夏諸侯，少康之世，封其別孫元哲於豕韋，其地滑州韋城是也。豕韋、大彭迭爲商伯。周赧王時始失國，徙居彭城，以國爲氏。韋伯遐二十四世孫孟，爲漢楚王傅。去位，徙居魯國鄒縣。孟四世孫賢，漢丞相，扶陽節侯，又徙京兆杜陵」。韋氏後人又分東眷、西眷，後魏時東眷「韋淹生雲起，封彭城公，因號彭城公房」。至有唐，韋氏又分爲九房，「有宰相十四人」。然考兩唐書，雖唐代韋氏宰相衆多，然皆在則天朝以後，唐初韋氏不顯。玄宗時，韋湊首封彭城郡公。肅宗時，其子見素襲封，位宰相。據上述，本文所言彭城公，蓋出自彭城公房，并非有其封爵。該人官或不甚顯達（疑爲晉州長史韋悦然，説詳附録年譜），否則作者將在墓誌中大加渲染，不止帶過而已。

〔六〕「山川」二句，山川，謂山川之氣誕育靈秀。白虎，虎原作「武」，避唐諱，今改。藝文類聚卷九九騶虞引春秋元命苞曰：「堯爲天子，季秋下旬夢白虎遺吾鳥（原作「馬」，據太平御覽卷二四秋上引改）啄子。其母曰扶始，升高丘，睹白虎，上有雲感己，生皋陶。索扶始問之，如堯言。明於刑法，罪次終始，故立皋陶爲大理。」此當指彭城公長於治獄，有如皋陶。

〔七〕「象緯」二句，象緯，象數讖緯之學。休徵，好兆頭。漢書東方朔傳：「東方朔，字曼倩。」太平廣記卷六引東方朔別傳：「朔未死時，謂同舍郎曰：『天下人無能知朔，知朔者太王公耳。』朔卒後，武帝得此語，即召太王公問之，曰：『爾知東方朔乎？』公對曰：『不知。』『公何所能？』

曰：『頗善星曆。』帝問諸星皆具在否？曰：『諸星具，獨不見歲星十八年，今復見耳。』帝仰天歎曰：『東方朔生在朕旁十八年，而不知是歲星哉！』慘然不樂。」淮南子天文訓：「東方木也，……其神爲歲星，其獸蒼龍。」兩句言彭城公博學多才，乃天上星宿降在人間，有如東方朔。

〔八〕「三星」二句，詩經唐風綢繆：「綢繆束薪，三星在天。」毛傳：「綢繆，猶纏綿也。三星，參也；在天，謂始見東方也。男女待禮而成，若薪芻待人事而後束也。三星在天，可以嫁娶矣。」鄭玄箋云：「三星，謂心星也。心有尊卑，夫婦父子之象。又爲二月之合宿，故嫁娶者以爲候焉。」

佇稽，等待檢核。詩經邶風匏有苦葉：「雝雝鳴鴈……」毛傳：「雝雝，鴈聲和也。納采用鴈。」鄭玄箋：「鴈者，隨陽而處，似婦人從夫，故昏禮用焉。」兩句言夫人與彭城公結爲夫婦。

〔九〕「七日」二句，梁宗懍荆楚歲時記：「七月七日，爲牽牛、織女聚會之夜。」坐薦，等候。薦，草墊。飛皇，左傳莊公二十二年：「初，懿氏卜妻敬仲。其妻占之曰吉。是謂鳳凰于飛，和鳴鏘鏘。」杜預注：「雄曰鳳，雌曰凰。雄雌俱飛，相和而鳴，鏘鏘然。」按：皇、凰同，古今字。此與上兩句義同。

〔一〇〕「遂歸」句，左傳隱公元年：「仲子歸於我。」杜預注：「婦人謂嫁曰歸。」

〔一一〕「巫山」二句，文選宋玉高唐賦：「昔者先王嘗游高唐，怠而晝寢，夢見一婦人，曰：『妾，巫山之女也。……』王因幸之，去而辭曰：『妾在巫山之陽，高丘之阻。旦爲朝雲，莫爲行雨。朝朝莫莫，陽臺之下。』」李善注引襄陽耆舊傳曰：「赤帝女，曰瑤姬。未行而卒，葬於巫山之陽，故曰巫山之女。楚懷王游於高唐，晝寢夢見與神遇，自稱是巫山之女，王因幸之，遂爲置觀於巫山之南，號爲朝雲。」

〔三〕「華嶽」二句，北堂書鈔卷一六〇華山引詩含神霧云：「華山上有明星玉女，持玉漿，得上服之即成仙。道險僻不通。」太平御覽卷三九華山引武帝内傳曰：「魯女，長樂人。初餌麻及水，絶穀八十餘年，日更少壯，色如桃花。一旦與故人別，云入華山。去後五十年，先相識者逢女華山廟前，乘白鹿，從玉女三十人，并謝其鄉里親戚故人。」以上四句，以瑶姬、玉女喻尒朱氏，言其美麗。

動合詩禮，言成軌則。晨昏展敬，事極於移天〔一〕；蘋藻挈誠，義申於中饋〔二〕。女郎砧石，響明月而思秋風〔三〕；織婦機牀，聽寒蛩而催絡緯〔四〕。用曹大家之明訓〔五〕，執宋伯姬之貞節〔六〕。加以心依八覺〔七〕，理會三空〔八〕。游智刃於檀林〔九〕，泛仙舟於法海〔一〇〕。幾神獨照，默言象而無施〔一一〕；空有兼忘，束筌蹄而不用〔一二〕。人生天地，壽非金石。銀臺竊藥，想奔月而何年〔一三〕；玉釜煎香，思反魂而無日〔一四〕。以某年月日，終於平康里之私第〔一五〕。越上元三年十月二十日，合葬於城南之畢原〔一六〕，禮也。齊侯寢側〔一七〕，杜氏階前〔一八〕。對文王之畢原〔一九〕，用周公之合葬〔二〇〕。偃松千古，長無寡鶴之悲〔二一〕；文梓百尋，還見雙鴛之集〔二二〕。

【箋注】

〔一〕「事極」句，移天，謂由「天父」轉變爲「天夫」。左傳桓公十五年：「（雍姬）謂其母曰：『父與夫孰親？』其母曰：『人盡夫也，父一而已，胡可比也。』」杜預注：「婦人在室則天父，出則天夫。女以爲疑，故母以所生爲本解之。」儀禮喪服鄭玄注：「父者，子之天也；夫者，妻之天也。」

〔二〕「蘋藻」二句，詩經召南采蘋：「于以采蘋，南澗之濱；于以采藻，于彼行潦。」毛傳：「蘋，大蓱也。藻，聚藻也。」其小序曰：「采蘋，大夫妻能循法度也。能循法度，則可以承先祖、共祭祀矣。」中饋，操持飲食等家務活。周易家人卦：「六二，无攸遂，在中饋。貞吉。」王弼注：「居内處中，履得其位，以陰應陽，盡婦人之正，義无所必，遂職乎中饋。巽順而已，是以貞吉也。」

〔三〕「女郎」二句，太平御覽卷五二石下引郡國志：「梁州女郎山，張魯女浣衣石上，女便懷孕。魯謂邪淫，乃放之，後生二龍。及女死，將殯，柩車忽騰躍昇此山，遂葬焉。其水傍浣衣石猶在，謂之女郎山。」按水經沔水注曰：「其（五丈溪）水南注漢水，南有女郎山，山上有女郎冢。遠望山墳嵬嵬狀高，及即其所，裁有墳形。山上直路下出，不生草木，世人謂之女郎道，下有女郎廟及擣衣石。言張魯女也。」砧石，即浣衣石。聞月下擣衣聲，遂引起征婦送寒衣之情思。兩句言夫人養育兒女，忙於家務。

〔四〕「織婦」二句，機牀，織布機。古詩十九首：「迢迢牽牛星，皎皎河漢女。纖纖擢素手，札札弄機杼。」古今注：「莎雞，一名促織，一名絡緯，一名蟋蟀。促織，謂鳴聲如急織；絡緯，謂其鳴聲如紡績也。」中華古今注：「蟋蟀，一名秋吟、蛩。」婦，英華校：「集作女。」

〔五〕「用曹大家」句，後漢書列女傳曹世叔妻：「扶風曹世叔妻者，同郡班彪之女也，名昭，字惠班，一名姬。博學高才。世叔早卒，有節行法度。凡（班）固著漢書，其八表及天文志未及竟而卒，和帝詔昭就東觀藏書閣踵而成之。帝數召入宮，令皇后、諸貴人師事焉，號曰大家。……作女誡七章。」所謂「明訓」，當即指女誡。

〔六〕「執宋伯姬」句，劉向列女傳卷四宋恭伯姬：「伯姬者，魯宣公之女，成公之妹也。其母曰繆姜，嫁伯姬於宋恭公。……伯姬既嫁於恭公十年，恭公卒，伯姬寡。至景公時，伯姬常遇夜失火，左右曰：『夫人少避火。』伯姬曰：『婦人之義，保傅不俱，夜不下堂，待保傅來也。』保母至矣，傅母未至也，左右又曰：『夫人少避火。』伯姬曰：『婦人之義，傅母不至，夜不可下堂，越義而生，不如守義而死。』遂逮於火而死。」按：因彭城公先卒（夫人死後即合葬，見下文），故用此典。

〔七〕「加以」句，八覺，八種覺悟。佛説八大人覺經述八覺爲：一、世間無常覺；二、多欲爲苦覺；三、心無厭足覺；四、懈怠墜落覺；五、愚癡生死覺；六、貧苦多怨横結惡緣覺；七、五欲過患覺；八、生死熾然苦惱無量覺。稱八覺乃諸佛菩薩教佛弟子「永斷生死，常住快樂」之法。

〔八〕「理會」句，三空，「空」乃佛教之基本教義。空至於三，其説不一。佛説仁王經序品第一稱空、無相、無作爲三空。俱舍論卷三八謂非我、無相、無願爲三空。僧肇維摩詰所説經注序曰：

「道越三空，非二乘所議。」理會，以理解會，謂懂得三空之理。

〔九〕「游智刃」句，文選王簡棲頭陀寺碑文：「智刃所游，日新月故。」李善注引莊子養生主「庖丁解牛」故事，謂「彼節者有間，而刀刃者無厚，以無厚入有間，恢恢乎其於遊刃，必有餘地矣」。呂向注：「明智之理，斷割之道，如刀刃之利。」此指佛教智慧，喻其機鋒如刀，能了斷世間煩惱。檀林，檀即旃檀樹，亦即檀香，梵語爲旃檀那。慧琳一切經音義卷二七妙法蓮華經序品旃檀：「旃檀那，謂牛頭旃檀等，赤即紫檀之類，白謂白檀之屬。」佛教僧徒視旃檀林爲聖潔之地，故又以檀林代指佛寺。

〔一〇〕「泛仙舟」句，謂深喜佛教。佛說生經卷第四：「法爲舟船，度諸未度。」又大乘起性論：「法性真如海。」

〔一一〕「機神」二句，周易繫辭上：「夫易，聖人之所以極深而研幾也。唯深也，故能通天下之志；唯幾也，故能成天下之務；唯神也，故不疾而速，不行而至。」韓伯注：「極未形之理則曰深，適動微之會則曰幾。」獨照，謂幾、神雙得。默言象，謂言、象兩忘。王弼周易注卷一〇明象：「夫象者，出意者也；言者，明象者也。盡意莫若象，盡象莫若言。言生於象，故可尋言以觀象；象生於意，故可尋象以觀意。意以象盡，象以言著，故言者所以明象，得象而忘言；象者所以存意，得意而忘象，猶蹄者所以在兔，得兔而忘蹄；筌者所以在魚，得魚而忘筌也。」

〔一二〕「空有」二句，後漢書西域傳論：「詳其清心釋累之訓，空有兼遣之宗，道書之流也。」李賢注：

「清心，謂忘思慮也；釋累，謂去貪慾也。不執著爲空，執著爲有。兼遣，謂不空不有，虚實兩忘也。維摩詰云：『我及涅槃，此二皆空。』老子云：『常無，欲觀其妙；常有，欲觀其徼。』故曰道書之流也。」莊子外物：「筌者所以在魚，得魚而忘筌；蹄者所以在兔，得兔而忘蹄；言者所以在意，得意而忘言。」按：「加以」句至此，謂夫人尒朱氏極喜佛，其佛學修養甚高。

〔一三〕「銀臺」二句，文選張衡思玄賦：「聘王母於銀臺兮。」舊注：「王母，西王母也。銀臺，王母所居。」淮南子覽冥訓：「羿請不死之藥於西王母，恒娥竊以奔月。」高誘注：「恒娥，羿妻。羿請不死之藥於西王母，未及服之，恒娥盜食之，得仙奔入月中，爲月精。」

〔一四〕「玉釜」二句，舊題東方朔十洲記：「聚窟洲，在西海中申未之地。……有大山，形似人鳥之象，因名之爲神鳥山。山多大樹，與楓木相類，而花葉香聞數百里，名爲反魂樹。……伐其木根心於玉釜中煮取汁，更微火煎如黑餳狀，令可丸之，名曰驚精香，或名之爲震靈丸，或名之爲反生香，或名之爲震檀香，或名之爲人鳥精，或名之爲卻死香，一種六名。斯靈物也，香氣聞數百里，死者在地聞香氣乃卻活，不復亡也。」玉釜，原作「金殿」。英華校：「一作玉釜，集作金釜。」考上引，作「玉釜」是，據改。

〔一五〕「終於」句，長安志卷二唐京城二：「朱雀街東第三街，即皇城東之第一街，……次南崇仁坊，次南平康坊。」康，英華校：「集作原。」當誤。

〔一六〕「合葬」句，畢原，元和郡縣志卷一京兆府萬年縣：「畢原，在縣西南二十八里。」地在今陝西咸陽、西安附近渭水南北岸，周初王季嘗建都於此。

〔一七〕「齊侯」句，晏子春秋卷二諫下：「(齊)景公成路寢之臺。逢於何遭喪，遇晏子於途，再拜乎馬前，……曰：『於何之母死，兆在路寢之臺牖下，願請命合骨。』……晏子曰：『諾。』遂入見公，曰：『有逢於何者，母死，兆在路寢，當如之何？願請合骨。』公作色不悦，曰：『古之及今，子亦嘗聞請葬人主之宫者乎？』晏子對曰：『古之人君，其室宫節，不侵生民之居，臺榭儉，不殘死人之墓，故未嘗聞諸請葬人主之宫者也。今君侈爲宫室，奪人之居，廣爲臺榭，殘人之墓，是生者愁憂，不得安處，死者離易，不得合骨。……生者不得安，命之曰蓄憂，死者不得葬，命之曰蓄哀。蓄憂者怨，蓄哀者危，君不如許之。』公曰：『諾。』……逢於何遂葬其母路寢之牖下。」

〔一八〕「杜氏」句，禮記檀弓上：「季武子成寢，杜氏之葬在西階之下，請合葬焉。許之。」

〔一九〕「對文王」句，史記周本紀：「武王上祭於畢。」集解引馬融曰：「畢，文王墓地名也。」

〔二〇〕「用周公」句，禮記檀弓上：「季武子曰：『周公蓋祔。』」鄭玄注：「祔，謂合葬。合葬自周公以來。」

〔二一〕「偃松」二句，太平御覽卷九五三松引西京雜記（傳本雜記無）：「東京龍興觀有古松，樹枝偃倒垂，相傳云已經千年，常有白鶴飛止其間。」寡鶴，失伴之鶴。王褒洞簫賦：「孤雌寡鶴，娱優乎其下兮。」

〔二二〕「文梓」二句，搜神記卷一一韓憑妻：「宋康王舍人韓憑，娶妻何氏，美，康王奪之。憑怨，王囚之，……憑乃自殺。其妻乃陰腐其衣。王與之登臺，妻遂自投臺，左右攬之，衣不中手而死，遺書於帶曰：『願以屍骨，賜憑合葬。』王怒，弗聽，使里人埋之，冢相對也。……宿昔之間，便有大梓木生二冢之端，旬日而大盈抱，屈體相就，根交於下，枝錯於上。又有鴛鴦，雌雄各一，恒棲樹上，晨夕不去，交頸悲鳴，音聲感人。宋人哀之，遂號其木曰相思樹。」

其銘曰：

合葬非古，周公所存〔一〕。死生千載，棺槨雙魂〔二〕。野曠風急，天寒日昏。煙霾杳嶂，霧失遥村。紀黄絹之碑表〔三〕，對青松之墓門〔四〕。

【箋　注】

〔一〕「合葬」二句，文選謝惠連祭古冢文：「合葬非古，周公所存。」李善注引禮記（按：見檀弓上）：「武子曰：『合葬非古，自周公以來未之有也。』」

〔二〕「棺槨」句，謝惠連祭古冢文：「還祔雙魂。」

〔三〕「紀黄絹」句，黄絹，用曹娥碑事，見本文上注。言作此誌銘，有如爲曹娥作碑表。

〔四〕「對青松」句，孔子家語卷九終記解：「孔子之喪，……葬於魯城北泗水上，……樹松柏爲志焉。」詩經陳風墓門：「墓門有棘，斧以斯之。」毛傳：「墓門，墓道之門。」

伯母東平郡夫人李氏墓誌銘〔一〕

夫人姓李氏，隴西狄道人也〔二〕。自涼武昭王以後〔三〕，一門三公，爲四海著族，國史、家諜詳之矣。祖充潁〔四〕，後周大將軍〔五〕、滑州刺史〔六〕、流江郡公〔七〕。考玄明〔八〕，皇朝上儀同〔九〕、□□濟三州刺史〔一〇〕、成紀縣男〔一一〕。出入三朝，剖符分竹〔一二〕，秦隴河濟之地，人到於今稱之。天下士大夫，知與不知，莫不想望其風采。

【箋　注】

〔一〕此文盈川集不載，據英華卷九六四補。全唐文收於卷一九六。其作者爲楊炯，文中有自述，參上文首注。東平郡，因夫人之夫、即作者伯父楊德裔封東平郡公，故稱（詳本書卷九常州刺史伯父東平楊公墓誌銘）。文述其伯母卒於永淳元年（六八二）八月，葬於同年冬十一月一日，則此志銘當作於是年九、十月間。

〔二〕「隴西」句，隴西狄道，地在今甘肅臨洮縣，乃唐皇李氏發祥地，參前李懷州墓誌銘注。

〔三〕「自涼武昭王」句，涼武昭王，即西涼國主李暠。據舊唐書高祖紀，唐高祖李淵乃李暠七代孫。詳前李懷州墓誌銘注。

〔四〕「祖充潁」句，李充潁，周書、北史無傳，亦未載其事迹或仕歷。按宋鄧名世古今姓氏書辯證卷二一曰：「隴西李氏，出自興聖皇帝（按：即李暠。興聖皇帝乃玄宗天寶二年〔七四三〕爲暠所上尊號，見舊唐書禮儀志四）第七子豫，字士寧，東晉西海太守。孫琰之，字景珍，後魏侍中、文簡公。生剛、慧。剛，宜州刺史，生充節、充信、充潁。……充潁，後周滑州刺史、流江公，生宣州刺史義本。義本生迴秀，字茂實，相武后。」

〔五〕「後周」句，周書武帝紀下：建德四年（五七五）冬十月戊子，「初置上柱國、上大將軍官，改開府儀同三司爲開府儀同大將軍，儀同三司爲儀同大將軍，又置上開府、上儀同官」。據唐六典卷二尚書吏部「十二轉爲上柱國」李林甫注，置、改諸官乃「以賞勤勞」。此所謂「大將軍」，當爲上述諸「大將軍」之一。

〔六〕「滑州」句，滑，原作「消」。考唐及歷代無「消州」，當誤。全唐文作「滑州」，上注引古今姓氏書辯證亦作滑州，是，據改。元和郡縣志卷八滑州：春秋時爲魏國，戰國時屬魏，秦始皇五年（前二四二）置東郡。隋開皇五年（五八九）置杞州，「十六年改杞州爲滑州（取滑臺爲名）。大業三年（六〇七）又改爲東郡。武德元年（六一八）罷郡，置滑州」。地在今河南滑縣，屬安陽市。

〔七〕「流江」句，舊唐書渠州流江：「漢宕渠縣地，屬巴郡。梁置渠州，周改爲北宕渠郡，又改爲流江郡，仍於郡内置流江縣。武德元年（六一八）改爲渠州，又併賨城、義興二縣入流江。」地即今四川渠縣。

〔八〕「考玄明」句，舊唐書李大亮傳：「迥秀，大亮族孫也。祖玄明，濟州刺史。父義本，宣州刺史。」據上注引古今姓氏書辯證，生義本者乃充穎，據此則玄明即充穎，蓋玄明爲李充穎字，或以字行也。

〔九〕「皇朝」句，上儀同，即上開府儀同三司，散品官名。通典卷三四開府儀同三司：「大唐武德七年（六二四），改上開府儀同三司爲上輕車都尉。」則在是年之前，乃有「上儀同」。

〔一〇〕「濟三州」句，「濟」字上，英華原空一格，全唐文注「闕」字。既稱「三州」，當闕二字，兹補加兩闕字符（據下文，疑所闕二字爲「秦隴」）。古濟州治鉅野（今屬山東）。元和郡縣志卷一〇鄆州：「天寶十三年（七五四），濟州爲河所陷没。」舊唐書地理志一：「天寶十三年廢濟州，其所管五縣，并入鄆州。」

〔一一〕「成紀縣」句，元和郡縣志卷三九秦州成紀縣：「本漢舊縣也，屬天水。……周成紀縣屬略陽郡，隋開皇三年（五八三）罷郡，縣屬秦州，皇朝因之。」唐代成紀縣治在今甘肅秦安縣。

〔一二〕「剖符」句，漢書文帝紀：二年（前一七八）九月，「初與郡守爲銅虎符、竹使符」。注引應劭曰：「銅虎符，第一至第五，國家當發兵，遣使者至郡，合符，符合乃聽受之。竹使符，皆以竹箭五枚，長五寸，鎸刻篆書，第一至第五。」又引張晏曰：「符，以代古之圭璋，從簡易也。」顏師古注：「與郡守爲符者，謂各分其半，右留京師，左以與之使。」此代指爲官。

夫人生而純深，幼而恭敬，長而敦睦，成而和惠。年及初笄〔一〕，甫歸於我。執箕箒，奉舅姑〔二〕，人不間於其娣姒妾媵之言〔三〕，閨門之内，穆如也。故宗黨推其令問，鄉閭以爲美談〔四〕。東平公守清白之基〔五〕，逢太平之日，辟命交至，聲聞於天〔六〕。詔徵尚書郎，遷御史中丞，出爲棣、曹、恒、常四州刺史〔七〕。夫人輔佐君子，聿修内政〔八〕。平旦纚笄，則有君臣之嚴；沃盥饋食，則有父子之敬；報反而行，則有兄弟之道；受期必誠，則有朋友之信〔九〕。其婦德也如此。歷職中外，聲名籍甚〔一〇〕，和其琴瑟〔一一〕，正其邦家者，夫人與有力焉。蓋嘗喟然而言曰：「古者卿之内子爲大帶，命婦成祭服，社而獻功〔一二〕，可不勗哉〔一三〕！可不勗哉！」由是服澣濯之衣〔一四〕，躬紡績之事。筐筥錡釜之器，所以執其勞〔一五〕；蘋蘩薀藻之菜，所以明其德〔一六〕。非夫博文達禮，貞婉聽從者，孰能與於此乎！

【箋注】

〔一〕「年及」句，詩經召南采蘋小序：「（女子）十有五而笄，二十而嫁。」禮記内則：「女子……十有五年而笄。」鄭玄注：「謂應年許嫁者。女子許嫁，笄而字之；其未許嫁，二十則笄。」按：笄，古代女子所行成年禮。

〔二〕「執箕箒」二句，後漢書曹世叔妻（班昭）傳：「年十有四，執箕箒於曹氏。」李賢注：「前（漢）書

（高帝紀）吕公謂高祖曰：『臣有息女，願爲箕帚妾。』言執箕帚，主賤役，以事舅姑。」舅姑，即公婆。

〔三〕「人不間」句，論語先進：「子曰：孝哉，閔子騫！人不間於其父母昆弟之言。」間言，何晏集解引陳曰：「人不得有非間之言。」陸德明音義：「間，間厠之間。」孔穎達正義：「間謂非毁間厠。言子騫上事父母，下順兄弟，動静盡善，故人不得有非間之言。」娣姒，儀禮喪服：「夫之姑姊妹、娣姒婦報。」鄭玄注：「娣姒婦者，兄弟之妻相名也。長婦謂稚婦爲娣婦，娣婦謂長婦爲姒婦。」妾媵，妾，男子正妻之外所娶女子。媵，古代隨嫁之女子或男子。

〔四〕「故宗黨」二句，宗黨，同宗族之人；鄉閭，指鄉鄰。禮記曲禮上：「周禮：二十五家爲閭，四閭爲族，五族爲黨，五黨爲州，五州爲鄉。」此泛指宗族鄉里。令問，好名聲。漢書禮樂志：「令問不忘。」顔師古注：「令，善也；問，名也。」

〔五〕「東平公」句，東平公，即楊德裔，封東平郡公，事迹見前常州刺史伯父東平楊公墓誌銘注。墓誌銘稱其「歷政清白」。

〔六〕「聲聞」句，詩經小雅鶴鳴：「鶴鳴于九皋，聲聞于天。」鄭玄箋云：「天，高遠也。」此「天」代指皇帝，故下句稱「詔徵」。

〔七〕「詔徵」三句，詔，英華原作「制」，校：「集作詔。」全唐文作「詔」。伯父東平楊公墓誌銘亦作「詔」。按：作「詔」是，據改。武氏載初元年（六八九）一月，方改「詔」爲「制」，見舊唐書則天皇后紀。楊德裔所歷四州刺史，見前伯父東平楊公墓誌銘注。

〔八〕「夫人」二句，聿，語詞。内政，指家務。庾信周太傅鄭國公夫人鄭氏墓誌銘：「夫人輔佐君子，勤勞是司。」

〔九〕「平旦」八句，太平御覽卷五四一婚姻下引劉向曰：「魯師春姜者，魯師氏之母也。嫁其女，三往而三逐。春姜問故，以輕其室人也。春姜召其女而笞之曰：『夫婦人，以順從爲務，貞慤爲首。故婦事夫有五：平旦纚笄而朝，則有君臣之嚴；洗盥饋食，則有父子之敬；報反而行，則有兄弟之道；必期必誠，則有朋友之信；寢席之交，然後有夫婦之際。』君子謂春姜曰：知陰陽之順逆也。」朱熹儀禮經傳通解卷二昏義引烈女傳，内容相同（僅有個别異文），然傳本劉向列女傳無其文。又説郛本女孝經紀德行章第十引，又稱「（曹）大家曰」云云，然女孝經乃唐侯莫陳邈妻鄭氏撰，宋史藝文志五著録，引曹大家，不詳所據。

〔一〇〕「聲名」句，籍甚，漢書陸賈傳：「賈以此游漢廷公卿間，名聲籍甚。」注引孟康曰：「言狼籍甚盛。」文選王儉褚淵碑文：「諸侯風流籍甚。」劉良注：「言其風美之聲流於天下籍甚也。籍甚，言多也。」是注較暢達。

〔一一〕「和其」句，詩經小雅常棣：「妻子好合，如鼓瑟琴。」鄭玄箋：「好合，志意合也。合者，如鼓瑟琴之聲相應和也。」

〔一二〕「古者」三句，國語魯語下：「王后親織玄紞，公侯之夫人加之以紘、綖，卿之内子爲大帶，命婦成祭服，列士之妻加之以朝服，自庶士以下，皆衣其夫。社而賦事，烝而獻功，男女效績，愆則有辟，古之制也。」韋昭注：「説云：紞，冠之垂前後者。昭謂紞，所以縣瑱當耳者也。既織紞，又加之以紘、綖也。冕曰紘。紘，纓之無緌者也，從下而上，不結。綖，冕上覆之者也。卿之適妻曰内子。大帶，緇帶也。命婦，大夫之妻也。祭服，玄衣、纁裳也。列士，元士也。既成祭服，又加之以朝服也。朝服，天子之士皮弁素積，諸侯之士玄端委貌。庶士，下士也。下，至庶人也。社，春分祭社也，事，農桑之屬也。冬祭曰烝，烝而獻五穀、布帛之功也。績，功也；辟，罪也。」可參讀詩經周南葛覃之毛傳、鄭箋及孔穎達正義。

〔一三〕「可不」句，勗，尚書泰誓中：「勗哉夫子。」僞孔傳：「勗，勉也。」

〔一四〕「由是」句，詩經周南葛覃序：「后妃在父母家，則志在于女功之事，躬儉節用，服澣濯之衣，尊敬師傅，則可以歸安父母，化天下以婦道也。」孔穎達正義：「服澣濯之衣者，卒章『汙私澣衣』是也。澣濯即是節儉，分爲二者，見由躬儉節用，故能服此澣濯之衣也。」按：所謂「汙私澣衣」，即該詩末章兩句：「薄汙我私，薄澣我衣。」毛傳：「汙，煩也；私，燕服也。婦人有副褘盛飾以朝事舅姑，接見于宗廟，進見于君子，其餘則私也。」鄭玄箋：「煩，煩撋之用功深。澣謂濯之耳，衣謂褘衣以下至褖衣。」句謂所穿衣服皆親自洗滌。

〔一五〕「筐筥」二句，詩經召南采蘋：「于以盛之，維筐及筥。于以湘之，維錡及釜。」毛傳：「方曰筐，圓曰筥。湘，亨也。錡，釜屬，有足曰錡，無足曰釜。」鄭玄箋：「亨蘋藻者於魚湆之中，是鉶羹之芼。」陸德明音義：「亨，本又作烹，同，煮也。湇，汁也。鉶，鄭（玄）云三足兩耳有蓋，和羹之器。」執其勞，謂親自操辦祭祀之事。

〔一六〕「蘋蘩」二句，左傳隱公三年：「苟有明信，澗谿沼沚之毛，蘋蘩薀藻之菜，筐筥錡釜之器，潢汙行潦之水，可薦於鬼神，可羞於王公，……昭忠信也。」杜預注：「蘋，大蓱也；蘩，皤蒿；薀藻，聚藻也。……明有忠信之行，雖薄物皆可爲用。」明其德，此指婦德。詩經召南采蘋鄭玄箋，謂「古者婦人先嫁三月，祖廟未毁，教于公宮，祖廟既毁，教于宗室。教以婦德、婦言、婦容、婦功。教成之祭，牲用魚，芼之以蘋藻，所以成婦順也」。

及公乞骸告老，退歸初服，夫人年踰耳順〔一〕，視聽不衰。每獻歲發春〔二〕，日南長至〔三〕，群從子弟稱觴上壽者，動至數十百，未嘗不歡言善誘〔四〕，藉以温顔。侃侃焉，誾誾焉〔五〕，有孟母之風焉〔六〕，有敬姜之誨焉〔七〕。維永淳元年秋八月旁死魄〔八〕，寢疾彌留，終於華陰之望仙里〔九〕，享年八十有一。冬十一月一日丙辰〔一〇〕，遷窆於永豐鄉之平原，從先兆也〔一一〕。東平公撫存懷舊，用痛悼於厥心。遠近咸集，宗親畢會，生榮死哀，其此之謂矣。是日也，皇太子監守長安，炯忝爲詹事司直〔一二〕，不獲展哀喪次，陪奉靈輀〔一三〕。敢薦李顒之文〔一四〕，庶同潘岳之誄〔一五〕。嗚呼哀哉！

【箋　注】

〔一〕「夫人」句，耳順，論語爲政：「子曰：……六十而耳順。」何晏集解引鄭（玄）曰：「耳聞其言，而知其微旨。」

〔二〕「每獻歲」句，楚辭宋玉招魂：「亂曰：獻歲發春兮，汩吾南征。」王逸注：「獻，進也。……言歲始來進，春氣奮揚，萬物皆感氣而生。」

〔三〕「日南」句，日南，即冬至。左傳莊公二十九年：「日至而畢。」杜預注：「日南至微，陽始動，故土功息。」初學記卷四冬至引玉燭寶典曰：「十一月建子，周之正月，冬至日南極景極長，陰陽、日月、萬物之始。」長至，即夏至。禮記月令：「仲夏之月，……是月也，日長至，陰陽争，死生分。」鄭玄注：「争者，陽方盛，陰欲起也。分，猶半也。」孔穎達正義：「長至者，謂此月之時日長之至極。大史漏刻，夏至晝漏六十五刻，夜漏三十五刻，是日長至也。」吕氏春秋卷六季夏紀音律：「仲夏日長至。」高誘注：「夏至日，日極長，故曰日長至。」

〔四〕「未嘗」句，歡，英華原作「勸」，校：「一作歡。」全唐文作「歡」。作「歡」是，據改。

〔五〕「侃侃」二句，桓寬鹽鐵論卷一二雜論：「知者贊其慮，仁者明其施，勇者見其斷，辯者陳其詞，誾誾焉，侃侃焉。」顏師古注：「誾誾，辯争之貌；侃侃，剛直之貌。」

〔六〕「有孟母」句，劉向列女傳卷一鄒孟軻母：「鄒孟軻之母也，號孟母。其舍近墓。孟子之少也，嬉游爲墓間之事，踴躍築埋。孟母曰：『此非吾所以居處子。』乃去，舍市傍，其嬉戲爲賈人衒賣之事。孟母又曰：『此非吾所以居處子也。』復徙舍學宫之旁，其嬉游乃設俎豆揖讓進退，孟母曰：『真可以居吾子矣。』遂居。及孟子長，學六藝，卒成大儒之名，君子謂孟母善以漸化。」

〔七〕「有敬姜」句，列女傳卷一魯季敬姜：「魯季敬姜者，莒女也，號戴巳，魯大夫公父穆伯之妻，文伯之母，季康子之從祖叔母也。博達知禮。穆伯先死，敬姜守養。文伯出學而還歸，敬姜側目而盼之，見其友上堂，從後堦降而卻行，奉劍而正履，若事父兄。文伯自以爲成人矣，敬姜召而數之曰：『昔者武王罷朝而結絲襪，絶左右，顧無可使結之者，俯而自申之，故能成王道。桓公坐友三人，諫臣五人，日舉過者三十人，故能成霸業。周公一食而三吐哺，一沐而三握髮，所執贄而見於窮閭隘巷者七十餘人，故能存周室。彼二聖一賢者，皆霸王之君也，而下人如此。其所與游者皆過己者也，是以日益而不自知也。今以子年之少而位之卑，所與游者皆爲服役，子之不益亦以明矣。』文伯乃謝罪，於是乃擇嚴師賢友而事之，所與游處者皆黄耄倪齒也。」

〔八〕「維永淳」句，旁死魄，初二，説見後中書令汾陰公薛振行狀注。

〔九〕「終於」句，按作者伯父東平楊公墓誌銘稱其伯父楊德裔「營别業於宜神鄉望仙里」。

〔一〇〕「冬十一月」句，丙辰，「丙」原作「景」。明顧起元説略卷八：「漢書注以『景』字代『丙』字，如干支景戌、景辰、景子、景科、景令之類，晉書與唐人文字皆然。緗素雜記亦莫曉所以，考之，蓋唐初爲世祖諱耳（引者按：世祖，唐高祖李淵父李昞）。」其説是。全唐文已改爲「丙」，兹從之。

〔一一〕「遷窆」二句，窆，埋葬。永豐鄉，今爲陝西蒲城縣永豐鎮。先兆，謂楊氏祖先墳域。按常州刺史伯父東平楊公墓誌銘曰：「越垂拱元年（六八五）春二月某日，與夫人隴西李氏合葬於某原，禮也。」

〔一二〕「皇太子」二句，舊唐書卷五高宗紀下：「（開耀二年，六八二）二月癸未，以太子誕，皇孫滿月，大赦，改開耀二年（六八二）爲永淳元年。……（四月）丙寅，幸東都，皇太子京師留守，命劉仁軌、裴炎、薛元超等輔之。」司直，太子詹事府官名。唐六典卷二六太子詹事府：「太子司直二人，正七品上。司直掌彈劾宫寮，糾舉職事。」

〔一三〕「不獲」二句，展哀，英華原作「就展」，校：「集作展哀。」全唐文作「展哀」，是，據改。太平御覽卷五五五葬送三引虞氏家記：「昔文王之葬王季，既定而洪水出，截冢棺椁。文王乃設張屋，出柩三日，群臣臨之，然後葬。此則上聖之遺令，載在篇籍。遂奉遷神柩，權停幕屋，使子孫展哀晨夕，宗族相臨，允合張屋之儀也。」輀，同輭、輭，説文：「輭，喪車也。」

〔一四〕「敢薦」句，李顒，晉代學者、作家，晉書無傳。册府元龜卷六〇五：「李顒，字長林，爲江夏太守。撰周易卦象數旨二卷，集解尚書十一卷，尚書新釋二卷。」隋書經籍志著録「晉李顒集十卷」。蓋其善作墓誌，故此言之，然嚴可均輯全晉文，李顒無誌銘類作品存世。

〔一五〕「庶同」句，晉書潘岳傳：「潘岳，字安仁，……尤善爲哀誄之文。」

乃爲銘曰：

高嶽之上，浮雲翔兮〔一〕。函谷之外，真氣揚兮〔二〕。建功北狄，討西羌兮。受封南鄭，家素昌兮〔三〕。於赫祖考，爲龍光兮〔四〕。牧州典郡，佩銀黄兮〔五〕。降生淑質，秉禎祥兮〔六〕。苕華菊茂，蘭若芳兮〔七〕。我有懿德，如珪璋兮〔八〕。求之卜筮，鳴鳳凰兮〔九〕。君子至止，玉環鏘兮〔一〇〕。室家好合，琴瑟張兮〔一一〕。執其麻枲，供衣裳兮〔一二〕。羞其饋食，澄酒漿兮〔一三〕。諸姑伯娣〔一四〕，穆温良兮。姨姒叔妹〔一五〕，歡未央兮。公之出牧，守四方兮〔一六〕。夫人之化，德洋洋兮。公之告老，返維桑兮〔一七〕。閨門之内，道彌彰兮。正月上日，南至長兮〔一八〕。子孫歡慶，各稱觴兮〔一九〕。宋公孟母，魯季姜兮〔二〇〕。匪怒伊教，由舊章兮〔二一〕。方期高舉，登紫房兮〔二二〕。誰謂冥默，掩玄堂兮〔二三〕。肅肅松檟，鬱成行兮。沈沈厚穸，終不暘兮〔二四〕。

【箋注】

〔一〕「高嶽」二句，高嶽，指李夫人夫家楊氏故鄉之華山。郭璞華山贊：「華嶽靈峻，削成四方。爰有神女，是挹玉漿。其誰游之？龍駕雲裳。」

〔二〕「函谷」二句，函谷，古關名，在今河南靈寶市北黄河岸邊。真人，指老子。列仙傳卷上關令尹：「關（即函谷關）令尹喜者，周大夫也。善内學，常服精華，隱德修行，時人莫知。老子西游，喜先見其氣，知有真人當過，物色而遮之，果得見老子。老子亦知其奇，爲著書授之。」按李氏以老子爲其遠祖，故云。北史序傳：「周時，（李氏）裔孫曰乾，娶于益壽氏女嬰敷，生子耳，字伯陽，爲柱下史。」

〔三〕「建功」四句，晉書涼武昭王（李暠）傳：「暠字玄盛，小字長生，隴西成紀人。姓李氏，漢前將軍廣之十六世孫也。廣曾祖仲翔，漢初爲將軍，討叛羌於素昌，素昌，乃狄道也。衆寡不敵，死之。仲翔子伯考奔喪，因葬於狄道之東川，遂家焉。」又北史序傳：「（李氏周時）子孫散居諸國，或在趙，或在秦。……在秦者名興族，爲將軍，生子伯祐，建功北狄，封南鄭公。伯祐生二子：平燕、内德。子信爲秦將，虜燕太子丹。信孫元曠，仕漢爲侍中。元曠弟仲翔，位太尉。仲翔討叛羌於素昌，一名狄道。仲翔臨陣隕命，葬狄道川，因家焉。」

〔四〕「於赫」二句，於赫，贊歎聲。詩經商頌那：「於赫湯孫，穆穆厥聲。」毛傳：「於赫湯孫，盛矣湯爲人子孫也。」爲龍，詩經小雅蓼蕭：「既見君子，爲龍爲光。」毛傳：「龍，寵也。」鄭玄箋：「爲寵爲光，言天子恩澤光耀被及己也。」

〔五〕「牧州」二句，文選沈約齊故安陸昭王碑文：「公攬轡昇車，牧州典郡。」李善注引蔡邕橋玄碑曰：「牧一州，典五郡也。」按：牧，治理；典，主管。銀黄，漢書楊僕傳：「懷銀黄，垂三組。」顔師古注：「銀，銀印也；黄，黄金印也。」黄，全唐文作「璜」，誤。以上言李氏家族祖考皆顯榮貴盛。

〔六〕「秉禎祥」句，漢書宣帝紀：「神光并見，咸受禎祥。」顔師古注：「禎，正也；祥，福也。」

〔七〕「苕華」二句，詩經小雅苕之華：「苕之華，芸其黄矣。」毛傳：「苕，陵苕也。」鄭玄箋：「陵苕之華，紫赤而繁。」即紫雲英。蘭若，楚辭屈原九歌雲中君：「浴蘭湯兮沐芳，華采衣兮若英。」王逸注：「華采，五色采也。若，杜若也。言己將修饗祭以事雲神，乃使靈巫先浴蘭湯，沐香芷，衣五采華衣，飾以杜若之英，以自潔清也。」文選陸機擬蘭若生朝陽張銑注：「蘭、若，皆香草，古詩取興閨中守芳香之氣，以待遠人。」以上喻李夫人高潔美麗。

〔八〕「我有」二句，詩經大雅烝民：「民之秉彝，好是懿德。」毛傳：「懿，美也。」同上卷阿：「顒顒卬卬，如圭如璋。」按：珪、璋，玉制禮器。珪、圭同。德如珪璋，謂其德行美好高貴如玉。

〔九〕「求之」二句，左傳莊公二十二年：「初，懿氏卜妻敬仲。其妻占之曰吉。是謂鳳皇于飛，和鳴鏘鏘。」

〔一〇〕「君子」二句，詩經小雅庭燎：「君子至止，鸞聲將將。」毛傳：「君子，謂諸侯也。將將，鸞鑣聲。」至止，來到。玉環，環狀玉器，即璧。將將，玉鳴聲，同「鏘鏘」。

〔一一〕「室家」二句，詩經周南桃夭：「之子于歸，宜其室家。」毛傳：「之子，嫁子也。于，往也。宜以有室家，無踰時者。」詩經小雅常棣：「妻子好合，如鼓瑟琴。」鄭玄箋：「好合，志意合也。合者，如鼓瑟琴之聲相應和也。」

〔一二〕「執其」二句，詩經召南采蘋序：「大夫妻能循法度也。能循法度，則可以承先祖、共祭祀矣。」

鄭玄箋：「女子十年不出姆教，婉娩聽從，執麻枲，治絲繭，織紝組，訓學女事，以共衣服。」孔穎達正義：「執麻枲者，執治緝績之事。枲，麻也。釋草云：『枲，麻。』孫炎曰『麻一名枲』是也。」

〔一三〕「羞其」二句，周禮天官膳夫：「凡王之饋食用六穀，膳用六牲，飲用六清，羞用百二十品。」鄭玄注：「進物於尊者曰饋。……羞出於牲及禽獸，以備滋味，謂之庶羞。」禮記坊記：「澄酒在下，示不淫也。」鄭玄注：「淫，猶貪也。澄酒，清酒也。」

〔一四〕「諸姑」句，伯娣，伯謂大姑，娣指小姑。穆温良，與下句「歡未央」，謂相處極融洽。

〔一五〕「姨姒」句，母之姊妹或庶母稱姨，兄弟之妻稱姒。叔妹，即堂妹。按：此與上「諸姑」，通指家族中上下所有女眷。

〔一六〕「公之」二句，「出」字下，底本（英華）原有「門」字，當衍。全唐文已删，兹從之。守四方，謂在各地爲官。史記高祖本紀：「（高祖）自爲歌詩曰：『大風起兮雲飛揚，威加海内兮歸故鄉，安得猛士兮守四方。』」

〔一七〕「返維桑」句，詩經小雅小弁：「維桑與梓，必恭敬止。」毛傳：「父之所樹已尚，不敢不恭敬。」後以桑梓代指故鄉。

〔一八〕「正月」二句，尚書舜典：「正月上日，受終於文祖。」僞孔傳：「上日，朔日也。」朔日，即夏曆每月初一日。南至，即日南、長至，亦即冬至、夏至，見本文前注。古代節令多爲節日，故下兩句言「歡慶」、「稱觴」。

〔一九〕「子孫」二句，按伯父東平楊公墓誌銘曰：「一子令珍，早亡，朝夕溫清者四女。……彌留遺命，以弟之子神毅爲後。」則所謂「子孫」，當指過繼子楊神毅及其子女、外孫等，包括上文所謂「群從子弟」。

〔二〇〕「宋公」二句，公，英華校：「集作云。」全唐文作「云」。未見有「宋云」其人。宋公，或指女宗事。列女傳宋鮑女宗曰：「女宗者，宋鮑蘇之妻也，養姑甚謹。鮑蘇仕衛三年，而娶外妻，女宗養姑愈敬。因往來者請問其夫賂遺外妻甚厚，女宗姒謂曰：『可以去矣。』女宗曰：『何故？』姒曰：『夫人既有所好，子何留乎？』女宗曰：『婦人一醮不改，夫死不嫁。……』遂不聽，事姑愈敬。宋公聞之，表其閭，號曰女宗。」然女宗事用於此，似覺未安，或因李夫人之子早亡，後無子，楊德裔另有所娶乎？待考。孟母、魯季敬姜，乃古所謂列女，事見本文前注。

〔二一〕「匪怒」二句，詩經魯頌泮水：「載色載笑，匪怒伊教。」毛傳：「色，溫潤也。」鄭玄箋：「和顏色而笑語，非有所怒，於是有所教化也。」同上大雅假樂：「不愆不忘，率由舊章。」鄭玄箋：「循用舊典之文章，謂周公之禮法。」

〔二二〕「方期」二句，高舉，謂飛昇成仙。紫房，仙人居所。曹植九詠：「登文階兮坐紫房。」又鮑照代淮南王：「淮南王，好長生，服藥鍊氣讀仙經。琉璃作椀牙作盤。金鼎玉匕合神丹。合神丹，戲紫房，紫房彩女弄明當。」兩句言方期長生不死。

〔三〕「誰謂」二句，冥默，英華原作「不宜」，校：「集作冥默。」全唐文作「冥默」，是，據改。冥默，謂大自然之理高深莫測。文選班固幽通賦：「道修長而世短兮，夐冥默而不周。」李善注引曹大家曰：「夐，遠邈也；周，至也。言天道長遠，人世促短，當時冥默不能見徵應之所至也。」又引劉德曰：「冥默玄深，不可通。」玄堂，文選謝朓齊敬皇后哀策文：「翠帟舒皇，玄堂啓扉。」李善注引張衡吕司徒誄曰：「去此寧宇，歸於幽堂。玄室冥冥，修夜彌長。」吕延濟注：「玄堂，謂墓中也。」

〔四〕「沈沈」二句，穸，英華原作「夕」，校：「集作穸。」全唐文作「穸」，是，據改。厚穸，左傳襄公十三年：「楚子疾，告大夫曰：『……若以大夫之靈，獲保首領以殁於地，唯是春秋窀穸之事、所以從先君於禰廟者，請爲「靈」若「厲」。大夫擇焉。』」杜預注：「窀，厚也；穸，夜也。厚夜猶長夜。春秋謂祭祀，長夜謂葬埋。」暘，明亮。終不暘，謂永無天日。

行狀

中書令汾陰公薛振行狀〔一〕

高祖德，魏給事中〔二〕，黄門侍郎〔三〕，御史中尉〔四〕，散騎常侍，直閤、輔國二將軍〔五〕，齊州刺史，贈車騎將軍、儀同三司、華州刺史，謚曰簡懿。曾祖孝通，魏中書、黄門二侍郎，銀青光禄大夫，散騎常侍，關西道大行臺右丞〔六〕，常山太守，汾陰侯〔七〕，贈車騎將軍，儀同三司，齊、鄭二州刺史。祖道衡〔八〕，齊中書、黄門二侍郎，隋吏部、内史二侍郎〔九〕，上開府儀同三司，陵、邛、潘、襄四州刺史〔一〇〕，襄州總管，司隸大夫〔一一〕；皇朝贈上開府、臨河縣開國公〔一二〕。父收〔一三〕，皇朝上開府兼陝東道大行臺金部郎中、天策上將軍府記室參軍〔一四〕，文學館學士，上柱國，汾陰縣開國男〔一五〕，贈定州刺史，太常寺卿〔一六〕，謚曰獻〔一七〕。

【箋注】

〔一〕行狀，古代文體之一。劉勰文心雕龍書記：「狀者，貌也。體貌本原，取其事實，先賢表謚，并有行狀。」明吴訥文章辨體序説行狀：「按行狀者，門生故舊狀死者行業上於史官，或求銘志於作者之辭也。」又徐師曾文體明辨序説行狀：「蓋具死者世系、名字、爵里、行治、壽年之詳，或牒考功、太常使議謚，或牒史館請編録，或上作者乞墓誌碑表之類皆用之。而其文多出於門生故吏親舊之手，以爲非此輩不能知也。」本文爲薛元超請謚而作。元潘昂霄金石例卷五：「諸謚，職事以上三品、散官二品以上，從吏部勘當善惡，仍下所屬追取行狀，關移禮部呈省聞奏。若有旨議謚，即下太常寺擬謚訖，申省議定奏聞（如有司不以時降行，亦許本家陳請）。其官職未至而德行超異者，特旨議之，人亦準此。」清黄宗羲金石要例行狀例：「行狀爲議謚而作，與求志而作者，其體稍異。爲謚者須將謚法配之，可不書婚娶子姓（昌黎狀董晉亦書子姓）。」據本行狀，薛元超卒於武則天光宅元年（六八四）季冬，狀上於武則天垂拱元年（六八五）四月初，則文當作於此段時間之内。中書令、汾陽公，詳後注。

〔二〕「魏給事中」句，事，原作「侍」，據英華卷九七一、全唐文卷一九六改。魏，指後魏（亦稱北魏）。唐六典卷八門下省給事中注：「漢書百官表云：『給事中，亦加官，所加或大夫、博士、議郎，皆秦制。』」又曰：「後魏史（指魏書）闕其員。初從第三品上。太和（四七七—四九九）末，從第六品上。」

〔三〕「黄門」句，黄門侍郎，後魏稱「給事黄門侍郎」，見魏書官氏志。唐六典卷八門下省給事中注：「晉職官志云：『黄門侍郎，秦官也。無常員，掌侍從左右。漢因之，秩六百石。』」又曰：「後魏給事黄門侍郎，史闕其員。初正第三品，太和末正第四品上。」

〔四〕「御史」句，唐六典卷一三御史臺御史中丞注：「後魏改中丞曰中尉，正三品。太和二十三年（四九九）爲從三品。」注稱後魏無「御史大夫」一職，中尉即御史臺最高行政長官。

〔五〕「直閤」句，閤，原作「閣」，據英華、全唐文改。魏書官氏志：「直閤將軍，從第三品下。」「輔國將軍，從第三品。」（以下常見官名、地名不注）

〔六〕「關西道」句，大行臺，通典卷二二行臺省：「行臺省，魏、晉有之。昔魏末晉文帝討諸葛誕，散騎常侍裴秀、尚書僕射陳泰、黄門侍郎鍾會等以行臺從。至晉永嘉四年（三一〇），東海王越帥衆許昌，以行臺自隨是也。及後魏，謂之尚書大行臺，别置官屬。」右丞，即所謂「别置官屬」之官屬之一。

〔七〕「汾陰」句，汾陰，漢縣名。元和郡縣志卷一二河中府寶鼎縣：「本漢汾陰縣也，屬河東郡。劉元海時廢汾陰縣入蒲坂縣。後魏孝文帝復置汾陰縣。」汾陰故城，在今山西運城市萬榮縣西南榮河鎮。

〔八〕「祖道衡」句，隋書薛道衡傳：「薛道衡，字玄卿，河東汾陰人也。祖聰，魏濟州刺史。父孝通，常山太守。」按：薛道衡爲隋代著名詩人，原有文集七十卷，後散亡。

〔九〕「隋吏部」句，内史，唐六典卷九中書省注：「隋氏改中書省爲内史省，置内史省監、令各一人，尋廢。……煬帝十二年（六一六），改爲内書省。武德初爲内史省，三年（六二〇），改爲中書省。」則所謂内史侍郎，即後來之中書侍郎。

〔一〇〕「陵、邛」句，陵，即陵州。元和郡縣志卷三三陵州：「在漢即犍爲郡之武陽縣之東境也。……周閔帝元年（五五七），又於此置陵州，因陵井以爲名。」按：地即今四川仁壽縣。邛，即邛州。同上書卷三一邛州：「今州即蜀郡之臨邛縣地也。……梁益州刺史蕭範於蒲水口立栅爲城，以備生獠，名爲蒲口頓。武陵王蕭紀於蒲口頓改置邛州，南接雅州。武德元年（六一八），割雅州依政等五縣置邛州。」按：地即今四川邛崍市。潘，即潘州。隋書薛道衡傳：「煬帝嗣位，轉潘州刺史。」今按：潘州在北魏時爲吐谷渾地，北周置扶州，疑隋初改爲潘州。其遺址在今四川若爾蓋縣求吉鄉甲基村西南，當地稱阿哈，意爲吐谷渾。「襄」即襄州（今湖北襄陽），本書前已注。

〔一二〕「司隸」句，隋書百官志下：「司隸臺大夫一人（原注：正四品），掌諸巡察。……後又罷司隸臺，而留司隸從事之名，不爲常員，臨時選京官清明者權攝以行。」

〔一三〕「臨河縣」句，元和郡縣志卷一六相州臨河縣：「本漢黎陽縣地。隋開皇六年（五八六）分置臨河縣，屬衛州。……武德二年（六一九）重置黎州，縣屬焉。貞觀十七年（六四三）廢黎州，以縣屬相州。」地在今河南浚縣。

〔一三〕「父收」句，舊唐書薛收傳：「薛收，字伯褒，蒲州汾陰人，隋内史侍郎道衡子也。」

〔一四〕「皇朝」二句，舊唐書太宗紀：武德四年（六二一）十月，「（秦王李世民）加號天策上將、陝東道大行臺，位在王公上」。兼金部郎中（舊唐書本傳稱「判陝東道大行臺金部郎中」），乃大行臺府屬官，與朝廷尚書省户部之金部層級不同，但職事蓋相仿，兹録後者以爲參考。唐六典卷三尚書户部：「金部郎中、員外郎掌庫藏出納之節，金寶財貨之用，權衡度量之制，皆總其文籍，而頒其節制。」記室參軍，舊唐書薛收傳稱其爲「秦府記室」。記，原作「紀」，據英華、全唐文改。唐六典卷二九親王府：「記室參軍事二人，從六品上。」

〔一五〕「文學館」句，舊唐書太宗紀上：秦王（太宗）爲天策上將、陝東道大行臺，「於時海内漸平，太宗乃鋭意經籍，開文學館以待四方之士，行臺司勳郎中杜如晦等十有八人爲學士。每更置閣下，降以温顔，與之討論經義，或夜分而罷」。同書薛收傳：「從平劉黑闥，封汾陰縣男。武德六年（六二三），以本官兼文學館學士。」次年病卒。

〔一六〕「贈定州」句，舊唐書薛收傳：「貞觀七年（六三三），贈定州刺史。永徽六年（六五五），又贈太常卿，陪葬昭陵。」定州，本書前已注，地在今河北定州市。唐六典卷一四太常寺：「太常寺卿一人，正三品。」

〔一七〕「謚曰獻」句，宋趙明誠金石録卷二四唐薛收碑：「右唐薛收碑，文字殘缺，其可讀處，以唐史校之，無甚異同，惟收之卒，謚曰懿，而史不書爾。」此作「獻」，或傳本訛誤，或曾改謚，待考。按：以上述死者薛元超祖宗四代仕歷。

河東郡汾陰縣薛振，年六十二，字元超狀〔一〕。

昔者唐堯之協和萬邦也〔二〕，有若四岳之敬順昊天，曆象日月〔三〕；虞舜之慎徽五典也〔四〕，有若八元之忠肅恭懿，宣慈惠和〔五〕；夏禹之分别九州也〔六〕，有若咎繇之謨明弼諧，允迪厥德〔七〕。殷湯之南征北怨也〔八〕，有若伊尹之格於皇天〔九〕；姬文之受命作周也〔一〇〕，有若虢叔之聞於上帝〔一一〕。自唐虞而列考，及秦漢而無譏。元首必籍於股肱〔一二〕，方隆太平之化；賢者必待於明主，克致崇尚之業。若夫驂駕六龍〔一三〕，驅馳七聖〔一四〕，斟酌元氣〔一五〕，裁成天道者，其惟聖人乎；宏闡大猷〔一六〕，發揮神化，匡正八極〔一七〕，阜成兆民者〔一八〕，其惟良宰乎！我大唐之建國也，粤若神堯，明揚側陋〔一九〕。文王協於朕卜，迎太公於渭水〔二〇〕；高宗求於朕夢，得良弼於傅巖。若歲大旱以爲霖雨，若濟巨川以爲舟楫者也〔二一〕。

【箋注】

〔一〕「河東」句，薛振，趙明誠金石録卷二四唐薛收碑：「收之子元超，據唐史及此碑皆云名元超，而楊炯盈川集載炯所爲元超行狀，乃云名振、字元超。蓋唐初人多以字爲名耳。」

〔二〕「昔者」句，尚書堯典：「克明俊德，以親九族；九族既睦，平章百姓；百姓昭明，協和萬邦，黎民於變時雍。」僞孔傳：「昭，亦明也。協合黎衆，時是雍和也。言天下衆民皆變化從上，是以風俗大和。」

〔三〕「有若」二句，四岳，尚書堯典：「帝曰：咨！四岳。」僞孔傳：「四岳，即羲和之四子，分掌四岳之諸侯。」同上：「乃命羲和：欽若昊天，曆象日月星辰，敬授民時。」僞孔傳：「重黎之後羲氏、龢氏，世掌天地四時之官，故堯命之，使敬順昊天。昊天，言元氣廣大。星，四方中星；辰，日月所會。曆象其分節，敬記天時以授民也。」和、龢同。

〔四〕「虞舜」句，尚書舜典：「慎徽五典，五典克從。」僞孔傳：「徽，美也。五典，五常之教：父義、母慈、兄友、弟恭、子孝。舜慎美篤行斯道。」

〔五〕「有若八元」二句，左傳文公十八年：「高辛氏有才子八人：伯奮、仲堪、叔獻、季仲、伯虎、仲熊、叔豹、季貍。忠肅共懿，宣慈惠和，天下之民謂之八元。」杜預注：「肅，敬也；懿，美也；宣，徧也；元，善也。」

〔六〕「夏禹」句，尚書禹貢：「禹敷土，隨山刊木，奠高山大川。」僞孔傳：「洪水汎溢，禹分布治九州之土，隨行山林，斬木通道。奠，定也。高山，五嶽；大川，四瀆。定其差秩，祀禮所視。」

〔七〕「有若咎繇」二句，咎繇，即皋陶。漢書百官公卿表：「咎繇作士，正五刑。」顔師古注：「咎音皋，繇音弋昭反。」尚書皋陶謨：「曰若稽古，允迪厥德，謨明弼諧。」僞孔傳：「迪，蹈；厥，其也。其，古人也。言人君當信蹈行古人之德，謀廣聰明，以輔諧其政。」

〔八〕「殷湯」句，尚書仲虺之誥：「(湯)克寬克仁，彰信兆民。乃葛伯仇餉，初征自葛，東征西夷怨，南征北狄怨。曰：『奚獨後予？』攸徂之民，室家相慶，曰：『徯予后，后來其蘇。』民之戴商，厥惟舊哉！」謂民衆期盼湯以征伐解救自己，故未被征伐之地，民反有怨氣。

〔九〕「有若伊尹」句，尚書君奭：「(周)公曰：『君奭！我聞在昔成湯既受命，時則有若伊尹，格於皇天。』」僞孔傳：「尹摯佐湯，功至大。天，謂致太平。」

〔一〇〕「姬文」句，姬文，即周文王，姬姓。受命，謂受天命。造周，締造周王朝。

〔一一〕「有若虢叔」句，尚書君奭：「(周)公曰：『君奭！在昔上帝，割申勸寧王之德，其集大命於厥躬。惟文王尚克修和我有夏。亦惟有若虢叔，有若閎夭，有若散宜生，有若泰顛，有若南宫适。』」僞孔傳：「在昔上天割制其義，重勸文王之德，故能成其大命於其身。謂勸德以受命。

文王庶幾能修政化，以和我所有諸夏，亦惟賢臣之助爲治有如此。……凡五臣，佐文王爲胥附，奔走先後，禦侮之任。」（周公）又曰：「無能往來，兹迪彝教，文王蔑德降於國人。亦惟純佑秉德，迪知天威。乃惟時昭文王，迪見冒聞於上帝，惟時受有殷命哉！」僞孔傳：「文王亦如殷家，惟天所大佑，文王亦秉德蹈知天威。乃惟是五人，明文王之德。言能明文王德蹈行顯見，覆冒下民，彰聞上天，惟是故受有殷之王命。」按：以上舉堯、舜、夏、商、周各代著名輔弼之臣，以譬喻、贊美薛元超。

〔一二〕「元首」句，尚書益稷：「帝曰：『臣作朕股肱耳目。予欲左右有民，汝翼；予欲宣力四方，汝爲。』」僞孔傳：「言大體若身。左右，助也。助我所有之民富而教之，汝翼成我。布力立治之功，汝群臣當爲之。」股肱，大腿、手臂。大腿、手臂乃人體最着力處，藉以喻大臣。

〔一三〕「若夫」句，驂駕，車兩旁馬并行拉車。六龍，六馬。周禮夏官廋人：「馬八尺以上爲龍。」按：駕六馬，乃帝王乘輿之制。

〔一四〕「驅馳」句，驅馳，追趕以并駕。七聖，資治通鑑卷七三魏紀五「闞七聖而課試之文不垂」句胡三省注：「七聖，堯、舜、禹、湯、文、武、周公。」

〔一五〕「斟酌」句，文選左思吴都賦：「仰南斗以斟酌。」吕向注：「南斗，星名。將仰取以用酌酒。」元氣，自然之氣。斟酌元氣，謂利用、調配自然之力。後漢書李固傳：「斗斟酌元氣，運平四時。」

〔一六〕「宏闡」句，文選孔安國尚書序：「漢室龍興，開設學校，旁求儒雅，以闡大猷。」張銑注：「闡，開；猷，道也。」

〔一七〕「匡正」句，八極，泛指天下。鹽鐵論論鄒：「所謂中國者，天下八十分之一，名曰赤縣神州，而分爲九。川谷阻絶，陵陸不通，乃爲一州，有八瀛海圜其外，此所謂八極，而天下際焉。」

〔一八〕「皁成」句，成，原作「戍」，據英華、全唐文改。民，原作「人」，避唐諱，徑改。尚書周官：「六卿分職，各率其屬，以倡九牧，皁成兆民。」僞孔傳：「六卿各率其屬官大夫士，治其所分之職，以倡道九州牧伯，爲政大成，兆民之性命皆能其官，則政治。」

〔一九〕「粤若」二句，粤若，發語詞。神堯，即唐高祖。舊唐書高祖紀：「高宗上元元年（六七四）八月，改上尊號曰神堯皇帝。」尚書堯典：「帝曰：『咨！四岳：朕在位七十載，汝能庸命。巽朕位？』岳曰：『否德忝帝位。』曰：『明明揚側陋。』」僞孔傳：「堯知子不肖，有禪位之志，故明舉明人在側陋者，廣求賢也。」側陋，孔穎達正義釋爲「僻隱鄙陋之處」，謂聲名不顯，即不在位者。

〔二〇〕「文王」二句，朕卜，國語周語下：「朕夢協於朕卜。」韋昭注：「朕，武王自謂也。協亦合也。……言武王夢與卜合。」此謂西伯（周文王）因卜而得姜太公。史記齊太公世家：「西伯將出獵，卜之，曰：『所獲非龍非彲，非虎非羆，所獲霸王之輔。』於是周西伯獵，果遇太公於渭之陽，與語大説，……載與俱歸，立爲師。」

〔二一〕「高宗」四句，高宗，指殷高宗，盤庚之弟，小乙之子，名武丁，高宗乃其廟號。尚書説命上：「王庸作書以誥，曰：『以台正於四方，惟恐德弗類，兹故弗言，恭默思道。夢帝賚予良弼，其代予言。』乃審厥象，俾以形旁求於天下。説築傅巖之野，惟肖，爰立作相。王置諸其左右，命之曰：『朝夕納誨，以輔台德。若金，用汝作礪。若濟巨川，用汝作舟楫。若歲大旱，用汝作霖雨。』」僞孔傳：「傅氏之巖，在虞、虢之界。」又曰：「鐵須礪，以成利器。渡大水，待舟楫。霖，三日雨。霖以救旱。」以上兩注，以文王得姜太公、武丁得傅説，喻唐高宗得薛元超。

公含天地之間氣〔一〕，依日月之末光〔二〕。能備九德〔三〕，兼資百行〔四〕。探賾索隱，極深研幾〔五〕。齠齡之際，羞言霸道〔六〕；詞賦之間，已成王佐〔七〕。六歲，襲爵汾陰男〔八〕。十一，太宗召見，敕弘文館讀書〔九〕。十三，爲神堯皇帝挽郎〔一〇〕。十九，尚和静縣主〔一一〕。高宗升儲之日也，敕公爲太子通事舍人〔一二〕。二十二，除太子舍人〔一三〕。高宗踐位，詔遷朝散大夫、守給事中，年二十七〔一四〕。尋拜中書舍人、弘文館學士〔一五〕。三十二，丁太夫人憂，去職〔一六〕。起爲黄門侍郎〔一七〕，固辭不許。修東殿新書畢〔一八〕，進爵爲侯。公毁瘠過禮，多不視事。出爲饒州刺史〔一九〕。上夢公，徵爲右成務〔二〇〕。四十，復爲東臺侍郎〔二一〕。是歲也，放李義府于卭笮〔二二〕。舊制：流人禁乘馬，公爲之言，左遷簡州刺史〔二三〕。歲餘，上官儀伏誅〔二四〕，坐詞翰往來，徙居越巂。五十三，赦還，拜正諫大夫〔二五〕。五十四，遷中書侍郎，尋同中書門下三品，兼檢太子左庶子〔二六〕。五十九，遷中書令〔二七〕。車駕幸洛陽，詔公兼户部尚書，與皇太子居守〔二八〕。俄以風疾不視事。高宗崩，輿疾往神都〔二九〕，抗表辭位，至於再，至於三，詔加金紫光禄大夫，仍聽致仕〔三〇〕。以光宅元年季冬旁死魄〔三一〕，薨於洛陽豐財里之私第〔三二〕。嗚呼哀哉！

【箋注】

〔一〕「公含」句，藝文類聚卷一一總載帝王引春秋演孔圖：「正氣爲帝，間氣爲臣，宫商爲姓，秀氣爲人。」清王植正蒙初義卷一七乾稱篇：「間氣，謂間有之氣，難得之賢才也。」

〔二〕「依日月」句，漢書蕭何曹參傳贊：「漢興，依日月之末光。」顔師古注：「言何、參值漢初興，故以日月爲喻耳。」按：日月，此喻指皇帝。

〔三〕「能備」句，九德，尚書皋陶謨：「皋陶曰：『都！亦行有九德』。亦言其人有德。乃言曰：『載采采。』禹曰：『何？』皋陶曰：『寬而栗，柔而立，愿而恭，亂而敬，擾而毅，直而温，簡而廉，剛而塞，彊而義，彰厥有常吉哉！』」僞孔傳：「彰，明；吉，善也。明九德之常，以擇人而官之，則政之善。」

〔四〕「兼資」句，百行，衆多才能。文選嵇康與山巨源絶交書：「故君子百行，殊塗而同致。」吕向注：「百行，言多也。」

〔五〕「探賾」二句，周易繫辭上：「探賾索隱，鉤深致遠。」孔穎達正義：「探謂闚探求取，賾謂幽深難見。」繫辭又曰：「夫易，聖人之所以極深而研幾也。唯深也，故能通天下之志；唯幾也，故能成天下之務。」韓伯注：「極未形之理，則曰深；適動微之會，則曰幾。」

〔六〕「齠齡」二句，齠齡，少小時。齠，小兒下垂之髮式。英華校二字曰：「集作髫齔。」齔，幼童換乳齒長恒齡，義亦通。羞言霸道，謂其自小堅守儒家王道。孟子梁惠王上：「齊宣王問曰：『齊桓、晉文之事，可得聞乎？』孟子對曰：『仲尼之徒無道桓、文之事者，是以後世無傳焉，臣未之聞也。』」齊桓公、晉文公在春秋時稱霸，故其道爲「霸道」。

〔七〕「詞賦」二句，晉書張華傳：「初未知名，著鷦鷯賦以自寄，其詞曰……陳留阮籍見之，歎曰：『王佐之才也！』由是聲名始著。」

〔八〕「六歲」句，按新、舊唐書薛收傳附薛元超傳，皆稱元超九歲襲爵汾陰男，未詳孰是。

〔九〕「十一」二句，考薛元超生於武德六年（六二三，考見下），其十一歲時爲太宗貞觀七年（六三三）。弘文館，唐六典卷八門下省：「武德初置修文館，武德末改爲弘文館。」

〔一〇〕「十三」句，神堯皇帝，即唐高祖，見上注。挽郎，通典卷八六挽歌：「晉成帝咸康七年（三四一），有司聞奏，依舊選公卿以下六品子弟六十人爲挽郎，詔又停之。摯虞云：漢、魏故事，大喪及大臣之喪，執紼者挽歌。」禮記曲禮上：「助葬必執紼。」鄭玄注：「紼，引車索。」則執紼、唱挽歌之六品官子弟，稱「挽郎」。十三，原作「十六」，各本同。據行狀，薛元超卒於光宅元年

（六八四）季冬，享年六十二。考舊唐書則天皇后紀，亦載光宅元年「十二月，前中書令薛元超卒」，與行狀合。以卒年、享年推之，則薛元超當生於武德六年（六二三）。又據舊唐書太宗紀下，高祖於貞觀九年（六三五）十月庚寅「葬於獻陵」。以薛元超生年推之，是年十三歲，作「十六」誤，據改。

〔二〕「十九」句，上注考知薛元超生於武德六年，其年十九則當太宗貞觀十五年（六四一）。舊唐書薛元超傳：「及長，好學善屬文，太宗甚重之，令尚巢刺王女和静縣主。」尚，娶也。漢書王吉傳：「漢家列侯尚公主。諸侯，則國人承翁主。」注引晉灼曰：「娶天子女則曰尚公主。國人娶諸侯女，曰承翁主。尚、承，皆卑下之名也。」按舊唐書太宗紀下：貞觀十六年（六四二）夏六月辛卯，詔「改封海陵刺王元吉曰巢刺王」。則其尚和静時，元吉尚未改封。按：巢王元吉，高祖第四子，太宗李世民之弟，在與李世民争位中被殺。太宗踐阼，追封元吉爲海陵郡王，謚曰剌。事迹詳舊唐書高祖二十二子傳。

〔三〕「高宗」二句，升儲，即立爲皇太子。舊唐書高宗紀上：高宗李治，太宗第九子，貞觀五年（六三一）封晉王。「（貞觀）十七年（六四三），皇太子承乾廢，魏王泰亦以罪黜，太宗與長孫無忌、房玄齡、李勣等計議，立晉王爲皇太子。」升，英華校：「集作建。」誤。唐六典卷二六：「太子通事舍人八人，正七品下。通事舍人掌導引東宮諸臣辭見之禮，及承令勞問之事。」

〔三〕「二十二」句，薛元超二十二歲，當爲貞觀十八年（六四四）。太子舍人，即太子中舍人。唐六典卷二六："「太子中舍人二人，正五品上。」注："「太子中舍人，本漢魏太子舍人也。」

〔一四〕「高宗踐位」三句，踐位，登帝位。舊唐書高宗紀上："「（貞觀）二十三年（六四九）五月己巳，太宗崩。……六月甲申朔，皇太子即皇帝位。」唐六典卷二尚書吏部："「從五品下曰朝散大夫。」同上："「凡任官，階卑而擬高則曰守。」同書卷八門下省："「給事中四人，正五品上。給事中掌侍奉左右，分判省事。凡百司奏抄，侍中審定，則先讀而署之，以駁正違失。」「二十七」，原作「二十六」。以薛元超生年推之，是年二十七，據改。舊唐書本傳亦稱「高宗即位，擢拜給事中，時年二十六」，蓋沿行狀而誤。

〔一五〕「尋拜」二句，唐六典卷九中書省："「中書舍人六人，正五品上。中書舍人掌侍奉進奏，參議表章，凡詔旨制敕及璽書、册命，皆按典故起草，進畫既下，則署而行之。」同書卷八門下省："「弘文隸門下省，自武德、貞觀以來皆妙簡賢良爲學士。故事：五品已上稱爲學士，六品已下爲直學士。」

〔一六〕「三十二」句，舊唐書本傳："「永徽五年（六五四），丁母憂。」以生年推之，元超是年三十二歲，正合。

〔一七〕「起爲」句，唐六典卷八門下省："「黄門侍郎二人，正四品上。黄門侍郎掌貳侍中之職，凡政之弛張，事之與奪，皆參議焉。」按舊唐書薛收傳附薛元超傳："「永徽五年（六五四），丁母憂，解。明年起，授黄門侍郎、兼檢校太子左庶子。」則起復時間爲丁憂之「明年」，即永徽六年。

〔一八〕「修東殿新書」句，舊唐書高宗紀上：顯慶元年（六五六）五月己卯，「弘文館學士許敬宗進所撰東殿新書二百卷，上自製序」。

〔一九〕「出爲」句，舊唐書薛收傳附薛元超傳：「後以疾出爲饒州刺史。」元和郡縣志卷二八饒州：「本秦鄱陽縣也，屬九江郡。……隋開皇九年（五八九）平陳，改鄱陽爲饒州。」地在今江西上饒市。

〔二〇〕「徵爲」句，右成務，即尚書省右司郎中。唐六典卷一尚書省：「左司郎中一人，右司郎中一人，并從五品上。」注：「龍朔二年（六六二）改爲左右承務，咸亨元年（六七〇）復故。」通典卷二二尚書省：左司郎中，「龍朔二年改爲左丞務，咸亨元年復舊。」而通志卷五三尚書省述此事，「左丞務」作「左成務」。要之，唐六典作「承」當誤，官階中另有「承務郎」，官名不當重。丞，英華作「成」，於字下校：「集有武字。」誤。

〔二一〕「四十」句，據薛元超生年，其四十歲爲高宗龍朔二年（六六二）。唐六典卷八門下省：「黄門侍郎二人，正四品上。」注：「龍朔二年改爲東臺侍郎，咸亨元年（六七〇）復舊。」

〔二二〕「是歲也」二句，舊唐書高宗紀上：龍朔三年（六六三）「夏四月乙丑，右相李義府下獄。戊子，李義府除名，配流巂州」。則李義府流放與薛氏復官，并非同在一年，紀年小誤。邛笮，皆縣名，代指越巂。史記司馬相如傳：「是時邛筰之君長，聞南夷與漢通，得賞賜多，多欲願爲内臣妾，請吏，比南夷。」索隱引文穎曰：「邛者，今爲邛都縣；筰者，今爲定筰縣，皆屬越巂郡也。」笮、筰同。越巂，今四川西昌市。

〔二三〕「左遷」句，元和郡縣志卷三一簡州：「秦爲蜀郡地，漢武帝分置犍爲郡，今州即犍爲郡之牛鞞縣也。……隋仁壽三年（六〇三）於此置簡州，因境有賴簡池爲名。大業二年（六〇六）省，武德三年（六二〇）復置。」地即今四川簡陽市。

〔二四〕「上官儀」句，舊唐書高宗紀上：麟德元年（六六四）十二月丙戌，「殺西臺侍郎上官儀」。按：上官儀被殺，乃因欲廢武后事。資治通鑑卷二〇一唐紀一七述之曰：「初，武后能屈身忍辱，奉順上意，故上排群議而立之。及得志，專作威福，上欲有所爲動，爲后所制，上不勝其忿。有道士郭行真出入禁中，嘗爲厭勝之術，宦者王伏勝發之。上大怒，密召西臺侍郎、同東西臺三品上官儀議之，儀因言皇后專恣，海内所不與，請廢之。上意亦以爲然，即命儀草詔。左右奔告於后，后遽詣上自訴，詔草猶在上所。上羞縮不忍，復待之如初。猶恐后怨怒，因紿之曰：『我初無此心，皆上官儀教我。』儀先爲陳王諮議，與王伏勝俱事故太子忠。后於是使許敬宗誣奏儀、伏勝與忠謀大逆。十二月丙戌，儀下獄，與其子庭芝、王伏勝皆死，籍没其家。戊子，賜忠死於流所。」詞翰，英華校：「集作翰墨。」即書信。

〔二五〕「五十三」句，以薛元超生年推之，其五十三歲時爲上元二年（六七五）。舊唐書薛元超傳：「上元初，遇赦還，拜正諫大夫。」若「上元初」爲上元元年，則當爲五十二。通典卷二一：「龍朔二年（六六二），改諫議大夫爲正諫大夫。」

〔二六〕「五十四」三句，薛氏五十四歲，當爲上元三年（六七六）。舊唐書高宗紀下：「（上元）三年，遷中書侍郎，尋同中書門下三品。」正合。同中書門下三品，職同宰相。左庶子，唐六典卷二六：「太子左春坊左庶子二人，正四品上。左庶子之職，掌侍從贊相禮儀，駁正啓奏監省封題。」

〔二七〕「五十九」句，以薛元超生年推之，其五十九時爲永隆二年（六八一）。舊唐書薛元超傳：「永隆二年，拜中書令，兼太子左庶子。」合。唐六典卷九中書省：「中書令二人，正三品。中書令之職，掌軍國之政令，緝熙帝載，統和天人。入則告之，出則奉之，以釐萬邦，以度百揆，蓋以佐天子而執大政者也。」

〔二八〕「車駕」三句，舊唐書卷五高宗紀下：「（開耀二年，六八二）二月癸未，以太子誕皇孫滿月，大赦，改開耀二年爲永淳元年。……（四月）丙寅，幸東都，皇太子京師留守，命劉仁軌、裴炎、薛元超等輔之。」舊唐書薛收傳附薛元超傳：「高宗幸東都，太子於京師監國，因留元超以侍太子。」

〔二九〕「高宗崩」二句，舊唐書高宗紀下：「（永淳二年，六八三）十二月己酉，詔改永淳二年爲弘道元年。……是夕，帝崩於真觀殿，時年五十六。」神，原作「成」，據英華、四子集改。舊唐書則天皇后紀：文明元年（六八四）「九月，大赦天下，改元爲光宅，……改東都（洛陽）爲神都」。

〔三〇〕「詔加」二句，舊唐書薛元超傳：「弘道元年（六八三）以疾乞骸，加金紫光禄大夫，聽致仕。其年冬卒，年六十二。贈光禄大夫、秦州都督。」按薛元超并不卒於弘道元年冬，而卒於次年即光宅元年（六八四）冬，舊唐書述此事歟確，本文上注考其生卒年時已詳辨。唐六典卷二尚書吏部：「從二品曰光禄大夫，正三品曰金紫光禄大夫。」資治通鑑卷二〇二：「中書令兼太子左庶子薛元超病瘖，乞骸骨，許之。」後人或謂其爲佯瘖。宋黄震古今紀要卷一〇：「薛元超，武氏用事，陽瘖，卒。」

〔三〕「以光宅」句，旁死魄，尚書武成：「惟一月壬辰旁死魄。」僞孔傳：「此本説始伐紂時一月，周之正月。旁，近也，月二日近死魄。」孔穎達正義：「一月壬辰旁死魄，謂伐紂之年，周正月辛卯朔，其二日是壬辰也。」逸周書世俘：「越若來，二月既死魄。」孔晁注：「朔後爲死魄。」漢書律曆志引作「旁死霸」，顔師古注：「孟康曰：『月二日以往，月生魄死，故言死魄。魄，月質也。』霸，古魄字同。」近人王國維以爲孔、孟傳、注之説謬不足據，參其觀堂集林卷一生霸死霸考。舊唐書則天皇后紀載，薛元超卒於光宅元年十二月。此所謂旁死魄，蓋用僞孔傳之義，當指該月初二也。

〔三〕「薨於」句，豐財里，徐松唐兩京城坊考卷五東京外郭城：「東城之東，第四南北街，北當安喜門東街，從南第一曰時泰坊，……次北立行坊，……次北殖業坊，……次北豐財坊(北抵城)。」

公地藉膏腴〔一〕，姻連戚里〔二〕。鼎湖長往，拜卿子而爲郎〔三〕；金榜洞開，徵列侯而尚主〔四〕。遂乃彈冠筮仕〔五〕，策名委質〔六〕，叩天門於晝闕，攀鳳翼於紫宸〔七〕。凡升右轄者一年〔八〕，居外臺者兩郡〔九〕，四遷門下，三入中書。用能燮理我陰陽，經緯我天地〔一〇〕，鹽梅我寶鼎〔一一〕，梁棟我宸極。治百官而察萬民，平邦國而和上下〔一二〕。借如風后、力牧，左右軒皇；蕭何、曹參，謀猷漢室，未有一心事主，四十餘年〔一三〕。參兩宮而出入，歷三臺而陟降〔一四〕。合其道也，大壑縱其鯤鵬〔一五〕；遇其時也，名山出其雲雨〔一六〕。功成輔弼，德邁機深。星象不僁，方踐中台之位〔一七〕；山川并走，竟遊東岱之魂〔一八〕。天不憖遺〔一九〕，民將安仰！越翼日，詔贈光禄大夫，使持節都督秦、成、武、渭四州諸軍事〔二〇〕，秦州刺史，餘如故。賜物四百段，米粟四百石，東園秘器〔二一〕，凶事給儀仗至墓所，往還司賓卿監護〔二二〕，璽書弔祭。別降中使賜歛衣一襲，雜物百段。又詔陪葬乾陵，依故事也〔二三〕。

【箋注】

〔一〕「公地藉」句，膏腴，文選左思蜀都賦：「内函要害於膏腴。」劉淵林注：「膏腴，土地肥沃也。」句言薛元超藉助家族政治、經濟之强大勢力。

〔二〕「姻連」句，戚里，史記萬石君列傳：「徙其家長安中戚里。」索隱引小顏云：「於上有姻戚者皆居之，故名其里爲戚里。長安記：『戚里在城内。』」此指薛氏尚和静縣主事。

〔三〕「鼎湖」二句，史記孝武本紀：「黄帝采首山銅，鑄鼎於荊山下。鼎既成，有龍垂胡顄下迎黄帝。黄帝上騎，群臣後宮從上龍七十餘人，龍乃上去。餘小臣不得上，乃悉持龍顄，龍顄拔，墮黄帝之弓。百姓仰望黄帝既上天，乃抱其弓與龍胡顄號，故後世因名其處曰鼎湖，其弓曰烏號。」正義引括地志云：「湖水源出虢州湖城縣南三十五里夸父山，北流入河，即鼎湖也。」此代指唐高祖崩。卿子，即公卿子弟。後漢書左雄傳：「雄又奏徵海内名儒爲博士，使公卿子弟爲諸生，有志操者加其俸禄。及汝南謝廉、河南趙建，年始十二，各能通經，雄并奏拜童子郎。於是負書來學，雲集京師。」兩句謂高祖崩後，薛元超奉太宗敕於弘文館讀書。

〔四〕「金榜」二句，藝文類聚卷六二宫引神異經曰：「西方有宫，白石爲牆，五色黄門，有金榜而銀鏤，題曰『天地少女之宫』。」此代指和静縣主。薛元超襲封汾陰男，故稱列侯。列，英華校：「集作封。」誤。

〔五〕「遂乃」句，漢書王吉傳：「吉與貢禹爲友，世稱『王陽（王吉字子陽）在位，貢公彈冠』，言其趣舍同也。」顔師古注：「彈冠者，且入仕也。」筮仕，入仕前占吉凶。左傳閔公元年：「畢萬筮仕於晉。」後泛指初作官。

〔六〕「策名」名，左傳僖公二十三年：「策名委質，貳乃辟也。」杜預注：「名書於所臣之策，屈膝而君事之，則不可以貳辟罪也。」

〔七〕「叩天門」二句，天門、畫闕、鳳翼、紫宸，皆指宫闕，言其崇高華麗，代指朝廷。宸，英華作「林」，校：「集作宸。」作「林」誤。

〔八〕「凡升」句，右轄，此指尚書省右成務郎（即右司郎中，見上注）。尚書左右丞，又稱左右轄。初學記卷一一左右丞引傅咸答辛曠詩序曰：「尚書左丞，彈八座以下，居萬機之會。斯乃皇朝之司直，天臺之管轄。」據通典卷二二尚書省，左右司郎中「掌副左右丞所管諸司事」，故此亦稱「右轄」。

〔九〕「居外臺」句，唐六典卷一三御史臺「御史大夫一人」注：「御史臺，漢名御史府，後漢曰憲臺。時以尚書爲中臺，謁者爲外臺，謂之三臺。」漢有謁者中書令，唐六典卷九中書省「中書令」注：「漢中書謁者令丞，……司馬遷被腐刑之後爲中書令，即其任也，不言謁者，省文也。」後代又以安撫、轉運等爲外臺。宋趙昇朝野類要卷三外臺：「安撫、轉運、提刑、提舉，實分御史之權，亦似漢繡衣之義，而代天子巡狩也，故曰外臺。」考薛元超仕歷，所謂「外臺」當指外任，即先後出爲饒州、簡州刺史。臺，英華校：「集作轄。」誤。郡，英華、四子集作「部」，英華校：「集作月。」皆誤。

〔一〇〕「用能」二句，尚書周官：「立太師、太傅、太保，兹惟三公，論道經邦，燮理陰陽。」僞孔傳：「此惟三公之任，佐王論道，以經緯國事，和理陰陽。」

〔一一〕「鹽梅」句，尚書説命下：「若作和羹，爾惟鹽梅。」僞孔傳：「鹽咸梅醋，羹須咸、醋以和之。」寶鼎，鼎之美稱，煮食器。此以烹飪爲喻，言協合、平衡朝廷政治，有如鹽、醋調和味道，極爲重要。

〔一二〕「治百官」二句，周禮天官冢宰：「大宰之職：掌建邦之六典，以佐王治邦國。一曰治典……四曰政典，以平邦國，以正百官，以均萬民。」治、民，原作「理」、「人」，避唐諱，徑改。

〔一三〕「借如」數句，史記五帝本紀：「(黄帝)舉風后、力牧、常先、大鴻以治民。」集解：「鄭玄曰：

『風后，黄帝三公也。』班固曰：『力牧，黄帝相也。』」後漢書張衡傳李賢注引帝王紀曰：「黄帝以風后配上台，天老配中台，五聖配下台，謂之三公。其餘知天、規紀、地典、力牧、常先、封胡、孔甲等，或以爲師，或以爲將。」軒皇，謂黄帝軒轅氏。力牧，英華、四子集、全唐文作「天老」。亦可。下言蕭、曹佐漢，與此義同。數句謂即如風后、力牧及蕭、曹等古代名臣，皆不及薛元超忠心事主如此之久。

〔一四〕「參兩宫」二句，文選王儉褚淵碑文：「升降兩宫，實惟時寶。」李周翰注：「升降，上下也。兩宫，謂天子、太子宫。入天子宫則爲上，入太子宫則爲下也。」三臺，文選陳琳爲袁紹檄豫州：「坐領三臺，專制朝政。」李善注引應劭漢官儀曰：「尚書爲中臺，御史爲憲臺，謁者爲外臺。」

〔一五〕「大壑」句，莊子天地：「諄芒將東之大壑，適遇苑風於東海之濱。」注引李云：「大壑，東海也。」句謂大海之大，可任憑鯤鵬遨翔。

〔一六〕「名山」句，劉向説苑卷五貴德：「山致其高，雲雨起焉；水致其深，蛟龍生焉。君子致其道德，而福禄歸焉。」同書卷一八辨物：「五嶽何以視三公？能大布雲雨焉，能大斂雲雨焉。」謂其遭遇明時，故能雲行雨施，莫不得志。

〔一七〕「星象」二句，傚，即「傚」，錯誤。中台，即泰階三階之中階。泰階又稱三台，前已屢注。史記天官書應劭注引黄帝泰階六符經曰：「泰階者，天子之三階。……中階：上星爲諸侯、三公，下星爲卿大夫。」

〔一八〕「山川」二句，并走，謂名山大川祭拜殆遍。竟遊，謂魂歸東嶽泰山。博物志卷一：「泰山，……主召人魂魄，東方萬物始成，知人生命之長短。」

〔一九〕「天不」句，詩經小雅十月之交：「不慭遺一老，俾守我正。」鄭玄箋：「慭者，心不欲自彊之辭也。」陸德明音義引爾雅云：「願也，强也，且也。」又左傳哀公十六年：「孔丘卒，公誄之曰：『旻天不弔，不慭遺一老。』」杜預注：「慭，且也。」按：不慭，猶言何不、寧不。

〔二〇〕「使持節」句，秦州，地在今甘肅天水市，本書前已注。成州，元和郡縣志卷二二成州：「禹貢梁州之域，古西戎地也。……（北）齊廢帝改爲成州，隋大業三年（六〇七）改成州爲漢陽郡，武德元年（六一八）復爲成州。」治今甘肅成縣。武州，同上卷三九武州：「禹貢梁州之域，古西戎地也。……諸葛亮使將攻武都、陰平，遂克定二郡，其地始入於蜀。……（後魏）廢帝改置武州。隋大業三年又改爲武都郡，武德元年復爲武州。」地在今甘肅岷縣、舟曲、宕昌一帶。渭州，治今甘肅平涼，本書前已注。

〔二一〕「東園」句，秘器，指棺材。漢書董賢傳：「及至東園秘器，珠襦玉柙，豫以賜賢，無不備具。」顔師古注：「東園，署名也。漢舊儀云：東園秘器作棺梓，素木長二丈，崇廣四尺。」

〔二二〕「往還」句，杜佑通典卷二六鴻臚卿：「大唐龍朔二年（六六二）改鴻臚爲司文，咸亨初復舊。光宅初改爲司賓，神龍初復舊。卿一人，掌賓客、凶儀之事，及册諸蕃。」

〔二三〕「又詔」二句，乾陵，太宗陵。陪葬故事，當遵太宗生前建陵、陪葬詔令。舊唐書太宗紀下：貞觀十一年（六三七）二月丁亥，詔曰：「……又佐命功臣，或義深舟楫，或謀定帷幄，或身摧行陣，同濟艱危，克成鴻業。追念在昔，何日忘之！使逝者無知，咸歸寂寞，若營魂有識，還如疇曩，居止相望，不亦善乎！漢氏使將相陪陵，又給以東園秘器，篤終之義，恩意深厚，古人豈異我哉！自今已後，功臣密戚，及德業佐時者，如有薨亡，宜賜塋地一所，及以秘器，使窀穸之時，喪事無闕。所司依此營備，稱朕意焉。」

公襲封之年也，受左傳於同郡韓文汪。至天王狩河陽〔一〕，乃廢書而嘆曰：「周朝豈無良相，何得以臣召君？」文汪異焉。神堯皇帝婕妤河東郡夫人，公之姑也，每侍高宗詞翰，高宗嘗顧曰〔二〕：「不見婕妤姪〔三〕，經數日便謂社稷不安。」其見重如此。上幸温泉，射猛獸，公奏疏極諫，上深納焉〔四〕。後因閑居，謂公曰：「我昔在春宫，與卿俱少壯，光陰倏忽，已三十年，往日賢臣良將〔五〕，索然俱盡，我與卿白首相見。卿歷觀書傳，君臣共終白首者幾人？我觀卿大憐我，我亦記卿深。」公嗚咽稽首，謝曰：「老臣早參麾蓋，文皇委之以心膂；臣又多幸，天皇任之以股肱。誓期殺身報國，致一人於堯舜。伏願天皇遵黄老之術，養生衛壽，則天下幸甚。」賜黄金二百鎰〔六〕。公有事君之節也，不亦忠乎！每讀孝子、忠臣傳，未嘗不慷慨流涕，以爲帝舜非孝子，朱雲非忠臣〔七〕。客有譏之者，公曰：「寧有揚君父之過，而稱忠孝哉！」太夫人薨，公每哭嘔血，杖而後起。上見公柴毁，泣曰：「朕遂不識卿。卿事朕，君父一致，遂至於滅性，可謂孝子。」中書省有一磐石，隋内史府君常踞而草詔〔八〕。及公揮翰躍鱗，每見此石，未嘗不泫然流涕。公有至性之道也〔九〕，不亦孝乎！其年修晉史〔一〇〕，筆削之美，爲當時最。孝敬崩，詔公爲哀册〔一一〕。上幸九成宫，敕皇太子赴行在所，置酒別殿，享王公以下〔一二〕。時太子、英王侍皇帝酒〔一三〕，酒酣，公獻壽曰：「天皇合易象乾，將三男震、坎、艮，今日是也〔一四〕。」上大悦，百官舞蹈稱萬歲，賜雜物百段，銀鏤鍾一枚。吐蕃不庭〔一五〕，詔英王爲元帥，總戎西討。公賦西征詩一首，上稱善，嗟嘆者久之。因代英王屬和〔一六〕，御筆繕寫，朝以爲榮。公有屬詞之美也，不亦文乎！黄門侍郎上疏薦高智周、任希古、郭正一、王義方、顧徹、孟利貞等〔一七〕，後皆有重名，歷登清貴〔一八〕。及兼左庶子，又表鄭祖玄、沈伯儀、賀覬、鄧玄挺、顔强學、崔融等十人爲學士〔一九〕，天下服其知人。公爲右成務，獻封禪書及平夷策，上深納焉。或有抵罪者，同類數百，經赦令，獄官評經年不決〔二〇〕，竟以死論。公上疏陳其濫，詔百寮廷議〔二一〕，獄官及宰臣未有所決，公酬對如響，衆咸服焉。上歎息曰：「幾令我殺無辜之人。」百寮莫不震懼。又上疏陳請備塞垣〔二二〕，未幾而匈奴背誕〔二三〕。公有神通之鑒也，不亦明乎！儀表魁傑，鬢眉若畫，身長七尺四寸，望之儼然。喜愠不形於色，雖至於近習左右，胥徒僕妾，莫不待之以禮。

公有行己之方也，不亦恭乎！在饒州六年〔二四〕，以仁明馭下。鄱陽北崗上忽生芝草一株，郡人以爲善政所感，共起一舍，號曰芝亭，因立碑頌德。公有馭人之術也，不亦惠乎！在邛都十餘載〔二五〕，沉研易象，韋編三絶〔二六〕，賦詩縱酒，以樂當年。有醉後集三卷行於世〔二七〕。公有安和之德也，不亦康乎！上初覽萬機，公上疏論社稷安危，君臣得失，上大驚，即日召見，不覺膝之前席〔二八〕，歎曰：「覽卿疏，若暗室而照天光，臨明鏡而覩萬象。」此後寵遇日隆，每軍國大事，必參謀帷幄。在中書，獨掌機務者五年，出納帝命，口占數百〔二九〕。上曰：「使卿長在中書，一夔足矣〔三〇〕。」大駕東巡，詔公驂乘，上曰：「朕之留卿，若去一目，若斷一臂。關西事重，一以委卿。」因賜物百段。公有社稷之勳也，不亦重乎〔三一〕！

【箋　注】

〔一〕「至天王」句，天王，周王也。春秋左傳僖公二十八年經曰：「天王狩於河陽。」杜預注：「晉地，今河内有河陽縣。晉實召王，爲其辭逆而意順，故經以王狩爲辭。」左氏傳：「王狩於河陽，言非其地也，且明德也。」杜預注：「使若天王自狩以失地，故書河陽，實以屬晉，非王狩地。隱其召君之闕，欲以明晉之功德。」以諸侯而召天子，可知朝廷之弱，故下句有廢書之歎。

〔二〕「每侍」二句，兩「高宗」，英華、四子集、全唐文皆作「高祖」，英華校曰：「集作宗。」按：作「高宗」是，「高祖」誤。楊炯作此行狀時，高宗已葬，故稱廟號，而薛元超幼時高祖已崩，絶不可能有思念見重之語。

〔三〕「不見」句，英華、四子集、全唐文無「姪」字。按：婕妤爲薛元超之姑，婕妤姪指薛元超，故該字斷不可無。

〔四〕「上幸」四句，舊唐書薛元超傳：「（上元）三年（六七六），遷中書侍郎，尋同中書門下三品。時高宗幸温泉校獵，諸蕃酋長亦持弓矢而從。元超以爲既非族類，深可爲虞，上疏切諫。帝納焉。」温泉，宮名，在臨潼驪山下，唐玄宗改爲華清宮，有華清池。見舊唐書玄宗紀下。

〔五〕「往日」句，賢，英華校：「集作忠。」

〔六〕「賜黄金」句，國語晉語二：「黄金四十鎰。」韋昭注：「二十兩爲鎰。」

〔七〕「以爲」二句，史記五帝本紀：「舜父瞽叟頑，母嚚，弟象傲，皆欲殺舜。舜順適不失子道，兄弟孝慈。……年二十，以孝聞。……堯乃賜舜絺衣，與琴，爲築倉廩，予牛羊。瞽叟尚復欲殺之，使舜上塗廩，瞽叟從下縱火焚廩。舜乃以兩笠自扞而下，去，得不死。後瞽叟又使舜穿井，舜穿井爲匿空旁出。舜既入深，瞽叟與象共下土實井，舜從匿空出，去。……舜復事瞽叟愛弟彌謹。」朱雲，漢書朱雲傳：「成帝時，丞相故安昌侯張禹以帝師位特進，甚尊重。雲上書求見，公卿在前。雲曰：『今朝廷大臣上不能匡主，下亡以益民，皆尸位素餐，……臣願賜尚方斬馬劍，斷佞臣一人以厲其餘。』上問：『誰也？』對曰：『安昌侯張禹。』上大怒，曰：『小臣居下訕上，廷辱師傅，罪死不赦！』御史將雲下，雲攀殿檻，檻折。……於是左將軍辛慶忌免冠解印綬，叩頭殿下曰：『此臣素著狂直於世。使其言是，不可誅；其言非，固當容之。臣敢以死爭。』慶忌叩頭流血。上意解，然後得已。及後當治檻，上曰：『勿易！因而輯之，以旌直臣。』」雲，英華作「虛」，校：「集作雲。」作「虛」誤。

〔八〕「隋内史」句，舊唐書薛元超傳：「中書省有一盤石，初，（薛）道衡爲内史侍郎，嘗踞而草制。元超每見此石，未嘗不泫然流涕。」

〔九〕「公有」句，至性，原作「立身」，據英華、四子集、全唐文改。所舉忠孝、嘔血、流涕數事皆關性情，以作「至性」爲善。

〔一〇〕「其年」句，晉史，即晉書。舊唐書房玄齡傳：「與中書侍郎褚遂良受詔重撰晉書。於是奏取太子左庶子許敬宗、中書舍人來濟、著作郎陸元仕、劉子翼、前雍州刺史令狐德棻、太子舍人李義府、薛元超、起居郎上官儀等八人分功撰録，以臧榮緒晉書爲主，參考諸家，甚爲詳洽。」同書薛元超傳：「預撰晉書。」按唐大詔令集卷八一修晉書詔，時在貞觀二十年（六四六）閏二月。

〔一一〕「孝敬」二句，謂孝敬皇帝李弘。舊唐書孝敬皇帝弘傳：「孝敬皇帝（李）弘，高宗第五子也。……顯慶元年（六五六）立爲皇太子。……上元二年（六七五），太子從幸合璧宮，尋薨。」哀册，代皇帝爲已故帝王、皇后、皇子安葬時致哀思之册文。古代書於簡册，唐以後鎸於金玉。按：所作孝敬皇帝哀册文今存，載唐大詔令集卷二六，首曰：「維上元二年夏四月己亥，皇太子弘薨於合璧宮之綺雲殿，年二十四。五月戊申，詔追號謚爲孝敬皇帝。八月庚寅，將遷葬於恭陵，有司奏哀册文。」

〔一二〕「上幸」四句，九成宮，即隋之仁壽宮，太宗時修繕以避暑，本書前已注。皇太子，指李賢；英王，乃李顯，詳下注。別殿，即咸亨殿。舊唐書高宗紀下：「（儀鳳三年，六七八）五月壬戌，幸九成宮，以相王輪爲洛州牧。秋七月丁巳，宴近臣諸親於咸亨殿。上謂霍王元軌曰：『去冬無雪，今春少雨，自避暑此宮，甘雨頻降，夏麥豐熟，秋稼滋榮。又得敬玄表奏，吐蕃入龍支，張虔勗與之戰，一日兩陣，斬馘極多。……又男輪最小，特所留愛，比來與選新婦，多不稱情；近納劉延景女，觀其極有孝行，復是私衷一喜。思與叔（引者按：指霍王元軌）等同爲此歡，各宜盡醉。』上因賦七言詩，效柏梁體，侍臣并和。（今按：全唐詩卷二收高宗句曰：「屏欲除奢政返淳。」注：「霍王以下和句亡。」）九月丁巳，還京師。」「上」字下，英華校：「集有行字。」

〔一三〕「時太子」句，太子，指李賢，即章懷太子。舊唐書高宗中宗諸子傳：「章懷太子賢，字明允，高宗第六子也。」上元二年（六七五）孝敬皇帝薨，其年六月立爲皇太子。被武則天所廢，及臨朝，迫令自殺。「睿宗踐祚，又追贈皇太子，謚曰章懷。」英王，即後來之中宗。舊唐書中宗紀：「中宗太和聖昭孝皇帝諱顯，高宗第七子，母曰則天順聖皇后。顯慶元年（六五六）十一月乙丑生於長安，明年封周王，授洛州牧。儀鳳二年（六七七）徙封英王，改名哲，授雍州牧。永隆元年（六八〇）章懷太子廢，其年立爲皇太子。」「酒酣」下，英華校：「集：英王皇帝作太子侍酒甘。」

是。」其中「甘」字，宋彭叔夏文苑英華辨證卷一〇引作「酣」（見下注），則「甘」蓋「酣」之刊誤。據校者之意，當謂「太子、英王侍皇帝酒，酒酣」，集本作「時太子侍酒，酣」。亦可通。全唐文即作「時太子、英王侍皇帝酒，酒酣」。然文苑英華辨證作者因不悉參加該宴會之王子，又未明白所校底本、集本異在何處，乃妄辨道：「楊炯薛元超行狀：上幸九成宮，時太子、英王侍皇帝酒，酒酣，公獻壽曰：『天皇合易象乾，將三男震、坎、艮，今日是也。』集作『太子、英王、皇帝侍酒，酣』，皇帝蓋謂睿宗也。當如集本，適合三男之説。」按舊唐書睿宗紀：「總章二年（六六九）徙封冀王。上初名旭輪，至是去旭字。上元二年（六七五）徙封相王，拜右衛大將軍。儀鳳三年（六七八）遷洛牧，改名旦，徙封豫王。嗣聖元年（六八四）則天臨朝，廢中宗爲廬陵王，立豫王爲皇帝，仍臨朝稱制。」行狀明言幸九成宮者乃「天皇（高宗）」。且據兩唐書，高宗儀鳳三年五月幸九成宮，乃其最後一次至此避暑，後來武則天從未到九成宮，故行狀所述，只能是高宗時事。而李旦即皇帝位在高宗死後，時高宗尚在，豈能言「皇帝蓋謂睿宗」？故辨證所引集本及判斷皆大誤。所謂「三男」，實指太子李賢、英王（後爲中宗）李顯、相王（後爲睿宗）李輪（後改名旦）也。

〔一四〕「天皇」三句，唐李鼎祚周易集解卷一三釋繫辭上「乾道成男，坤道成女」二句，引荀爽曰：「男謂乾，初適坤爲震，二適坤爲坎，三適坤爲艮，以成三男也。」

〔一五〕「吐蕃」句，吐蕃，即藏族。不庭，指上引舊唐書高宗紀下所述高宗幸九成宮時「吐蕃入龍支」事。

〔一六〕「因代」句，王，英華校：「集作公。」誤。

〔一七〕「黃門」句，舊唐書薛元超傳：「授黃門侍郎、兼檢校太子左庶子。元超既擅文辭，兼好引寒俊，嘗表薦任希古、高智周、郭正一、王義方、孟利貞等十餘人，由是時論稱美。」按：任希古，嘗爲越王府記室，遷太子舍人，見舊唐書王方慶傳。同書經籍志下著録任希古集五卷。高智周，常州晉陵人。舉進士，授秘書郎、弘文館直學士，預撰瑤山玉彩、文館辭林等。官至同中書門下三品，永淳二年（六八三）十月卒，兩唐書有傳。郭正一，定州彭城人。貞觀中舉進士，累轉中書舍人，弘文館學士，官至同中書門下平章事。永昌元年（六八九）爲酷吏所陷，流配嶺南而死。兩唐書有傳。王義方，泗州漣水人。舉明經，授晉王府參軍，直弘文館。歷著作佐郎、侍御史，總章二年（六六九）卒。撰筆海十卷、文集十卷。兩唐書有傳。顧徹，事迹未詳。孟利貞，華州華陰人。預撰瑤山玉彩五百卷，累轉著作郎，加弘文館學士。垂拱初卒，舊唐書有傳。

〔一八〕「歷登」句，貴，英華、全唐文作「貫」。

〔一九〕「及兼」二句，舊唐書薛收傳附薛元超傳：「永隆二年（六八一）拜中書令、兼太子左庶子。高宗幸東都，太子於京師監國，……於是元超表薦鄭祖玄、鄧玄挺、崔融爲崇文館學士。」按新唐書薛元超傳曰：「授黃門侍郎、檢校太子左庶子。所薦豪俊士若任希古、高智周、郭正一、王義方、孟利貞、鄭祖玄、鄧玄挺、崔融等，皆以才自名於時。」薛氏本兩次薦人，此則以前後所薦合爲一，文雖簡而失史實之真矣。挺，原作「捷」，據兩唐書薛元超傳改。按：沈伯儀，湖州吴興人，武后時爲太子右諭德。歷國子祭酒、修文館學士，舊唐書有傳。崔融，齊州全節人。初應八科舉擢第，累補宫門丞兼直崇文館學士。歷鳳閣舍人、知制誥，除司禮少卿，拜國子司業兼修國史。有集六十卷，爲初唐著名詩人，兩唐書有傳。鄭祖玄、賀顗、鄧玄挺、顔强學四人，生平事迹不詳。

〔二〇〕「獄官」句，經，英華校：「集作連。」

〔二一〕「詔百寮」句，寮，原作「官」。按下文有「百寮莫不震懼」之呼應句，則作「官」誤，據英華、全唐文改。

〔二二〕「又上疏」句，又，英華作「後」，校：「集作又。」作「又」較勝。塞垣，要塞處所築防禦工事。後漢書鮮卑傳：「天設山河，秦築長城，漢起塞垣，所以别内外、異殊俗也。」

〔二三〕「未幾」句，漢書五行志中之上：「伯州犂曰：『子姑憂子晳之欲背誕也。』」顔師古注：「背誕者，背命放誕欲爲亂也。」

〔二四〕「在饒州」句，在，英華校：「集作牧。」

〔二五〕「在卭都」句，都，原作「筰」，據英華、四子集、全唐文改。史記孝文本紀：「群臣請處（淮南）王蜀嚴道卭都。」正義引括地志云：「卭都縣，本卭都國，漢爲縣，今嶲州也。」薛元超流放地在嶲州，亦即漢卭都縣（今四川西昌），頗具體，而卭筰則地域寬泛，故作「都」是。

〔二六〕「韋編」句，史記孔子世家：「孔子晚而喜易，……讀易，韋編三絶。」又漢書儒林傳序：「（孔子）蓋晚而好易，讀之韋編三絶，而爲之傳。」顔師古注：「編所以聯次簡也。言愛玩之甚，故編簡之韋爲之三絶也。」按：韋，皮繩，古代用以編聯書簡。三絶，多次斷裂。

〔二七〕「有醉後集」句，醉後集未見著録。舊唐書薛元超傳：「文集四十卷。」舊唐書經籍志下、新唐書藝文志、通志藝文略别集四皆著録薛元超集三十卷，醉後集三卷蓋在其中。各本皆久佚。

〔二八〕「不覺」句，漢書賈誼傳：賈誼出爲長沙王太傅。「文帝思誼，徵之。至，入見，……至夜半，文帝前席。」顔師古注：「漸促近誼，聽説其言也。」

〔二九〕「口占」句，口占，不起草而口授成文。漢書朱博傳：「閤下書佐入，博口占檄文曰……」顔師古注：「隱度其言，口授之。」百，原作「首」，英華、全唐文作「百」。作「百」是，五年當不致「數首」，據改。

〔三〇〕「一夔」句，吕氏春秋卷二二察傳：「魯哀公問於孔子曰：『樂正夔一足，信乎？』孔子曰：『昔者舜欲以樂傳教於天下，乃令重黎舉夔於草莽之中而進之，舜以爲樂正。夔於是正六律、和五聲以通八風，而天下大服。重黎又欲益求人，舜曰：「夫樂，天地之精也，得失之節也，故唯聖人爲能和，樂之本也。夔能和之，以平天下，若夔者一而足矣。」故曰夔一足，非一足也。』」後漢書曹褒傳：「昔堯作大章，一夔足矣。」此以夔喻薛元超。

〔三一〕「不亦重」句，重，英華校：「集作盛。」

若夫有官功者賜其官族〔一〕，有大行者受其大名〔二〕。公叔，列國之陪臣，猶安社稷〔三〕；黔婁，匹夫之介節，不忘仁義〔四〕。古今以爲通訓，書籍以爲美談。況乎輔佐明主〔五〕，寧濟天下，生死無二，始終若一。業高於六相〔六〕，道貫於五臣〔七〕。其生也榮，同心比於周召〔八〕；其死也哀，陪葬均於衛霍〔九〕。豈使易名之典〔一〇〕，不及於會同〔一一〕；賜謚之文，不傳於終古？門生故吏，願述德音；博士禮官〔一二〕，佇聞清議。是則鍾繇之策，降於皇魏之年〔一三〕；王導之疏，寢於中興之日〔一四〕。謹狀。

【箋注】

〔一〕「若夫」句，尚書仲虺之誥：「德懋，懋官；功懋，懋賞。」孔穎達正義：「於德能勉力行之者，王則勸勉之以官；於功能勉力爲之者，王則勸勉之以賞。」左傳隱公八年：「官有世功，則有官族，邑亦如之。」杜預注：「謂取其舊官、舊邑之稱以爲族，皆禀之時君。」

〔二〕「有大行」句，春秋穀梁傳桓公十八年：「桓公葬而後舉謚，謚所以成德也，於卒事乎加之矣。」晉范甯集解：「謚者，行之迹，所以表德。人之終卒，事畢於葬，故於葬定稱號也。昔武王崩，周公制謚法，大行受大名，小行受小名，所以勸善而懲惡。」

〔三〕「公叔」二句，禮記檀弓下：「公叔文子卒，其子戍請謚於君，曰：『日月有時，將葬矣，請所以易其名者。』君曰：『昔者衛國凶饑，夫子爲粥與國之餓者，是不亦惠乎？昔者衛國有難，夫子以其死衛寡人，不亦貞乎？夫子聽衛國之政，修其班制，以與四鄰交，衛國之社稷不辱，不亦文乎？故謂夫子貞惠文子。』」鄭玄注：「文子，衛獻公之孫，名拔，或作發。」左傳僖公十二年：「陪臣敢辭。」杜預注：「諸侯之臣曰陪臣。」陪，原作「倍」，據英華、全唐文改。

〔四〕「黔婁」二句，列女傳卷二魯黔婁妻：「魯黔婁先生之妻也。先生死，曾子與門人往弔之。其妻出户，曾子弔之，上堂，見先生之屍在牖下，枕墼席稾，緼袍不表，覆以布被，手足不盡斂，覆頭則足見，覆足則頭見。曾子曰：『斜引其被，則斂矣。』妻曰：『斜而有餘，不如正而不足也。先生以不斜之故，能至於此。生時不邪，死而邪之，非先生意也。』曾子不能應，遂哭之曰：『嗟乎！先生之終也，何以爲謚？』其妻曰：『以康爲謚。』曾子曰：『先生在時，食不充口，衣不蓋形，死則手足不斂，旁無酒肉。生不得其美，死不得其榮，何樂於此而謚爲康乎？』其妻曰：『昔先生君嘗欲授之政，以爲國相，辭而不爲，是有餘貴也；君嘗賜之粟三十鍾，先生辭而不受，是有餘富也。彼先生者甘天下之淡味，安天下之卑位，不戚戚於貧賤，不忻忻於富貴。求仁而得仁，求義而得義，其謚曰康，不亦宜乎！』」忘，原作「志」，形訛，據英華、全唐文改。

〔五〕「況乎」句，主，英華校：「集作君。」

〔六〕「業高」句，管子五行篇：「昔者黄帝得蚩尤而明於天道，得大常而察於地利，得奢龍而辯於東方，得祝融而辯於南方，得大封而辯於西方，得后土而辯於北方。黄帝得六相而天地治，神明至。」王應麟困學紀聞卷一〇：「黄帝六相，一曰蚩尤，通鑑外紀改爲風后。」通典卷一九職官：

「黄帝六相（堯有十六相）爲之輔相，不必名官。」清顧炎武日知録卷二四相，稱「三代之時，言相者皆非官名」。

〔七〕「道貫」句，論語泰伯：「舜有臣五人，而天下治。」何晏集解引孔（安國）曰：「禹、稷、契、皋陶、伯益。」

〔八〕「其生」二句，論語子張：「（夫子）其生也榮，其死也哀。」周，周公旦；召，召公奭。召，英華作「邵」，同。同心，尚書泰誓中：「予有亂臣十人，同心同德。」僞孔傳：「我治理之臣雖少，而心、德同。」陸德明音義：「十人：周公旦、召公奭、太公望、畢公、榮公、太顛、閎夭、散宜生、南宫适及文母。」

〔九〕「陪葬」句，衛，衛青；霍，霍去病。衛、霍爲武帝時大將，死後皆陪葬茂陵，見漢書衛青霍去病傳及顔師古注。此指薛元超陪葬乾陵。

〔一〇〕「豈使」句，禮記檀弓下：「公叔文子卒，其子戍請謚於君，曰：『日月有時，將葬矣，請所以易其名者。』」孔穎達正義：「所以易其名者，生存之日若呼其名，今既死將葬，故請所以誄行爲之作謚，易代其名者。」按儀禮士冠禮：「死而謚，今也，古者生無爵，死無謚。」鄭玄注：「今，謂周衰記之時也；古謂殷，殷士生不爲爵，死不爲謚。」

〔一一〕「不及」句，會同，謂親友賓客聚會。周禮夏官諸子：「大喪，正群子之服位，會同賓客，作群子從。」賈公彦釋曰：「云『大喪，正群子之服位』者，位，謂在殯宫外内哭位也。正其服者，公卿大夫之子爲王斬衰，與父同。……『會同賓客，作群子從』者，作，使也，使國子從王也。」

〔二〕「博士」句，唐六典卷一四尚書吏部：「考功郎中……謚議之法，古之通典，皆審其事，以爲不刊。」注：「諸職事官三品已上、散官二品已上身亡者，其佐吏録行狀申考功，考功責歷任勘校，下太常寺擬謚訖，覆申考功，於都堂集省内官議定，然後奏聞。」同上卷一四太常寺：「太常博士掌辨五禮之儀式，……凡王公已上擬謚，皆迹其功德而爲之褒貶。」注：「議謚，職事官三品已上、散官二品已上，佐史録行狀申考功勘校，下太常擬謚訖，申省議定奏聞。」其謚法典籍，李林甫又注曰：「舊有周官謚法、大戴禮謚法，又漢劉熙注謚法一卷，晉張靖撰謚法兩卷，又有廣謚一卷。至梁沈約總集謚法，凡有一百六十五卷。」

〔三〕「是則」二句，鍾繇之策，指鍾繇爲追謚曹丕曾祖之議。通典卷七二天子追尊祖考妣：「（魏）文帝即王位，尚書令桓階等奏：『臣聞尊祖敬宗，古之大義。故六代之君，未嘗不追崇始祖，顯彰所出。先王應期撥亂，啓魏大業，然禰廟未有異號，非崇孝敬、示無窮之義也。』……鍾繇議：『……今若追崇帝王之號，天下素不聞其受命之符，則是武皇帝（按：即曹操）櫛風沐雨、勤勞天下爲非功也。推以人情，普天率土不襲此議，處士君（按：指曹騰之父，即曹操曾祖，其未嘗入仕，故稱）明神不安此禮。今諸博士以禮斷之，其義可從。』詔從之。」兩句謂當推之人情，以禮議謚。

〔四〕「王導」二句，北堂書鈔卷九四謚引晉中興書曰：「中宗即位，尊號時賜，謚多由封爵，不考德行。王導上疏曰：『臣聞大行受大名，小行受小名，則實稱不誣而已。近代以來，惟爵得謚，武官牙門，有爵必謚，卿校常伯，無爵悉不賜謚，甚失制謚之本。今中興肇建，勳德兼被，宜深體前訓，使行以謚彰，豈可限以有爵？』中宗納焉。自後公卿無爵而謚，自導始也。」按：兩句謂不考德行、有爵必謚之風，自王導上疏後便消歇，意謂當以薛元超之德行議謚。

垂拱元年四月四日，故中書令、汾陰公府功曹姓名上文昌臺考功〔一〕：竊聞生爲貴臣，車服昭其令德；死而不朽，謚號光其大名。今謹按故府主中書令、汾陰公、贈秦州都督薛元超以王佐之才，逢太平之會，撫綏萬國，康濟兆人。力牧輔軒皇，未爲盡善〔二〕；皋陶佐大禹，猶有慙德〔三〕。名遂身退，生榮死哀。羽父之請魯君，抑惟舊典〔四〕；衛侯之謚文子，庶幾前列〔五〕。謹上。

【箋　注】

〔一〕「故中書令」句，汾陰，各本誤作「汾陽」，據下文及兩唐書薛元超傳改。「姓名」，留待功曹佐吏聯署，姑闕之，故作者以「姓名」二字爲代。上，原作「謹狀」，英華校：「二字集作上。」按：上已有「謹狀」二字，且署名佐吏位卑，故以作「上」是，據改。文昌臺，舊唐書職官志一：「光宅元年（六八四）九月，改尚書省爲文昌臺。」考功郎中屬吏部，吏部爲尚書省六部之一。

〔二〕「力牧」二句，力牧，史稱爲黄帝輔臣，見本文前注。未盡善，論語八佾：「子謂韶盡美矣，又盡善也；謂武盡美矣，未盡善也。」何晏集解引孔（安國）曰：「韶，舜樂名。謂以聖德受禪，故盡善。武，武王樂也。以征伐取天下，故未盡善。」此襲其語，謂薛元超輔佐之功，猶在力牧之上。

〔三〕「皋陶」二句，皋陶，禹嘗命其作士（理官，見尚書舜典）。慙德，尚書仲虺之誥：「成湯放桀於南巢，惟有慙德。」僞孔傳：「有慙德，慙德不及古。」此亦襲用其語。

〔四〕「羽父」二句，左傳隱公二年：「無駭帥師入極。」杜預注：「無駭，魯卿。極，附庸小國。無駭不書氏，未賜族。賜族例在八年。」同上隱公四年：「羽父請以師會之。」杜預注：「羽父，公子翬。」又同上隱公八年：「無駭卒，羽父請謚與族。公問族於衆仲，衆仲對曰：『天子建德，因生以賜姓，胙之土而命之氏。諸侯以字爲謚，因以爲族。官有世功，則有官族，邑亦如之。』公命以字爲展氏。」杜預注：「諸侯之子稱公子，公子之子稱公孫，公孫之子以王父字爲氏。無駭，公子展之孫，故爲展氏。」

〔五〕「衛侯」二句，謂公叔文子卒，其子戍請謚於君事，見本文前注引禮記檀弓下。按：薛元超得謚懿文。唐會要卷八〇謚法下：「懿文，太子太保薛元超。」太子太保，當是再贈官。

左武衛將軍成安子崔獻行狀〔一〕

祖弘壽，隋獲嘉縣開國侯〔二〕。父萬善，皇朝左監門將軍〔三〕、持節隆州諸軍事、守隆州刺史〔四〕、上護軍〔五〕、成安縣開國男〔六〕，謚曰信。

【箋注】

〔一〕左武衛將軍，武職名。成安子，爵名，詳後注。據行狀，崔獻卒於高宗調露二年（六八〇）七月，此狀上於永隆二年（六八一）正月，文當作於此時間段内。

〔二〕「祖弘壽」句，「獲」下原有「鹿」字，「嘉」下原有「樂」字。「鹿」字，據英華卷九七一、四子集、全唐文卷一九六删。英華校：「按唐世系表，弘壽，左監軍，夔嘉男。」文苑英華辨證卷三：「楊炯崔獻行狀『祖宏壽，隋獲嘉縣開國侯。……表作弘壽、左監門將軍、獲嘉男』。」則英華校引唐世系表之「夔」字，當是「獲」之誤。所謂唐世系表，指新唐書宰相世系表，該表博陵崔氏第二房載：「弘壽，左監門將軍，獲嘉侯。」則「樂」字亦衍，據删，并據此及英華改「宏」爲「弘」。元和郡縣志卷一六懷州獲嘉縣：「本漢縣也。武帝將幸緱氏，至汲縣之新中鄉，得南越相吕嘉首，因立爲獲嘉縣。」地在今河南新鄉市西。

〔三〕「皇朝」句，唐六典卷二五諸衛府：「左右監門衛大將軍各一人，正三品。將軍各三人，從三品。……左右監門衛大將軍、將軍之職，掌諸門禁衛門籍之法。凡京司應以籍入宫殿門者，皆本司具其官爵、姓名以移牒其官，門司送於監門勘同，然後聽入。凡財物器用應入宫者，所由以籍傍取左監門將軍判，門司檢以入之。」

〔四〕「持節」二句，通典卷三二州牧刺史：「魏、晉爲刺史，任重者爲使持節都督，輕者爲持節。」隆州，英華校：「唐世系表：……萬善，閬州刺史。」文苑英華辨證卷三同。按新唐書宰相世系表載：「萬善，閬州刺史、成安縣男，謚曰信。」舊唐書地理志四閬州：「隋巴西郡，武德元年（六一八）改爲隆州。」又新唐書地理志：「閬州閬中郡，上。本隆州巴西郡，先天二年（七一三）避玄宗名，更州名。」天寶元年（七四二）更郡名。」則唐初稱隆州，後更名閬州也。地在今四川閬中市。

〔五〕「上護軍」句，通典卷三四勳官：「隋煬帝十二衛，每衛置護軍四人，以副將軍，將軍無則一人攝。尋改護軍爲虎賁郎將。大唐采前代舊名，置上護軍、護軍。」

〔六〕「成安縣」句，元和郡縣志卷一六相州成安縣：「本漢斥丘縣地，屬魏郡。……高齊文宣帝分鄴縣置成安縣。……隋開皇三年（五八三）改屬相州，皇朝因之。」縣今屬河南邯鄲市。開國男，封爵名。通典卷三一歷代王侯封爵：「（太宗）定制皇兄弟、皇子爲王，皆封國之親王。……其次封國公，其次有郡縣開國公、侯、伯、子、男之號，亦九等，并無官土，其加實封者則食其封，分食諸郡，以租調給。」則縣開國男，乃封爵之最低等。

郡縣崔獻〔一〕，年六十七。

夫推其天命，南端上將之文〔二〕；考其地靈，北極崆峒之武〔三〕。厥次有東方曼倩，早過於孫、吴〔四〕；瑯琊有諸葛孔明，深期於管、樂〔五〕。貞觀九年，起家太穆皇后挽郎〔六〕。十六年，授營州都督府參軍事〔七〕。燕齊遼遠，所以分置營州〔八〕；天子命我，以參卿軍事〔九〕。太宗文武聖皇帝把斧鉞〔一〇〕，動琁璣〔一一〕。發四方之人，爰整其旅〔一二〕；問東夷之罪，恭行天罰〔一三〕。公自家刑國〔一四〕，資父事君〔一五〕。樂王粲之神武〔一六〕，棄班超之筆硯〔一七〕。一鼓作氣，方輕肉食之謀〔一八〕；七旬舞干，始受昌言之拜〔一九〕。二十三年，遷除王府西閤祭酒〔二〇〕。梁孝王武者，漢王之少子，廣東苑，屬平臺，則司馬相如所以騁其詞賦〔二一〕；陳思王植者，魏國之天人，游西園，擁飛蓋，則邯鄲子叔所以爲其賓友〔二二〕。永徽六年，授晉州司士〔二三〕。龍朔三年，遷岐州司户〔二四〕。剪桐垂棘，珪璧相輝〔二五〕；紫鳳寶雞，休祥狎至〔二六〕。從乾值巽之風土〔二七〕，被山帶河之國邑〔二八〕。邦君坐嘯，方推太守之名〔二九〕；鄰國從遊，始屈陪臣之禮〔三〇〕。尋丁外憂三年。泣血一慟，能使禽獸莫觸其松柏〔三一〕，神仙每留其玉石〔三二〕。春秋忽變，有君子之終身〔三三〕；金革不辭〔三四〕，達賢人之俯就〔三五〕。麟德元年，有詔起公爲左威衛、修仁府左果毅都尉，仍命羽林軍長上〔三六〕。乘輿歷日月，步山川，詳益部之圖書，聽干雲之律吕〔三七〕。長城十角，盡入隄封〔三八〕；高闕三襲，并爲州縣〔三九〕。於是九姓抗表，請築安北府城〔四〇〕。詔公馳驛，許以便宜行事〔四一〕。則榮奉中旨，計日期還，親降鑾輿，待於故都樓上〔四二〕。雖復東西萬里，張博望之尋河〔四三〕；裝橐千金，陸大夫之使越〔四四〕，猶未聞降星蹕，徧迴帝車〔四五〕。擬於陶侃，扣天門之八襲〔四六〕；方於魯陽，留白日於三舍〔四七〕。若夫類上帝，徧群神，則孔宣父之所刊者五年一狩〔四八〕；登泰山，禪梁甫，則管夷吾之所識者十有二君〔四九〕。秦皇致風雨之迷〔五〇〕，漢后雜貂羊之恥〔五一〕。夫名山之所望，非我后而誰哉？是以馭蒼龍，控翠鳳〔五二〕。陰陽不測，發揮於作樂之文〔五三〕；天地無私，揖讓於升中之禮〔五四〕。公受命陪祠汶上〔五五〕，扈蹕梁陰〔五六〕。列藩衛於環星〔五七〕，受嘉名於捧日〔五八〕。與夫茂陵之下，獨留符命之書〔五九〕；河洛之間，不覩漢家之事〔六〇〕，豈同年而語也！

【箋　注】

〔一〕「郡縣」句，「郡縣」下，英華有「鄉里」二字，全唐文作「某郡某縣」，皆留待填寫。兩「某」字，疑爲後人所加。崔獻，原作「崔文」。英華、全唐文作「崔獻」，英華校：「獻字，表作文。」按新唐書宰相世系表博陵崔氏第二房：「（萬善子）文憲，右武衛將軍，襲成安縣男。」又舊唐書高宗紀下：調露元年（六七九）冬十月，「單于大都護府突厥阿史德温傅及奉職二部相率反叛，立阿史那泥熟匐爲可汗，二十四州首領并叛。遣單于大都護長史蕭嗣業、將軍花大智、李景嘉等討之。與突厥戰，爲賊所敗，嗣業配流桂州。壬子，令將軍曹懷舜率兵往恒州守井陘，崔獻往絳州守龍門，以備突厥」。與行狀「調露元年，詔公龍門鎮守」語合，則崔氏名獻是，據改。作「文」、「文憲」，其故未詳，疑文憲乃崔獻之初名或字，故載於世系表，待考。

〔二〕「夫推其」二句，南端，指南藩之端門。史記天官書：「南宫朱鳥，權、衡。……匡衛十二星，藩臣：西，將；東，相。」正義：「太微宫垣十星，在翼、軫地，天子之宫庭，五帝之坐，十二諸侯之府也。其外藩，九卿也。南藩中二星間爲端門，……第四星爲次將，第五星爲上將。……端門西……第二星爲上將，第三星爲次將。」文，原作「女」，據英華、四子集、全唐文改。「文」指天象，即天文。「女」蓋形訛。

〔三〕「考其」二句，太平御覽卷三六〇敘人引爾雅曰：「太平之人仁（原注：東至日所出爲太平），丹穴之人智（原注：距齊州以南戴日爲丹穴），大蒙之人信（原注：西至日所入爲大蒙），崆峒之人武。」虞裕談撰（載説郛）：「太平之人仁，東方也；丹穴之人智，南方也；太蒙之人信，西方也；崆峒之人武，北方也。此四方地氣形之不同也。」按：崆峒，史記五帝本紀：「（黄帝）西至於空桐，登雞頭。」集解引韋昭曰：「在隴右。」崆峒、空桐，同。以上四句，謂無論天文地理，「武」皆不可或闕，爲崔獻武將身份張本。

〔四〕「厭次」二句，漢書東方朔傳：「東方朔，字曼倩，平原厭次人也。……朔初來上書，曰：『臣朔……十九學孫、吴兵法，戰陣之具，鉦鼓之教，亦誦二十二萬言。』」後漢書郡國志四：「厭次，本富平，明帝更名。」同書法雄傳「攻厭次城」句李賢注：「厭次，今棣州縣是也。」按：厭次縣，秦置，西漢改爲富平縣，東漢復爲厭次縣，屬棣州。今爲惠民縣，屬山東濱州市。早，英華作「卓」，校：「集作早。」早，蓋言早年，作「卓」似誤。二句言崔獻早習兵書。

〔五〕「瑯琊」二句，三國志蜀書諸葛亮傳：「諸葛亮，字孔明，琅邪陽都人也。……亮躬畊隴畝，好爲梁父吟。身長八尺，每自比於管仲、樂毅。」二句以崔獻擬諸葛孔明，謂其大有管仲、樂毅之志。

〔六〕「貞觀」二句，舊唐書太穆皇后傳：「高祖太穆皇后竇氏，京兆始平人，隋定州總管神武公毅之女也。……初葬壽安陵，後祔葬獻陵。上元元年（六七四）八月，改上尊號曰太穆順聖皇后。」同書太宗紀下：「（貞觀九年，六三五）冬十月庚寅，葬高祖太武皇帝於獻陵。」太穆皇后當於是時祔葬。按：太穆皇后，乃太宗生母。

〔七〕「授營州」句，營州初置於後魏，唐初爲營州遼西郡，治所在今遼寧朝陽市。詳前李懷州墓誌銘注。

〔八〕「燕齊」二句，水經河水注：「漢武帝元光二年（前一三三），河又徙東郡，更注渤海。是以漢司空掾王璜言曰：『往者天嘗連雨，東北風，海水溢西南，出侵數百里。故張君云：碣石在海中，蓋淪於海水也。昔燕齊遼曠，分置營州。今城届海濱，海水北侵，城垂淪者半。』王璜之言，信而有征，碣石入海，非無證矣。」

〔九〕「天子」二句，用孫楚參石包軍事事，見晉書孫楚傳，前已屢注。

〔一〇〕「太宗」句，漢書刑法志：「聖人因天秩而制五禮，因天討而作五刑。大刑用甲兵，其次用斧鉞。」用斧鉞，注引韋昭曰：「斬刑也。」後以斧鉞代指專殺之權。斧，英華、四子集作「金」，誤。

〔一一〕「動琁璣」句，琁璣，即璇機玉衡，古代天文儀器，王者用以觀天文，考曆運。故動琁璣代指運用皇權。

〔一二〕「爰整」句，詩經大雅皇矣：「王赫斯怒，爰整其旅。」毛傳：「旅，師。」鄭玄箋：「五百人爲旅。」

〔一三〕「問東夷」二句，東夷，指高麗。恭行天罰，謹代上天懲罰。尚書泰誓下：「爾其孜孜，奉予一人，恭行天罰。」按：所述當指貞觀十八年（六四四）冬至次年太宗親伐高麗事。舊唐書太宗紀下：貞觀十八年十一月壬寅，「車駕至洛陽宫。庚子，命太子詹事、英國公李勣爲遼東道行軍總管，出柳城，禮部尚書、江夏郡王道宗副之；刑部尚書、鄖國公張亮爲平壤道行軍總管，以舟師出萊州，左領軍常何、瀘州都督左難當副之，發天下甲士，召募十萬，并趣平壤，以伐高麗。十九年春二月庚戌，上親統六軍發洛陽。……夏四月癸卯，誓師於幽州城南，因大饗六軍以遣之。……五月丁丑，車駕渡遼。……十一月辛未，幸幽州。癸酉，大饗，還師」。

〔一四〕「公自家」句，詩經大雅思齊：「刑于寡妻，至于兄弟，以御于家邦。」毛傳：「刑，法也。寡妻，適妻也。」鄭玄箋：「御，治也。」

〔一五〕「資父」句，孝經士章：「資於事父以事母而愛同，資於事父以事君而敬同。故母取其愛，而君取其敬，兼之者父也。故以孝事君則忠，以敬事長則順，忠順不失，以事其上，然後能保其禄位，而守其祭祀。」李隆基（唐明皇）注：「資，取也。言愛父與母同，敬父與君同。……移事父孝以事於君，則爲忠矣。」

〔一六〕「樂王粲」句，文選王粲從軍詩五首其一：「從軍有苦樂，但問所從誰。所從神且武，焉得久勞師。」吕向注：「謂曹公（操）神武，必不勞師旅也。」此謂跟隨神武之主出征，其樂同於王粲。

〔一七〕「棄班超」句，後漢書班超傳：「家貧，常爲官傭書以供養，久勞苦。嘗輟業投筆歎曰：『大丈夫無他志略，猶當效傅介子、張騫立功異域，以取封侯，安能久事筆研間乎？』」

〔一八〕「一鼓」二句，左傳莊公十年：「春，齊師伐我（按：指魯國）。公（魯莊公）將戰，曹劌請見。其鄉人曰：『肉食者謀之，又何間焉。』劌曰：『肉食者鄙，未能遠謀。』乃入見。……公與之乘，戰於長勺。公將鼓之，劌曰：『未可。』齊人三鼓，劌曰：『可矣。』齊師敗績，公將馳之，劌曰：『未可。』下視其轍，登軾而望之，曰：『可矣。』遂逐齊師。既克，公問其故，對曰：『夫戰，勇氣也。一鼓作氣，再而衰，三而竭，彼竭我盈，故克之。』」

〔一九〕「七旬」二句，尚書大禹謨：「禹拜昌言曰：『俞！』班師振旅。帝乃誕敷文德，舞干羽於兩階。七旬，有苗格。」僞孔傳：「昌，當也。以益言爲當，故拜受而然之，遂還師。兵入曰振旅，言整衆。遠人不服，大布文德以來之。干，楯；羽，翳也，皆舞者所執。修闡文教，舞文舞於賓主階間，抑武事。討而不服，不討自來，明御之者必有道。」

〔二〇〕「遷除」句，唐六典卷二九親王府：「東閤祭酒、西閤祭酒各一人，從七品上。……祭酒，掌接對賢良，導引賓客。」

〔二一〕「梁孝王」五句，「孝」字原無，據四子集、全唐文補。史記梁孝王世家：「梁孝王武者，孝文皇帝子也，而與孝景帝同母，母竇太后也，……賞賜不可勝道。於是孝王築東苑方三百餘里，廣睢陽城七十里，大治宫室爲複道，自宫連屬於平臺五十餘里。……招延四方豪傑，自山以東，遊説之士莫不畢至。」同書司馬相如傳上：「景帝不好辭賦，是時梁孝王來朝，從遊説之士齊人鄒陽、淮陰枚乘、吴嚴忌夫子之徒，相如見而説之。因病免，客游梁，得與諸侯遊士居。數歲，乃著子虚之賦。」

〔二二〕「陳思王」五句，三國志魏書陳思王植傳：「陳思王植，字子建。年十歲餘，誦讀詩論及辭賦數十萬言，善屬文。」曹植公讌詩：「公子敬愛客，終宴不知疲。清夜游西園，飛蓋相追隨。」又三國志魏書王粲傳裴松之注引魏略曰：「（邯鄲）淳，一名竺，字子叔，博學有才章。……臨菑侯（曹）植亦求淳，太祖遣淳詣植。植初得淳，甚喜，延入坐，……與淳評説混元造化之端，品物區别之意，然後論羲皇以來賢聖、名臣、烈士優劣之差次，頌古今文章賦誄及當官政事宜所先後，又論用武、行兵、倚伏之勢。……及暮淳歸，對其所知歎植之材，謂之天人。」子叔，「叔」原作「淑」，各本同，據所引改。按：崔獻因除王府祭酒，故以上擬之於司馬相如、邯鄲淳。

〔二三〕「授晉州」句，元和郡縣志卷一二晉州：「即堯舜禹所都平陽也。……今州即漢河東郡之平陽縣也。……後魏太武帝於此置東雍州，孝明帝改爲唐州，尋又改爲晉州，因晉國以爲名也。……義旗初建，改爲平陽郡。武德元年（六一八）罷郡置晉州。」地在今山西臨汾。司士，即司士參軍。唐六典卷三〇：上州「司士參軍事一人，從七品下。……司士參軍，掌津梁、舟車、舍宅、百工、衆藝之事」。

〔二四〕「遷岐州」句，岐州，爲四輔之一，唐肅宗乾元元年（七五八）改爲鳳翔府。地在今陝西寶雞市，本書前已注。司户，即司户參軍。唐六典卷三〇：「司户參軍事二人，從七品下。」「司户參軍掌户籍、計帳、道路、逆旅、田疇、六畜、過所、蠲符之事，而剖斷人之訴競。」

〔二五〕「剪桐」二句，史記晉世家：「成王與叔虞戲，削桐葉爲珪，以與叔虞，曰：『以此封若。』史佚因請擇日立叔虞。成王曰：『吾與之戲爾。』史佚曰：『天子無戲言，言則史書之，禮成之，樂歌之。』於是遂封叔虞於唐。唐在河汾之東，方百里，故曰唐叔虞，姓姬氏，字子於。唐叔子燮，是爲晉侯。」垂棘，地名，代指晉。左傳僖公二年：「晉荀息請以屈産之乘與垂棘之璧，假道於虞，以伐虢。」杜預注：「荀息，荀叔也。屈地生良馬，垂棘出美玉，故以爲名。四馬曰乘。自晉適虢，途出於虞，故假道。」按：此皆言晉州事。

〔二六〕「紫鳳」二句，紫鳳，鳳之美稱。列仙傳卷上簫史：「簫史者，秦穆公時人也。善吹簫，能致孔雀、白鶴於庭。穆公有女字弄玉，好之，公遂以女妻焉。日教弄玉作鳳鳴，居數年，吹似鳳聲，鳳凰來止其屋。公爲作鳳臺，夫婦止其上不下。數年，一旦皆隨鳳凰飛去。」史記封禪書：「作鄜時後九年，文公獲若石云，於陳倉北坂城祠之。其神或歲不至，或歲數來。來也常以夜，光輝若流星，從東南來集於祠城，則若雄雞，其聲殷云，野雞夜雊。以一牢祠，命曰陳寶。」陳倉，縣名，地在今陝西寶雞市金臺區。休祥，美瑞之兆；狎，迭，不斷。按：此皆言岐州（即鳳翔）事。

〔二七〕「從乾」句，乾指晉州，謂其垂棘之地出璧；巽指岐州，謂其地有寶雞。周易說卦：「乾爲天，爲圜，爲君，爲父，爲玉。」晉傅咸玉賦：「易稱乾爲玉。玉之美，與天合德。」初學記卷三〇雞引易林曰：「巽爲雞。」

〔二八〕「被山」句，史記秦始皇本紀：「秦地被山帶河以爲固，四塞之國也。自繆公以來，至於秦王，二十餘君，常爲諸侯雄，豈世世賢哉？其勢居然也。」此以岐州代指秦。

〔二九〕「邦君」二句，後漢書黨錮列傳：「汝南太守宗資任功曹范滂，南陽太守成瑨亦委功曹岑晊，二郡又爲謠曰：『汝南太守范孟博（按：范滂字），南陽宗資主畫諾。南陽太守岑公孝（按：岑晊字），弘農成瑨但坐嘯。』」

〔三〇〕「鄰國」句，鄰國，指梁國；從遊、陪臣，指鄒陽、枚乘之徒，其爲諸侯國梁孝王之臣，故稱陪臣。此指司馬相如，其爲景帝臣而客游梁，與鄒、枚等居，故稱「屈」。詳見本文上注。句以司馬相如爲喻，言崔獻爲王府祭酒而遊宦州郡，地位高於陪臣。

〔三一〕「能使」句，晉書許孜傳：「許孜，字季義，東陽吴寧人也。……二親没，柴毁骨立，杖而能起，建墓於縣之東山，……每一悲號，鳥獸翔集。……乃棄其妻，鎮宿墓所，列植松柏，亘五六里。時有鹿犯其松栽，孜悲歎曰：『鹿獨不念我乎？』明日，忽見鹿爲猛獸所殺，置於所犯栽下。孜悵惋不已，乃爲作冢，埋於隧側，猛獸即於孜前自撲而死。孜益歎息，又取埋之。自後樹木滋茂，而無犯者。」

〔三二〕「神仙」句，搜神記卷一一：「楊公伯雍，雒陽縣人也。本以儈賣爲業，性篤孝。父母亡，葬無終山，遂家焉。山高八十里，上無水，公汲水作義漿於坂頭，行者皆飲之。三年，有一人就飲，以一斗石子與之，使至高平好地有石處種之，云：『玉當生其中。』……語畢不見，乃種其石。數歲，時時往視，見玉子生石上，人莫知也。」

〔三三〕「春秋」二句，變春秋，謂改歲。禮記祭義：「君子生則敬養，死則敬享，思終身弗辱也。君子有終身之喪，忌日之謂也。忌日不用，非不祥也，言夫日志有所至，而不敢盡其私也。」兩句謂喪期有限，而哀思則終身無窮。

〔三四〕「金革」句，禮記曾子問：「子夏問曰：『三年之喪卒哭，金革之事無辟也者，禮與？初有司與？』孔子曰：『夏后氏三年之喪，既殯而致事；殷人既葬而致事。記曰：君子不奪人之親，亦不可奪親也，此之謂乎！』子夏曰：『金革之事無辟也者，非與？』孔子曰：『吾聞諸老聃曰：昔者魯公伯禽有爲爲之也。』」鄭玄注：「致事，還其職位於君。」又注：「伯禽，周公子，封於魯。有徐戎作難，喪卒哭而征之，急王事也。征之，作費誓。」按：金革之事，金謂兵器，革謂甲胄，代指戰争。不辭，即不辟（避）。此段文字，孔穎達正義有詳解，可參讀，文多不録。意謂解職守喪三年，雖有喪禮之明文規定，但若遇國家發生戰争這類急事，也有不遵禮制之例。

〔三五〕「達賢人」句，禮記檀弓上：「子思曰：先王之制禮也，過之者俯而就之，不至焉者跂而及之。故君子之執親之喪也，水漿不入於口者三日，杖而後能起。」孔穎達正義：「此一節論曾子疾時居喪不能以禮，子思以正禮抑之之事。曾子謂子思伋誇己居親之喪，能行於禮，故云吾水漿不入於口七日，意疾時人行禮不如己也。故子思以正禮抑之云：古昔先代聖王制其禮法，使後人依而行之，故賢者俯而就之，不肖者跂而及之。以水漿不入於口三日，尚以杖扶病若曾子之言，即後難爲繼也。」以上兩句，謂喪禮雖有金革不避之例，而崔獻守喪仍過禮俯就，已達賢人標準。

〔三六〕「有詔」三句，唐六典卷五尚書吏部：「郎中一人，掌考武官之勳禄，品命以二十有九階：……左右威衛，曰羽林。」同上卷二四諸衛：「左右威衛大將軍各一人，正三品；將軍各二人，從三品。左右威衛大將軍、將軍之職掌，如左右衛，其異者，大朝會則率其屬被黑質鍪鎧，執黑弓箭……爲左右廂之儀仗，次立武衛之下。」不詳崔獻爲左威衛大將軍，抑或將軍。修仁府，折衝府名，所在不詳，據下文「詳益部」句，疑在蜀中。果毅都尉，唐六典卷二五諸衛府：「諸衛折衝都尉府，每府折衝都尉一人，左果毅都尉一人，右果毅都尉一人。」羽林軍，京師禁軍。同上書：「左右羽林軍衛大將軍各一人，正三品。」注：「皇朝名武衛，所領兵爲羽林。又別置左右屯營，各有大將軍、將軍等員。龍朔二年（六六二）爲左右羽林軍，其名則歷代之羽林也。」長上，武官名。資治通鑑卷一一〇晉隆安二年胡三省注：「凡衛兵皆更番迭上，長上者，不番代也。」

〔三七〕「聽干雲」句，律指陽律，呂指陰律，統稱樂律。初學記卷一引東方朔十洲記：「天漢三年（前九八），月氏國獻神香，使者曰：『國有常占，東風入律，百旬不休，青雲干呂，連月不散。意中國將有妙道君，故搜奇異而貢神香。』」句謂時值太平盛世，蜀中清静。

〔三八〕「長城」二句，十角，唐會要卷九九吐火羅國：「在葱嶺之西數百里，……國近吐蕃。多男子，少婦人，故兄弟通室，婦人五夫則首戴五角，十夫則首戴十角。」唐代又稱突厥爲十角。唐大詔令集卷一二九册突厥李思摩爲可汗文：「於戲！突厥部衆，代居沙漠。……三部種類，十角酋渠，咸襲冠帶，俱爲臣妾。」此泛指少數民族。隄封，漢書匡衡傳：「提封三千一百頃。」顔師古注：「提封，舉其封界内之總數。」此指國家疆界。隄、提通。

〔三九〕「高闕」二句，漢書衛青傳：「明年，青復出雲中，西至高闕。」顔師古注：「高闕，山名也。一曰塞名也，在朔方之北。」此當指山。三襲，爾雅釋山：「山三襲。」郭璞注：「襲亦重。」按：以上四句，言國家統一，各民族和睦。

〔四〇〕「於是」二句，九姓，指回紇部落。舊唐書回紇傳：「回紇，其先匈奴之裔也，在後魏時號鐵勒部落。……本九姓部落，一曰藥羅葛，即可汗之姓；二曰胡咄葛；三曰啒羅勿；四曰貊歌息訖；五曰阿勿嘀；六曰葛薩；七曰斛嗢素；八曰藥勿葛；九曰奚耶勿。」抗表，上表。安北府，即安北都護府。舊唐書高宗紀上：龍朔三年（六六三）春正月，「改燕然都護府爲瀚海都護府，瀚海都護府爲雲中都護府」。同書高宗紀下：乾封二年（六六七）秋八月甲戌，「改瀚海都護府爲安北都護府」。則所謂安北府，即原燕然都護府，治磧北（漠北）回紇部落，地在蒙古高原大沙漠以北。

〔四一〕「許以」句，便宜，謂見機自主行事。史記蕭相國世家：「不及奏上，輒以便宜施行，上來以聞。」宋趙昇朝野類要卷四便宜：「主將之從權行事也，謂之便宜黜陟。」

〔四二〕「待於」句，故都，指太原（并州），乃唐之發祥地，故稱。然考兩唐書，高宗幸并州（太原）在顯慶五年（六六〇）初，其後再無其行，而顯慶時尚無安北都護府。疑崔獻奉旨所至，即瀚海都護府，楊炯作此行狀時，改用更名已久之安北府也。據行狀所述年代次序，崔獻奉詔到安北府排在高宗封禪泰山之前，時間亦合。

〔四三〕「雖復」二句，漢書張騫傳：「騫以校尉從大將軍（李廣利）擊匈奴，知水草處，軍得以不乏，乃封騫爲博望侯。」其後，「漢使窮河源，其山多玉石」。

〔四四〕「裝橐」二句，橐，袋子。陸大夫，指陸賈。史記陸賈傳：「陸賈者，楚人也。以客從高祖定天下，名爲有口辯士，居左右，常使諸侯。」高祖時使南越，「陸生橐中裝直千金，（尉）他送亦千金，陸生卒拜尉他爲越王，令稱臣奉漢約。歸報，高祖大悦，拜賈爲太中大夫」。文帝時再使越，使南越王趙佗臣服漢室。

〔四五〕「猶未聞」二句，蹕，車駕。星蹕，星宿之斗，爲帝車。史記天官書：「斗爲帝車，運於中央，臨制四鄉。」索隱引宋均曰：「言是大帝乘車巡狩，故無所不紀也。」降、回，謂皇帝留待其歸來，禮遇遠過張騫、陸賈。

〔四六〕「擬於」二句，晉書陶侃傳：「或云侃少時，……夢生八翼，飛而上天，見天門九重，已登其八，唯一門不得入。閽者以杖擊之，因墜地，折其左翼。及寤，左腋猶痛。又嘗如廁，見一人朱衣介幘，歛板曰：『以君長者，故來相報。君後當爲公，位至八州都督。』」

〔四七〕「方於」二句，淮南子覽冥訓：「魯陽公與韓搆難，戰酣，日暮，援戈而撝之，日爲之反三舍。」

〔四八〕「若夫」三句，類，祭名。詩經大雅皇矣：「是類是禡，是致是附，四方以無侮。」毛傳：「於内曰類，於野曰禡。」上帝，天帝也。偏，原作「徧」，英華作「偏」，據四庫全書本、全唐文改。群神，百辟卿士、山川河瀆之神。孔宣父所刊，此指禮記，古人以爲曾經孔子之手。按禮記王制曰：「天子五年一巡守。」鄭玄注：「天子以海内爲家，時一巡省之。五年者，虞夏之制也，周則十二歲一巡守。」

〔四九〕「登泰山」三句，管仲，字夷吾。所著管子封禪篇曰：「古者封泰山、禪梁父者七十二家，而夷吾所記者十有二焉。昔無懷氏封泰山、禪云云，虙羲封泰山、禪云云，神農封泰山、禪云云，炎帝封泰山、禪云云，黄帝封泰山、禪亭亭，顓頊封泰山、禪云云，帝嚳封泰山、禪云云，堯封泰山、禪云云，舜封泰山、禪云云，禹封泰山、禪會稽，湯封泰山、禪云云，周成王封泰山、禪社首。皆受命然後得封禪。」房玄齡注：「云云山，在梁父東。」又曰：社首，「山名，在博縣，或云在鉅平南十三里」。

〔五〇〕「秦皇」句，史記秦始皇本紀：「二十八年（前二一九），始皇東行，……乃遂上泰山，立石封祠祀。下，風雨暴至，休於樹下，因封其樹爲五大夫。」

〔五一〕「漢后」句，漢，原作「魏」；雜，原作「積」，各本同。東觀漢記世祖光武皇帝：「（建武）三十年（五四），有司奏封禪，詔曰：『災異連仍，日月薄食，百姓怨嘆，而欲有事於太山，污七十二代編録，以羊皮雜貂裘，何强顔耶？』」則「魏」當是「漢」之誤（漢后指東漢光武帝）；積，當是「雜」之誤，據所引改。

〔五二〕「是以」二句，文選張衡東京賦：「乘鑾輅而駕蒼龍。」李善注：「禮記曰：『孟春之月，乘鑾輅，駕蒼龍。』……馬八尺爲龍。」翠鳳，「翠」原作「玉」，英華校：「集作翠。」四子集作「翠」。漢書揚雄傳上載甘泉賦：「迺撫翠鳳之駕。」顔師古注：「翠鳳之駕，天子乘車爲鳳形，而飾以翠羽也。」則作「翠」是，據改。

〔五三〕「陰陽」二句，周易繫辭上：「陰陽不測之謂神。」韓康伯注：「神也者，變化之極，妙萬物而爲言。不可以形詰者也，故曰陰陽不測。」周禮春官大司樂：「凡樂，……冬日至，於地上之圜丘奏之，若樂六變，則天神皆降，可得而禮矣。」賈公彦疏：「凡祭祀，皆先作樂下神，乃薦獻；薦獻訖，乃合樂也。」此指封禪祭天時奏樂。禮記樂記：「屈伸俯仰，綴兆舒疾，樂之文也。」

〔五四〕「天地」二句，禮記孔子閒居：「子夏曰：『敢問何謂三無私？』孔子曰：『天無私覆，地無私載，日月無私照。奉斯三者，以勞天下，此之謂三無私。』」此言天地無私，有德者方可封禪。禮記樂記：「樂至不無怨，禮至則不争，揖讓而治天下者，禮樂之謂也。」同書禮器：「因名山升中於天。」鄭玄注：「名，猶大也。升，上也。中，猶成也。謂巡守至於方嶽，燔柴祭天，告以諸侯之成功也。」

〔五五〕「公受」句，命，原無，據四子集、全唐文補。四庫全書本「受」作「乃」，無「命」字。陪祠，陪祭（實爲藩衛，見下文）。汶上，史記孝武本紀：「初，天子封泰山，泰山東北阯古時有明堂處，處險不敞。……於是上令奉高作明堂汶上。」漢書郊祀志上述此事，顔師古注「汶上」曰：「汶，水名也，出琅邪朱虚，作明堂於汶水之上也。」此以汶上代指泰山，言崔獻陪高宗封禪。

〔五六〕「扈蹕」句，扈，侍從；蹕，帝王行幸之車駕。梁陰，梁甫（亦作「父」）之南。白虎通義卷下封禪：「梁甫者，泰山旁山名，三王禪於梁甫之山。」此與上句「汶上」互文，泛指泰山地區。

〔五七〕「列藩衛」句，謂護衛封禪之禮，有如天星環列。史記天官書：「衡，太微，三光之廷。匡衛十二星，藩臣。」索隱引春秋合誠圖：「太微主法式，陳星十二，以備武患也。」天官書又曰：「廷藩西有隋星五，曰少微，士大夫。」正義：「廷，太微廷；藩，衛也。」

〔五八〕「受嘉名」句，捧日，當爲封禪時儀仗隊名目。文獻闕載，由後世之制可覩一斑。舊唐書昭宗紀：「其殿後捧日、扈蹕等軍人，皆坊市無賴之徒，不堪侍衛。」則唐末禁軍有「捧日」之名。宋太祖開寶時，每大祀，大禮儀仗有所謂「捧日、奉宸隊」，見宋史儀衛志三。

〔五九〕「與夫」二句，史記司馬相如傳：「相如既病免，家居茂陵。天子曰：『司馬相如病甚，可往從悉取其書，若不然，後失之矣。』使所忠往，而相如已死，家無書，問其妻，對曰：『……長卿未死時爲一卷書，曰有使者來求書奏之，無他書。』其遺札書言封禪事，奏所忠，忠奏其書，天子異之。」其遺札書言封禪事，稱「符瑞臻兹」云云。於是大司馬請封禪，武帝「乃遷思回慮，總公卿之議，詢封禪之事」。

〔六〇〕「河洛」二句，史記封禪書：「昔三代之君，皆在河洛之間。」正義：「世本云：『夏禹都陽城，避商均也。又都平陽，或在安邑，或在晉陽。』帝王世紀云：『殷湯都亳，在梁，又都偃師，至盤庚徙河北，又徙偃師也。周文、武都酆、鄗，至平王徙都河南。』按三代之居皆在河洛之間也。」漢家之事，唐代作家多以漢代唐，此所謂「漢家之事」，實指高宗封禪大典。按：以上四句，言崔獻親預高宗封禪，較之司馬相如徒有其書，甚至三代之君，皆不可同年而語。

朝鮮舊壤，歌箕子之風謡〔一〕；斗骨危城，屬阿孫之背誕〔二〕。地惟孤竹，不聞謙讓之名〔三〕；親則同株，曾無急難之意〔四〕。特進泉男生〔五〕，以蕭牆構孽〔六〕，蔓草方滋〔七〕，欲去危而就安，思轉禍而爲福，請歸有道，使者相望〔八〕。天皇憫一物之推溝〔九〕，詔公於國城内迎接，先之以造化之大，示之以雷霆之威。受其璧，焚其櫬〔一〇〕，更徵侍子〔一一〕，來朝京闕。亦猶酈生憑軾，入齊國而下其城〔一二〕；賈誼上書，伏匈奴而笞其背〔一三〕。乾封元年〔一四〕，詔遷遊騎將軍、左威衛、義陽府折衝都尉〔一五〕，仍加上柱國，右羽林軍長上如故。是歲也，太子太師英國公登壇而拜〔一六〕，鑿門而出〔一七〕。紫泥明詔，不入於三軍之中〔一八〕；黄石奇兵，自行於九天之外〔一九〕。山林爲室，不能有藩籬之險〔二〇〕；魚鼈成橋，不能有逃亡之路〔二一〕。詔公出使，預參帷幄，進奇策，納嘉謀。攘無臂而執無兵〔二二〕，戰必勝而攻必取。斬大風之翼，霧卷青丘〔二三〕；卧長鯨之鱗〔二四〕，煙銷碧海。二年，以平夷功，詔除定遠將軍、右武衛中郎將〔二五〕、檢校左羽林軍。總章二年，詔遷宣威將軍、守左武衛將軍〔二六〕。襲封成安男。咸亨二年，進爵爲子，尋奉別敕檢校右羽林軍，餘如故。

【箋注】

〔一〕「朝鮮」二句，謂朝鮮乃周之舊地，素有箕子教化之風。後漢書東夷傳：「濊北與高句驪、沃沮，南與辰、韓接，東窮大海，西至樂浪。濊及沃沮、句驪，本皆朝鮮之地也。昔武王封箕子於朝鮮，箕子教以禮義田蠶，又制八條之教，其人終不相盜，無門户之閉，婦人貞信，飲食以籩豆。」

歌，英華校：「集作歇。」形訛。

〔二〕「斗骨」二句，阿，原作「烏」，按事與烏孫無涉，當誤，據英華、四子集改。阿孫，指朱蒙，謂其爲夫餘後代。背誕，背命放誕爲亂，指朱蒙被夫餘人所逐，逃至紇斗骨城，建立高句麗。周書異域傳高麗：「高麗者，其先出於夫餘。自言始祖曰朱蒙，河伯女感日影所孕也。朱蒙長而有材略，夫餘人惡而逐之。土於紇斗骨城，自號曰高句麗，仍以高爲氏。」

〔三〕「地惟」二句，史記周本紀：「伯夷、叔齊在孤竹。」集解引應劭曰：「在遼西令支。」正義引括地志云：「孤竹故城，在平州盧龍縣南十二里，殷時諸侯孤竹國也，姓墨氏也。」按：令支故城，在今河北遷安縣東。盧龍縣，在今河北東北部。謙讓，史記伯夷列傳：「伯夷、叔齊，孤竹君之二子也。父欲立叔齊，及父卒，叔齊讓伯夷，伯夷曰：『父命也。』遂逃去。叔齊亦不肯立而逃之。」

〔四〕「親則」二句，同株，謂兄弟如常棣，本同根一株之木。詩經小雅常棣：「常棣之華，鄂不韡韡。凡今之人，莫如兄弟。」毛傳：「常棣，棣也。鄂猶鄂鄂然，言外發也。韡韡，光明也。」萼、鄂通。常棣又曰：「脊令在原，兄弟急難。」毛傳：「脊令，雝渠也，飛則鳴，行則摇，不能自舍耳。急難，言兄弟之相救于急難。」據下文，兩句言泉男生兄弟間毫無手足情誼。

〔五〕「特進」句，新唐書諸夷蕃將傳泉男生傳：「泉男生，字元德，高麗蓋蘇文子也。九歲以父任爲先人，遷中裏小兄，猶唐謁者也。又爲中裏大兄，知國政，凡辭令皆男生主之。進中裏位鎮大兄。久之，爲莫離支兼三軍大將軍，加大莫離支，出按諸部。而弟男建、男産知國事。或曰男生惡君等逼己，將除之，建、産未之信。又有謂男生將不納君，男生遣諜往，男建捕得，即矯高藏命召男生，懼不敢入。男建殺其子獻忠。男生走保國内城，率其衆與契丹靺鞨兵内附，遣子獻誠訴諸朝。高宗拜獻誠右武衛將軍，賜乘輿、馬、瑞錦、寶刀，使還報，詔契苾何力率兵援之，男生乃免。授平壤道行軍大總管，兼持節安撫大使，舉哥勿、南蘇、倉巖等城以降。帝又命西臺舍人李虔繹就軍慰勞，賜袍帶、金扣七事。明年，召入朝，……遷遼東大都督、玄菟郡公，賜第京師。」舊唐書高宗紀下：乾封元年（六六六）六月壬寅，「高麗莫離支蓋蘇文死。其子男生繼其父位，爲其弟男建所逐，使其子獻誠詣闕請降。詔左驍衛大將軍契苾何力率兵以應接之」。特進，唐六典卷二尚書吏部：「正二品曰特進。」按：授泉男生特進事，史失載。

〔六〕「以蕭牆」句，論語季氏：「吾恐季孫之憂，不在顓臾，而在蕭牆之内也。」何晏集解引鄭（玄）曰：「蕭之言肅也，牆謂屏也。君臣相見之禮，至屏而加肅敬焉，是以謂之蕭牆。」韓非子用人：「夫人主……不謹蕭牆之患，而固金城於遠境，……禍莫大於此。」後以蕭牆之患指内部危機。構孽，造孽，指兄弟相互殘殺，事見上注。

〔七〕「蔓草」句，詩經鄭風野有蔓草：「野有蔓草，零露漙兮。」毛傳：「野，四郊之外。蔓，延也。漙，漙然盛多也。」鄭玄箋：「零，落也。蔓草而有露，謂仲春之時草始生，霜爲露也。」此以蔓草喻憂患。

〔八〕「請歸」二句，有道，謂有道之君，指唐高宗。使者，英華作「所向」，校：「集作使者。」「所向」當誤。

〔九〕「天皇」句，天皇，即唐高宗，前已注。慜，同「愍」，悲痛。溝，原作「講」，據英華、四子集、全唐文改。鹽鐵論刺權：「文學曰：禹、稷自布衣，思天下有不得其所者，若己推而納之溝中，故起而佐堯平治水土，教民稼穡。其自任天下如此其重也，豈云食禄以養其妻子而已乎！」

〔一〇〕「受其」二句，左傳僖公六年：「冬，蔡穆侯將許僖公以見楚子於武城。許男面縛，銜璧，大夫衰絰，士輿櫬。楚子問諸逢伯，對曰：『昔武王克殷，微子啓如是。武王親釋其縛，受其璧而祓之。』楚子從之。」杜預注：「以璧爲質，手縛，故銜之。櫬，棺也。」孔穎達疏：「焚其櫬，禮而命之，使復其所。楚子從之。」此謂允其投誠。

〔一一〕「更徵」句，侍子，古代諸侯或屬國國王遣子入侍皇帝，稱侍子，實即人質。漢書陳湯傳：「先是，宣帝時，匈奴乖亂，五單于争立。呼韓邪單于與郅支單于俱遣子入侍，漢兩受之。……初元四年（前四五），（郅支單于）遣使奉獻，因求侍子，願爲内附。」此當指男生子獻誠。

〔一二〕「亦猶」二句，史記酈食其列傳：「酈生食其者，陳留高陽人。」見漢王劉邦，「請得奉明詔，説齊王使爲漢，而稱東藩。上曰善，迺從其畫。……酈生説齊王曰：『……天下後服者先亡矣。王疾先下漢王，齊國社稷可得而保也；不下漢王，危亡可立而待也。』田廣（即齊王）以爲然，迺聽酈生，罷歷下兵守戰備，與酈生日縱酒。淮陰侯（韓信）聞酈生伏軾下齊七十餘城，迺夜度兵平原，襄齊」。憑軾，軾爲車箱前横木，供乘者憑、扶。憑軾下城，言其下城之易也。

〔一三〕「賈誼」二句，賈誼新書卷三解縣：「陛下肯幸聽臣之計，請陛下舉中國之禍而從之匈奴，中國乘其歲而富彊，匈奴伏其辜而殘亡。係單于之頸而制其命，伏中行説而笞其背，舉匈奴之衆唯上之令。」

〔一四〕「乾封」句，封，原作「元」，唐無「乾元」年號，據全唐文改。乾封元年，爲公元六六六年，是年六月泉男生請内附。

〔一五〕「詔遷」二句，唐六典卷五尚書兵部：「從五品上曰遊騎將軍。」左威衛大將軍、將軍，本文上已注。義陽府，唐府兵之折衝府名，在長安。宋宋敏求長安志卷八「朱雀街東第四街，即皇城之東第二街，街東從北第一長樂坊」，次南大寧坊，次南勝業坊，次南東市，次南安邑坊，「次南宣平坊，西南隅法雲尼寺，……寺東義陽府（原注：貞觀中置）」。唐六典卷二五諸衛府：「每府折衝都尉一人。」注：「上府正四品上，中府從四品上，下府正五品下。」

〔一六〕「是歲」句，指李勣伐高麗事。舊唐書高宗紀下：乾封元年（六六六）冬十月己酉，「命司空、英國公（李）勣爲遼東道行軍大總管，以伐高麗」。登壇，謂拜李勣爲將（行軍大總管）。而，英華作「以」，校：「集作而。」

〔一七〕「鑿門」句，淮南子兵略訓：「將已受斧鉞，……乃爪鬋，設明衣也，鑿凶門而出，乘將軍車，載旌旗斧鉞，累若不勝，其臨敵決戰，不顧必死，無有二心。」高誘注：「鬋爪，送終之禮，去手足爪。

明衣，喪衣也，在於暗冥，故言明。凶門，北出門也。將軍之出，以喪禮處之，以其必死也。」

〔一八〕「紫泥」二句，紫泥，色紫而粘之泥，古代用以封詔誥，本書前已注。漢書周勃傳附周亞夫傳：「亞夫爲將軍，軍細柳以備胡。上自勞軍，……之細柳軍，軍士吏被甲鋭兵刃，彀弓弩持滿。天子先驅至，不得入。先驅曰：『天子且至軍門。』都尉曰：『軍中聞將軍之令，不聞天子之詔。』有頃上至，又不得入，於是上使使持節詔將軍，曰：『吾欲勞軍。』亞夫迺傳言開壁門，……成禮而去。既出軍門，群臣皆驚，文帝曰：『嗟乎！此真將軍矣。』」謂治軍極嚴。

〔一九〕「黄石」二句，黄石，即傳説中下邳神人黄石公，史記留侯世家稱其以一編書授張良。奇兵，謂用黄石公兵法所統之兵。九天之外，猶言九天之上。孫子軍形第四：「善守者藏於九地之下，善攻者動於九天之上，故能自保而全勝也。」後漢書皇甫嵩傳李賢注引孫子，又引玄女三宫戰法曰：「行兵之道，天地之寶，九天九地，各有表裏。九天之上，六甲子也；九地之下，六癸酉也。子能順之，萬全可保。」

〔二〇〕「山林」二句，後漢書東夷傳：「挹婁，古肅慎之國也。在夫餘東北千餘里，東濱大海，南與北沃沮接，不知其北所極。土地多山險，人形似夫餘，而言語各異。……無君長。其邑落各有大人處於山林之間，土氣極寒，常爲穴居，以深爲貴，大家至接九梯。」餘見下注。

〔二一〕「魚鼈」二句，後漢書東夷傳：「初，北夷索離國王出行，其侍兒於後妊身，王還，欲殺之。侍兒曰：『前見天上有氣，大如雞子，來降我，因以有身。』王囚之，後遂生男，王令置於豕牢，豕以口氣噓之，不死。復徙於馬蘭，馬亦如之。王以爲神，乃聽母收養，名曰東明。東明長而善射，王忌其猛，復欲殺之。東明奔走，南至掩淲水，以弓擊水，魚鼈皆聚浮水上，東明乘之得度，因至夫餘而王之焉。」以上四句，謂不能讓高麗守險及逃亡。

〔二二〕「攘無臂」句，老子：「攘無臂，仍無敵，執無兵。」河上公注：「雖欲大怒，若無臂可攘也；雖欲仍引之，心若無敵可仍也；雖欲執持之，若無兵刃可持用也。何者？傷彼之民，罹罪於天，遭不道之君，愍忍喪之痛也。」此言讓高麗毫無抵抗之力。

〔二三〕「斬大風」二句，淮南子本經訓：「逮至堯之時，十日并出，焦禾稼，殺草木，而民無所食。猰貐、鑿齒、九嬰、大風、封豨、修蛇，皆爲民害。堯乃使羿……繳大風於青丘之澤。」高誘注：「大風，風伯也，能壞人屋舍。」又曰：「青丘，東方之澤名。」按太平御覽卷三〇五征伐引，注曰：「大風，鷙鳥也。」此謂斬翼，當指鷙鳥。

〔二四〕「卧長鯨」句，梁元帝玄覽賦：「斬横海之長鯨。」

〔二五〕「二年」三句，二年，依述事時間次序，當指乾封二年（六六七）。然考舊唐書高宗紀下曰：「總章元年（六六八）九月癸巳，「司空、英國公勣破高麗，拔平壤城，擒其王高藏及其大臣男建等以歸。境内盡降，其城一百七十，户六十九萬七千，以其地爲安東都護府，分置四十二州」。以功詔除，似應在此時。新唐書百官志：「正五品上曰定遠將軍。」唐六典卷二四諸衛及通典，未載左右武衛有中郎將，然兩唐書有之，如新唐書安金藏傳：「（睿宗）景雲時，遷右武衛中郎將。」

〔二六〕「總章」二句，總章，高宗年號。總章二年爲公元六六九年。唐六典卷五尚書兵部：「從四品上曰宣威將軍。」注：「皇朝所置。」同上卷二四諸衛：左右武衛，「將軍各二人，從三品」。通典卷二八左右武衛：「（隋）置左右武衛大將軍一人、將軍各二人，以總府事。」唐因之。唐六典卷二尚書吏部：「凡任官，階卑而擬高則曰守。」「守左武衛將軍」下，原有「檢校右羽林」句，英華校：「集無此句。」四子集無此句。按下文有「奉别敕檢校右羽林」句，則此五字當衍，據英華所校集本等删。

太夫人以桑榆晚節〔一〕，霧露成疴〔二〕，減年歲之扶危，授皇天之賜藥〔三〕。屢陳表疏，方請告歸；頻降絲綸〔四〕，未蒙優許。則知忠臣奉上，多從孝子之門〔五〕；受命臨戎，始見忘家之事〔六〕。潘安仁之愷悌，始奉板輿〔七〕；張景胤之純深，終悲晝扇〔八〕。儀鳳三年，以内憂解職。尋降詔起復本官〔九〕。四年，加雲麾將軍，正除左武衛將軍〔一〇〕，檢校右羽林軍如故。王人奪服，才聞趙熹之喪〔一一〕；明主相憂，獨訝何曾之毁〔一二〕。且割哀而從禮，將以義而斷恩〔一三〕。受軍麾命服之數〔一四〕，掌期門佽飛之職〔一五〕。以漢宫清署，忽照邊烽〔一六〕；秦塞長城，遂聞胡馬。匈奴未滅，霍去病所以辭家〔一七〕；天子動容，周亞夫於焉不拜〔一八〕。調露元年，詔公龍門鎮守〔一九〕，兼於夏州防捍〔二〇〕。飲水受命〔二一〕，倍道兼行〔二二〕，鞍甲成勞，晦明爲疾〔二三〕。璽書降問，即日追還。中使接迹於家庭〔二四〕，尚藥綢繆於錫賚〔二五〕。人生詎幾〔二六〕，神道何知！仰觀於天，值三軍之星落〔二七〕；俯察於地，逢五將之山崩〔二八〕。詔書來北斗之門〔二九〕，圖像在南宮之壁〔三〇〕。以二年秋七月〔三一〕，薨於紫桂宮右羽林軍之官第〔三二〕。詔賜御食，并錦被一張，常服一襲，雜彩百五十段，贈物一百段，粟一百石。敕書弔贈，禮越常班；喪葬所資〔三三〕，數優恒典。琳琅觸目，日月在懷〔三四〕。陶謙則戲列旛旗〔三五〕，賈逵則常陳部伍〔三六〕。閨門有德，歡若交朋；事君無隱，心如鐵石。至如出車授鉞，東征西討。孤虛向背〔三七〕，則雖女子之衆，可以當於丈夫；前後折旋〔三八〕，則雖婦人之兵，可以蹈於湯火〔三九〕。兔起而鳧舉〔四〇〕，龍騰而鳳飛。無戰不平，無城不剋。有如馮異，羞言大樹之功〔四一〕；宛似魯連，不受黄金之賞〔四二〕。大平之事業行矣，人主之恩榮備矣。山河之寵，久預同盟〔四三〕；社稷之臣，俄悲輟祭〔四四〕。聖君興悼，列辟相趨。覩高鳥而歎良弓〔四五〕，聞鼓鼙而思將帥〔四六〕。宏圖秘略，實無得而稱焉〔四七〕；追遠飾終〔四八〕，請有易其名者。謹狀。

【箋注】

〔一〕「太夫人」句，太夫人，謂崔獻母。桑榆，漢書天文志：「太白出，而留桑榆間。」注引晉灼曰：「行遲而下也。正出舉目平正，出桑榆上，餘二千里也。」後漢書馮異傳：「可謂失之東隅，收之桑榆。」李賢注：「桑榆，謂晚也。」

〔二〕「霧露」句，後漢書後紀：「身犯霧露於雲臺之上。」李賢注：「霧露，謂疾病也。不可指言死，故假霧露以言之。」成疴，久治難愈之病。

〔三〕「減年歲」二句，太平御覽卷六六〇真人上引登真隱訣：「至立夏日日中，上清五帝會諸仙於紫微宮，見四真人論求道之功罪。至夏至日日中，天上三官會於司命河，候校定萬民罪福，增減年算。至立秋日日中，五嶽諸真人詣中央黄房，定天下祀圖靈藥。至立冬日日中，陽臺真人會集列仙，定新得道人，始入名仙録。至冬至日日中，諸仙詣萬諸宫，東海青童君列其仙籙金書内字，凡學道之人常以夕半日中謝罪，罪各自除，克身歸善，以求長生、神仙。」減，全唐文作「感」，誤。皇天之，英華校：「集作星辰而。」兩句謂崔母年老多病，惟學道求長生及服藥而已。

〔四〕「頻降」句，絲綸，即「王言如絲，其出如綸」，指皇帝詔令影響大，詳見前爲劉少傅等謝敕書慰勞表「虔奉絲綸」句注。

〔五〕「則知」二句，後漢書韋彪傳：「孔子曰：事親孝，故忠可移於君。是以求忠臣必於孝子之門。」李賢注：「孝經緯之文也。」

〔六〕「始見」句，漢書賈誼傳：「爲人臣者，主耳忘身，國耳忘家，公耳忘私。」注引孟康曰：「唯爲主耳，不念其身。」

〔七〕「潘安仁」二句，潘岳，字安仁。世説新語文學：「夏侯湛作周詩成，示潘安仁。安仁曰：『此非徒温雅，乃别見孝悌之性。』潘因此遂作家風詩。」劉孝標注：「岳家風詩，載其宗祖之德及自戒也。」愷悌，和樂簡易。詩經小雅蓼蕭：「既見君子，孔燕豈弟。」毛傳：「豈，樂；弟，易也。」愷悌、豈弟，異體字。板輿，文選潘岳閒居賦：「於是凛秋暑退，熙春寒往。微雨新晴，六合清朗。太夫人乃御板輿，升輕軒，遠覽王畿，近周家園。體以行和，藥以勞宣。常膳載加，舊痾有痊。」李善注：「版輿，車名。傅暢晉諸公贊曰：『傅祗以足疾，版輿上殿。』版輿一名步輿。周遷輿服雜事記曰：『步輿方四尺，素木爲之，以皮爲襻，掆（同「扛」）之，自天子至庶人通得乘之。』」劉良注：「板輿，以板爲輿。」板輿，英華、四子集、全唐文作「輕軒」。

〔八〕「張景胤」二句，宋書張敷傳：「張敷，字景胤，吴郡人，吴興太守邵子也。生而母没，年數歲，問母所在，家人告以死生之分。敷雖童蒙，便有思慕之色。年十許歲，求母遺物，而散施已盡，唯得一畫扇，乃緘録之。每至感思，輒開笥流涕。」

〔九〕「尋降」句，起復，謂官員服喪未滿而起用。

〔一〇〕「加雲麾」二句，唐六典卷五兵部尚書：「從三品曰雲麾將軍。」上文已言崔獻「守左武衛將軍」，「守」謂階卑擬高，現官階已高，故「正除」之。除，授也。

〔一一〕「王人」二句，王人，天子小官，後多指皇帝或朝廷使者。春秋莊公六年：「春王正月，王人子突救衛。」杜預注：「王人，王之微官也。」奪服，除去喪服。北堂書鈔卷九三奪禮引東觀漢記：「趙熹遭母憂，上疏乞身行喪禮。顯宗不許，遣使者爲釋服，賞賜恩寵甚渥。」

〔一二〕「明主」二句，晉書何曾傳：「何曾，字穎考，陳國陽夏人也。……時步兵校尉阮籍負才放誕，居喪無禮。曾面質籍於文帝座，曰：『卿縱情背禮敗俗之人，今忠賢執政，綜核名實，若卿之曹，不可長也。』因言於帝曰：『公方以孝治天下，而聽阮籍以重哀飲酒食肉於公座，宜擯四裔，無令汙染華夏。』帝曰：『此子羸病若此，君不能爲吾忍邪？』曾重引據，辭理甚切，帝雖不從，時人敬憚之。」

〔一三〕「且割哀」二句，三國志吴書孫權傳：嘉禾六年（二三七）春正月詔曰：「夫三年之喪，天下之達制，人情之極痛也。賢者割哀以從禮，不肖者勉而致之。世治道泰，上下無事，君子不奪人情，故三年不逮孝子之門。至於有事，則殺禮以從宜，要經而處事，故聖人制法，有禮無時則不行。遭喪不奔，非古也，蓋隨時之宜，以義斷恩也。」

〔一四〕「受軍麾」句，文選沈約齊故安陸昭王碑文：「軍麾命服之序，監督方部之數。」李善注：「周禮曰『建大麾以田』。然麾，旌旗之名，州將之所執也。命服，爵命之服也。……數，謂等差也。」劉良注：「軍麾，以毛爲之，以指麾也。命謂天子之命也。言天子命之以受其戎旅之服。序，次序也。……數，術也。」可互參。

〔一五〕「掌期門」句，史記建元以來侯者年表：「高昌董忠父，……有材力，能騎射，用短兵給事期門。」索隱：「漢書東方朔傳曰：『武帝微行，出與侍中、常侍、武騎及待詔，隴西、北地良家子能騎射者，期諸殿門，故有期門之號。』」漢書百官公卿表：「屬官有大夫、郎、謁者，皆秦官；又期門、羽林，皆屬焉。」注引服虔曰：「與期門下以微行，後遂以名官。」表又曰：「期門掌執兵送從，武帝建元三年（前一三八）初置，比郎，無員，多至千人。」佽飛，漢書宣帝紀：「應募佽飛射士。」注引服虔曰：「周時，度江越人在船下負船，將覆之，佽飛入水殺之，漢因以材力名官。」又引如淳曰：「吕氏春秋：荆有兹非得寶劍於干將，渡江中流，兩蛟繞舟，兹非拔寶劍赴江刺兩蛟，殺之。荆王聞之，任以執圭，後世以爲勇力之官。兹、佽音相近。」顔師古注：「取古勇力人以名官，熊渠之類是也。」按：此期門、佽飛，泛指兵士，言崔獻掌軍職也。

〔一六〕「以漢宫」句，漢宫，代指唐都城。清署，謂所任乃清要之職。邊烽，邊患，指有外敵入寇。漢書賈誼傳：「斥候望烽燧，不得卧。」注引文穎曰：「邊方備胡寇，作高土櫓，櫓上作桔皋，桔皋頭兜零，以薪草置其中，常低之，有寇即火燃舉之以相告，曰烽。又多積薪，寇至即燃之，以望其煙，曰燧。」顔師古注：「晝則熢燧，夜則舉烽。」

〔一七〕「匈奴」二句，漢書霍去病傳：「上（武帝）爲治第，令視之。對曰：『匈奴不滅，無以家爲也。』由此上益重愛之。」所，英華作「是」，校：「集作所。」

〔一八〕「天子」二句，漢書周勃傳附周亞夫傳：周亞夫爲將軍，軍細柳。文帝勞軍，「至中營，將軍亞夫揖曰：『介冑之士不拜，請以軍禮見。』天子爲動，改容式車，使人稱謝」。注引應劭曰：「禮，介者不拜。」以上四句，以霍去病、周亞夫擬崔獻，謂其爲國忘家，治軍嚴明。

〔一九〕「詔公」句，調露元年（六七九）冬十月，令崔獻往絳州守龍門，以備突厥，見本文前注引舊唐書高宗紀下。絳州，今山西新絳縣。龍門，當即龍門關。元和郡縣志卷一二絳州龍門縣：「黄河北去縣二十五里，即龍門口也。……三秦記曰：『河津，一名龍門。水陸不通，魚鼈之屬莫能上。江海大魚集龍門下數千，不得上，上則爲龍，故曰曝鰓龍門。』……龍門關，在縣西北二十二里。」地在今山西河津市西北。

〔一〇〕「兼於」句，元和郡縣志卷四夏州：秦上郡，漢置朔方郡，北魏時改爲夏州。隋改朔方郡，貞觀二年（六二八）又改爲夏州，并置都督府。州治在今陜西靖邊縣紅墩界鎮。

〔一一〕「飲水」句，儀禮喪服：「居倚廬，寢苫枕塊，哭，晝夜無時。歠粥，朝一溢米，夕一溢米。寢不脱絰帶。既虞，翦屏拄楣，寢有席，食疏食，水飲，朝一哭、夕一哭而已。」賈公彦疏：「云飲水者，未虞以前渴亦飲水，而在既虞後，與疏食同言水飲者，恐虞後飲漿酪之等，故云飲水而已也。」按：崔獻於儀鳳三年（六七八）喪母，至調露元年（儀鳳四年六月改調露）冬十月出征，雖已起復，尚在喪期，故言「飲水受命」也。水，英華、四子集、全唐文作「冰」，誤。

〔一二〕「倍道」句，倍道，行走速度加倍。孫子軍事第七：「是故卷甲而趨，日夜不處，倍道兼行，百里而争利，則擒三將軍。」

〔一三〕「晦明」句，左傳昭公元年：「晦淫惑疾，明淫心疾。」杜預注：「晦，夜也，爲宴寢過節，則心惑亂。明，晝也，思慮煩多，心勞生疾。」此謂日夜操勞而成疾。

〔一四〕「中使」句，中使，朝廷所派使者，多爲宦官。接迹，足迹相接，言來者不斷。何遜儒學：「生徒肅肅，賓友師師，并接迹以聞道，俱援手而授辭。」

〔二五〕「尚藥」句，唐六典卷一一殿中省尚藥局：「尚藥奉御，掌合和御藥及診候之事。」注：「凡藥，有上中下之三品。上藥爲君養命以應天，中藥爲臣養性以應人，下藥爲佐療病以應地，遞相宣攝而爲用。」綢繆，詩經豳風鴟鴞：「迨天之未陰雨，徹彼桑土，綢繆牖户。」鄭玄箋：「綢繆，猶纏綿也。」此謂事先準備。錫賚，賞賜。句謂尚藥局提前配製御藥，以備皇帝賞賜。

〔二六〕「人生」句，詎幾，能有幾何，謂時日不多。曹操短歌行：「對酒當歌，人生幾何。」又白居易感時詩：「人生詎幾何，在世猶如寄。」可參讀。

〔二七〕「仰觀」二句，三國志蜀書諸葛亮傳：（蜀漢建興）十二年（二三四）八月，「亮疾病，卒於軍，時年五十四」。裴松之注引晉陽秋曰：「有星赤而芒角，自東北西南流，投於亮營，三投再還，往大還小，俄而亮卒。」

〔二八〕「俯察」二句，華陽國志卷三蜀志：「（秦）惠王知蜀王好色，許嫁五女於蜀。蜀遣五丁迎之，還到梓潼，見一大蛇入穴中，一人攬其尾掣之，不禁，至五人相助，大呼抴蛇，山崩。時壓殺五人，及秦五女并將從，而山分爲五嶺。」

〔二九〕「詔書」句，史記天官書：「北斗七星，所謂『旋、璣、玉衡』，以齊七政。」地之北斗之門，指朝廷。

〔三〇〕「圖像」句，南宫，洛陽宫殿名。後漢書馬武傳：「永平中，顯宗追感前世功臣，乃圖畫二十八將於南宫雲臺。其外又有王常、李通、竇融、卓茂，合三十二人。」按：唐代亦嘗畫像表彰功臣。

舊唐書太宗紀下：「（貞觀）十七年（六四三）春正月戊申……詔圖畫司徒、趙國公無忌等勳臣二十四人於凌煙閣。」考兩唐書，到玄宗以後，方偶有補畫者。按：此乃用事，崔獻官職不高，勳勞有限，不可能入其圖。

〔三一〕「以二年」句，二年，原作「三年」，各本同。考兩唐書，高宗調露二年（六八〇）八月乙丑，改調露二年爲永隆元年，史無調露三年。行狀上於永隆二年（六八一）正月，距崔獻卒不及半年，亦合情理。則所謂「三年」，「三」當是「二」之形訛，因改。

〔三二〕「薨於」句，紫桂宫，舊唐書高宗紀下：儀鳳四年（六七九）五月戊戌，「造紫桂宫於沔池之西」。唐會要卷三〇：「（儀鳳）四年五月十九日，造紫桂宫於澠池縣西。至永淳元年（六八二）四月十三日，改芳桂宫。弘道元年（六八三）遺詔廢之。」澠池縣，今屬河南三門峽市。按：據行狀，崔獻於儀鳳四年授檢校右羽林軍，當隨即至右羽林軍所在地紫桂宫。儀鳳四年六月，改爲調露元年，冬十月受詔鎮守龍門，因病追還，即回到紫桂宫官第。

〔三三〕「喪葬」句，葬，原作「用」，英華作「葬」，校：「集作用。」全唐文作「葬」。作「葬」義勝，據改。

〔三四〕「日月」句，當以日、月代指皇帝、皇后，謂崔獻之死，皇帝、皇后爲之悲痛。

〔三五〕「陶謙」句，後漢書陶謙傳：「陶謙，字恭祖，丹陽人也。」李賢注引吴書曰：「（陶謙）年十四，猶綴帛爲幡，乘竹馬而戲，邑中兒童皆隨之。」

〔三六〕「賈逵」句，三國志魏書賈逵傳：「賈逵，字梁道，河東襄陵人也。自爲兒童戲弄，常設部伍，祖父習異之，曰：『汝大必爲將率。』口授兵法數萬言。」按：以上四句，謂崔獻子孫皆自幼喜兵。

〔三七〕「孤虚」句，孤虚，古代占卜推算歲、月、日、時之法。史記龜策列傳：「日辰不全，故有孤虚。」集解（裴）駰案：「甲乙謂之日，子丑謂之辰。六甲孤虚法：甲子旬中無戌、亥，戌、亥即爲孤，辰、巳即爲虚。甲戌旬中無申、酉，申、酉爲孤，寅、卯即爲虚。甲申旬中無午、未，午、未爲孤，子、丑即爲虚。甲午旬中無辰、巳，辰、巳爲孤，戌、亥即爲虚。甲辰旬中無寅、卯，寅、卯爲孤，申、酉即爲虚。甲、寅旬中無子、丑，子、丑爲孤，午、未即爲虚。」劉歆七略有風后孤虚二十卷。」若得孤虚，則主事不成，故用兵者甚忌之。向背，孫子軍爭第七：「故用兵之法，高陵勿向，背丘勿逆，佯北勿從，鋭卒勿攻，餌兵勿食，歸師勿遏，圍師必闕，窮寇勿追：此用兵之法也。」句謂崔獻深諳兵法。

〔三八〕「前後」句，折旋，謂作戰時人體俯仰進退，轉折回旋，亦言陣形變化。

〔三九〕「可以」句，蹈，原作「陷」，據四子集、全唐文改。

〔四〇〕「兔起」句，吕氏春秋卷八論威：「凡兵，欲急疾捷先。欲急疾捷先之道，在於知緩徐遲後而急疾捷先之分也。急疾捷先，此所以決義兵之勝也，而不可久處。知其不可久處，則知所兔起鳧舉死殙之地矣。」高誘注：「起，走；舉，飛也。兔走鳧飛，喻急疾也。殙音悶，謂絶氣之悶。」

〔四一〕「有如」二句，後漢書馮異傳：「爲人謙退，不伐行，『每所止舍，諸將并坐論功，異常獨屏樹下，軍中號曰大樹將軍。……光武以此多之』。

〔四二〕「宛似」二句，史記魯仲連傳：魯仲連既退秦軍，於是平原君欲封魯連，又以千金壽。「魯連笑曰：『所貴於天下之士者，爲人排患釋難解紛亂而無取也，即有取者，是商賈之事也，而連不忍爲也。』遂辭平原君而去，終身不復見。」宛，英華校：「集作或。」

〔四三〕「山河」二句，指崔獻曾進爵爲子。漢書高祖紀下：「與功臣剖符作誓，丹書鐵契，金匱石室，藏之宗廟。」注引如淳曰：「謂功臣表誓，使河如帶，太山若厲，國乃滅絶。」

〔四四〕「社稷」二句，禮記檀弓下：「衛有大史曰柳莊，寢疾，公曰：『若疾革，雖當祭，必告。』公再拜稽首，請於尸曰：『有臣柳莊也者，非寡人之臣，社稷之臣也。聞之死，請往。』遂以襚之。」鄭玄注：「革，急也。急弔賢者，不釋服而往。脱君祭服以襚臣，親賢也。」按：不釋服而往，謂輟祭祀而去弔賢臣，言極爲震悼痛惜。

〔四五〕「覩高鳥」句，史記越王勾踐世家：「范蠡遂去，自齊遺大夫種書曰：『蜚鳥盡，良弓藏；狡兔死，走狗烹。』」又同書淮陰侯列傳：「高鳥盡，良工藏；敵國破，謀臣亡。」此反其義。

〔四六〕「聞鼓鼙」句，禮記樂記：「君子聽鼓鼙之聲，則思將帥之臣。」

〔四七〕「實無」句，論語泰伯：「子曰：泰伯其可謂至德也已矣，三以天下讓，民無得而稱焉。」此所謂無得而稱，謂崔獻之事業功績難以用言語表述，故下句請以謚易名。

〔四八〕「追遠」句，荀子禮論：「事生，飾始也；送死，飾終也。終始具，而孝子之事畢、聖人之道備矣。」

永隆二年正月十一日，故左武衛將軍、成安子府功曹某上尚書省考功：名也者，功之表也；謚也者，行之跡也〔一〕。公叔文子，曾辱四鄰之交；黔婁先生，有餘天下之貴〔二〕。謹按故府主左武衛將軍、上柱國、成安子崔獻，誕靈辰昴，降德山河〔三〕。漢陽閻忠，許有良、平之策〔四〕；潁川徐庶，知其管、樂之才〔五〕。生覩太平，仕逢明主。秋風金鼓，有司馬之論兵〔六〕；吉日壇場，有將軍之拜職。任重而道遠，功成而身退。奄息百夫之特，彼蒼者天〔七〕；相如千載之人，猶有生氣〔八〕。珠襦玉匣〔九〕，禮備於喪終；筮短龜長，舊從於先遠〔一〇〕。易名之道，蓋取之於舊儀；累德之文，敢望之於執事〔一一〕。謹狀。

【箋注】

〔一〕「名也者」四句，藝文類聚卷四〇謚引春秋説題辭：「號者，功之表，謚者，行之迹，所以追勸成德，使尚務節。」

〔二〕「公叔」四句，謂公叔文子、黔婁先生謚事，詳前中書令汾陰公薛振行狀注。

〔三〕「誕靈」二句，謂崔獻爲天地精靈所生。辰昴，乃天之精。文選王儉褚淵碑文：「辰精感運，昴靈發祥。」降德，淮南子墬形訓：「山爲積德，川爲積刑。」高誘注：「山，仁，萬物生焉，故爲積德；川，水，智。智制斷，故爲積刑也。」

〔四〕「漢陽」二句，三國志魏書賈詡傳：「賈詡，字文和，武威姑臧人也。少時人莫知，唯漢陽閻忠異之，謂詡有良、平之奇。」良、平，張良、陳平，多善謀奇策。

〔五〕「潁川」二句，三國志蜀書諸葛亮傳：「身長八尺，每自比於管仲、樂毅，時人莫之許也，惟博陵崔州平、潁川徐庶元直與亮友善，謂爲信然。」以上四句，以賈詡、諸葛亮喻崔獻。

〔六〕「秋風」二句，秋風金鼓，謂征戰在外。司馬，唐六典卷五尚書兵部：「凡將帥出征，兵滿一萬人已上，置長史，司馬、倉曹、胄曹、兵曹參軍各一人。……凡鎮，皆有使一人，副使一人，萬人已上置司馬、倉曹、兵曹參軍各一人。」此泛指幕府官。

〔七〕「奄息」二句，奄，原作「苟」，據英華、四子集、全唐文改。詩經秦風黄鳥：「交交黄鳥，止于棘。誰從穆公？子車奄息。維此奄息，百夫之特。……彼蒼者天，殲我良人。如可贖兮，人百其身。」毛傳：「子車，氏；奄息，名。」「百夫」句，鄭玄箋：「百夫之中最雄俊也。」又箋「彼蒼」句：「言彼蒼者天，愬之。」此歎崔獻之死，謂蒼天不淑。

〔八〕「相如」二句，世説新語品藻：「庾道季（和）云：廉頗、藺相如雖千載上，使人懍懍恒如有生氣。」句謂崔獻雖死猶生。

〔九〕「珠襦」句，漢書董賢傳：「東園祕器，珠襦玉柙，豫以賜賢，無不備具。」顔師古注：「珠襦，以珠爲襦，如鎧狀，連縫之，以黄金爲鏤。要以下玉爲柙，至足，亦縫以黄金爲鏤。」柙，通匣。按：

珠襦玉匣乃漢代帝王及高級貴族所用喪服，或云即金鏤玉衣（然出土漢代之金鏤玉衣，屍體乃全包裹，并非腰以下至足爲匣。或有多種規格，待考）。此泛指葬具。

〔一〇〕「筮短」二句，左傳僖公四年：「初，晉獻公欲以驪姬爲夫人，卜之，不吉，筮之吉。公曰：『從筮。』卜人曰：『筮短龜長，不如從長。』」杜預注：「物生而後有象，象而後有滋，滋而後有數。龜，象；筮，數，故象長數短。」此指卜葬期。舊、遠二字，原作「事」、「見」，英華校：集作「舊」、作「遠」。按禮記曲禮上：「喪事先遠日，吉事先近日。」鄭玄注：「喪事，葬與練祥也；吉事，祭祀、冠取之屬也。」孔穎達正義：「喪事先遠日者，喪事謂葬與二祥，是奪哀之義也，非孝子之所欲。但制不獲已，故卜先從遠日而起，示不宜急，微伸孝心也。故宣八年左傳云：『禮，卜葬先遠日，辟不懷。』杜（預）云：『懷，思也，辟不思親也。』此尊卑俱然，雖士亦應今月下旬先卜來月下旬；不吉，卜中旬；不吉，卜上旬。」則二字，英華所校集本是，兹據改。兩句謂雖不急於卜葬，然迫於禮制，隱約有催促儘快定謚之意。

〔一一〕「累德」二句，文，指行狀。累德之文，謂若行狀所言不實，將累逝者之德。是乃謙詞，實言行狀所述皆可採信，望能據以得到美謚。執事，主其事者，指尚書省吏部考功郎中。敢，英華校：「一作必。」望，英華校：「集作望。」按：以「敢望」爲佳。

祭文

爲薛令祭劉少監文〔一〕

中書令河東薛某，謹以清酌中牢之奠〔二〕，敬祭故少監劉公之靈〔三〕。惟彼陶唐，有此冀方〔四〕。上天祚漢〔五〕，人神攸贊。開國承家，枝分葉散。三貂赫赫於臺省〔六〕，駟馬諼諼於里閈〔七〕。德之有鄰，吐符兮降神〔八〕；家之積慶，受禄兮宜君〔九〕。星躔可以衡南越〔一〇〕，都邑可以貿西秦〔一一〕。言鄭公之不死〔一二〕，謂張衡之後身〔一三〕。雍州爲積高之地，初登吏部〔一四〕；尚書即喉舌之端，始拜郎官〔一五〕。見天子而題柱〔一六〕，侍明光而握蘭〔一七〕。入麒麟之閣，圖書掌於河洛〔一八〕；測旋玉之璣，造化窮於製作〔一九〕。大風積也，方絶於雲天〔二〇〕；有力負之，生悲於溝壑〔二一〕。嗚呼哀哉！

【箋注】

〔一〕祭文，古代應用文體之一。明吴訥文章辨體序説祭文：「古之祀享，史有册祝，載其所以祀之意，……叙其所祭及悼惜之情而已。」又徐師曾文體明辨序説祭文：「古之祭祀，止於告饗而已。中世以後，兼贊言行，以寓哀傷之意，蓋祝文之變也。其辭有散文、四言、六言、雜言、騷體、駢體之不同。」劉少監，據祭文所述，或爲吴人，嘗官吏部，入尚書省爲郎，終秘書少監，然其名不詳。是文乃楊炯代薛元超作。既稱「薛令」，當在薛元超爲中書令後。按舊唐書薛元超傳：「永隆二年（六八一）拜中書令、兼太子左庶子。」既是代作，則薛元超仍在世。薛氏卒於光宅元年（六八四）冬十二月，疑托楊炯代作祭文時已在病中。

〔二〕「謹以」句，清酌，蔡邕獨斷卷上：「凡祭，號牲物異於人者，所以尊鬼神也。……酒曰清酌。」中牢，漢書昭帝紀：「祠以中牢。」顔師古注：「中牢，即少牢，謂羊豕也。」

〔三〕「敬祭」句，少監，當爲秘書省少監，詳下注。唐六典卷一〇秘書省：「少監二人，從四品上。……秘書監之職，掌邦國經籍圖書之事，有二局，一曰著作，二曰太史，皆率其屬而修其職。少監爲之貳焉。」

〔四〕「惟彼」二句，彼，原作「此」，與下句重，據全唐文卷一九六改。尚書五子之歌：「惟彼陶唐，有此冀方。」僞孔傳：「陶唐帝堯氏，都冀州，統天下四方。」按：劉向説苑卷一八辨物：「兩河間曰冀州。」古冀州，包括今山西及河南、河北北部、遼寧西部廣大地區。此指今山西省。兩句言劉氏之所出。新唐書宰相世系表：「劉氏出自祁姓，帝堯陶唐氏子孫生子，有文在手曰『劉累』，因以爲名。」

〔五〕「上天」句，謂劉氏。劉邦建立漢朝，言乃上天所賜。祚，賜福。

〔六〕「三貂」句，三貂，三位戴貂者。南齊書何戢傳：上欲轉戢領選，欲加常侍，尚書令褚淵曰：「臣與王儉既已左珥，若復加戢，則八座便有三貂。」後漢書輿服志下：「侍中、中常侍加黄金當，附蟬爲文，貂尾爲飾，謂之趙惠文冠。」詩經小雅節南山：「赫赫師尹，民具爾瞻。」毛傳：「赫赫，顯盛貌。」此所謂「三貂」、「三」言其多，非定數。臺省，資治通鑑晉紀六：「臺省府衛，僅有存者。」胡三省注：「尚書、御史、謁者臺，門下、中書、秘書省。」後泛指朝廷。

〔七〕「駟馬」句，駟馬，四匹馬所拉之車。史記梁孝王世家：「梁孝王入朝，景帝使使持節乘輿駟馬，迎梁王於闕下。」集解引瓚曰：「稱乘輿駟馬，則車馬皆往，言不駕六馬耳。天子副車駕駟馬。」諼諼，同「諠諠」，喧嘩聲。里閈，鄉里。後漢書成武孝侯順傳：「與光武同里閈。」李賢注：「閈，里門也。」以上二句，言劉氏雖分處各地，然皆權勢熏赫。

〔八〕「德之」二句，論語里仁：「子曰：德不孤，必有鄰。」何晏集解：「方以類聚，同志相求，故必有鄰，是以不孤也。」吐符，符籙顯現。降神，靈異降臨。蔡邕陳太丘碑：「銘曰：峨峨崇嶽，吐符降神。」

〔九〕「家之」二句，周易坤卦文言：「積善之家，必有餘慶。」詩經大雅假樂：「干禄百福，子孫千億。穆穆皇皇，宜君宜王。」毛傳：「宜君王天下也。」

〔一〇〕「星躔」句，用張華得豐城寶劍事。星躔，星辰運行度次，此指牛斗（牽牛、北斗）。衡南越，謂紫氣衝牛斗，而牛斗爲吴越分野，故實指吴越，偏指越（即所謂南越）。晉書張華傳：「初，吴之未滅也，斗牛之間常有紫氣。……及吴平之後，紫氣愈明。……（雷）焕曰：『寶劍之精，上徹於天耳。』」按左傳昭公三十二年：「史墨曰：……越得歲，而吴伐之，必受其凶。」杜預注：「此年歲在星紀，星紀，吴越之分也。歲星所在，其國有福，吴先用兵，故反受其殃。」孔穎達正義：「鄭玄云：天文分野，斗主吴，牽牛主越。此是歲星在牽牛，故吴伐之。」

〔一一〕「都邑」句，都邑，指古吴國都城蘇州。文選左思吴都賦劉淵林注：「吴都者，蘇州是也。後漢末孫權乃都於建業，亦號吴。」貿，原作「質」。英華作「貿」，校：「集作質。」按「貿」通「侔」（音亦同），侔，等齊也，是，據英華改。西秦，即秦。文選張衡西京賦：「是時也，并爲强國者有六，然而四海同宅西秦，豈不詭哉！」此以西秦代指長安，謂蘇州可與長安相提并論。以上兩句述吴事，蓋劉少監爲吴人（或郡望爲吴），故用以贊之。

〔一二〕「言鄭公」句，晉書鄭袤傳：「鄭袤，字林叔，滎陽開封人也。高祖衆，漢大司農；父泰，揚州刺史，有高名。袤少孤，早有識鑒，荀攸見之曰：『鄭公業爲不亡矣。』」按：鄭泰，字公業。

〔一三〕「謂張衡」句，太平御覽卷三六〇孕引（裴啓）語林曰：「張衡之初死，蔡邕母始孕，此二人才貌相類，時人云邕是衡之後身。」以上兩句，謂劉少監與其先人絶相似。

〔一四〕「雍州」二句，史記封禪書：「自古以雍州積高，神明之隩，故立畤郊上帝，諸神祠皆聚云。」長安志卷二引應劭注漢書曰：「四面積高曰雍。」按：劉少監蓋嘗官雍州，然後登吏部，故云。

〔一五〕「尚書」二句，後漢書周榮傳附周興傳：「尚書出納帝命，爲王喉舌。」李賢注：「尚書爲王之喉舌官也。李固對策曰：『今陛下有尚書，猶天之有北斗也。北斗爲天之喉舌，尚書亦爲陛下之喉舌也。』」郎官，唐六典卷一尚書省：「左司郎中一人，右司郎中一人，并從五品上。左司員外郎一人，右司員外郎一人，并從六品上。左右司郎中、員外郎，各掌付十有二司之事，以舉正稽違省署符目，都事監而受焉。」劉少監曾任何郎官不詳。

〔一六〕「見天子」句，初學記卷一一侍郎郎中員外郎引三輔決録注（按太平御覽卷一八七柱引，即稱三輔決録，無「注」字）曰：「田鳳，字季宗，爲尚書郎。容儀端正，入奏事，靈帝目送之，因題柱曰：『堂堂乎張，京兆田郎。』」

〔一七〕「侍明光」句，太平御覽卷二一五總叙尚書郎引漢官儀曰：「尚書郎給青縑白綾被，……女侍執香鑪燒薰從入臺，護衣奏事明光殿。省皆胡粉塗，畫古賢人、烈女。郎握蘭含香，趣走丹墀。」

〔一八〕「入麒麟」二句，麒麟，原作「麟麒」，據英華卷九七八改。麟麒之閣，即麟麒閣。三輔黄圖卷六閣：「天禄閣，藏典籍之所。漢宫殿疏云：天禄、麒麟閣，蕭何造，以藏秘書、處賢才也。」周易繫辭上：「河出圖，洛出書，聖人則之。」此以河圖、洛書代指古代典籍。按：據此二句，知劉氏所官「少監」，乃秘書省少監。秘書省掌邦國經籍圖書之事，見本文上注。

〔一九〕「測旋玉」二句，猶言用旋玉「測」。旋玉，即旋璣玉衡（旋又作「璇」、「琁」，英華即作「璇」）古代測天儀器，唐代由秘書監掌管。唐六典卷一〇秘書監太史局：「太史令掌觀察天文，稽定曆數。凡日月星辰之變，風雲氣色之異，率其屬而占候焉。」窮造化，謂太史局對天文、日月星辰研究極深，窮盡自然之力。陳張種與沈炯書：「若其峰崖刻削，窮造化之瑰詭。」

〔二〇〕「大風」二句，謂劉少監正欲高飛遠舉。莊子逍遥遊：「風之積也不厚，則其負大翼也無力，故九萬里則風斯在下矣。而後乃今培風，背負青天而莫之夭閼者，而後乃今將圖南。」

〔二一〕「有力」二句，謂雖承載有力，終難免一死。漢人多以填溝壑指死，如史記平津侯傳：公孫弘上書曰：「素有負薪之疾，恐先狗馬填溝壑，終無以報德塞責。」生，副詞，表程度，猶言「甚」、「很」。

言念平生，求其友聲〔一〕。適我願兮，共得朋從之道；又吾姨也，俱承下嫁之榮〔二〕。良辰美景，必窮於樂事〔三〕；茂林修竹，每協於高情。援茝蘭而無愧，指金石以當行〔四〕。誰言倏忽，遽隔幽明。人非兮地是，心折兮骨驚〔五〕。卜日兮天未遠，陰雲凝兮歲將晚。臨平原兮望行幰〔六〕，君一去兮何時返？石室兮沉沉，蓬萊山兮寂又陰〔七〕。蒼煙漫兮紫苔深，陳絮酒兮涕沾襟〔八〕。嗚呼哀哉！

【箋　注】

〔一〕「求其」句，詩經小雅伐木：「伐木丁丁，鳥鳴嚶嚶。出自幽谷，遷于喬木。嚶其鳴矣，求其友聲。相彼鳥矣，猶求友聲；矧伊人矣，不求友生！」毛傳：「君子雖遷于高位，不可以忘其朋友。」鄭玄箋：「求其友聲，求其尚在深谷者，其相得則復鳴嚶嚶然。」

〔二〕「又吾」二句，姨，母之姊妹，或妻之姊妹。詳審此文，薛元超當與劉少監同輩，故「姨」疑指其妻妹，謂再嫁入薛家。若是，則劉少監當爲薛元超妻兄弟。

〔三〕「必窮」句，窮，原作「躬」，英華、四子集作「窮」。按此言薛元超早年與劉少監一起行樂，則作「窮」是，據改。

〔四〕「援苣蘭」二句，苣蘭，指蘭；金石，指金。周易繫辭上：「子曰：君子之道，或出或處，或默或語。二人同心，其利斷金，同心之言，其臭如蘭。」此言薛、劉二人志趣相投，交誼極篤。

〔五〕「心折」句，江淹別賦：「明月白露，光陰往來。與子之別，思心徘徊。是以別方不定，別理千名。有別必怨，有怨必盈。使人意奪神駭，心折骨驚。」心折骨驚，即心驚骨折，乃倒置修辭用法。

〔六〕「臨平原」句，幰，廣韻引蒼頡篇：「帛張車上爲幰。」此代指喪車。

〔七〕「石室」二句，石室、蓬萊山，皆神仙所居。此以仙去婉言死，謂劉少監遽歸道山。

〔八〕「陳絮酒」句，太平御覽卷五六一弔引謝承後漢書曰：「徐孺子（穉）不就諸公之辟，及有喪者，萬里赴弔。常於家預炙雞一隻，以一兩綿絮漬酒中，暴乾以裹雞，徑到所赴冢，遂以水漬綿，使有酒氣，以雞置前，祭畢便去。」此泛指以酒爲祭。

同詹事府官寮祭郝少保文〔一〕

少詹事鄧玄機〔二〕，永昌令令狐恩〔三〕，府司直王思善〔四〕、楊炯，主簿鄭行該等〔五〕，謹以清酌庶羞之奠〔六〕，敬祭太子少保郝公之靈。若夫星象降質，山川受氣〔七〕，以道爲尊，以和爲貴〔八〕。軒后夢之於大澤〔九〕，文王卜之於清渭〔一〇〕，實馮舟檝之功〔一一〕，必籍鹽梅之味〔一二〕。昭昭北斗，宮號文昌〔一三〕；隱隱西掖，池名鳳凰〔一四〕。增萬機而參政本〔一五〕，定五字而對休光〔一六〕。珥豐貂之韡韡〔一七〕，識遺佩之鏘鏘〔一八〕。懸車之歲，方稱國老〔一九〕；步輦之榮，遂居師保〔二〇〕。劉蕃以光禄緝熙〔二一〕，和嶠以尚書贊道〔二二〕。百年方享於期頤〔二三〕，五福冀徵於壽考〔二四〕。西山訪藥，北壁尋經〔二五〕；金丹不化，玉藥何成。梁木斯壞，曲池坐平〔二六〕。府庭颯而變色，寮采慘而相驚〔二七〕。嗚呼哀哉！

【箋注】

〔一〕詹事府，唐六典卷二六太子詹事府：「詹事一人，正三品。少詹事一人，正四品上。太子詹事之職，統東宮三寺、十率府之政令，舉其綱紀而修其職務。少詹事爲之貳。」郝少保，即郝處俊。舊唐書郝處俊傳：「郝處俊，安州安陸人也。」貞觀中本州進士舉，解褐授著作佐郎，襲爵甑山縣。拜太子司議郎，五遷吏部侍郎，乾封二年（六六七）改爲司列少常伯。總章二年（六六九），拜東臺侍郎，尋同東西臺三品。爲中書令，歲餘，兼太子賓客，檢校兵部尚書。儀鳳二年（六七七）加金紫光禄大夫、行太子左庶子，并依舊知政事，監修國史。四年，爲侍中。遷太子少保。開耀元年（六八一）薨，年七十五。按舊唐書高宗紀下：永隆二年十月改元開耀。同年十二月辛未，「太子少保、甑山縣公郝處俊薨」。本文當作於是時。

〔二〕「少詹事」句，少詹事，爲太子詹事府詹事之副，見上注。鄧玄挺，挺原作「機」。考兩唐書無「鄧玄機」其人。前薛元超行狀稱元超嘗薦鄧玄挺爲崇文館學士，當即其人，據改（後文隨改）。按：鄧玄挺，雍州藍田人，少善屬文，舊唐書文苑傳有傳。

〔三〕「永昌」句，武則天於垂拱四年（六八八）分河南洛陽置永昌縣，見舊唐書則天皇后紀及地理志一。高宗時别無縣名「永昌」。考垂拱四年時郝處俊已去世數年，楊炯亦不在詹事府，疑「永昌令」三字爲後來改題。令狐恩，其人事迹無考。

〔四〕「府司直」句，唐六典卷二六太子詹事府：「太子司直二人，正七品上。司直掌彈劾宫寮、糾舉職事。」王思善，事迹無考。

〔五〕「主簿」句，唐六典卷二六太子詹事府：「主簿一人，從七品上。」鄭行該，事迹無考。

〔六〕「謹以」句，清酌，即酒。庶羞，周禮天官膳夫：「羞用百二十品。」鄭玄注：「羞出於牲及禽獸，以備滋味，謂之庶羞。」按：庶，衆也。文選曹植箜篌引：「樂飲過三爵，緩帶傾庶羞。」李周翰

注：「庶羞，衆味也。」

〔七〕「若夫」二句，謂郝處俊爲天上星宿降在人間，乃山川靈秀之氣而生。春秋繁露人副天數：「天地之精所以生物者，莫貴於人。人，受命乎天也。……唯人獨能偶天地。人有三百六十節，偶天之數也；形體骨肉，偶地之厚也。上有耳目聰明，日月之象也；體有空竅理脈，川谷之象也。」古人以爲天所降質、地所受氣不同，故人有賢愚之異。

〔八〕「以道」二句，論語學而：「有子曰：『禮之用，和爲貴，先王之道，斯爲美。』」

〔九〕「軒后」句，軒后，黄帝軒轅氏。太平御覽卷三七塵引帝王世紀：「黄帝夢大風吹，天下塵垢皆去；又夢人執千鈞之弩，驅羊數萬群。帝嘆曰：風爲號令，垢去土，后在也。豈有姓風名后者哉？千鈞之弩，異力，能遠驅羊數萬群，牧民爲善。天下豈有姓力名牧者哉？得風后於海隅，得力牧於大澤。」

〔一〇〕「文王」句，史記齊太公世家：「西伯將出獵，卜之，曰『所獲非龍非彲，非虎非羆，所獲霸王之輔』。於是周西伯獵，果遇太公於渭之陽。」

〔一一〕「實馮」句，尚書説命上：爰立（傅説）作相，王置諸其左右，命之曰：「……若濟巨川，用汝作舟楫。」僞孔傳：「渡大水待舟楫。」功，英華校：「集作力。」馮、憑通。

〔一二〕「必籍」句，籍，通「藉」，借也。尚書説命下：「若作和羹，爾惟鹽梅。」僞孔傳：「鹽咸梅醋，羹須咸、醋以和之。」按：以上四句，以風后、力牧、姜太公、傅説喻郝處俊爲宰相（同東西臺三品）

事，謂其爲高宗良輔。按舊唐書郝處俊傳曰：「處俊性儉素，土木形骸。自參綜朝政，每與上言議，必引經籍以應對，多有匡益，甚得大臣之體。」其死，「高宗甚傷悼之，顧謂侍臣曰：『處俊志存忠正，兼有學識。……雖非元勳佐命，固亦多時驅使。又見遺表，憂國忘家。今既云亡，深可傷惜。』即於光順門舉哀一日，不視事」。

〔一三〕「昭昭」二句，昭昭，明亮貌。文昌，史記天官書：「斗魁戴匡六星，曰文昌宮。」其第三星曰貴相。索隱引文耀鉤云：「文昌宮爲天府。」又引孝經援神契云：「文者精所聚，昌者揚天紀。輔拂并居，以成天象，故曰文昌宮。」此言郝處俊貴爲宰相。

〔一四〕「隱隱」二句，西掖，中書省之别名。隱隱，中書省專管機密，因言其深秘。鳳凰池，指中書省。晉書荀勗傳：「久之，以勗守尚書令。勗久在中書，專管機事，及失之，甚惘惘悵悵。或有賀之者，勗曰：『奪我鳳凰池，諸君賀我邪？』」上注引舊唐書郝處俊傳，述郝氏嘗爲中書令，故云。

〔一五〕「增萬機」句，萬機，「機」亦作「幾」。尚書皋陶謨：「一日二日萬幾。」僞孔傳：「幾，微也。」後指政務紛繁。增萬機，助皇帝決斷萬機之力。參政本，參預處理政事。

〔一六〕「定五字」句，史記孝武本紀：「更印章以五字。」集解引張晏曰：「漢據土德，土數五，故用五爲印文也。若丞相，曰『丞相之印章』。諸卿及守相，印文不足五字者，以『之』足也。」此以「丞相之印章」五字代指宰相，謂朝廷之事，皆定於郝處俊。對休光，對答皇帝。漢書匡衡傳：「陛下留神動静之節，使群下得望盛德休光。」顔師古注：「休，美也。」

〔一七〕「珥豐貂」句，文選左思詠史：「金張藉舊業，七葉珥漢貂。」李善注：「珥，插也。董巴輿服志曰：『侍中、中常侍冠武弁，貂尾爲飾。』」豐貂，大貂尾，代指位高權重。韡韡，原作「韡韡」，英華作「韡韡」，全唐文作「奕奕」。「奕奕」字形相去太遠，兹據四庫全書本改爲「韡韡」。詩經小雅常棣：「常棣之華，鄂不韡韡。」毛傳：「韡韡，光明也。」義謂光彩照人。

〔一八〕「識遺佩」句，詩經秦風終南：「佩玉將將，壽考不忘。」珮、佩同。將將，玉鳴聲，與「鏘鏘」同。楚辭屈原九歌湘君：「捐余玦兮江中，遺余佩兮醴浦。」王逸注：「玦，玉珮也，先王所以命臣之瑞也。」謂其家世代爲官，有祖傳玉佩可證。

〔一九〕「懸車」二句，漢書韋賢傳載諫詩：「赫赫天子，明哲且仁。懸車之義，以洎小臣。」注引應劭曰：「古者七十懸車致仕。」後漢書梁冀傳：「宜遵懸車之禮，高枕頤神。」李賢注：「薛廣德爲御史大夫，乞骸骨，賜安車駟馬，懸其安車傳子孫。」左傳僖公二十七年：「國老皆賀子文。」孔穎達正義：「王制云：有虞氏養國老於上庠，養庶老於下庠。然則國老者，國之卿大夫士之致仕者也。」

〔二〇〕「步輦」二句，文選班固西都賦：「乘茵步輦，惟所息宴。」劉良注：「輦，大車。」宋程大昌演繁露卷一〇箯：「古有車，車以轅繫馬而行。已而有輦。輦者，設杠以人肩之，故皇甫謐曰『桀爲無道，以人駕車』，是步輦之始也。」師保，漢書賈誼傳：「昔者成王幼在繈抱之中，召公爲太保，周公爲太傅，太公爲太師。保，保其身體；傅，傅之德義；師，道之教訓。此三公之職也。於是爲置三少，皆上大夫也，曰少保、少傅、少師，是與太子宴者也。」顏師古注：「宴，謂安居。」此指郝處俊遷太子少保事，詳前注。

〔二一〕「劉蕃」句，晉書劉琨傳：「劉琨，字越石，中山魏昌人，漢中山靖王勝之後也。……父蕃，清高沖儉，位至光禄大夫。」太平御覽卷二四四太子少保引晉書（按：今傳唐房玄齡等所撰晉書無此文，當是別本）曰：「懷帝以光禄劉蕃爲太子少保。」緝熙，詩經周頌維清：「維清緝熙，文王之典。」鄭玄箋：「緝熙，光明也。」此言郝處俊爲太子少保，使太子之德生輝。

〔二二〕「和嶠」句，晉書和嶠傳：「和嶠，字長輿，汝南西平人也。……嶠見太子不令，因侍坐，曰：『皇太子有淳古之風，而季世多僞，恐不了陛下家事。』帝默然不答。……或以告賈妃（按：即太子之母），妃銜之。」太康末，爲尚書。惠帝（按：即太子）即位，拜太子太傅，加散騎常侍、光禄大夫。「太子朝西宮，嶠從入，賈后使帝問嶠曰：『卿昔謂我不了家事，今日定云何？』嶠曰：『臣昔事先帝，曾有斯言，言之不效，國之福也，臣敢逃其罪乎？』」

〔二三〕「百年」句，期頤，尚書大禹謨：「帝曰：格，汝禹！朕宅帝位三十有三載，耄期，倦於勤。汝惟不怠，總朕師。」僞孔傳：「八十、九十曰耄，百年曰期頤，言已年老。」

〔二四〕「五福」句，尚書洪範：「五福：一曰壽，二曰富，三曰康寧，四曰攸好德，五曰考終命。」僞孔傳：「百二十年。財豐備。無疾病。所好者德福之道。各成其短長之命以自終，不横夭。」句謂五福之中，唯望能得其「壽」、「考」，別無所求。

〔二五〕「西山」二句，中山人衛叔卿入西嶽華山，服藥治身八十餘年，體轉少壯，遂成仙，見前從甥梁錡墓誌銘注引神仙傳卷二衛叔卿。北壁，太平御覽卷六七二仙經上引酆都六宫下制北帝文：「酆都山洞中，玉帝隱銘凡九十一言，刻石書酆都山洞天六宫北壁。六宫，萬神之靈也。」

〔二六〕「梁木」二句，顏淵死，孔子歌曰：「梁木其壞乎！哲人其萎乎！」雍門子周以琴説孟嘗君，稱「高臺既已壞，曲池既已漸」，本書前注已屢引。坐，將、漸。

〔二七〕「寮采」句，爾雅釋詁：「尸，寀也。寀、寮，官也。」郭璞注：「官地爲寀，同官爲寮。」采、寀同。

玄挺等親聞教義，夙承提獎。懷德音之不忘，痛丹壑之長往〔一〕。門館闃寂，簾帷彷像〔二〕。奠行潦之蘋蘩〔三〕，庶明靈之降饗。嗚呼哀哉！

【箋　注】

〔一〕「痛丹壑」句，丹壑，溝壑之美稱，指荒野。吕氏春秋卷一〇節喪：「所重所愛，死而棄之溝壑，人之情不忍爲也。」長往，往而不返。孔稚珪北山移文：「或歎幽人長往。」

〔二〕「簾帷」句，彷像，隱約相像。木華海賦：「可彷像其色，靉靅其形。」此言物在人去，連物也不甚真切。

〔三〕「奠行潦」句，詩經召南采蘩：「于以采蘩，于沼于沚。」毛傳：「蘩，皤蒿也。……公侯夫人執蘩菜以助祭。神饗德與信，不求備焉。」同上采蘋：「于以采蘋，南澗之濱。于以采藻，于彼行潦。」毛傳：「蘋，大蓱也。濱，厓也。藻，聚藻也。行潦，流潦也。」鄭玄箋稱已嫁女祭所出祖，「以蘋藻，所以成婦順也」。此謂祭品雖澹薄平常，然卻情真意切。蘩，原作「繁」，據英華、全唐文改。參見前少室山少姨廟碑「可以羞澗溪沼沚之毛，可以奠潢汙行潦之水」二句注。

爲梓州官屬祭陸郪縣文〔一〕

維垂拱二年太歲丙戌正月壬寅朔〔二〕，二十二日癸亥，長史劉某謹以清酌庶羞之奠，敬祭陸明府之靈〔三〕。夫萬里之別，猶使飲淚成血，思德音之斷絕〔四〕；況百年之分，能不憂心如薰〔五〕，想公子兮氛氳〔六〕。惟彼積德，挺生夫君〔七〕。天垂白氣，地發黃雲〔八〕。江則有氾，爲國之紀〔九〕，君傳其政，愛民如子〔一〇〕。山則有梁〔一一〕，鎮兹一方〔一二〕，君弘其道，視民如傷〔一三〕。久勞於外，路阻且長〔一四〕，曾未朞月，人之云亡〔一五〕。嗚呼哀哉！

【箋注】

〔一〕梓州，治在今四川三臺縣潼川鎮，詳見前送梓州周司功詩注引元和郡縣志。郪縣，梓州附廓屬縣，隋大業三年（六〇七）改昌城縣置。本文作於武則天垂拱二年（六八六）正月。

〔二〕「維垂拱」句，丙戌，原作「景戌」。「景」乃避唐高祖李淵父李昞諱，徑改。説詳前伯母東平郡夫人李氏墓誌銘注。

〔三〕「長史」三句，唐六典卷三〇：州長史一人，正六品上。明府，即縣令。宋洪邁容齋隨筆卷一：「唐人呼縣令爲明府。」劉某、陸明府，名字、事迹俱無考。清酌庶羞，見前同詹事府官寮祭郝少保文注。

〔四〕「夫萬里」三句，古詩十九首其一：「行行重行行，與君生別離。相去萬餘里，各在天一涯。」又江淹別賦：「割慈忍愛，離邦去里。瀝泣共訣，抆血相視。……金石震而色變，骨肉悲而心死。」德音，此指離別者日常言談之語。

〔五〕「況百年」二句，百年之分，一生緣分。人生不滿百，故云。詩經大雅雲漢：「我心憚暑，憂心如熏。」毛傳：「熏，灼也。」

〔六〕「想公子」句，公子，屈原九歌山鬼：「思公子兮徒離憂。」氛氲，氣彌漫貌，此指懷念之情彌漫。

〔七〕「惟彼」二句，積德，積累道德。詩經大雅下武：「王配于京，世德作求。」鄭玄箋：「武王配行三后之道于鎬京者，以其世世積德，庶爲終成其大功。」挺生，文選左思蜀都賦：「揚雄含章而挺生。」吕向注：「挺拔而生。」謂生而不凡。夫君，夫，語詞，君，指陸明府。楚辭九歌雲中君：「思夫君兮太息。」

〔八〕「天垂」二句，晉書天文志中十煇：「凡堅城之上……白氣如旌旗，或青雲、黃雲臨城，皆有大喜慶。」

〔九〕「江則」二句，詩經召南江有汜：「江有汜。」毛傳：「興也。決復入爲汜。」鄭玄箋：「興者，喻江水大，汜水小，然得并流。」汜，英華卷九七八作「沱」，校：「集作泥，是。」按：作「沱」誤，作「泥」亦非是，當作「汜」。汜，江河分岔之水。紀，詩經小雅四月：「滔滔江漢，南國之紀。」毛傳：「滔滔，大水貌，其神足以綱紀一方。」鄭玄箋：「江也，漢也，南國之大水，紀理衆川，使不壅滯。喻吴、楚之君能長理旁側小國，使得其所。」兩句言江水之神總理衆川。梓州西鄰涺江，古以涺江爲長江之源，故云。

〔一〇〕「君傳」二句，君，原作「居」，據四子集、全唐文改。民，原作「人」，避唐諱，徑改。劉向新序卷一雜事：「夫天生民而立之君，使司牧之，無使失性。君將賞善而除民患，愛民如子。」傳其政，謂陸明府治政一縣，其綱紀分明有如長江。

〔一一〕「山則」句，梁，謂梁山，即大劍山。元和郡縣志卷三三劍州普安縣：「大劍山，亦曰梁山，在縣北四十九里。」

〔一二〕「鎮兹」句，鎮，英華校：「集作國。」誤。句謂大劍山爲梓州一帶之鎮山。文選張載劍閣銘：「惟蜀之門，作固作鎮。」吕向注：「大可爲鎮，險可爲固也。」

〔一三〕「視民」句，左傳哀公元年：「臣聞國之興也，視民如傷，是其福也。」杜預注：「如傷，恐驚動。」民，原作「人」，唐諱徑改。

〔一四〕「路阻」句，詩經秦風蒹葭：「所謂伊人，在水一方。遡洄從之，道阻且長。」

〔一五〕「人之」句，云亡，英華作「云云」，第二「云」字形訛。詩經大雅瞻卬：「人之云亡，邦國殄瘁。」

哀哀弱嗣，朝暮一溢〔一〕，皎皎孀妻，饋乎下室〔二〕。蜀門如劍〔三〕，長安如日〔四〕，歸路何從，我心如疾〔五〕。嗚呼哀哉！凡我在位，覊官邊城，共戮力兮，誰言死生。思其人兮，造其户庭，恍無見兮，寂無聲。稱觴兮酹酒，心折兮骨驚〔六〕。嗚呼哀哉！

【箋注】

〔一〕「哀哀」二句，弱嗣，謂嗣子甚幼，尚在弱齡。一溢，儀禮喪服：「居倚廬，寢苫枕塊，哭，晝夜無時。歠粥朝一溢米，夕一溢米。」鄭玄注：「二十兩曰溢。爲米一升二十四分升之一。」賈公彦疏：「云歠粥朝一溢米、夕一溢米者，孝子遭父母之喪，當爲父母致病，故喪大記云水漿不入口，三日之後乃始食。必三日許食者，聖人制法，不以死傷生，恐至滅性，故禮許之食，雖食猶節之，使朝、夕各一溢米而已也。」

〔二〕「饋乎」句，儀禮既夕：「朔月若薦新，則不饋於下室。」鄭玄注：「以其殷奠有黍稷也。下室，如今之内堂。」賈公彦疏：「注釋曰『以其殷奠有黍稷也』者，大小斂奠、朝夕奠等皆無黍稷。故上篇（按：指士喪禮）『朔月有黍稷』鄭玄注云：『於是始有黍稷。』唯有下室，若生有黍稷。今此殷奠，大奠也，自有黍稷，故不復饋食於下室也。若然，大夫以上又有月半奠，有黍稷，亦不饋食於下室可知云。……『下室，如今之内堂』者，下室既爲燕寢，故鄭舉漢法内堂況之。』」

〔三〕「蜀門」句，蜀門，即劍門。文選張載劍閣銘：「惟蜀之門，作固作鎮。是曰劍閣，壁立千仞。」太平寰宇記卷八四劍州：「諸葛武侯相蜀，於此立劍門，以大劍山至此有益東之路，故曰劍門。」

〔四〕「長安」句，謂長安之遠，其遠如日。用晉明帝少時稱「舉目見日，不見長安」事，見前唐右將軍魏哲神道碑「長安眇眇，還符日近之言」兩句注引世説新語夙惠。

〔五〕「我心」句，謂心中煩憂，有如生病。詩經小雅小弁：「心之憂矣，疢如疾首。」鄭玄箋：「疢，猶病也。」

〔六〕「稱觴」二句，稱觴，舉杯。酹，以酒灑地。文選任昉上蕭太傅固辭奪禮啓：「且奠酹不親，如在安寄。」李善注：「鄭玄周禮注曰：『喪所薦饋曰奠。』聲類曰：『酹，以酒祭地也。』」心折骨驚，謂極度傷痛，見前爲薛令祭劉少監文注。

祭汾陰公文〔一〕

維大唐光宅之元祀，太歲甲申冬十有二月戊寅朔，丁亥御辰，楊炯以柔毛清酒之奠〔二〕，敢昭告於故中書令、汾陰公之貴神〔三〕。惟公含純德而載誕兮，禀元精而秀出〔四〕。備百行而立身兮〔五〕，半千年而委質〔六〕。屬天地之貞觀兮，逢聖人之得一〔七〕。若夔龍稷卨之寅亮舜朝兮〔八〕，若蕭曹魏邴之謀猷漢室〔九〕。懸大名於宇宙兮，立大勳於輔弼。如何斯人而有斯疾〔一〇〕，曾未遐壽，中年殞卒。嗚呼哀哉！若夫家傳寶鼎〔一一〕，地闢金溝〔一二〕。文則屬詞而比事兮，學則八索而九丘〔一三〕。入則東藩之上相兮〔一四〕，出則南面之諸侯〔一五〕。唯盡善兮未善〔一六〕，固雖休而勿休〔一七〕。既知退而知進兮，亦能剛而能柔。大才則九功惟叙兮〔一八〕，大智則萬物潛周〔一九〕。崇德廣業兮，樂天知命而不憂〔二〇〕。嗚呼哀哉！

【箋注】

〔一〕汾陰公，即薛元超，其生平事迹詳前中書令汾陰公薛振行狀。薛元超卒於光宅元年（六八四）十二月初二（參前行狀注）。以戊寅朔推之，丁亥爲初十日。

〔二〕「楊烱」句，柔毛，禮記典禮下：「凡祭宗廟之禮，羊曰柔毛。」清酒，詩經小雅信南山：「祭以清酒。」鄭玄箋：「清，謂玄酒也。」禮記禮運：「玄酒在室，醴醆在户。」孔穎達正義：「玄酒，謂水也。以其色黑，謂之玄，而太古無酒，此水當酒所用，故謂之玄酒。」酒，英華卷九七八校：「集作酌。」清酌，義同。

〔三〕「敢昭告」句，貴神，英華、四子集作「靈」，英華校：「集作貴神。」此句下，英華尚有「嗚呼哀哉」句。

〔四〕「稟元精」句，後漢書郎顗傳：「元精所生，王之佐臣。」李賢注：「元爲天，精謂之精氣。春秋演孔圖曰『正氣爲帝，間氣爲臣，宫商爲佐，秀氣爲人』也。」

〔五〕「備百行」句，百，原作「五」，據英華、四子集、全唐文改。百行，多方面才能。

〔六〕「半千年」句，半千年，即五百年。委質，左傳僖公二十三年「策名委質」，孔穎達正義稱「委質，拜（官）則屈膝而委身體於地，以明敬奉之也」。詳見前中書令汾陰公薛振行狀注。句謂傑出如薛元超，其委質事君，五百年或可有之。

〔七〕「屬天地」二句，周易繫辭下：「吉凶者，貞勝者也；天地之道，貞觀者也。」韓康伯注：「貞者，正也，一也。夫有動則未免乎累，殉吉則未離乎凶。盡會通之變而不累於吉凶者，其唯貞者乎？老子曰：『王侯得一以爲天下貞。』萬變雖殊，可以執一御也。明夫天地萬物莫不保其貞以全其用也。」兩句謂薛元超逢唐皇帝得道之時。

〔八〕「若夔龍」句，夔、龍、稷、卨，皆舜臣。夔典樂，龍爲納言，稷爲農官，卨（契）爲司徒，見尚書舜典。寅亮，尚書周官「寅亮天地」，僞孔傳釋爲「敬信天地之教」。宋林之奇尚書全解卷三：「爾雅曰：『亮，左右也。』以是知亮有輔相之義。」寅，英華校：「集作翊。」亦通。

〔九〕「若蕭曹」句，指蕭何、曹參、魏豹、邴吉。前三人爲漢開國將相，史記、漢書皆有傳；邴吉嘗救助宣帝，見漢書外戚列傳史良娣傳。

〔一〇〕「如何」句，論語雍也：「伯牛有疾，子問之，自牖執其手，曰：『亡之，命矣夫！斯人也而有斯疾也，斯人也而有斯疾也！』」按：伯牛，孔子弟子冉耕。

〔一一〕「若夫」句，謂薛氏家有大功於朝，乃古所謂可銘功於鼎者。蔡邕銘論（文字據嚴可均輯全後漢文）：「昔召公作誥，先王賜朕鼎，出於武當曾水。吕尚作周太師，而封於齊，其功銘於昆吾之冶，漢獲齊侯寶樽於槐里，獲寶鼎於美陽。仲山甫有補衮闕、式百辟之功。周禮司勳：凡有大功者，銘之太常，所謂諸侯言時計功者也。宋大夫正考父，三命滋益恭，而莫侮其國。衛孔悝之父莊叔，隨難漢陽，左右獻公，衛國賴之，皆銘於鼎。晉魏顆獲秦杜回於輔氏，銘功於景鐘，所謂大夫稱伐者也。鐘鼎禮樂之器，昭德紀功，以示子孫。物不朽者，莫不朽於金石，故碑在宗廟兩階之間。」

〔一二〕「地辟」句，溝，原作「樓」，據英華、四子集、全唐文改。晉書王濟傳：「時洛京地甚貴，濟買地爲馬埒，編錢滿之，時人謂爲金溝。」此謂薛氏家富於財。

〔一三〕「文則」二句，禮記經解：「屬辭比事，春秋教也。」鄭玄注：「屬，猶合也。春秋多記諸侯朝聘會同，有相接之辭，罪辯之事。」此泛指作文。八索、九丘，古書名，前已屢注。謂薛元超學問廣博淵深。

〔一四〕「入則」句，史記天官書：「匡衛十二星，藩臣：西，將；東，相。」相在東，故稱東藩爲相。正義稱相又有上相、次相之别，其星不同。舊唐書天文志下：「貞觀十五年（六四一）二月十五日，熒惑逆犯太微東藩上相。」此指薛元超爲同中書門下三品，乃宰相之職。

〔一五〕「出則」句，古以座北面南爲尊。周易説卦：「聖人南面而聽天下。」古之諸侯，亦南面而坐。白虎通義卷上封公侯：「諸侯南面之體，體陽而行陽道不絶；大夫、人臣北面，體陰而行陰道。」此指薛元超出爲州刺史，與古代諸侯相當。侯，英華校：「集作通。」誤。

〔一六〕「唯盡善」句，論語八佾：「子謂韶盡美矣，又盡善也；謂武盡美矣，未盡善也。」何晏集解引孔（安國）曰：「韶，舜樂名，謂以聖德受禪，故盡善。武，武王樂也，以征伐取天下，故未盡善。」此言薛元超當國，所謂「盡善」、「未盡善」之事皆兼之，言其既興文德，亦重武功。

〔一七〕「固雖休」句，莊子刻意：「其死若休。」成玄英疏：「其死也若疲勞休息，曾無係戀也。」此所謂「休」，即言休息，謂政務極爲煩勞。

〔一八〕「大才」句，尚書大禹謨：「禹曰：『於，帝念哉！德惟善政，政在養民。水、火、金、木、土、穀，惟修。正德、利用、厚生，惟和。九功惟叙，九叙惟歌。』」按：水、火等即所謂「六府」，「正德」等即所謂「三事」，合之爲「九功」。「九功惟叙，九叙惟歌」，僞孔傳：「言六府三事之功有次叙，皆可歌樂，乃德政之致。」

〔一九〕「大智」句，潛周，謂隱匿如周鼎。楚辭東方朔七諫：「甂甌登於明堂兮，周鼎潛乎深淵。」王逸注：「甂甌，瓦器名也。周鼎，夏禹所作鼎也。左氏傳曰：昔夏禹之有德，遠方圖物，貢金九牧，鑄鼎象物。桀有昏德，鼎遷於商。商紂暴虐，鼎遷於周，是爲周鼎。言甂甌之器登明堂，周鼎反藏於深淵之水。言小人任政，賢者隱匿也。」句言遇逆境時，則深藏如周鼎，是乃爲臣之大智慧。

〔二〇〕「崇德」二句，周易繫辭上：「夫易，聖人所以崇德而廣業也。」韓康伯注：「窮理入神，其德崇也；兼濟萬物，其業廣也。」同上書又曰：「樂天知命，故不憂。」韓康伯注：「順天之化，故曰樂也。」

門館虚兮寂寞，歲窮陰兮摇落〔一〕。備物儼兮如存〔二〕，光靈眇兮焉託〔三〕。垂繐帷與祖帳兮〔四〕，罷歌臺與舞閣。天子惜其荼毘兮〔五〕，群臣思其可作〔六〕。嗚呼哀哉！

【箋注】

〔一〕「歲窮陰」句，文選鮑照舞鶴賦：「窮陰殺節，急景凋年。」李善注：「禮記曰：『季冬之月，日窮於次。』神農本草經曰：『秋冬爲陰。』」薛元超卒於季冬（十二月），故云。宋玉九辯：「悲哉，秋之爲氣也！蕭瑟兮草木摇落而變衰。」

〔二〕「備物」句，物，指喪葬用品。前崔獻行狀所謂「珠襦玉匣，禮備於喪終」是也。如存，謂儼然若生。如，英華作「以」，校：「集作如。」作「以」誤。

〔三〕「光靈」句，後漢書東平憲王蒼傳：「今魯國孔氏尚有仲尼車輿冠履。明德盛者，光靈遠也。」按：光靈，謂神光靈躍。論衡宣漢篇：「祭后土天地之時，神光靈耀，可謂繁盛累積矣。」句言薛元超之靈魂眇不可覩，不知託於何處。

〔四〕「垂繐帷」句，繐，細而疏之麻布，古代用作喪服及帷幕。庾信思舊銘：「昔爲幕府，今成繐帷。」祖帳，臨行時所設帳幕。

〔五〕「天子」句，荼毘，原作「毘佘」，不詞，當是「佘毘」之倒，而「佘」乃「荼」之形訛。荼毘，梵語音譯，謂焚燒、火化。大般涅槃經遺教品：「一切天人，無數大衆，應各以栴檀、沈水、微妙香油荼毘如來，哀號戀慕。」此指葬入土中，與文意正合，因改。

〔六〕「群臣」句，禮記檀弓下：「趙文子與叔譽觀乎九原，文子曰：『死者如可作也，吾誰與歸？』」鄭玄注：「作，起也。」

俯循兮弱齡，叨襲兮簪纓〔一〕。公夕拜之時也，既齒跡於渠閣〔二〕；公春華之日也，又陪遊於層城〔三〕。參兩宫而承顧眄兮〔四〕，歷二紀而洽恩榮。郭有道之題目兮〔五〕，蔡中郎之下迎〔六〕。倏焉今古，非復平生。無德不報兮，願摩頂而至足〔七〕；有生必死兮，空飲恨而吞聲〔八〕。天慘慘兮氣冥冥，月窮紀兮日上丁〔九〕。籍白茅兮无咎〔一〇〕，和黍稷兮非馨〔一一〕。嗚呼哀哉！

【箋　注】

〔一〕「俯循」二句，俯循，謂俯首追憶往事。弱齡，少小之時。叨襲，謬得，乃謙詞。簪纓，代指官服。兩句楊炯自言少小時便獲得功名，指其六歲時舉神童，參見本書附録年譜。

〔二〕「公夕拜」二句，夕拜，謂作黄門侍郎。薛振行狀：「三十二，丁太夫人憂，去職。起爲黄門侍郎，固辭不許。」舊唐書薛收傳附薛元超傳：「永徽五年（六五四），丁母憂，解（職），明年起，授黄門侍郎。」渠閣，即石渠閣，漢代藏秘書處，後代指秘書省。薛元超拜黄門侍郎時，楊炯六歲，所謂「齒跡於渠閣」，當指入秘書省太史局讀書。説詳附録年譜。

〔三〕「公春華」二句，三國志魏書邢顒傳：「太祖諸子高選官屬，令曰『侯家吏宜得淵深法度如邢顒輩』，遂以爲平原侯（曹）植家丞。顒防閑以禮，無所屈撓，由是不合。庶子劉楨書諫植曰：『家丞邢顒，北土之彦，少秉高節，玄静淡泊。言少理多真，雅士也，楨誠不足同貫斯人，并列左右。而楨禮遇殊特，顒反疏簡，私懼觀者將謂君侯習近不肖，禮賢不足，採庶子之春華，忘家丞之秋實，爲上招謗，其罪不小。』」則所謂「春華之日」，指薛元超爲太子左庶子時。薛振行狀：「五十四，遷中書侍郎，尋同中書門下三品，兼檢太子左庶子。」考薛氏五十四歲，爲上元三年（六七六）。楊炯渾天賦曰：「上元三年，始以應制舉，補校書郎，朝夕靈臺之下，備見銅渾之象。」層城，猶言重城，指皇宫。層，英華校：「集作郡。」誤。

〔四〕「參兩宫」二句，文選王儉褚淵碑文：「升降兩宫，實惟時寶。」李周翰注：「升降，上下也。兩宫，謂天子、太子宫。」

〔五〕「郭有道」句，郭泰，號有道先生。題目，原作「青目」，誤。「青目」乃阮籍事：見所喜之人現青眼，見禮俗之士則以白眼對之，詳晉書阮籍傳。兩字，英華作「青日」，於「青」下校：「集作題。」按：「青」作「題」是，而「目」作「日」誤。題目，品題評論，是，據改。三國志吴書步騭傳裴松之注引吴書曰：「李肅，字偉恭，南陽人。……薦述後進，題目品藻，曲有條貫，衆人以此服之。」郭泰亦善品題。後漢書郭太（泰）傳：「其獎拔士人，皆如所鑒。」李賢注引謝承〔後漢〕書曰：「泰之所名，人品乃定，先言後驗，衆皆服之。」此言曾得薛元超佳評。

〔六〕「蔡中郎」句，蔡中郎，即蔡邕。三國志魏書王粲傳：「獻帝西遷，粲徙長安，左中郎將蔡邕見而奇之。時邕才學顯著，貴重朝廷，常車騎填巷，賓客盈坐，聞粲在門，倒屣迎之。」此言曾得薛元超接待。

〔七〕「無德」二句，詩經大雅抑：「無言不讎，無德不報。」毛傳：「讎，用也。」鄭玄箋：「德加於民，民則以義報之。」孟子盡心上：「墨子兼愛，摩頂放踵，利天下爲之。」趙岐注：「摩突其頂，下至於踵，以利天下，己樂爲之也。」

〔八〕「有生」二句，吕氏春秋卷一〇節喪：「凡生於天地之間，其必有死，所不免也。」陶潛擬挽歌辭三首其一：「有生必有死，早終非命促。昨暮同爲人，今旦在鬼録。」江淹恨賦：「自古皆有死，莫不飲恨而吞聲。」

〔九〕「月窮紀」句，謂十二月丁亥日。周禮春官占夢：「季冬，日窮於次，月窮於紀，星回於天。」呂氏春秋季秋紀：「上丁，入學習吹。」高誘注：「是月上旬丁日。」

〔一〇〕「籍白茅」句，周易繫辭上：「『初六，藉用白茅，无咎。』子曰：『苟錯諸地而可矣。』藉之用茅，何咎之有？慎之至也。夫茅之爲物，薄而用可重也，慎斯術也以往，其無所失矣。」按：語出周易大過，孔穎達正義云：「藉用白茅者，以柔處下，心能謹慎，薦藉於物。用潔白之茅，言以潔素之道，奉事於上也。无咎者，既能謹慎如此，雖遇大過之難，而无咎也。」籍、藉通。

〔一一〕「和黍稷」句，周易既濟：「九五，東鄰殺牛，不如西鄰之禴祭實受其福。」王弼注：「牛，祭之盛者；禴，祭之薄者。居既濟之時，而處尊位，物皆濟矣，將何爲焉？其所務者，祭祀而已。祭祀之盛，莫盛修德，故沼沚之毛，蘋蘩之菜，可羞於鬼神。故黍稷非馨，明德惟馨。是以東鄰殺牛，不如西鄰之禴祭實受其福也。」句謂祭品雖薄，而心則誠信。

贊

梓州官僚贊〔一〕

昌西郡縣〔二〕，廣漢封疆〔三〕。岐嶓地德〔四〕，參井天光〔五〕。作固作鎮〔六〕，西南一方。設官分職〔七〕，鵷鷺成行〔八〕。

【箋注】

〔一〕此贊盈川集不載，據全唐文卷一九一補。原爲磨崖石刻。宋王象之輿地碑記目卷四潼川府碑記：「梓州官僚磨崖贊，唐武后時司法參軍楊炯作。在北崖，字十六七磨滅不可讀。」刻石後來被毁，文本傳録，今以全唐文爲早。贊，文體名。文心雕龍頌贊曰：「贊者，明也，助也。昔虞舜之祀，樂正重贊，蓋唱發之辭也。」王應麟詞學指南卷四曰：「贊者，贊美、贊述之辭。」并引文章緣起道：「司馬相如作荆軻贊，班史以論爲贊，范曄更以韻語。」本篇即爲韻語。梓州，唐爲東川節度使治所，地在今四川三臺縣，前已屢注。據舊唐書本傳，楊炯於則天初「坐從祖（新唐書本傳作「從父」）弟神讓犯逆，左轉梓州司法參軍」。所謂「則天初」，即垂拱元年（六八五）末或二年初。按楊炯自贊（見後）稱「歲聿云徂，小人懷土。歸歟歸歟，自衛返魯」，則贊文當作於垂拱四年任滿將離梓州時。詳參本書附録年譜。

〔二〕「昌西」句，昌西，謂昌城郡之西。元和郡縣志卷三三梓州郪縣：「本漢舊縣，屬廣漢郡。……後魏置昌城郡，後又改名昌城縣。」梓州在昌城縣（即郪縣）之西，故稱。

〔三〕「廣漢」句，廣漢，漢郡名。元和郡縣志卷三一成都府：「禹貢梁州之域，古蜀國也。……秦惠王元年（前三三七），蜀人來朝。八年，因五丁伐蜀，滅之，封公子通爲蜀侯，於成都置蜀郡，以張若爲守，因蜀山以爲郡名也。始皇三十六郡，蜀郡不改。其理本在青衣江今嘉州龍游縣界，漢高帝王蜀，分蜀置廣漢郡，初有漢中、廣漢、巴、蜀四郡。」梓州地屬廣漢郡，故云。

〔四〕「岐嶓」句，尚書禹貢：「壺口治梁及岐。」僞孔傳：「壺口在冀州，梁、岐在雍州。」孔穎達正義：「岐山在右扶風美陽縣西北。」同書又曰：「岷嶓既藝，沱潛既道。」僞孔傳：「岷山、嶓冢，皆山名。」正義：「隴西郡西縣嶓冢山，西漢水所出。」按元和郡縣志卷二鳳翔府岐山縣：「岐山，亦名天柱山，在縣東北十里。」山在今陝西寶雞市岐山縣東北部，因山之箭括嶺雙峰對峙、山有兩歧而得名。嶓冢山，在今甘肅天水與禮縣之間。

〔五〕「參井」句，參、井，星宿名，分別爲蜀星、秦星，而兩宿相近，故此即代指蜀。史記天官書：「觜觿、參，益州。」正義：「括地志云：『漢武帝置十三州，改梁州爲益州廣漢。廣漢，今益州咎縣是也。分今河内、上黨、雲中。』然按星經，益州，魏地，畢、觜，參之分，今河内、上黨、雲中是。未詳也。」今按唐開元占經卷六二：「彗星要占曰：『參者，天之市也，伐者，天之都尉也，天之車騎也，與狼狐同精，天之候蜀也。主南夷戎之國。』一曰晉地。」同書卷六四宿次分野一：「參爲魏之分野，屬益州。漢武帝改梁州爲益州，非魏地益州也。」則參爲益州分野，漢武帝之前益州乃魏地；自漢武帝改梁州爲益州，則參亦隨地名變動而變，爲蜀之分野矣。井，史記天官書：「東井，輿鬼，雍州。」文選左思蜀都賦：「岷山之精，上爲井絡。天帝運期而會昌，景福肸蠁而興作。」劉淵林注：「河圖括地象曰：『岷山之地，上爲井絡，帝以會昌，神以建福。』上爲天井，言岷山之地上爲東井維絡，岷山之精上爲天之井星也。」又晉書天文志上十二次度數：「自東井十六度至柳八度爲鶉首，於辰在未，秦之分野，屬雍州。」此與上句，述梓州之天文、地理位置。

〔六〕「作固」句，文選張載劍閣銘：「作固作鎮，是曰劍閣。」吕向注：「大可爲鎮，險可爲固也。」

〔七〕「設官」二句，周禮天官冢宰：「體國經野，設官分職。」鄭玄注引鄭司農云：「置冢宰、司徒、宗伯、司馬、司寇、司空，各有所職，而百事舉。」

〔八〕「鵷鷺」句，鵷、鷺群飛有序，故以喻朝官班行。隋書音樂志：「懷黄綰白，鵷鷺成行。」此指梓州官僚。

岳州刺史前長史弘農楊諲贊〔一〕

楊公四代，不渝淳則。學以自新，政惟柔克〔二〕。自君去矣，南浮澤國〔三〕。日往月來，吏人思德。

【箋　注】

〔一〕岳州，今湖南岳陽市。前長史，謂楊諲在爲岳州刺史之前，嘗爲梓州長史。按元和郡縣志卷三三，梓州爲上州。唐六典卷三〇：上州「長史一人，從五品上。……别駕、長史、司馬掌貳府州之事，以紀綱衆務，通判列曹，歲終則更入奏計」。楊諲，與作者同爲弘農人，或爲同族。册府元龜卷一三八旌表二：「（儀鳳）三年（六七八）九月詔，賜雍州司法參軍楊諲故妻韋氏物百段，旌孝行也。韋氏，鄜州刺史吉甫之女，其父初嬰疢疾，累月不解衣而寢；及父卒，一慟而絶。帝嘉其至行，特賜縑帛，仍令編入國史。」所云雍州司法參軍楊諲，與此當即同一人，其事迹别無可考。

〔二〕「政惟」句，尚書洪範：「三德：一曰正直，二曰剛克，三曰柔克。」柔克，僞孔傳：「和柔能治。」

〔三〕「南浮」句，澤，指湖泊。岳州「左洞庭，右彭蠡」（元和郡縣志卷二七岳州），故稱「澤國」。

長史河南秦遊藝贊〔一〕

州之端右，必得其鄰〔二〕。始皇之裔，厥姓惟秦〔三〕。其明察察〔四〕，其政恂恂〔五〕。梧桐生矣〔六〕，君子當仁〔七〕。

【箋注】

〔一〕秦遊藝，河南（今河南洛陽）人，餘無考。

〔二〕「州之」二句，北堂書鈔卷五九尚書令「端右之重」引晉起居注云：「太（泰）始元年（二六五），詔曰：『尚書令總百揆，端右之職也。』」論語里仁：「子曰：『德不孤，必有鄰。』」何晏集解：「方以類聚，同志相求，故必有鄰，是以不孤。」按唐六典卷三〇李林甫注，稱「永徽中，始改别駕爲長史」。則長史爲昔日别駕之職，乃州刺史之佐，必須與刺史同心同德，有如朝廷尚書令。

〔三〕「始皇」二句，通志氏族略第二以國爲氏：「秦氏，嬴姓，少皞之後也，以皋陶爲始祖。十世曰蜚廉，生二子，一曰惡來，其後爲秦；二曰季勝，其後爲趙。惡來之後五世曰非子，初封於秦谷，爲秦氏。秦谷，故隴西秦亭是也。……至孝公，用衛鞅之術以富國彊兵，自此以還，六國不能與之争衡，凡三十五世。自子嬰降漢，秦之子孫，以國爲氏焉。」

〔四〕「其明」句，察察，過於明察。後漢書章帝紀：「論曰：魏文帝稱明帝察察，章帝長者。章帝素知人，厭明帝苛切，事從寬厚。」晉書皇甫謐傳：「虞夏欲温温而和暢，不欲察察而明切也。」又貞觀政要卷八刑法：「勿汶汶而暗，勿察察而明。」此蓋謂秦氏能明察，然稍過，略有諷意也。

〔五〕「其政」句，史記孔子世家：「其於鄉黨，恂恂似不能言者。」集解引王肅曰：「恂恂，温恭貌也。」此又謂秦氏雖察之過明，然爲政則寬和。

〔六〕「梧桐」句，詩經大雅卷阿：「鳳凰鳴矣，于彼高岡。梧桐生矣，于彼朝陽。」鄭玄箋：「梧桐生者，猶明君出也。……鳳凰之性，非梧桐不棲，非竹實不食。」

〔七〕「君子」句，論語衛靈公：「子曰：『當仁不讓於師。』」何晏集解引孔（安國）曰：「當行仁之事，不復讓於師，言行仁急。」按：以上兩句，謂秦氏值此明時，官爲長史，乃當仁不讓。

司馬上柱國隴西李景悟贊〔一〕

司馬柱國，下成桃李〔二〕。永安之孫，高平之子〔三〕。肅肅宗廟，巖巖清峙〔四〕。士元之才，一日千里〔五〕。

【箋注】

〔一〕據唐六典卷三〇，上州「司馬一人，從五品下」。司馬之職掌，見上楊譓贊注。上柱國，勳級名。同上書卷二尚書吏部：「上柱國，比正二品。」李景悟，宗室高平郡王李道立之子，見下注。

〔二〕「下成」句，史記李將軍（廣）列傳：「諺曰：桃李不言，下自成蹊。此言雖小，可以論大也。」索隱案姚氏云：「桃李本不能言，但以華實感物，故人不期而往其下，自成蹊徑也。以喻廣雖不能道，辭能有所感，而忠心信物故也。」按隴西李氏自稱爲李廣後裔（見前伯母東平郡夫人李氏墓誌銘注），故用此事。

〔三〕「永安」二句，舊唐書宗室傳永安王孝基：「永安王孝基，高祖從父弟也。……武德元年（六一八）封永安王，歷陜州總管、鴻臚卿，以罪免。二年，劉武周將宋金剛來寇，……復以孝基爲行軍總管討之，……大戰於夏縣，王師敗績，孝基與唐儉等皆没於賊。後謀歸國，爲武周所害。高祖爲之發哀，……贈左衛大將軍，謚曰壯。無子，以從兄韶子道立爲嗣，封高平郡王。」

〔四〕「巖巖」句，世説新語容止：「王大將軍（敦）稱太尉（王衍）處衆人中，似珠玉在瓦石間。」同上賞譽下：「王公目太尉巖巖清峙，壁立千仞。」劉孝標注：「顧愷之夷甫畫贊曰：『夷甫天形瓌特，識者以爲巖巖秀峙，壁立千仞。』」

〔五〕「士元」二句，三國志蜀書龐統傳：「龐統，字士元，襄陽人也。……先主領荆州，統以從事守耒陽令，在縣不治，免官。吴將魯肅遺先主書曰：『龐士元非百里才也，使處治中、别駕之任，始當展其驥足耳。』」按：「一日千里」與「百里才、千里才」語義不同，此蓋謔言之也。

朝散大夫行司功參軍事淄川縣公隴西李承業字溝贊〔一〕

大夫李溝，振振公族〔二〕。就養承顔，閨門雍穆。莅官行政，民無怨讟〔三〕。貴而不驕，能保其禄。

【箋　注】

〔一〕朝散大夫，官階名。唐六典卷二尚書吏部：「從五品下曰朝散大夫。」同上：「階高而擬卑，則曰行。」又同上卷三〇：上州「司功參軍事一人，從七品下。……司功參軍掌官吏考課、假使、選舉、祭祀、禎祥、道佛、學校、表疏、書啓、醫藥、陳設之事」。淄川縣公，李承業封爵名。淄川，元和郡縣志卷一一淄州淄川縣：「本漢般陽縣也。……晉省。宋於此置貝丘縣。隋開皇十八年（五九八），改貝丘爲淄川縣，屬淄州。」今爲山東淄博市淄川區。趙明誠金石録卷四：「唐淄川公李孝同碑，撰人姓名殘缺，諸葛思禎正書，咸亨元年（六七〇）五月。」雍正陝西通志卷七〇：「淄川公李孝同墓，在縣北原上。公諱孝同，右衛將軍、淄川縣公，以總章二年（六六九）

十一月薨於京都永安之里第，咸亨元年五月歸窆於舊塋。孝同者，淮安靖王神通之子，史（按：見舊唐書宗室傳）但附名（淮安王）神通傳末。碑亦磨泐，可讀者才半。……李孝同碑，在三原北原。」觀其年代，疑李承業爲李孝同子，故襲其封爵。

〔二〕「振振」句，詩經周南麟之趾：「麟之角，振振公族。」毛傳：「麟角，所以表其德也。公族，公同祖也。」振振，同詩毛傳：「信厚也。」

〔三〕「民無」句，左傳宣公十二年：「今兹入鄭，民不罷勞，君無怨讟。」杜預注：「讟，謗也。」民，原作「人」，避唐諱，徑改。

司倉參軍事高平獨孤文字大辯贊〔一〕

大辯若訥〔二〕，歷官有聲。是司出納〔三〕，我庾如京〔四〕。原承道濟〔五〕，家在高平。祖德勳伐，受氏因生〔五〕。

【箋注】

〔一〕唐六典卷三〇：上州「司倉參軍事一人，從七品下」。高平，元和郡縣志卷一五澤州高平縣：「本漢泫氏縣，屬上黨郡，在泫水之上，故以爲名。後魏改爲玄氏，屬建興郡。高齊文宣帝省玄氏縣，自長平高城移高平縣理之，仍改高平縣，屬高都郡。隋開皇三年（五八三），改屬澤州。」

今爲山西高平市。獨孤文，別無事迹可考。

〔二〕「大辯」句，老子：「大辯若訥。」河上公注：「大辯者智無疑，如訥者口無辭。」又王弼注：「大辯，因物而言，己無所造，故若訥也。」

〔三〕「是司」二句，出納，指司倉參軍之職。唐六典卷三〇：「司倉參軍，掌公廨度量、庖廚、倉庫、租賦、徵收、田園、市肆之事。」

〔四〕「我庾」句，詩經小雅甫田：「曾孫之庾，如坻如京。」毛傳：「京，高丘也。」鄭玄箋：「庾，露積穀也。」此泛指倉庫。

〔五〕「原承」句，道濟，當爲檀道濟。宋書檀道濟傳：「檀道濟，高平金鄉人。」宋武帝劉裕大將，官至司空。以功高震主，宋文帝劉義隆疑其「立功前朝，威名甚重，左右腹心，并經百戰，諸子又有才氣，朝廷疑畏之」，故於元嘉十三年（四三六）設謀誅殺之。

〔六〕「祖德」句，勳伐，左傳昭公三年：「爲司空以書勳。」杜預注：「勳，功也。」同書襄公十九年：「大夫稱伐。」孔穎達正義：「從行征伐，可得稱伐勞耳。」又同書隱公八年：「諸侯因生以賜姓，胙之土而命之氏。」杜預注：「因其所由生以賜姓，謂若舜由嬀汭，故陳爲嬀姓，報之以土，而命氏曰陳。」獨孤文祖先與檀道濟是何關係，何以受氏獨孤，限於史料，皆待考。

司户參軍事博陵崔翬贊〔一〕

博陵崔翬，文儒代有。其德不愆〔二〕，其言不朽〔三〕。發揮談論，抑揚琴酒。知微知章〔四〕，可大可久〔五〕。

【箋注】

〔一〕唐六典卷三〇：上州「司户參軍事二人，從七品下。……司户參軍掌户籍、計帳、道路、逆旅、田疇、六畜、過所、蠲符之事，而剖斷人之訴競」。元和郡縣志卷一八定州：博陵，漢郡名，後魏改爲定州。「大業三年（六〇七）改爲博陵郡，遥取漢博陵郡爲名也。……武德四年（六二一）討平竇建德，復置定州，復開皇之舊名也。」今爲河北定州市。崔暈，事迹别無可考。

〔二〕「其德」句，詩經大雅假樂：「不愆不忘，率由舊章。」鄭玄箋：「愆，過。」謂其德無瑕疵。

〔三〕「其言」句，左傳襄公二十四年：「太上有立德，其次有立功，其次有立言，雖久不廢，此之謂不朽。」

〔四〕「知微」句，周易繫辭下：「君子知微知彰。」孔穎達正義：「君子知微知彰者，初見事幾，是知其微；既見其幾，逆知事之禍福，是知其彰著也。」彰，同「章」。

〔五〕「可大」句，周易繫辭上：「乾以易知，坤以簡能。易則易知，簡則易從。易知則有親，易從則有功。有親則可久，有功則可大。可久，則賢人之德，可大，則賢人之業。」

司軍參軍事濮陽吴思温字如玉贊〔一〕

思温吉士，地借東吴〔二〕。功成覆簣〔三〕，業就編蒲〔四〕。愛猶冬日〔五〕，冏若明珠〔六〕。州中煜煜〔七〕，此之謂乎！

【箋　注】

〔一〕司軍參軍，考唐六典、通典等職官典籍，唐代諸衛府、州縣未設此官，且歷代亦未見有此官職。而楊炯所贊梓州群官，獨缺録事參軍。或「録事」二字石刻字迹漫漶，録文者誤讀；或已闕字，後人妄補乎？因無他證，姑説以待考。按唐六典卷三〇：上州「録事參軍事一人，從七品上。……録事參軍掌付事勾稽，省署抄目，糾正非違，監守符印，若列曹事有異同，得以聞奏」。

濮陽，即濮州。元和郡縣志卷一一濮州：「春秋時爲衛國地。……晉置濮陽郡，後改濮陽國。……隋開皇十六年（五九六），於此置濮州。大業三年（六〇七）廢濮州入東平郡。隋末陷於寇賊。武德四年（六二一）討平王世充，於此重置濮州。」轄今山東鄄城及河南范縣、濮陽市南部之地。吴思温，别無事迹可考。

〔二〕「地借」句，借，通「籍」，籍貫。蓋濮陽爲吴氏郡望，而居於東吴。東吴，今江蘇蘇州一帶。

〔三〕「功成」句，尚書旅獒：「爲山九仞，功虧一簣。」僞孔傳：「八尺曰仞，喻向成也。未成一簣，猶不爲山，故曰功虧一簣。」孔穎達正義：「言當勤行德也。若不矜惜細行，作隨宜小過，終必損累大德矣。譬如爲山已高九仞，其功虧損在於一簣，惟少一簣而止，猶尚不成山。以喻樹德行政，小有不終，德政則不成矣。必當慎終如始，以成德政。」簣，盛土竹器。按：此言其功雖已成，仍覆以簣，謂進德不已也。

〔四〕「業就」句，梁書王僧孺傳：「建武初，有詔舉士，揚州刺史始安王遥光表薦秘書丞王暕及僧孺，曰：『前侯官令東海王僧孺，年三十五，理尚棲約，思致悟敏。既筆耕爲養，亦傭書成學，至乃照螢映雪，編蒲緝柳，先言往行，人物雅俗，甘泉遺儀，南宫故事，畫地成圖，抵掌可述。』」此言吴思温雖業已就，仍在編蒲緝柳，謂苦讀積學也。

〔五〕「愛猶」句，左傳文公七年：「酆舒問於賈季曰：『趙衰、趙盾孰賢？』對曰：『趙衰，冬日之日也；趙盾，夏日之日也。』」杜預注：「冬日可愛，夏日可畏。」

〔六〕「冏若」句，太平御覽卷八〇三珠下引衛玠别傳曰：「驃騎王武子，君之舅也。常與君同游，語人曰：『昨日與吾外甥并坐，冏若明珠之在我側，朗然來映人。』」

〔七〕「州中」句，太平御覽卷二六五從事引魏志曰：「賈洪，字叔業，家貧好學，應州辟。其時州中自參軍以下百餘人，唯洪與嚴苞字文通才學最高，故衆爲之語曰：『州中曄曄（按郝經續後漢書卷六五引，「曄曄」作「煜煜」）賈叔業，辨論洶洶嚴文通。』」

司兵參軍隴西李宏贊〔一〕

李宏門胄，衣冠赫奕。氣藴風霜，心如鐵石〔二〕。討論詞翰，沈研載籍。善與人交，歲寒無易〔三〕。

【箋　注】

〔一〕唐六典卷三〇：上州「司兵參軍事一人，從七品下。……司兵參軍掌武官選舉、兵甲器仗、門户管鑰、烽候傳驛之事」。李宏，下稱其「門胄」、衣冠，又爲隴西人，或出生皇族，事迹待考。

〔二〕「心如」句，謂極堅强。北堂書鈔卷六八長史引魏武故事載令曰：「領長史王必，是吾披荆棘時吏也。忠能勤事，心如鐵石，國之良吏也。」

〔三〕「善與」二句，論語子罕：「子曰：歲寒，然後知松柏之後雕也。」何晏集解：「大寒之歲，衆木皆死，然後知松柏不雕傷。」此喻其重交誼，始終不渝。

司法參軍事河南宇文林裔贊〔一〕

宇文周後〔二〕，累代乘軒。樂然後笑，時然後言〔三〕。用刑勤恤，斷獄平反〔四〕。高門可待〔五〕，東海無冤〔六〕。

【箋　注】

〔一〕唐六典卷三〇：上州「司法參軍事二人，從七品下。……司法參軍，掌律令格式、鞫獄定刑、督捕盜賊、糾逖奸非之事」。河南，今河南洛陽。宇文林裔，事迹别無可考。

〔二〕「宇文」句，謂其爲建立北周之宇文氏後裔。北周由鮮卑族人宇文泰奠定國基，其子宇文覺正式建立。

〔三〕「樂然後」二句，論語憲問：「夫子時然後言，人不厭其言；樂然後笑，人不厭其笑。」孔穎達正義：「時然後言，無游言也，故人不厭棄其言；可樂然後笑，不苟笑也，故人不厭惡其笑也。」

〔四〕「斷獄」句，漢書楚元王傳附劉德傳：「每行京兆尹事，多所平反罪人。」注引蘇林曰：「反，音幡。幡罪人辭，使從輕也。」

〔五〕「高門」句，漢書于定國傳：于公謂曰：「少高大門閭，令容駟馬高蓋車。我治獄多陰德，未嘗有所冤，子孫必有興者。」

〔六〕「東海」句，漢書于定國傳：「于定國，字曼倩，東海郯人也。其父于公，爲縣獄史，郡決曹。決獄平羅文法者，于公所決皆不恨，郡中爲之生立祠，號曰于公祠。東海有孝婦，少寡，亡子，養姑甚謹。姑欲嫁之，終不肯。姑謂鄰人曰：『孝婦事我勤苦，哀其亡子守寡，我老，久累丁壯，奈何？』其後姑自經死，姑女告吏婦殺我母。吏捕孝婦，孝婦辭不殺姑。吏驗治，孝婦自誣服。具獄上府，于公以爲此婦養姑十餘年，以孝聞，必不殺也。太守不聽，于公争之，弗能得。乃抱其具獄，哭於府上，因辭疾去。太守竟論殺孝婦，郡中枯旱三年。後太守至，卜筮其故，于公曰：『孝婦不當死，前太守彊斷之，咎黨在是乎？』於是殺牛自祭孝婦冢，因表其墓，天立大雨，歲熟，郡中以此大敬重于公。定國少學法於父。父死後，定國亦爲獄史，郡決曹，補廷尉。……決疑平法，務在哀鰥寡，罪疑從輕，加審慎之心。朝廷稱之曰：『張釋之爲廷尉，天下無寃民；于定國爲廷尉，民自以不寃。』」

司士參軍琅琊顔大智贊〔一〕

顔氏之子〔二〕，閑閑大智〔三〕。雅善玄談〔四〕，尤長奕思〔五〕。不偶流俗，坐忘人事〔六〕。同彼少游〔七〕，能安下位。

【箋注】

〔一〕唐六典卷三〇：上州「司士參軍事一人，從七品下。……司士參軍掌津梁、舟車、捨宅、百工、衆藝之事」。琅琊，元和郡縣志卷一一沂州：「春秋時爲齊地。秦并天下，置琅琊郡，因琅琊山以爲名也。……後魏莊帝置北徐州，琅琊郡屬焉。周武帝改北徐州置沂州，以州城東臨沂水，因以名之。……武德四年（六二一）討平（徐）圓朗，復置沂州。」今爲山東臨沂市。考顔真卿爲其父所作唐故通議大夫行薛王友柱國贈秘書少監國子祭酒太子少保顔君（惟貞）廟碑銘并序中，述顔惟貞諸祖、諸父，其中有顔大智，爲明經。顔惟貞亦臨沂人，此所贊顔大智，當即是人也。

〔二〕「顔氏」句，顔氏之子，指顔淵，孔子高徒。周易繫辭下：「君子知微知彰，知柔知剛，萬夫之望。子曰：『顔氏之子，其殆庶幾乎？有不善未嘗不知，知之未嘗復行也。』」此以顔大智爲顔子後裔，故稱。

〔三〕「閑閑」句，莊子齊物論：「大知閑閑，小知閒閒。」成玄英疏：「閑閑，寬裕也。……夫智惠寬大之人，率性虛淡，無是無非。」

〔四〕「雅善」句，玄，原作「元」，避清諱，徑改。玄談，談論玄理，此泛指哲理。

〔五〕「尤長」句，奕思，博奕之思。文選沈約齊故安陸昭王碑文：「奕思之微，秋儲無以競巧。」李善注：「孟子曰：奕秋，通國之善奕者也。儲謂儲蓄精思也。馬融廣成頌曰：『儲積山藪，廣思河澤。』」劉良注：「博奕之事也。儲謂蓄精思也。奕秋，天下之善奕也。言王之奕思，雖奕秋之儲思，無以競其巧妙也。」此謂其善奕棋。

〔六〕「坐忘」句，莊子大宗師：「它日復見，曰：『回益矣。』曰：『何謂也？』曰：『回坐忘矣。』仲尼蹵然曰：『何謂坐忘？』顏回曰：『墮枝體，黜聰明，離形去知，同於大通，此謂坐忘。』」郭象注：「夫坐忘者，奚所不忘哉！既忘其迹，又忘其所以迹者，內不覺其一身，外不識有天地，然後曠然與變化爲體，而無不通也。」

〔七〕「同彼」句，後漢書馬援傳：「封援爲新息侯，食邑三千户。援乃擊牛釃酒，勞饗軍士，從容謂官屬曰：『吾從弟少游，常哀吾慷慨多大志，曰：「士生一世，但取衣食裁足，乘下澤車，御款段馬，爲郡掾吏，守墳墓，鄉里稱善人，斯可矣。致求盈餘，但自苦耳！」當吾在浪泊西里間，虜未滅之時，下潦上霧，毒氣重蒸，仰視飛鳶跕跕墮水中，臥念少游平生時語，何可得也！』」

參軍事太原王令嗣字復贊〔一〕

參軍王復，真多俗少。琴動游魚〔二〕，詞驚夢鳥〔三〕。仲舉志大〔四〕，夷吾器小〔五〕。德義可尊，人之師表。

【箋注】

〔一〕據唐六典卷三〇，上州除諸曹參軍事外，猶有參軍事四人，「掌出使、檢校及導引之事」。此及下所贊參軍事凡七人，蓋唐初限員不嚴，或時有增減歟。王令嗣，事迹別無可考。

〔二〕「琴動」句，列子湯問：「瓠巴鼓琴，而鳥舞魚躍。」張湛注：「瓠巴，古善鼓琴人也。」

〔三〕「詞驚」句，晉書羅含傳：「羅含，字君章，桂陽耒陽人也。……含幼孤，爲叔母朱氏所養。少有志尚。嘗晝卧，夢一鳥文彩異常，飛入口中，因起驚説之。朱氏曰：『鳥有文彩，汝後必有文章。』自此後藻思日新。」

〔四〕「仲舉」句，後漢書陳蕃傳：「陳蕃，字仲舉。……蕃年十五，嘗閑處一室，而庭宇蕪穢。父友同郡薛勤來，候之，謂蕃曰：『孺子何不灑掃以待賓客？』蕃曰：『大丈夫處世，當掃除天下，安事一室乎？』勤知其有清世志，甚奇之。」

〔五〕「夷吾」句，晉書郤詵傳：「郤詵，字廣基，濟陰單父人也。……泰始中，詔天下舉賢良直言之士，太守文立舉詵應選。詔曰：『……夷吾（引者按：管仲字）之智，而功止於霸，何哉？……其正議無隱，將敬聽之。』詵對曰：『……臣聞聖王之化先禮樂，五霸之興勤政刑。禮樂之化深，政刑之用淺，勤之則可以小安，墮之則遂陵遲。所由之路本近，故所補之功不侔也。而齊桓失之葵丘，夷吾淪於小器，功止於霸，不亦宜乎！……』」

參軍事上柱國滎陽鄭懷義贊〔一〕

懷義倜儻，詼諧取容〔二〕。幕天席地〔三〕，何去何從？

【箋注】

〔一〕滎陽，元和郡縣志卷八鄭州：「春秋時爲鄭國。……漢高祖改三川爲河南郡，滎陽屬焉。晉武帝分河南置滎陽郡，……周改爲滎州，隋開皇三年（五八三）改滎州爲鄭州。」唐因之。地即今河南鄭州。鄭州下屬滎陽縣，今爲市。上柱國，勳級名，比正二品，上已注。鄭懷義，别無事迹可考。

〔二〕「恢諧」句，文選夏侯湛東方朔畫贊并序：「明節不可以久安也，故詼諧以取容。」李善注引班固漢書贊曰：「朔詼諧逢俗，其事浮淺。」李周翰注：「正諫恐禍及身，故不可久爲也。詼諧取容，謂戲弄以悦主上之容也。」此謂其好戲言取笑以悦人。

〔三〕「幕天」句，以天爲幕，以地爲席。劉伶酒德頌：「有大人先生，以天地爲一朝，萬期爲須臾。日月爲牖户，八荒爲庭衢。行無轍迹，居無室廬。幕天席地，縱意所如。」蓋鄭懷義性格疏曠，少深謀遠慮，故下句云「何去何從」。

參軍中山張曼伯贊〔一〕

謙謙曼伯，不逾規矩〔二〕。節用厚生，保家之主〔三〕。

【箋注】

〔一〕中山，戰國時爲中山國。漢景帝封子勝爲中山王，都城在今河北靈壽縣。後魏道武帝改爲定州，以安定天下爲名。大業三年（六〇七）改爲博陵郡，武德四年（六二一）復置定州。見元和郡縣志卷一八定州。張曼伯，别無事迹可考。

〔二〕「不逾」句，論語爲政：「子曰：……七十而從心所欲不踰矩。」何晏集解引馬（融）曰：「矩，法也。」此蓋指張曼伯爲人謹慎小心。

〔三〕「保家」句，左傳襄公二十七年：「印段賦蟋蟀，趙孟曰：『善哉！保家之主也，吾有望矣。』」杜預注：「蟋蟀，詩唐風，曰：『無以大康，職思其居。好樂無荒，良士瞿瞿。』言瞿瞿然顧禮儀。能戒懼不荒，所以保家。」孔穎達正義：「大夫稱主。言是守家之主，不忘族也。」

參軍事盧恒慶贊

恒慶有地〔一〕，參卿述職〔二〕。多士之林，不扶自直〔三〕。

【箋注】

〔一〕「恒慶」二句，有地，謂有來歷，有背景。晉書王藴傳：「累遷尚書吏部郎。性平和，不抑寒素。每一官缺，求者十輩，藴無所是非。時簡文帝爲會稽王輔政，藴輒連狀白之曰：某人有地，某人有才。務存進達，各隨其方，故不得者無怨焉。」

〔二〕「參卿」句，晉書孫楚傳：「遷佐著作郎，復參石包驃騎軍事。……初至，長揖曰：『天子命我參卿軍事。』」

〔三〕「不扶」句，荀子卷一勸學篇：「蓬生麻中，不扶而直。」又大戴禮記卷五：「使民不時失國，吾信之矣。『蓬生麻中，不扶自直。白沙在泥，與之皆黑。』古語云，言扶化之者衆。」此言所交皆正人君子。

參軍事滎陽鄭令賓字儼贊〔一〕

令賓茂緒，凝脂點漆〔二〕。淑慎温恭〔三〕，始終貞吉。

【箋　注】

〔一〕鄭令賓，别無事迹可考。首句言「茂緒」，蓋其家族功業茂美。

〔二〕「凝脂」句，世説新語容止：「王右軍見杜弘治，歎曰：『面如凝脂，眼如點漆，此神仙中人！』」

〔三〕「淑慎」句，詩經邶風燕燕：「終温且惠，淑慎其身。」毛傳：「惠，順也。」鄭玄箋：「温謂顔色和也。淑，善也。」

參軍事通化縣男河南賀蘭寡悔贊〔一〕

猗歟寡悔〔二〕，開國承家〔三〕。當歌對酒，屬賓煙霞〔四〕。

【箋　注】

〔一〕通化縣男，爵名。元和郡縣志卷三二茂州通化縣：「本漢廣柔縣地。周武帝時，於此置石門鎮。隋開皇十六年（五九六），以近白狗生羌，於金川鎮置金川縣，十八年改爲通化縣。皇朝因之。」地在今四川理縣通化鄉。賀蘭寡悔，别無事迹可考。

〔二〕「猗歟」句，猗歟，感歎詞。論語爲政：「子張學干禄。子曰：『多聞闕疑，慎言其餘，則寡尤。多見闕殆，慎行其餘，則寡悔。言寡尤，行寡悔，禄在其中矣。』」何晏集解引包（咸）曰：「殆，危也。所見危者，闕而不行，則少悔。」

〔三〕「開國」句，周易師卦：「上六：大君有命，開國承家，小人勿用。」象曰：「大君有命，以正功也。小人勿用，必亂邦也。」此指賀蘭氏因功而封縣男。

〔四〕「當歌」二句，曹操短歌行：「對酒當歌，人生幾何。譬如朝露，去日苦多。」煙霞，指大自然。謂賀蘭氏苦人生短促，常留連山水，爲煙霞之賓，及時行樂。

參軍事扶風馬承慶贊〔一〕

承慶學稼〔二〕，食惟人天〔三〕。載懷充國，遠事屯田〔四〕。

【箋注】

〔一〕扶風，即右扶風，漢代「三輔」之一，治在長安城中。據元和郡縣志卷一京兆府，唐代興平縣、盩厔縣及鳳翔府（今寶雞市）所屬各縣，皆右扶風之地。馬承慶，别無事迹可考。

〔二〕「承慶」句，論語子路：「樊遲請學稼。子曰：『吾不如老農。』」何晏集解引馬（融）曰：「樹五穀曰稼。」蓋馬承慶主持屯田事（詳下注），故云。

〔三〕「食惟」句，史記酈食其列傳：「王者以民人爲天，而民人以食爲天。」索隱引管子云：「王者以民爲天，民以食爲天。能知天之天者，斯可矣。」

〔四〕「載懷」二句，載，語詞。漢書趙充國傳：「趙充國，字翁孫，隴西上邽人也。」擊匈奴，歷車騎將軍、中郎將，還爲水衡都尉。擢爲後將軍，兼水衡如故。上屯田奏曰：「臣聞兵者所以明德除害也，故舉得於外，則福生於内，不可不慎。臣所將吏士、馬牛食，月用糧穀十九萬九千六百三十斛，鹽千六百九十三斛，茭藁二十五萬二百八十六石，難久不解，繇役不息，又恐它夷卒有不虞之變，相因并起，爲明主憂，誠非素定廟勝之册。」於是列屯田十二便，得以施行。則所謂「屯田」，即用軍隊墾植土地，以收成爲軍餉。按唐六典卷七屯田郎中曰：「凡軍州邊防鎮守轉運不給，則設屯田以益軍儲。」蓋唐初梓州即屬此類軍州，而其事由參軍主持。

博士尚文贊〔一〕

尚文儒者，優遊禮樂。萬頃汪汪，混之不濁〔二〕。

【箋　注】

〔一〕唐六典卷三〇：上州「經學博士一人，從八品下；助教二人；學生六十人。……經學博士，以五經教授諸生」。尚文，别無可考。

〔二〕「萬頃」二句，後漢書黄憲傳：「叔度（按：黄憲字）汪汪若千頃陂，澄之不清，淆之不濁，不可量也。」李賢注：「淆，混也。」汪汪，水深貌。此謂尚文學問淵博且取徑正大。

録事吕忠義贊〔一〕

惟彼忠義，見賢思齊〔二〕。出言無玷，南容白圭〔三〕。

【箋注】

〔一〕唐六典卷三〇：上州「録事二人，從九品上」。吕忠義，事迹别無可考。

〔二〕「見賢」句，論語里仁：「子曰：見賢思齊焉。」何晏集解引包（咸）曰：「思與賢者等，見不賢而内自省也。」

〔三〕「出言」二句，論語先進：「南容三復『白圭』，孔子以其兄之子妻之。」何晏集解引孔（安國）曰：「詩（按見大雅抑）云：『白圭之玷，尚可磨也；斯言之玷，不可爲也。』南容讀詩至此，三反覆之，是其心慎言也。」同書公冶長：「子謂南容邦有道不廢，邦無道免於刑戮，以其兄之子妻之。」集解引王（肅）曰：「南容，弟子南宫縚，魯人也，字子容。」此言吕忠義甚賢，且爲人謹慎。

郪縣令扶風竇兢字思沓贊〔一〕

竇兢爲宰，其身自正。極深研幾〔二〕，窮理盡性〔三〕。朗如日月〔四〕，清如水鏡〔五〕。化若有神，途歌里詠〔六〕。

【箋注】

〔一〕郪縣，漢舊縣名，詳前梓州惠義寺重閣銘注，縣治在今四川三臺縣南郪江鄉。縣令，即宰。據元和郡縣志卷三三，郪縣爲下縣。又據唐六典卷三〇，「下縣令一人，從七品下」。扶風，見前注。竇兢，新唐書竇懷貞傳：「懷貞從子兢，字思慎。舉明經，爲英王府參軍，尚乘直長。調郪令，修郵舍道路，設冠婚喪紀法，百姓德之。」眘，原作「謹」，乃宋人避孝宗諱，據前梓州惠義寺重閣銘改。眘、慎同。

〔二〕「極深」句，周易繫辭上：「夫易，聖人之所以極深而研幾也。唯深也，故能通天下之志；唯幾也，故能成天下之務。」韓康伯注：「極未形之理，則曰深；適動微之會，則曰幾。」

〔三〕「窮理」句，周易説卦：「昔者聖人之作易也，幽贊於神明而生蓍，參天兩地而倚數，觀變於陰陽而立卦，發揮於剛柔而生爻，和順於道德而理於義，窮理盡性以至於命。」韓康伯注：「命者，生之極。窮理則盡其極也。」

〔四〕「朗如」句，世説新語容止：「時人目夏侯（玄）太初，朗朗如日月之入懷。」

〔五〕「清如」句，晉書樂廣傳：「魏正始中，諸名士談論，見廣而奇之，曰：『自昔諸賢既没，常恐微言將絶，而今乃復聞斯言於君矣。』命諸子造焉，曰：『此人之水鏡，見之瑩然，若披雲霧而睹青天也。』」

〔六〕「化若」二句，謂其治理之效，若有神助，處處歌之。文選沈約齊故安陸昭王碑文：「老安少懷，塗歌里詠。」張銑注：「歌頌其德也。」

鹽亭縣令南陽鄒思恭字克勤贊〔一〕

克勤無怠〔二〕，敬慎有儀〔三〕。清談振玉〔四〕，妙迹臨池〔五〕。絃歌百里〔六〕，君子攸宜。公家之事，知無不爲〔七〕。

【箋注】

〔一〕元和郡縣志卷三三梓州鹽亭縣：「本漢廣漢縣地，梁於此置北宕渠郡及縣，後魏恭帝改爲鹽亭縣，以近鹽井，因名。隋開皇三年（五八三）罷郡，屬梓州。梓潼水經縣南，去縣三里。」縣今屬四川綿陽市。同上書又載鹽亭爲上縣。唐六典卷三〇：「諸州上縣令一人，從六品上。」南陽，今屬河南。鄒思恭，别無事迹可考。

〔二〕「克勤」句，尚書蔡仲之命：「爾乃邁迹自身，克勤無怠，以垂憲乃後。」僞孔傳：「汝乃行善迹，用汝身，使可蹤迹而法，循之能勤，無懈怠，以垂法子孫，世世稱頌。」

〔三〕「敬慎」句，周易需卦：「九三：……寇之來也，自我所招，敬慎防備，可以不敗。」詩經小雅菁菁者哉：「既見君子，樂且有儀。」鄭玄箋：「心既喜樂，又以禮儀見接。」

〔四〕「清談」句，清談，清雅玄虚之談。後漢書臧洪傳：「青州刺史、前刺史焦和好立虚譽，能清談。」振玉，謂聲音鏗鏘動聽。同書樊準傳：「每讌會則論難衎衎，共求政化，詳覽群言，響如振玉。」李賢注引孟子曰：「金聲而玉振之也。」

〔五〕「妙迹」句，妙迹，當指字迹，言其精書法。晉書衛瓘傳：「弘農張伯英者，因而轉精甚巧。凡家之衣帛，必書而後練之。臨池學書，池水盡黑。」

〔六〕「絃歌」句，絃歌、百里，皆代指作縣令。論語陽貨：「子之武城，聞絃歌之聲。」

〔七〕「公家」二句，晉書杜預傳：「（杜）預公家之事，知無不爲。凡所興造，必考度始終，鮮有敗事。」

玄武縣令孫警融贊〔一〕

警融好禮，宣風下邑〔二〕。百姓安居，流亡畢集。

【箋　注】

〔一〕元和郡縣志卷三三梓州玄武縣：「本先主（劉備）所立五城縣也，屬廣漢郡。後魏平蜀，立玄武郡，以縣屬焉。隋開皇三年（五八三）改五城爲玄武縣，因玄武山爲名也，屬益州。武德三年

（六二〇）割屬梓州。」今爲四川中江縣。唐代玄武爲上縣。唐六典卷三〇：「諸州上縣令一人，從六品上。」孫讐融，别無事迹可考。

〔三〕「宣風」句，宣風，宣傳教化，以振風俗。漢書終軍傳：「益州刺史王襄欲宣風化於衆庶，聞王褒有俊材，請與相見，使褒作中和、樂職、宣布詩。」顔師古注：「宣布者，風化普洽，無所不被。」

鄓縣丞安定梁歆字敬贊〔一〕

安定梁敬，有文有武。馬繫青絲〔二〕，弦門白羽〔三〕。

【箋注】

〔一〕鄓縣，已見上注。鄓縣爲下縣，據唐六典卷三〇，「下縣丞一人，正九品下」。安定，郡名，漢置，後魏改爲涇州，詳見元和郡縣志卷三。涇州古城遺址，在今甘肅平涼市涇川縣城北。梁歆，别無事迹可考。

〔二〕「馬繫」句，古樂府陌上桑：「青絲繫馬尾，黄金絡馬頭。」青絲，黑色絲繩。

〔三〕「弦門」句，「門」字疑誤，當與上句「繫」字對應，或是「開」之殘闕。白羽，代指箭，詳見前紫騮馬注。韓詩外傳卷九：「孔子與子貢、子路、顔淵游於戎山之上，孔子喟然歎曰：『二三子各言爾志，予將覽焉。由爾何如？』對曰：『得白羽如月，赤羽如朱，擊鐘鼓者上聞於天，下槊於地，使將而攻之，惟由爲能。』孔子曰：『勇士哉！』

射洪縣主簿上柱國斛律澄贊〔一〕

澄爲主簿，操綱振領〔二〕。直而能温，寬以濟猛〔三〕。

【箋注】

〔一〕元和郡縣志卷三三梓州射洪縣：「本漢郪縣地，後周分置射洪縣。縣有梓童水，與涪江合流，急如箭，奔射涪江口。蜀人謂水口曰洪，因名射洪。」爲上縣。唐六典卷三〇，上縣「主簿一人，正九品下」。上柱國，勳級名，比正二品，上已注。斛律澄，事迹别無考。

〔二〕「操綱」句，綱，提綱之繩。尚書盤庚上：「若網在綱，有條而不紊。」領，衣領。句喻能總其事。三國志魏書陳群傳附陳本傳：「所在操綱領，舉大體，能使群下自盡，有統御之才。」

〔三〕「直而」二句：尚書舜典：「直而温，寬而栗。」僞孔傳：「正直而温和，寬弘而能莊栗。」濟猛，謂寬、嚴相濟，不失其中。

通泉縣丞上柱國于梁客字希嬴贊〔一〕

希嬴負劍，久事戎韜〔二〕。功名不立，州縣爲勞。

【箋　注】

〔一〕元和郡縣志卷三三梓州通泉縣：「本漢廣漢縣地。（南朝）宋於此置西宕渠郡，後魏恭帝移於涌山，改名涌泉郡。周明帝置通井縣，隋開皇三年（五八三）改爲通泉縣，十八年改屬梓州。」故址在今四川射洪縣沱牌鎮。通泉爲緊縣，據唐六典卷三〇，有丞一人，正九品上。上柱國，勳級名，比正二品。

〔二〕「久事」句，戎韜，兵略。此泛指從軍。庾信周上柱國宿國公河州都督辛威神道碑：「入陪武帳，出總戎韜。」

射洪縣尉康元辯贊〔一〕

元辯精鋭，風生筆端。片言折獄〔二〕，一尉當官。

【箋　注】

〔一〕射洪縣，上已注。據唐六典卷三〇，上縣「尉二人，從九品下」。康元辯，寶刻類編卷三唐著録「瀘州刺史康元辯墓誌，王羨門撰，子晉書，開元十二年（七二四），京兆」。宋鄧名世古今姓氏書辯證卷一五述此碑，稱其人「字通理」。又通志藝文略别集四著録「康元辯集十卷」，排在許渾丁卯集之後。按唐代士大夫中，别無同姓名者，且其卒於開元間，出仕當在高宗、武后時代，亦合於理，而贊稱「風生筆端」，當能文者，蓋即同一人。

〔二〕「片言」句，論語顔淵：「子曰：片言可以折獄者，其由也與。」何晏集解引孔（安國）曰：「片猶偏也。聽訟必須兩辭以定是非，偏信一言以折獄者，唯子路可。」孔穎達正義：「聽訟必須兩辭方定是非，偏信一言，則是非難決。唯子路才性明辨，能聽偏言決斷獄訟，故云唯子路可。」

飛烏縣主簿蕭文裕贊〔一〕

文裕就列，明經擢第〔二〕。優哉游哉，聊以卒歲〔三〕。

【箋　注】

〔一〕元和郡縣志卷三三梓州飛烏縣：「本漢郪縣地。隋開皇十三年（五九三），於此置飛烏鎮，十年，改鎮爲縣。因山爲名。」地在今四川中江縣瓮山鎮。飛烏爲上縣，據唐六典卷三〇，上縣有「主簿一人，正九品下」。蕭文裕，别無事迹可考。

〔二〕「明經」句，明經，唐代科舉科目之一。新唐書選舉志：「唐制取士之科，……其科之目有秀才，有明經，有俊士，有進士……而明經之别，有五經，有三經，有二經，有學究一經，有三禮，有三傳，有史科：此歲舉之常選也。」

〔三〕「優哉」二句，左傳襄公二十一年：「叔向曰：『與其死亡若何？詩曰：「優哉游哉，聊以卒歲。」知也。』」杜預注：「言雖囚，何若於死亡？詩小雅，言君子優遊於衰世，所以辟害，卒其壽，是亦知也。」孔穎達疏：「詩小雅，案今小雅無此全句，唯采菽詩云『優哉游哉，亦是戾矣』。」正義曰：「此小雅采菽之篇。案彼詩云『優哉游哉，亦是戾矣』，與此不同者，蓋師讀有異。」此謂蕭文裕爲人閑淡，無所奢求。

飛烏縣尉王思明贊〔一〕

思明好學，博古知今〔二〕。友朋千里，風月招尋。

【箋注】

〔一〕飛烏爲上縣，據唐六典卷三〇，上縣有「尉二人，從九品下」。王思明，事迹別無可考。

〔二〕「博古」句，孔子家語卷三觀周：「孔子謂南宫敬叔曰：『吾聞老聃博古知今，通禮樂之原，明道德之歸，則吾師也，今將往矣。』」

司法參軍楊炯自贊〔一〕

吾少也賤〔二〕，信而好古〔三〕。遊宦邊城，江山勞苦。歲聿云徂〔四〕，小人懷土〔五〕。歸歟歸歟〔六〕，自衛反魯〔七〕。

【箋注】

〔一〕舊唐書楊炯傳：「則天初，坐從祖（按：新唐書本傳「祖」作「父」）弟神讓犯逆，左轉梓州司法參軍。」據唐六典卷三〇，上州有「司法參軍事二人」，前已贊另一人宇文林裔，最後乃自爲贊。

〔二〕「吾少」句，論語子罕：「子貢曰：『（孔子）固天縱之將聖，又多能也。』子聞之，曰：『……吾少也賤，故多能鄙事。君子多乎哉？不多也。』」何晏集解引包（咸）曰：「我少小貧賤，常自執事，故多能爲鄙人之事。君子固不當多能。」

〔三〕「信而」句，論語述而：「子曰：述而不作，信而好古，竊比於我老彭。」集解引包（咸）曰：「老彭，殷賢大夫，好述古事。我若老彭，但述之耳。」

〔四〕「歲聿」句，詩經唐風蟋蟀：「蟋蟀在堂，歲聿其莫。」毛傳：「聿，遂，除去也。」同書小雅四月：「四月維夏，六月徂暑。」毛傳：「徂，往也。」句言歲月流逝。

〔五〕「小人」句，論語里仁：「子曰：君子懷德，小人懷土。」懷土，集解引孔（安國）曰：「重遷。」孔穎達正義：「小人安安而不能遷者，難於遷徙，是安於土也。」此言懷念故鄉。

〔六〕「歸歟」句，論語公冶長：「子在陳，曰：『歸與！歸與！吾黨之小子狂簡，斐然成章，不知所以裁之。』」集解引孔（安國）曰：「簡，大也。孔子在陳，思歸欲去，故曰吾黨之小子狂簡者，進取於大道，妄作穿鑿以成文章，不知所以裁制，我當歸以裁之耳。遂歸。」

〔七〕「自衛」句，論語子罕：「子曰：吾自衛反魯，然後樂正，雅頌各得其所。」集解引鄭（玄）曰：

「反魯，哀公十一年（前四八四）冬。是時道衰樂廢，孔子來還，乃正之，故雅頌各得其所。」此言自己急於求歸，心情有如當年之孔子。

斷句

四方已識，不事掃除；六甲裁名，知能變化。（四庫全書存目叢書影印西安文管會藏清鈔本宋晏殊編類要卷二三引楊炯交河王碑）

昔者陪臣一介，列國微庸，況乎如此實少。文德尚刊於鼎彝，武功猶勒於征鉞。（同上卷三一引交河王碑）

崔嵬介石兮夭矯首。（同上卷三一）

稽甲令，繹家牒，以漏泉告弟之恩，有螭首龜趺（按：趺，原誤作「跌」，據文意改）之制。（同上）

摇山太子始奏于樂風，緱氏仙人遽賓于上帝。（同上卷一一引楊炯碑）

三辰則重日重星，八卦則爲雹爲雷。（同上）

將軍以星奇誓衆，時聽鼓鼙；太守以月建臨人，坐分銅竹。（同上卷二〇引盈川集）

山川氣候，彰白虎于皋繇；象緯休徵，下蒼龍于曼倩。（同上卷二二稟靈上引盈川集）

雙僮授藥，嗟羽翼之無成；二豎流災，歎膏肓之遂及。（同上卷三〇引楊炯碑）

奈何李膺之上士，思就田文之下客。（宋潘自牧編記纂淵海卷六五名譽部睎慕引楊盈川碑）

匈奴未滅，甲第何營；壯士不還，塞風自起。（宋謝維新編古今合璧事類備要後集卷七四將帥門總將帥引楊盈川碑）

杜元凱以入朝之次，自表洛城之東；温太真以受世之勳，宜陪建陵之北。（宋祝穆編古今事文類聚前集卷五八喪事部墓引楊炯明豫州碑。又見翰苑新書前集卷五一群書精語）

張平子之談略，陸士衡之所記。（曾慥事實類苑卷四〇）

潘安仁宜其陋矣，仲長統何足知之。（同上）

合浦杉葉，飛向洛陽；始興鼓木，徙于臨武。（明楊慎升庵集卷七九合浦杉引楊盈川文）

楊炯集箋注附録

附録一　傳記逸事評論

舊唐書本傳

（後晉）劉　昫

楊炯，華陰人。伯祖虔威，武德中官至右衛將軍。炯幼聰敏博學，善屬文。神童舉，拜校書郎，爲崇文館學士。儀鳳中，太常博士蘇知幾上表，以公卿以下冕服，請别立節文。敕下有司詳議，炯獻議曰：

古者太昊庖犧氏，仰以觀象，俯以察法，造書契而文籍生。次有黄帝軒轅氏，長而敦敏，成而聰明，垂衣裳而天下理。其後數遷五德，君非一姓，體國經野，建邦設都，文質所以再而復，正朔所以三而改。夫改正朔者，謂夏后氏之建寅，殷人建丑，周人建子。至於以日繫月，以月繫時，以時繫年，此三王相襲之道也。夫易服色者，謂夏后氏尚黑，殷人尚白，周人尚赤。至於山、龍、華蟲、宗彝、藻、火、粉米、黼、黻，此又百代可知之道。

謹按虞書曰：「予欲觀古人之象，日、月、星辰、山、龍、華蟲，作會宗彝、藻、火、粉米、黼、黻、絺繡。」由此言之，則其所從來者尚矣。日月星辰者，光明照下土也。山者，布散雲雨，象聖王大澤霑下也。龍者，變化無方，象聖王應時布教也。華蟲者，雉也，身被五彩，象聖王體兼文明也。宗彝者，虎（按：原作「武」，避唐諱，徑改。以下「虎」字同）蜼也，以剛猛制物，象聖王神武定亂也。藻者，逐水上下，象聖王隨代而應也。火者，陶冶烹飪，象聖王至德日新也。粉米者，人恃以生，象聖王爲物之所賴也。黼能斷割，象聖王臨事能決也。黻者，兩己相背，象君臣可否相濟也。

迨有周氏，乃以日月星辰爲旌旗之飾，又登龍於山，登火於宗彝，於是乎制衮冕以祀先王也。九章者，法陽數也，以龍爲首章。衮者，卷也，龍德神異，應變潛見，表聖王深識遠智，卷舒神化也。又制鷩冕以祭先公也。鷩者，雉也，有耿介之志，表公有賢才，能守耿介之節也。又制毳冕以祭四望也。四望者，岳瀆之神也。虎蜼者，山林所生，明其象也。制絺冕以祭社稷也。社稷者，土穀之神也。粉米由之成，象其功也。又制玄冕以祭群小祀也。百神異形，難可遍擬，但取黻之相背，昭異名也。夫以周公之多才也，故治定制禮，功成作樂。夫以孔宣之將聖也，故行夏之時，服周之冕。先王之法服，乃此之自出矣；天下之能事，又於是乎畢矣。

今知幾表狀請制大明冕十二章，乘輿服之者。謹按，日月星辰者，已施於旌旗矣。龍虎山火者，又不踰於古矣。而云麟鳳有四靈之名，玄龜有負圖之應，雲有紀官之號，水有盛德之祥，此蓋別表休徵，終是無踰比象。然則皇王受命，天地興符，仰觀則璧合珠連，俯察則銀黄玉紫。殫南宫之粉壁，不足寫其形狀；罄東觀之鉛黄，未可紀其名實。固不可畢陳於法服也。雲者，龍之氣也。水者，藻之自生也。又不假别爲章目，此蓋不經之甚也。

又鸞冕八章，三公服之者。鸞者，太平之瑞也，非三公之德也。鷹鸇者，鷙鳥也，適可以辨祥刑之職也。熊羆者，猛獸也，適可以旌武臣之力也。又稱藻爲水草，無所法象，引張衡賦「蔕倒茄於藻井，披紅葩之狎獵」，請爲蓮華，取其文彩者。夫茄者，蓮也。若以蓮代藻，變古從今，既不知草木之名，亦未達文章之意，此又不經之甚也。

又毳冕六章，三品服之者。按此王者祀四望服之名也。今三品乃得同王之毳冕，而三公不得同王之衮名，豈惟顛倒衣裳，抑亦自相矛盾，此又不經之甚也。

又絺冕四章，五品服之者。考之於古，則無其名，驗之於今，則非章首，此又不經之甚也。

若夫禮唯從俗，則命爲制，令爲詔，乃秦皇之故事，猶可以適於今矣。若夫義取隨時，則出稱警，入稱蹕，乃漢國之舊儀，猶可以行於代矣。亦何取變周公之軌物，改宣尼之法度者哉！

由是竟寢知幾所請。

炯俄遷詹事司直。則天初，坐從祖弟神讓犯逆，左轉梓州司法參軍。秩滿，選授盈川令。如意元年七月望日，宫中出盂蘭盆，分送佛寺，則天御洛南門，與百僚觀之。炯獻盂蘭盆賦，詞甚雅麗。炯至官，爲政殘酷，人吏動不如意，輒搒殺之。又所居府舍，多進士亭臺，皆書榜額，爲之美名，大爲遠近所笑。

無何卒官。中宗即位，以舊僚追贈著作郎。文集三十卷。

炯與王勃、盧照鄰、駱賓王以文詞齊名，海内稱爲「王楊盧駱」，亦號爲「四傑」。炯聞之，謂人曰：「吾愧在盧前，恥居王後。」當時議者，亦以爲然。其後崔融、李嶠、張説俱重四傑之文。崔融曰：「王勃文章宏逸，有絶塵之迹，固非常流所及。炯與照鄰可以企之，盈川之言信矣。」説曰：「楊盈川文思如懸河注水，酌之不竭，既優於盧，亦不減王，『恥居王後』，信然，『愧在盧前』，謙也。」……

虔威子德幹，高宗末，歷澤、齊、汴、相四州刺史，治有威名，郡人爲之語曰：「寧食三斗蒜，不逢楊德幹。」子神讓，天授初與徐敬業於揚州謀叛，父子伏誅。（舊唐書卷一九〇文苑上）

新唐書本傳

（宋）歐陽修等

楊炯，華陰人。舉神童，授校書郎。永隆二年，皇太子已釋奠，表豪俊充崇文館學士，中書侍郎薛元超薦炯及鄭祖玄、鄧玄挺、崔融等，詔可。遷詹事司直。俄坐從父弟神讓與徐敬業亂，出爲梓州司法參軍。遷盈川令，張説以箴贈行，戒其苛。至官，果以嚴稱，吏稍忤意，搒殺之，不爲人所多。卒官下。中宗時贈著作郎。（新唐書卷二〇一文藝志上）

温泉莊卧病寄楊七炯

（唐）宋之問

多病卧兹嶺，寥寥倦幽獨。賴有嵩高山，高枕常在目。兹山棲靈異，朝夕翳雲族。是日濛雨晴，反景入巖谷。羃羃緑澗草，菁菁山下木。此意方無窮，環顧悵林麓。伊洛何悠漫，州源信重複。夏餘鳥獸蕃，秋末禾黍熟。秉願守樊圃，歸閒欣藝牧。惜無載酒人，徒把涼泉掬。（唐文粹卷一五下）

祭楊盈川文

（唐）宋之問

維大周某年月日，西河宋某，謹以清酌脯羞之奠，敬祭于楊子之靈曰：自古皆死，不朽者文。北河吐液，西嶽生靈。叶神通氣，降精于君。伏道孔門，遊刃諸子。精微博識，黄中通理。屬辭比事，宗經匠史。玉璞金渾，風摇雲起。聞人之善，若任諸己。受人之恩，許之以死。惟子堅剛，氣凌秋霜。行不苟合，言不苟忘。大君有命，徵子文房。余亦叨忝，隨君頡頏。同趨北禁，并拜東堂。志事俱得，形骸兩忘。載罹寒暑，貧病洛陽。裘馬同敝，老幼均糧。自君出宰，南浮江海。余嘗苦飢，今日猶在。之子妙年，香名早傳。從來金馬，夙昔崇賢。門庭若市，翰墨如泉。千載之後，聞而凛然。死而不亡，問余何傷。傷余命薄，益州零落。生平之言，幽顯相託。痛君不嗣，匪我孤諾。君有兄弟，同心異體。陟岡增哀，歸葬以禮。旅櫬飄零，于洛之汀。我之懷矣，感歎入冥。見子之弟，類子之形。悼往心絶，慰存涕盈。古人有言，一死一生。昔子往矣，追送傾城。今子來也，乃知交情。惟郭是戚，有崔不易。來哭來祭，哀文在席。惟席可依，冰雪泗滿。家人哀哀，賓徑微斷。今我傷悲，情懃昔時。子文子翰，我緘我持。子宅子兆，我營我思。子有神鑒，我言不欺。我有絮酒，子其歆之。我亦引滿，儻昭神期。魂兮歸來，聞余此詞。（文苑英華卷九七八）

張燕公集 二則

（唐）張 説

杳杳深谷，森森喬木。天與之才，或鮮其禄。君服六藝，道德爲尊。君居百里，風化之源。才勿驕吝，政勿煩苛。明神是福，而小人無冤。畏其不畏，存其不存。作誥兹酒，成敗之根。勒銘其口，禍福之門。雖有韶夏，勿棄擊轅。豈無車馬，敢贈一言。（張燕公集卷一二贈别楊盈川迴箴）

（裴行儉）在選曹，見駱賓王、盧照鄰、王勃、楊炯，評曰：「炯雖有才名，不過令長，其餘華而不實，鮮克全終。」見蘇味道、王勮，嘆曰：「十數年外，當居衡石。」後各果如其言。（張燕公集卷一八贈太尉裴公神道碑）

朝野僉載

（唐）張 鷟

楊盈川姪女曰容華，幼善屬文，嘗爲新粧詩，好事者多傳之。詩曰：「宿鳥驚眠罷，房櫳乘曉開。鳳釵金作縷，鸞鏡玉爲臺。妝似臨池出，人疑向月來。自憐終不見，欲去復徘徊。」（朝野僉載卷三）

大唐新語 二則

（唐）劉 肅

裴行儉少聰敏多藝，立功邊陲，屢剋兇醜。及爲吏部侍郎，嘗拔蘇味道、王勮，曰：「二公後當相次掌鈞衡之任。」勴，勃之兄也。時李敬玄盛稱王勃、楊炯等四人，以示行儉。曰：「士之致遠，先器識而後文藝也。勃等雖有才，而浮躁淺露，豈享爵禄者！楊稍似沉静，應至令長，并鮮克令終。」卒如其言。（大唐新語卷七）

華陰楊炯與絳州王勃、范陽盧照鄰、東陽駱賓王，皆以文辭知名海内，稱爲「王楊盧駱」。炯與照鄰則可全（按：疑是「企」之誤），而盈川之言爲不信矣。張説謂人曰：「楊盈川之文，如懸河注水，酌之不竭，既優於盧，亦不減王。恥居王後則信然，愧在盧前則爲誤矣。」（同上卷八）

九家集注杜詩 二首

（唐）杜　甫

論文到崔蘇，指盡流水逝。近伏盈川雄，未甘特進麗。（九家集注杜詩卷一四贈祕書監江夏李公邕）

楊王盧駱當時體，輕薄爲文哂未休。爾曹身與名俱滅，不廢江河萬古流。（同上卷二二戲爲六絶句之二）

雲仙雜記

（唐）馮　贄

唐楊炯每呼朝士爲麒麟楦。或問之，曰：「今假弄麒麟者，必修飾其形，覆之驢上，宛然異物。及去其皮，還是驢耳。無德而朱紫，何以異是？」（雲仙雜記卷九引朝野僉載。按：今本僉載無此文）

唐詩紀事

（宋）計有功

世稱王楊盧駱。楊盈川之爲文，好以古人姓名連用，如：「張平子之略談，陸士衡之所記。」「潘安仁宜其陋矣，仲長統何足知之。」號爲「點鬼簿」。（唐詩記事卷七。又見曾慥事實類苑卷四〇點鬼簿）

容齋隨筆

（宋）洪邁

王勃等四子之文，皆精切有本原。其用駢儷作記、序、碑碣，蓋一時體格如此，而後來頗議之。杜詩云：「王楊盧駱當時體，輕薄爲文哂未休。爾曹身與名俱滅，不廢江河萬古流。」正謂此耳。「身名俱滅」，以責輕薄子；「江河萬古流」，指四子也。（容齋四筆卷五王勃文章）

習學記言

（宋）葉適

舊史載楊炯駁孫茂道、蘇知機冕服議，識達通諒，安於古今。唐人本不善立論，能如此者固少矣，其有俊名，不虚也。但惜文字煩雜，無以發之爾。茂道、知機何人，世之凡鄙妄作，徒費爬梳，往往而是，何足算哉！（習學記言卷三九）

淳熙稿

（宋）趙　蕃

轂波亭下一維舟，小對清風梳白頭。欲賦新詩欠時體，江河萬古嘆風流。（淳熙稿卷一九艤舟龍游　龍游，唐盈川楊炯嘗爲令）

唐才子傳

（元）辛文房

楊炯博學善屬文，六歲舉神童，授校書郎。永隆二年，皇太子舍奠，表豪俊充崇文館學士。後爲盈川令。張説以箴贈之，戒其苛刻。至官，以刻稱，卒。炯恃才憑傲，每恥朝士矯飾，呼爲麒麟楦，或問之，曰：「今弄假麒麟戲者，必刻畫其形覆驢上，宛然異物；及去其皮，還是驢耳。」聞者甚不平，故爲時所忌。與王勃、盧照鄰、駱賓王以文辭齊名海内，稱「四才子」，亦曰「四傑」，效之者風靡焉。炯曰：「吾愧在盧前，恥居王後。」論者然之。張説曰：「盈川文如懸河，酌之不竭，優於盧，而不減於王。愧在盧前，謙也；恥在王後，信然。」有盈川集三十卷。（影印文淵閣四庫全書本唐才子傳卷一）

氏族譜

（元）費　著

楊氏自潼川徙郫，自郫徙成都，譜實祖唐盈川令炯。炯謫梓州司法參軍，遷盈川，既卒官，還葬潼，

因家焉。盈川十一世孫天惠，始家於郫，以儒學稱，自號回光居士。（明楊慎全蜀藝文志卷五四載費著氏族譜楊氏）

升庵集

（明）楊　慎

有唐初造，文焰益輝。學記有楊炯之碑，摛辭掞千言之藻，鍥石雖泐，方乘俱在。（升庵集卷四新都縣重修儒學記）

詩源辯體　三則

（明）許學夷

五言自漢魏流至陳隋，日益趨下，至武德、貞觀，尚沿其流。永徽以後，王名勃，字子安。楊名炯。盧名照鄰，字昇之。駱名賓王。則承其流而漸進矣。四子才力既大，至此始言才力，説見凡例。風氣遂還，故雖律體未成，綺靡未革，而中多雄偉之語，唐人之氣象風格始見。至此始言氣象、風格。此五言之六變也。轉進至沈宋五言律。然析而論之，王與盧駱綺靡者尚多，楊篇什雖寡，而綺靡者少，短篇則盡成律矣。炯嘗曰：「吾愧在盧前，恥居王後。」他日，崔融與張説評勃等曰：「勃文章宏放，非常人所及，炯、照鄰可以企之。」説曰：「不然。盈川炯爲盈川令。文如懸河，酌之不竭，優於盧而不減王，恥居後，信然；愧在前，謙也。」以上張説語。意炯當時必多長篇大什，而零落至此，惜哉！（詩源辯體卷一二）

五言，……楊如：「明堂占氣色，華蓋辯星文。」「劍鋒生赤電，馬足起紅塵。」「牙璋辭鳳闕，鐵騎繞

龍城。」「秋陰生蜀道，殺氣繞湟中。」……語皆雄偉。唐人之氣象風格，至此而現矣。（同上）

杜子美詩云：「楊王盧駱當時體，輕薄爲文哂未休。爾曹身與名俱滅，不廢江河萬古流。」此蓋推之至也。使四子五言律體盡成，綺靡盡革，七言古調皆就純，語皆就暢，雖駕沈宋而凌高岑，不難也。乃爲時代所限，惜哉！杜「當時體」三字，最宜詳味。（同上）

詩藪 二則

（明）胡應麟

唐七言歌行，垂拱四子，詞極藻艷，然未脱齊、梁也。（詩藪内編卷三）

盈川近體，雖神俊輸王，而整肅渾雄。究其體裁，實爲正始，然長歌遂爾絶響。（同上卷四）

唐音癸籤

（明）胡震亨

王子安雖不廢藻飾，如璞含珠媚，自然發其彩光。盈川視王，微加澄汰，清骨明姿，居然大雅。范陽較楊微豐，喜其領韻疎拔，時有一往任筆，不拘整對之意。……當年四子先後品序，就文筆通論，要亦其詩之定評也歟。（唐音癸籤卷五彙評一引遯叟）

載酒園詩話又編

（清）賀裳

楊盈川詩不能高，氣殊蒼厚。「寧爲百夫長，勝作一書生」是憤語，激而成壯。（載酒園詩話又編）

全唐詩楊炯小傳

（清）彭定求等

楊炯，華陰人。幼聰敏博學，善屬文。年十一，舉神童，授校書郎，爲崇文館學士，遷詹事司直。恃才簡倨，人不容之。武曌時左轉梓州司法參軍，秩滿遷婺州盈川令，卒於官。中宗即位，以舊僚贈著作郎。炯聞時人以「四傑」稱，乃自言曰：「吾愧在盧前，恥居王後。」張説曰：「楊盈川文思如懸河注水，酌之不竭，既優於盧，亦不減王也。」有盈川集三十卷，今存詩一卷。（全唐詩卷五〇）

附録二　著録序跋提要

舊唐書

（後晉）劉昫

楊炯集三十卷。（舊唐書卷四七經籍志下）

新唐書

（宋）歐陽修等

楊炯家禮十卷。（新唐書卷五八藝文志乙部）

楊炯盈川集三十卷。（同上卷六〇藝文志丁部）

崇文總目

（宋）王堯臣等

盈川集二十卷。（崇文總目卷一一別集類）

通志

（宋）鄭樵

楊炯盈川集三十卷。（通志卷七〇藝文略）

郡齋讀書志

（宋）晁公武

楊炯盈川集二十卷。右唐楊炯也，華陰人。顯慶六年舉神童，授校書郎。終婺州盈川令，卒。炯博學善屬文，與王勃、盧照鄰、駱賓王以文詞齊名，海内稱「王楊盧駱」四才子，亦曰「四傑」。炯自謂「吾愧在盧前，恥居王後」。張説曰：「盈川文如懸河，酌之不竭，恥王後，信然；愧盧前，謙也。」集本三十卷，今多亡逸。（郡齋讀書志（袁本）卷四上）

宋史

（元）脱脱等

楊炯集二十卷，又拾遺四卷。（宋史卷二〇八藝文志七）

楊炯集序

（明）張遜業

楊炯，華陰人。幼博學聰慧，揮文宏富。拜校書郎，爲崇文館學士，神童舉也。太常博士蘇知幾儀鳳中上表，以公卿以下冕服，請别立節文，敕命詳議於有司。炯獻議極詆之，言知幾變之不經甚矣，由是竟寢知幾所請。炯俄遷詹事司直。則天初，坐從祖弟神讓犯逆，左轉梓州司法參軍。秩滿，選授盈川令。爲政殘酷，榜殺下吏，輒不爲意。美名多榜亭臺，恥笑動衆。竟卒於官。中宗即位，贈著作郎，以舊僚追及也。平生著作，惟存是帙，三十卷者，惜未之見也。其自評「吾愧在盧前，恥居王後」。張説以其文思如懸河注水，酌之不竭，既優於盧，亦不減王，「恥居王後」，信然；「愧在盧前」，謙也。

論曰：炯之賦，詞義明暢，若庖丁解牛，自中肯綮。而渾天賦，考覈更見沉深，推曆氏今猶擇焉。五言律工緻而得明澹之旨，沈宋肩偕，開元諸人，去其纖麗，蓋啓之也。諸作差次之。五言古詩，唐人各自成家，備一代制可也，然以漢魏鏡之，人人懸絶矣。

時嘉靖壬子歲秋日。（唐十二家詩本楊盈川集卷首）

盈川集序

（明）童　佩

盈川集者，唐盈川令、贈著作郎、華陰楊侯炯之所撰也。楊侯有詩文二十卷，世遠遺逸，流傳者僅詩一卷。余竊生侯州民之後，每見侯文章於他書，輒自手録，凡得如干篇，久之恐復散漫，因爲銓次成帙，仍其舊題曰楊盈川集云。它日，郡太守高淳韓公行縣龍丘山中，召父老文學士，詢文章、風土。余跽以是編請，公啓而爲之色喜，以爲文章之士，莫侈乎唐。其間以州郡名集者，韋應物、柳宗元、賈島之外無幾焉。夫蘇州尚矣，至柳與長江，本遐陬之小壤，卒以一守一尉之故，名不下邦國。顧兹集也，豈不爲重乎盈川也哉！因載與俱歸，移文鋟梓於縣。會南昌涂侯以文學飾吏事，欣然承公意。公因俾余紀其槩。

按輿地書，盈川廢縣在瀔水北，其地隸龍丘，去郡四十許里。今址巋然獨存，舟車水陸，由楚粵朝京師，以及自北而南，道出其下，咸望而指爲楊侯治邑，草木川原猶生靈氣，彷彿丹青炳焉其間也。始，侯令盈川，無何卒，縣尋罷。故民請尸祝其地，至今春秋不輟。夫盈川之地，自有民物以來，不知歷幾何年，自侯誕靈而縣始立。縣自設長吏而下，不知歷幾何人，視所官之地亡而其神不亡。以意求之，侯利澤人民之深，蓋必有他人之所難，惟是史册所載，盡略其治行，余竊疑焉。要之，當時必以侯長於文學，發而爲詞華，足以藻飾區宇，嘉惠人士。文章與政通，風俗以文變，明乎此則達於彼，又何必紀其他爲可重於侯哉？韓公力行，務合人心，謂侯之政事既不可考，不得已斯求其次。傳載侯所造如「懸河注水，酌之不竭」，又曰「游刃諸子，伏道孔門」。文其如此，故當流布四海，人人見而快之，又豈徒用慰一盈川人之思也，刻其可後乎哉？昔宋慶曆間，歐陽永叔得韓文脱本於漢東李氏，由是中州人始知其書。今楊集故非當時之舊，亦以萬曆初韓公、涂侯得之於余，余故未敢論其尊賢舉墜之政，然於事之相符也，要豈偶然者耶？今集凡十卷，本傳、雜文别爲一卷。

萬曆三年春三月既望，童佩子鳴甫撰。（摛藻堂四庫全書薈要本盈川集卷首）

楊炯集序

（明）皇甫汸

嘗觀經籍阨於先秦之火，擾於中原之兵，浸聚浸逸。幸遇好文之主，下求逸之詔，括以輶使，寵以官資。魯壁既穿，汲冢斯發，隋唐而後，始廣備云。經史子傳且闕，矧文集乎？大唐弘文，風沿江左，道盛開元，時則王勃、楊炯、盧照鄰、駱賓王并稱年少，俱擅高才，海内號爲「四傑」。馬氏云：「王集二十卷，劉元濟爲之序；駱集十卷，郄雲卿爲之序。楊集三十卷，後止二十卷，今皆無存焉。盧惟詩賦，附以五悲，咸似未全書也。」然王詩賦之餘，未覩他撰；駱書啓之外，罕載雜篇。童氏子鳴耽書籍，謂淫嗜成癖，而盈川者其所産地也，忝兹下民，眷言父母，年祀緜隔，桑梓猶存。遡瀫水而興懷，眺龍丘而寄慨。搜輯遺文，彙裒簡帙，上於郡守高淳韓侯，深獎斯舉，移之縣令南昌涂侯，樂董厥成。若子鳴者，學臻博極，識闡淵微，架富緹緗，載充兼兩。秘監取正，訪於茂先；内庫所無，詢之宏靖。伐山而採群玉，披沙以檢碎金。總得詩賦四十二首，序、表、碑、銘、志、狀、雜文三十九首，勒爲十卷。保殘守闕，存十於千，不愈於湮没乎？夫著作之文，張道濟譬之懸河，宋延清嘆其游刃。若渾天之製，考覆精詳；冕服之辨，援引該洽，顧不得傳耶？設使生同其時，則吴公之知賈傅，邛令之重長卿，抑奚讓焉！子鳴懼希寶之弗耀，豈抱衡而自私哉，其憐才甄藝，志蓋可嘉矣。韓名邦憲，己未進士；涂名杰，辛未進士，爲良守令云。

萬曆丙子仲春既望，賜進士、尚書吏部司勳郎吴郡皇甫汸子循撰。（四部叢刊初編影印童佩本盈川集卷首。按影印本底本是序乃轉載於縣志，文字有誤，此據摛藻堂四庫全書薈要本盈川集卷首所載序文校補）

國史經籍志

（明）焦竑

楊炯盈川集二十卷。（國史經籍志卷五）

楊盈川集題詞

（明）張燮

曹使君甫菘漳，枉訪窮巷，輒訊唐人集，毅然以梨棗爲任，燮逡巡未敢應。過後見存，疊申前旨，因簡世無集行者呈竄典籤，使君考訂訛誤，捐俸命梓。古誼逾摯，所不忍卻，輒以楊、王爲鍥事之始，外此諸家，次第徐行之。殘竹幾行，一旦揚采，正自有數也。燮又識。（崇禎十三年張燮、曹荃漳署刻本四子集楊盈川集卷首）

四庫全書簡明目録

（清）永瑢等

盈川集十卷，附録一卷，唐楊炯撰。亦明萬曆中龍游童佩所輯録也。凡賦八首、詩三十四首、雜文三十九首，而以贈答評論之作，别爲附録。其彭城公夫人尒朱氏墓誌、伯母李氏墓誌，誤編庾信集中，此本收尒朱氏一篇，而李氏一篇仍失載，則搜採尚有所遺也。（四庫全書簡明目録卷一五别集類一）

四庫全書總目

（清）紀昀等

盈川集十卷，附録一卷，唐楊炯撰。唐書文苑傳稱其文集本三十卷，晁公武讀書志僅著録二十卷，云「今多亡逸」，是宋代已非完本。然其本今亦不傳。此乃明萬曆中龍游童佩從諸書裒集，詮次成編，併以本傳及贈答之文、評論之語，别爲附録一卷，皇甫汸爲之序。凡賦八首，詩三十四首，雜文三十九首。文苑英華載其彭城公夫人尒朱氏墓誌銘一首、伯母東平郡夫人李氏墓誌銘一首，列庾信文後，明人因誤編入信集中。此本收尒朱氏誌一篇，而李氏誌仍不載，則蒐羅尚有所遺也。舊唐書本傳最稱其盂蘭盆賦，然炯之麗製不止此篇，劉昫殆以爲奏御之作，故特加紀録歟。傳又載其駁太常博士蘇知幾冕服議一篇，引援經義，排斥游談，炯文之最有根柢者。知其詞章瑰麗，由于貫穿典籍，不止涉獵浮華，而新唐書本傳删之不載，蓋猶本紀不載詔令之意，是宋祁之偏見，非定評也。又新、舊唐書并稱炯爲政嚴酷，則非循吏可概見。童佩序稱盈川廢縣在瀔水北，其地隸龍丘，去郡四十餘里，今址巋然獨存。炯令盈川，無何卒，縣尋罷，民尸祝其地，至今春秋不輟，是則因其文藝而更粉飾其治績，亦非公論矣。（四庫全書總目卷一四九別集類二）

初唐四傑集跋

（清）項家達

唐書經籍志：王勃集三十卷，楊炯集三十卷，盧照鄰集二十卷，駱賓王集十卷，此唐人舊本也。宋史藝文志：王勃詩八卷，文集三十卷，雜序一卷，舟中纂序五卷；楊炯集二十卷，又拾遺四卷；盧照鄰集十卷，幽憂子三卷；駱賓王集十卷，百道判二卷，此本於崇文總目也。考晁公武讀書志，楊、盧、駱集卷與總目同，而王集止二十卷。陳振孫書録解題，止載盧、駱集，似未見王、楊。而洪邁容齋隨筆，又云王集二十七卷，則洪氏所見，轉較晁氏爲多。是四子集在宋已顯晦不一，多寡互異矣。

余所見王子安集，明張燮作十六卷，張遜業不分卷。楊盈川集，明童佩作十卷。駱丞集，明顔文選、施羽王并作四卷。惟盧子昇集不著編輯人氏，作七卷。俱與諸家著録不符，中間文義亦時有舛脱，大率從文苑英華諸書裒睿而成，非復當時完本。明許自昌刻初唐十二家集，僅録四子詩賦。兹取現存各本互相點勘，合刻成編，集名、卷目仍之。

乾隆辛丑仲春月，翰林院編修星渚項家達豫齋撰。（乾隆四十六年星渚項氏校刻本初唐四傑集卷首）

平津館鑒藏書籍記　（清）孫星衍

唐四傑詩集四卷，楊炯、王勃、盧照鄰、駱賓王各一卷。前有景德四年汪楠序，每卷不標大題，惟題作人姓名。又楊、王、盧詩前無目，駱賓王詩前有之。此本從北宋本影摹，序文後有「琴泉生」三字、「汪良用印」四字影摹墨印。巾箱本，每葉廿六行，行十九字。每葉左上方有「錢遵王述古堂藏書」八字。收藏印有「吴元潤印」白文方印、「澤均」朱文方印、「長洲吴謝堂氏香雨齋珍藏書畫印」朱文方印。（平津館鑒藏書籍記三舊影寫本）

鐵琴銅劍樓藏書目録　（清）瞿　鏞

楊盈川集十三卷，舊鈔本，唐楊炯撰。唐志三十卷，晁氏讀書志二十卷。今世行本，僅有童佩、張燮兩家所輯。此仁和盧氏重訂張本，有張燮序，與童本分卷不同。舊爲李松雲藏書，每板心有「文選閣」三字。卷首有「曾在李松雲處」朱記。（鐵琴銅劍樓藏書目録卷一九）

善本書室藏書志　（清）丁　丙

楊盈川集十卷、附録一卷，明刊本，唐盈川令華陰楊炯撰。炯華陰人，顯慶六年舉神童，授校書郎。

嘗充崇文館學士，後爲婺州盈川令。有集三十卷，新、舊唐書有傳。此十卷爲明萬曆中龍游童佩校刊，後附本傳、祭文、唐會要、文獻通考數條。珮字子鳴，以詩名，有集六卷，乃書賈也。有「鋤經樓藏書印」。（善本書室藏書志卷二四）

藏園群書經眼録 二則

（近代）傅增湘

楊盈川集十卷，明武勝沈巖校刊本，九行二十字。與汪士賢刻漢魏二十一家同。鈐有「金廷契印」白文印。（藏園群書經眼録卷一二）

楊盈川集十卷，明龍游童子鳴刻本，十一行二十字。（同上）

附録三　楊炯年譜

楊炯，弘農華陰人。曾祖楊初，封華山公。祖楊虔威，左衛將軍，封武安公。父某。兄弟排行第七。

楊炯所屬之楊氏家族，其譜系詳見新唐書宰相世系表。該表所列楊氏凡五房，然可靠性學界多有質疑，本譜不予討論。在五房中，楊炯曾祖父楊初屬第三房，該房初祖爲楊孕，「孕五世孫贊，隋輔國將軍、河東公。生初，左光禄大夫、華山郡公」。楊初以下之支系，隋及初、盛唐時期無人列入世系表。其見於四部叢刊初編本盈川集（以下簡稱「本集」）者，主要有：卷四遂州長江縣先聖孔子廟堂碑：「長江令楊公，弘農華陰人也，即華山公之孫，大將軍之子。」卷九常州刺史伯父東平楊公墓誌銘：「楊氏之先，其來尚矣。在皇爲皇軒，在帝爲帝嚳，在王爲周武，在霸爲晉文：此之謂不朽。西京爲丞相，東漢爲司徒，魏室爲九卿，晉朝爲八座：此之謂世禄。公諱德裔，字德裔，弘農華陰人也。即常州刺史、華山公之元孫，左衛將軍、武安公之長子。」同上從弟去盈墓誌銘：「國子進士楊去盈，字流謙，弘農華陰人也。曾祖諱初，周大將軍，隋宗正卿、常州刺史、順陽公，皇朝左光禄大夫、華山郡開國公。……王考諱安，僞鄭王世充逼授二十八將，封鄁國公。尋謀歸順，爲充所害，皇朝贈大將軍，旌忠烈也。……父某，潤州句容、遂州長江二縣令，朝散大夫、行鄧州司馬。」又同上從弟去溢墓誌銘：「處士弘農楊去溢，年二十，即華山公之曾孫，大將軍之孫，朝散大夫、鄧州司馬之第四子也。」見於史傳者，主要爲舊唐書楊炯傳：「楊炯，華陰人。伯祖虔威，武德中官至右衛將軍。……虔威子德幹，高宗末歷澤、齊、汴、相四州刺史。治有威名，郡人爲之語曰：『寧食三斗蒜，不逢楊德幹。』子神讓，天授初與徐敬業於揚州謀叛，父子伏誅。」

據上述史料，知楊炯爲華陰人，別無他説。華陰，縣名，漢代屬弘農郡，後魏屬華州，唐因之。元和郡縣志卷二華州華陰縣：「本魏之陰晉邑，秦惠文王時，魏人犀首納之於秦，秦改曰寧秦。漢高帝八年（前一九九），更名華陰，屬弘農郡，後魏屬華州。」後因之。按：漢弘農郡，治在今河南靈寶市。唐代華州治鄭縣（今陝西華縣）。華陰今爲縣級市，屬陝西渭南市。

上引常州刺史伯父東平楊公墓誌銘稱楊氏之先，「在皇爲皇軒，在帝爲帝嚳，在王爲周武，在霸爲晉文」云云，乃以黄帝軒轅氏、黄帝曾孫帝嚳高辛氏爲始祖。所謂「在王」、「在霸」，按新唐書宰相世系表云：「楊氏出自姬姓，周宣王子尚父封爲楊侯。一云晉武公子伯僑生文，文生突羊舌，大夫也。又云晉之公族，食邑於羊舌，凡三縣，一曰銅鞮，二曰楊氏，三曰平陽。……叔向，晉太傅，食采楊氏，其地平陽楊氏縣是也。叔向生伯石，字食我，以邑爲氏，號曰楊石，黨於祁盈。盈得罪於晉，并滅羊舌氏，叔向子孫逃於華山仙谷，遂居華陰。」則華陰楊氏，乃晉大夫叔向之後，故謂楊氏「在霸爲晉文」也。伯父東平楊公墓誌銘又稱楊氏後代在「西京爲丞相，東漢爲司徒，魏室爲九卿，晉朝爲八座」，分别指楊敞、楊震、楊阜、楊珧，四人史書有傳。

梳理上述史料，可知楊炯自曾祖以下四代主要成員之大概。所謂「華山公」，即曾祖楊初，隋代爲常州刺史，封順陽公，入唐封華山郡開國公。楊初二子：唐贈「大將軍」者爲楊虔安，其子楊某某（失其名），曾爲句容令、長江令、鄧州司馬。楊某某二子：楊去盈、去溢。楊初次子，即所謂「左衛將軍、武安公」，乃楊虔威，即楊炯之祖。虔威三子：長子德裔，即上引常州刺史伯父東平楊公墓誌銘墓主，爲楊炯伯父；德裔子令珍，早亡。次子楊某某（失其名，當爲楊德□），即楊炯之父，其名與身世不詳。楊炯有一弟，名亦不詳，炯死盈川後，曾將其靈柩運回洛陽安葬，見宋之問祭楊盈川文。楊虔威第三子德幹，爲政有威名。二子神讓、神毅。因楊德裔無子，遂過繼神毅爲子，見伯父東平楊公墓誌銘。而德幹、神讓則因徐敬業起兵反武則天案被殺。綜觀上述，除女口所知甚少外，楊初家族并不複雜，兹繪世系表於次，可一目瞭然：

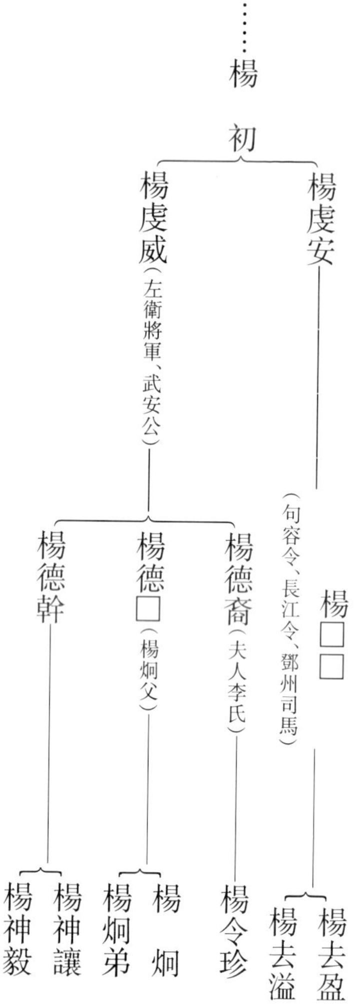

右表有三點須作説明。一是楊虔安名之「虔」字問題。其人隋末欲歸唐，被王世充殺害。楊炯從弟去盈墓誌銘稱「諱安」，即單名安，無「虔」字。册府元龜卷二六八述其被害事，作楊虔安。以其弟楊虔威例之，作虔安是，本書已據補「虔」字，説詳去盈墓誌銘注。二是楊虔威是楊炯之祖，抑或「伯祖」？因事關楊氏家族世系，需略作辨析。舊唐書楊炯傳，稱楊虔威爲楊炯「伯祖」：「伯祖虔威，武德中官至右衛將軍。……虔威子德幹，……（德幹）子神讓，天授初與徐敬業於揚州謀叛，父子伏誅。」而楊炯所作伯父東平楊公（德裔）墓誌銘，從其稱「伯父」可知，楊德裔與楊炯父乃親兄弟，而楊德裔之父爲「左衛將軍、武安公」，即楊虔威。由是知楊德裔、楊□□（應爲楊德□，即炯父）與楊德幹三人乃親兄弟，同爲楊虔威之子。既如此，則楊炯不應稱楊虔威爲「伯祖」，而是親祖父。是乃楊炯文章所述，必不誤，只能是舊唐書本傳誤書。新唐書楊炯傳似乎欲糾正舊書之謬，稱楊炯「俄坐從父弟神讓與徐敬業亂，出爲梓州司法參軍」。楊德幹既是「從父」，自然便與德裔、德□（炯父）爲親兄弟，三人之父楊虔威，乃楊炯祖父，而非「伯祖」。至於舊唐書稱楊虔威「武德中官至右衛將軍」，而伯父東平楊公（德裔）墓誌銘又稱其爲「左衛將軍」，左、右二字形近易訛，其爲一人無疑，可勿庸深辨。三是楊初當另有一子，名善會。隋書卷七一楊善會傳：「楊善會，字敬仁，弘農華陰人也。父初，官至毗陵太守。」善會拜清河通守，竇建德攻陷清河，勸其投降，不屈被害，時在大業十三年（六一七）。以上楊初家族世次及圖表，參見張曉蕾楊炯家世探微（四川師範大學學報一九九三年第三期）。蓋因楊善會早死，未入唐，又無後，故楊炯本集未曾提及，此亦不入世系表中。

楊炯在同族兄弟中排行第七，見宋之問温泉莊卧疾寄楊七炯。

唐高宗永徽元年庚戌（六五〇）

上年（貞觀二十三年）五月己巳，太宗崩於長安含風殿，年五十有三。六月甲戌朔，太子李治即位，是爲高宗，未改元。本年正月辛丑，詔改元爲永徽。王勃生。盧照鄰約十九歲。駱賓王約三十歲。按：本譜各年叙事不注出處者，皆見舊唐書各帝（包括武則天）本紀，其他史料來源則注明出處。部分文學家之生、卒年，據文獻或學界一般説法；科舉及第則據清徐松登科記考。以下不再説明。

楊炯生。

楊炯渾天賦序：「顯慶五年，炯時年十一，待制弘文館。」顯慶五年爲公元六六〇年，以此上推，則楊炯當生於是年。又楊炯從弟去盈墓誌銘：「春秋二十有六，以上元三年（六七六）五月二十二日殁於京師。」以卒年、享年上推，則楊去盈當生於永徽二年（六五一）。楊炯既稱去盈爲「弟」，則楊炯生年不能晚於永徽二年，可與其自述互證。按四庫全書著録明豐坊書訣，其中唐人法帖一節稱「楊炯，字仲丹，華陰人」。又稱「成都孔子廟碑，（楊）炯文，自書，在四川」。所謂成都孔子廟碑，當即大唐益州大都督府新都縣學先聖廟堂碑文并序，是否「字仲丹」出於該碑石本？不可考知。然唐宋文獻別無記載，其説恐失實。

永徽六年乙卯（六五五）

七月，中書舍人李義府上表請廢王皇后，立武昭儀，高宗賜珠一斗，尋拜中書侍郎。八月，長安令裴行儉聞將立武昭儀，與長孫無忌、褚遂良私議之，左遷西州都督府長史（資治通鑑卷一九九）。九月，尚書右僕射、河南郡公褚遂良以諫立武昭儀，貶潭州都督。冬十月，廢王皇后爲庶人，立昭儀武則天爲皇后。

楊炯六歲，舉神童，齒跡秘書省。

楊炯舉神童（即童子科）事，載於兩唐書本傳，然皆未記時間，故後代學者或依楊炯渾天賦序所述「顯慶五年（六六〇），炯時年十一，待制弘文館」，而以年十一時之顯慶五年爲舉童科之年。

宋晁公武郡齋讀書志卷四上（袁本，以下簡稱晁志）著録盈川集，解題明確記載楊炯「顯慶六年，舉神童」。但無論是顯慶五年或六年，都超過新唐書選舉志所載童子科參試年齡必須在「十歲以下」之規定（見後引）。當代學者另辟蹊徑，遂從明萬曆間童佩編次本盈川集附録中找到證據，即該附録所載文獻通考引晁氏（公武）語，稱楊炯「顯慶四年舉神童」。顯慶四年楊炯十歲，正好在年齡限制之内（見傅璇琮唐代詩人叢考楊炯考）。此後學界多從此説。然此結論雖能克服顯慶五年、六年説與唐代科舉制度之矛盾，然證據之可信度卻令人懷疑：通考文字乃抄晁志，若晁志被證明有誤，可用以改通考，反之則不能。質言之，無論盈川集附録所録通考是何版本，其文字皆不可能異於晁志，若以之爲據，則屬無效證據。今考楊炯文集，似能勾稽出楊炯登童子科之年代。楊炯祭汾陰公文曰：「公夕拜之時也，既齒跡於渠閣；公春華之日也，又陪游於層城。」汾陰公，即中書令薛元超。夕拜，謂拜黄門侍郎。初學記卷一二黄門侍郎引應劭曰：「黄門郎，每日暮向青瑣門拜，謂之夕郎。」楊炯薛振行狀：「（年）三十二，丁太夫人憂，去職。起爲黄門侍郎，固辭不許。」舊唐書薛收傳附薛元超傳：「永徽五年（六五四），丁母憂，解。明年起，授黄門侍郎、兼檢校太子左庶子。」謂薛元超丁憂解職後，「明年」起復爲黄門侍郎，固辭不許，只能受職，「明年」爲永徽六年。渠閣，即石渠閣，漢代藏秘書處，後世代指秘書省。則楊炯「齒跡渠閣」之時間，亦當在永徽六年，其時六歲。六齡童而「齒跡渠閣」，當言其是年舉神童科，然後在秘書省讀書。按新唐書選舉志：「童子科十歲以下，能通一經及孝經、論語卷誦文十通者予官，通七予出身。」楊炯蓋僅通七，故未授官。考唐六典卷一〇秘書省有著作、太史二局，二局中唯太史局有學生：曆生三十六人、裝書曆生五人、天文觀生九十人、天文生六十人。李林甫注曆生曰：「隋氏置，掌習曆，皇朝因之。同流外，八考入流。」又注裝書曆生曰：「皇朝置，同曆生。」至於天文生、天文觀生，李氏注前者曰：「隋氏置，皇朝因之。年深者轉補天文觀生。」又注後者（天文觀生）曰：「隋氏置，掌晝夜在靈臺伺候天文氣色。皇朝所置，從天文生轉補，八考入流也。」按作者渾天賦序曰：「顯慶五年，炯時年十一，待制弘文館。上元三年（六七六），始以應制舉，補校書郎。朝夕靈臺之下，備見銅渾之象。」弘文館屬門下省，而能「朝夕靈臺之下」者，只能是秘書省太史局人員。因疑所謂「齒跡於渠閣」，當指自六歲起到待制弘文館之前凡五年，楊炯曾在太史局隨天文生（天文生「年深者」方轉天文觀生，則天文生當年紀最小）讀書（已有科名，不必再爲學生）。在楊炯現存許多作品中，表現出他對天文、曆法極爲熱衷，由此或可得到合理解釋。上引祭汾陰公文下兩句，謂「公（薛元超）春華之日也，又陪游於層城」。所謂「春華之日」，「春華」乃用典，三國志魏書邢顒傳：「太祖（曹操）諸子高選官屬，令曰『侯家吏宜得淵深法度如邢顒輩』，遂以爲平原侯（曹）植家丞。顒防閑以禮，無所屈撓，由是不合。庶子劉楨書諫植曰：『家丞邢顒，北土之彦，少秉高節，玄静淡泊，言少理多真，雅士也，楨誠不足同貫斯人，并列左右。而楨禮遇殊特，顒反疏簡，私懼觀者將謂君侯習近不肖，禮賢不足，採庶子之春華，忘家丞之秋實，爲上招謗，其罪不小。』」則所謂「春華」，代指太子庶子，則所謂「春華之日」，指薛元超爲太子左庶子之時。按薛振行狀：「（年）五十四，遷中書侍郎，尋同中書門下三品，兼檢太子左庶子。」薛氏年五十四時，爲高宗上元三年（六七六）。按楊炯渾天賦序曰：「上元三年，始以應制舉，補校書郎。」則所謂「陪遊於層城」，「層城」指皇城，謂二人同年升官，同在皇宮供職。儘管二人間地位、年齡相差很多，但作祭文時，固然要尋求相同點，以拉近自己與死者生前之關係，何況薛氏對楊炯本有知遇之恩，曾表薦他爲崇文館學士。再回頭看楊炯舉童子科事。因舉制科而「陪遊」，與前面「齒迹」所關聯之事，便可想而知：必是指舉童子科。因此可以認定，所引四句祭文，前兩句由「齒迹石渠」而及童子科，下兩句則由「同遊層城」而及制科，這既是二者間之邏輯關係，也是楊炯人生中兩個亮點，同時又是他自述參加兩次科舉考試之時間點。要之，楊炯舉神童當在永徽六年（六五五），時年六歲。郡齋讀書志著録盈川集二十卷，其時楊集原本雖有散佚，但大部尚存，不應出錯，而作「顯慶六年」，疑乃晁公武誤書年號，即將「永徽」寫成「顯慶」，遂鑄成千年迷案。檢四庫全書本唐才子傳卷一，正謂楊炯「六歲，舉神童」，與上考結論完全相同。四庫館臣所用底本爲永樂大典本，當猶保存唐才子傳元刻本面貌，而該書傳世之其他版本，則被後人據晁志妄改，已踵謬承訛，不足爲據。

顯慶五年庚申（六六〇）

正月，高宗幸并州。三月，皇后武則天宴親族鄰里故舊於朝堂。六月辛丑，詔文武五品以上四科舉人。八月庚辰，蘇定方等討平百濟。

楊炯十一歲，待制弘文館。

楊炯渾天賦序：「顯慶五年，炯時年十一，待制弘文館。」待制，又稱「待詔」，漢書哀帝紀：「待詔夏賀良等言……。」注引應劭曰：「諸以材技徵召，未有正官，故曰待詔。」弘文館，唐六典卷八門下省「弘文館學士」條李林甫注：「武德初置修文館，武德末改爲弘文館。……弘文隸門下省，自武德、貞觀以來皆妙簡賢良爲學士。故事：五品已上稱爲學士，六品已下爲直學士。又有文學直館，并所置學士并無員數，皆以他官兼之。儀鳳中，以館中多圖籍，置詳正學士校理。」楊炯「待制」時年紀甚小，又無官職，蓋多在弘文館讀書也。自楊炯待制弘文館，到上元三年（六七六）舉制科，補校書郎，相距十六年，其間皆可稱待制，故以下不再述此事。

咸亨元年庚午（六七〇）

總章三年三月甲戌朔，大赦天下，改元爲咸亨元年。五月丙戌，詔曰：「諸州縣孔子廟堂及學館有破壞并先來未造者，遂使生徒無肄業之所，先師闕奠祭之儀，久致飄露，深非敬本。宜令所司速事營造。」十二月庚寅，諸司及百官各復舊名。杜審言進士及第。蘇頲生。

楊炯二十一歲。

作唐右將軍魏哲神道碑（本集卷八）。

碑文稱魏哲卒於總章二年（六六九）三月，其夫人馬氏早卒於貞觀十五年（六四一），咸亨元年（六七〇）某月日祔（合葬）於某原。總章三年三月甲戌朔，改元爲咸亨元年，則所謂「某月」，當在咸亨元年三月之後。本文應作於合葬前後。

作和騫右丞省中暮望詩（本集卷二）。

考兩唐書，高宗、武后時期除騫味道外，别無騫姓高官，騫右丞當即騫味道。高宗調露初，騫味道爲考功員外郎。光宅元年（六八四）爲檢校内史，貶青州刺史。垂拱四年（六八八）九月，擢左肅政臺御史、同鳳閣鸞臺平章事，十二月被殺。事迹散見兩唐書，然未載其任右丞事。「省中」，指尚書省。唐六典卷一尚書都省：「左丞一人，正四品上；右丞一人，正四品下。」注：「龍朔二年（六六二），改爲左右肅機。咸亨元年（六七〇），復爲左右丞。」此詩稱右丞，據騫味道仕歷，當在咸亨間，確年無考，姑附於此。

上元元年甲戌（六七四）

咸亨五年秋八月壬辰，追尊宣簡公爲宣皇帝，懿王爲光皇帝，太祖武皇帝爲高祖神堯皇帝，太宗文皇帝爲文武聖皇帝，太穆皇后爲太穆神皇后，文德皇后爲文德聖皇后，皇帝稱天皇，皇后稱天后。改咸亨五年爲上元元年，大赦。十二月壬寅，天后上意見十二條，請王公百寮皆習老子，每歲明經一準孝經、論語例試於有司。

楊炯二十五歲。

作奉和上元酺宴應詔詩（本集卷二）。

詩乃歌頌自唐高祖以來歷朝皇帝之文治武功，有句曰：「百戲騁魚龍，千門壯宫觀。」按資治通鑑卷二〇二載本年九月甲寅，「上御翔鸞殿，觀大酺。分音樂爲東西朋，使雍王賢主東朋，周王顯主西朋，角勝爲樂」。此次活動，當即爲慶賀改元而辦；所謂「百戲」，蓋包括二王以音樂角勝，或當時有詔文士獻詩，故楊炯作是詩以應和也。

上元二年乙亥（六七五）

正月敕：「明經加試老子策二條，進士加試帖三條。」三月，時帝風疹，不能聽朝，政事皆決於天后。自誅上官儀後，上每視朝，天后垂簾於御座後，政事大小皆預聞之，内外稱爲「二聖」。帝欲下詔令天后攝國政，中書侍郎郝處俊諫止之。沈佺期、宋之問、劉希夷、張鷟進士及第。

楊炯二十六歲。

作大唐益州大都督府新都縣學先聖廟堂碑文并序（本集卷四）。

本文及舊唐書高宗紀下，載有咸亨元年（六七〇）五月丙戌高宗令修孔子廟堂詔，上已引録。新都縣學及孔子廟堂，當即奉此詔修建，而碑文應作於廟堂落成稍前。考文中稱高宗爲「天皇」（見「大都督周王，天皇第八〔當作『七』〕子也」句），舊唐書高宗紀：咸亨五年（六七四）秋八月壬辰，「皇帝稱天皇，皇后稱天后。改咸亨五年爲上元元年。」故咸亨五年秋八月，爲本文作年之上限。文稱廟堂建成時，來恒爲益州大都督府長史。考舊唐書高宗紀，上元三年（六七六）三月癸卯，黄門侍郎來恒爲同中書門下三品，已經離蜀，是爲本文寫作時間之下限。因來恒離蜀準確時間無考，以理推之，上元元年僅四個多月（咸亨五年秋八月至年末），故碑文約作於上元二年。

又作遂州長江縣先聖孔子廟堂碑（本集卷四）。

遂州長江縣孔子廟堂，與新都縣學廟堂相同，亦是奉咸亨詔而建。兩廟堂落成時間或有先後，但相距應不遠，故兩碑寫作時間當相近，蓋亦在上元二年。據長江縣先聖孔子廟堂碑，長江縣令楊某（名未詳）爲楊炯族叔，即嘗任句容令、鄧州司馬者，疑楊炯其時正客遊於蜀，本碑文即遵其族叔之囑而作。

作遊廢觀詩（本集卷二）。

詩言所遊廢觀有玉女泉，按雲笈七籤卷一二二道教靈驗記有蜀州新津縣平蓋化被盜毁伐驗條，稱「蜀州新津縣平蓋化，即第十六化也。神仙崔孝通得道之所，真像存焉。化有玉人，長一丈，見則天下太平。殿左有玉女泉，水深三四尺，飲之愈疾」。該泉在今成都新津縣，知此詩作於蜀中。再由上述二廟堂碑觀之，疑楊炯在武后時貶官入蜀爲梓州司法參軍（詳後）之前，或另有入蜀之行。唐代由長安到梓州，一般入劍門關走金馬道，不經成都，況是貶官，有諸多約束，不可隨意遊山玩水。蓋上元二年左右，楊炯曾入蜀探訪爲長江縣令之族叔楊某某。前新都縣學先聖廟堂碑文稱「下問書生」、「來求小子」云云，實即到長江縣求筆也。

上元三年丙子（六七六）

中書舍人薛元超丁母憂，起復爲黄門侍郎。秋八月壬寅，敕桂、廣、交、黔等都督府，比來注擬上人，簡擇未精，自今每四年遣五品已上清正官充使，仍令御史同往注擬，時人謂之「南選」（資治通鑑卷二〇二）。十一月丁卯，敕新造上元舞，圜丘、方澤、享太廟用之，餘祭則停。王勃到交趾省父，渡南海溺水卒。崔融詞殫文律科及第，員半千文學優贍科及第。

楊炯二十七歲。

應制舉，補弘文館校書郎。

楊炯渾天賦序：「上元三年，始以應制舉，補校書郎。」楊炯長期待制弘文館，此謂「補校書郎」，所補當即弘文館校書郎。唐六典卷八：「弘文館校書郎二人，從九品。……校書郎掌校理典籍，刊正錯謬。」

作唐上騎都尉高君神道碑（本集卷八）。

按碑文述墓主高則卒於高宗上元三年（六七六）三月，其年冬十月丁酉葬，則本文當作於此時間段内。

又作彭城公夫人尒朱氏墓誌銘（文苑英華卷九六四）。

墓誌銘未記墓主尒朱氏卒年，謂「越上元三年十月二十日」，與其夫（據誌文當爲韋氏，名不詳）合葬於長安城南之畢原，則文當作於是年十月稍前。

儀鳳元年丙子（六七六）

上元三年十一月壬申，以陳州言鳳凰見於宛丘，改上元三年曰儀鳳元年，大赦。十二月丙申，皇太子賢上所注後漢書，賜物三萬段。是年十二月，詔曰：「山東、江左人物甚衆，雖每充賓薦，而未盡英髦。或孝悌通神，遐邇惟敬；或德行光裕，邦邑崇仰；或學統九流，垂帷覩奥；或文高六藝，下筆成章；或備曉八音，洞該七曜；或射能穿札，力可翹關；或丘園秀異，志存棲隱；或將帥子孫，素稱勇烈：委巡撫大使咸加采訪，佇申褒獎。亦有婆娑鄉曲，負材傲俗，爲譏議所斥，陷於跅弛之流者，亦宜推擇，各以名聞。」（册府元龜卷六七）

楊炯二十七歲，爲弘文館校書郎。

儀鳳二年庚辰（六七七）

二月丁巳，工部尚書高藏授遼東都督，封朝鮮郡王，遣歸安東府，安輯高麗餘衆。司農卿扶餘隆熊津州都督，封帶方郡王，令往安輯百濟餘衆。仍移安東都護府於新城以統之。十二月詔：「京文武職事三品以上官，每年各舉所知或才藴廊廟，器均瑚璉，體王佐之嘉猷，資公輔之宏量；或奇謀異算，決勝千里；或投石拔距，勇冠三軍；或謇諤忠亮，志存規弼；或繩違糾惡，不避權豪；或威惠仁明，堪居牧守之重；或公正廉直，足膺令長之任，咸宜搜訪，具録封進，朕當詳覽，量加獎擢。」（册府元龜卷六七）張鷟、姚崇、韓思彦、王無競下筆成章科及第。

楊炯二十八歲，爲弘文館校書郎。

作公卿以下冕服議（本集卷五）。

本文寫作背景，舊唐書楊炯傳述之曰：「儀鳳中，太常博士蘇知幾上表，以公卿已下冕服，請别立節文。敕下有司詳議，炯獻議曰：……（即該文）。」按杜佑通典卷五七載「儀鳳二年十一月，太常博士蘇知機上言曰：『前龍朔中，孫茂道奏請諸臣九章服（按：孫氏於龍朔二年（六六二）九月戊寅上奏節文，見舊唐書輿服志），當時竟未施行。今請制大明冕十二章，乘輿服之，加日、月、星辰、龍、虎、山、火、鱗、鳳、玄龜、雲、水等象。鷩冕八章，三公服之；毳冕六章，三品服之；繡冕四章，五品服之。』詔下有司詳議，崇文館學士楊炯奏」云云。英華卷七六六於作者名下注曰：「儀鳳二年。」上引通典稱楊炯時爲崇文館學士。又舊唐書輿服志述此事，亦稱「崇文館學士、校書郎楊炯奏議曰」，皆誤，當仍爲弘文館校書郎。爲崇文館學士尚在數年之後，而爲崇文館學士時，校書郎已任滿去職。

又作晦日藥園詩序（本集卷三）。

晦日，即夏曆每月最後一日。按文曰「於時丁丑之年，孟春之晦」，丁丑爲高宗儀鳳二年，孟春爲正月。

儀鳳三年戊寅（六七八）

正月辛酉，百官及蠻夷酋長朝天后於光順門。五月，「敕自今已後，道德經、孝經并爲上經，貢舉人并須兼通。其餘經及論語，但依常式」（册府元龜卷六三九）。秋七月丁巳，宴近臣諸親於咸亨殿。上謂霍王元軌曰：「去冬無雪，今春少雨，自避暑此宫，甘雨頻降，夏麥豐熟，秋稼滋榮。……又男輪最小，特所留愛，比來與選新婦，多不稱情；近納劉延景女，觀其極有孝行，復是私衷一喜。思與叔等同爲此歡，各宜盡醉。」上因賦七言詩，效柏梁體，侍臣并和。

楊炯二十九歲，爲弘文館校書郎。

作從甥梁錡墓誌銘（本集卷九）。

文稱墓主梁錡卒於上元三年（六七六）秋八月，葬於儀鳳三年春二月某日，則本文當作於此時間段内。

作益州温江縣令任君神道碑（本集卷七）。

碑文謂墓主任晃「以儀鳳二年六月二十五日卒於官第」。夫人姚氏，「先以咸亨三年七月二日，終西京翊善里之私第。越儀鳳三年冬十一月一日，歸祔於永樂縣歷山之平原」。則文當作於本年。

儀鳳四年己卯（六七九）

楊炯三十歲，爲弘文館校書郎。

調露元年己亥（六七九）

儀鳳四年六月辛亥制：大赦天下，改儀鳳四年爲調露元年。調露元年秋七月己卯朔，詔以今年冬至有事嵩嶽，禮官、學士詳定儀注。

楊炯三十歲，爲弘文館校書郎。

作從弟去溢墓誌銘（本集卷九）。

楊去溢、去盈兄弟，爲前述遂州長江令楊某某之子，於楊炯爲從弟。文稱楊去溢葬於儀鳳四年十月二日。儀鳳四年十月，已改爲調露元年。

又作從弟去盈墓誌銘（本集卷九）。

文稱楊去盈卒於上元三年（六七六）五月二十二日，儀鳳四年十二月二日葬。儀鳳四年十二月，已改爲調露元年。

調露二年庚辰（六八〇）

春正月乙酉，高宗宴諸王、諸司三品已上、諸州都督刺史於洛城南門樓，奏新造六合還淳之舞。二月癸丑，幸汝州温湯。丁巳，至少室山。戊午，親謁少姨廟。賜故玉清觀道士王遠知謚曰昇真先生，贈太中大夫。又幸隱士田游巖所居。己未，幸嵩陽觀及啓母廟，并命立碑。又幸逍遥谷道士潘師正所居。四月，「劉思立除考功員外郎。先時，進士但試策而已，思立以其庸淺，奏請帖經及試雜文，自後因以爲常」（册府元龜卷六三九）。蘇頲、宋璟進士及第。

楊炯三十一歲，爲弘文館校書郎。

作群官尋楊隱居詩序（本集卷三）。

近人高步瀛唐宋文舉要乙編卷一收此文，有解題曰：「舊唐書高宗紀曰：『調露二年（六八〇）二月丁巳，至大室山，又幸隱士田游巖所居。己未，幸嵩陽觀。』群官尋楊隱居，疑在此時，而楊隱居名字事迹不詳。」據文中「軒皇駐蹕，將尋大隗之居；堯帝省方，終全潁陽之節」等句，其説是。楊炯既預「群官」之列，時當仍在校書郎任上。

作送并州旻上人詩序（本集卷三）。

并州，今山西太原。旻上人生平無考，當與和旻上人傷果禪師詩之「旻上人」爲同一人。按序中稱相送者有「麟閣良朋」，漢書揚雄傳下：「時雄校書天禄閣，上治獄事，使者來欲收雄，雄恐不能自免，迺從閣上自投下，幾死。」漢代另有騏麟閣，乃圖畫功臣處。天禄、騏麟皆傳説中獸名。此以麟閣代指唐弘文館。序當作於爲弘文館校書郎時，年份不詳，姑繫於爲校書郎之末。

尋返初服，卧疾丘園。作渾天賦（本集卷一）。

渾天賦序曰：「顯慶五年（六六〇），炯時年十一，待制弘文館。上元三年，始以應制舉，補校書郎。……尋返初服，卧病丘園。二十年而一徙官，斯亦拙之效也。」所謂「二十年」，當由顯慶五年待制時算起，至是年爲二十年（本年八月改永隆元年）。按舊唐書職官志：「凡入仕之後，遷代則以四考爲限。」楊炯上元三年（六七六）應制舉，補校書郎到任當在次年，至是年爲四考滿任，待遷改官職，故曰「返初服」。賦當作於是年。

永隆元年庚辰（六八〇）

調露二年八月乙丑，立英王哲爲皇太子。改調露二年爲永隆元年，赦天下，大酺三日。

楊炯三十一歲，卧疾家居。

永隆二年辛巳（六八一）

閏七月丁未，黄門侍郎裴炎爲侍中，黄門侍郎崔知温、中書侍郎薛元超并爲中書令。庚申，上以服餌，令皇太子監國。八月，詔曰：「學者立身之本，文者經國之資，豈可假以虚名，必須徵其實效。如聞明經射策，不讀正經，抄撮義條，纔有數卷。進士不尋史傳，惟誦舊策，共相模擬，本無實才。所司考試之日，曾不簡練，因循舊例，以分數爲限。至於不辨章句、未涉文詞者，以人數未充，皆聽及第。……自今已後，考功試人，明經試帖取十帖得六已上者，進士試雜文兩首，識文律者然後并令試策。仍嚴加捉搦，必材藝灼然、合升高第者，并即依令。」（册府元龜卷六三九）

楊炯三十二歲。

作左武衛將軍成安子崔獻行狀（本集卷一〇）。

據行狀，崔獻卒於高宗調露二年（六八〇）七月，行狀上於本年正月，文當作於此時間段内。

作王勃集序（本集卷三）。

序文言及「薛令公」，薛令公即薛元超。舊唐書薛元超傳：「永隆二年（六八一）拜中書令、兼太子左庶子。」則永隆二年爲是序作年之上限。王紹宗重與王勮書稱王勃爲「從族孫」，曰「不知文筆總數幾許，更復輯注何書，小史往還，時望寫録」云云（見羅振玉據日本存唐鈔本王勃集卷三〇輯王子安佚文附録，陳尚君已輯入全唐文補編卷二二）。該書同時謂「亡孫（指王勃）靈柩在彼」云云，則必在王勃死後不久，尚未下葬，是時文稿蓋未編次。按序文末有「神其不遠」句，王勃卒於上元三年（六七六），至是不足六年，可謂「神其不遠」，而楊炯在爲崇文館學士前，又卸任家居，有時間編次校理故友遺文并作序，姑繫於此，而確年待考。

閏七月，以薛元超薦，爲崇文館學士，遷太子詹事府司直。

按唐會要卷六四：「永隆二年二月六日，皇太子（李顯）親行釋奠之禮，禮畢，上表請博延耆碩英髦之士爲崇文館學士，許之。於是，薛元超表薦鄭祖玄、鄧玄挺、楊炯、崔融等并爲崇文學士。」又楊炯薛振行狀：「及兼左庶子，又表鄭祖玄、沈伯儀、賀覬、鄧玄挺、顔强學、崔融等十人爲學士，天下服其知人。」按舊唐書薛收傳附薛元超傳：「永隆二年，拜中書令兼太子左庶子。高宗幸東都，太子於京師監國，因留元超以侍太子。常臨行謂元超曰：『朕之留卿，如去一臂。但吾子未閑庶務，關西之事，悉以委卿。所寄既深，不得默爾。』於是元超表薦鄭祖玄、鄧玄挺、崔融爲崇文館學士。」則薛氏薦諸學士，在是年爲中書令、皇太子監國之閏七月。又新唐書楊炯傳，稱其爲學士後，「遷詹事司直」。崇文館，乃太子府所設學館。通典卷三〇職官東宮官述之曰：「魏文帝始置崇文觀，以王肅爲祭酒，其後無聞。貞觀中，置崇賢館，有學士、直學士員，掌經籍圖書，教授諸王，屬左春坊。龍朔二年（六六二），改司經局爲桂坊，管崇賢館，而罷隸左春坊，兼置文學四員，司直二員。司直正七品上，職爲東宮之憲司，府門北向，以象御史臺也。其後省桂坊，而崇賢又屬左春坊。後沛王賢爲皇太子，避其名，改爲崇文館，其學士例與弘文館同。」

作崇文館宴集詩序（本集卷三）。

序略曰：「爾（指崇文館）其清垣繚繞，丹禁逶迤。魚鑰則環鎖晨開，雀窗則銅樓旦辟。周廬綺合，廨署星分。左輔右弼之官，此焉攸集；先馬後車之任，於是乎在。顧循庸菲，濫沐恩榮，屬多士之後塵，預群公之末坐。」觀其詞氣，當在新任崇文館學士後不久。

又作青苔賦（本集卷一）。

賦開篇曰：「粤若稽古聖皇，重暉日光。開博望之苑，辟思賢之堂。華館三襲，雕軒四下。地則經省而書坊，人則後車而先馬。相彼草木兮，或有足言者；吁嗟青苔，今可得而聞也。」所言皆太子府堂館之事。按文苑英華卷一四七載崔融瓦松賦并序，其序曰：「崇文館瓦松者，産於屋溜之上。千株萬莖，開花吐葉，高不及尺，下纔如寸，不載於仙經，靡題於藥録。謂之爲木也，訪山客而未詳；謂之爲草也，驗農皇而罕記。豈不以在人無用，在物無成乎？俗以其形似松，生必依瓦，故曰瓦松。楊炯謂余曰：『此中草木，咸可爲賦。』」則青苔賦必與崔融瓦松賦同時而作，所賦即崇文館草木之一也。寫作時間不詳，蓋亦在入館後不久，姑繫於是年。

開耀元年辛巳（六八一）

永隆二年冬十月乙丑，改永隆二年爲開耀元年。

楊炯三十二歲，爲崇文館學士、太子詹事府司直。

作同詹事府官寮祭郝少保文（本集卷一〇）。

舊唐書郝處俊傳：「郝處俊，安州安陸人也。」貞觀中本州進士舉，解褐授著作佐郎，襲爵甑山縣。拜太子司議郎，五遷吏部侍郎，乾封二年（六六七）改爲司列少常伯。總章二年（六六九），拜東臺侍郎，尋同東西臺三品。爲中書令，歲餘兼太子賓客，檢校兵部尚書。儀鳳二年（六七七）加金紫光禄大夫、行太子左庶子，并依舊知政事，監修國史。四年，爲侍中。遷太子少保。開耀元年薨，年七十五。又同書高宗紀下：永隆二年十月改元開耀。同年十二月辛未，「太子少保、甑山縣公郝處俊薨。」本文當作於是時。

開耀二年壬午（六八二）

楊炯三十三歲，爲崇文館學士、太子詹事府司直。

永淳元年壬午（六八二）

開耀二年二月癸未，以太子誕皇孫滿月，大赦。改開耀二年爲永淳元年。三月初，「令應詔舉人并試策三道，即爲永例」（册府元龜卷六三九）。四月丙寅，高宗幸東都，皇太子京師留守，命劉仁軌、裴炎、薛元超等輔之。陳子昂、劉知幾進士及第。裴行儉卒。

楊炯三十三歲，爲崇文館學士、太子詹事府司直。

作唐同州長史宇文公神道碑（本集卷六）。

宇文公，即宇文珽，河南洛陽人。碑稱其卒於永淳元年六月二十一日，享年六十五，「即以其年十月，遷窆於鄭縣安樂鄉之西源」。則碑文當作於是年六至十月間。

又作送徐録事詩序（本集卷三）。

徐録事，名不詳。文中謂徐氏爲内率府録事，按唐六典卷七尚書工部：「東宫官屬，凡府一，坊三，寺三，率府十。」李林甫注：「……十率府，謂左右衛率府、左右清道率府、左右司御率府、左右内率府、左右監門率府。」同書卷二八太子左右衛及諸率太子左右内率府：「録事參軍事各一人，正九品上。」則所謂「録事」，當即録事參軍。詩序謂徐録事出攝蒼溪縣主簿在永淳元年四月；又有「詩成『流火』之文」句，則起程當在初秋七月。

作伯母東平郡夫人李氏墓誌銘（文苑英華卷九六四）。

其伯母，即伯父楊德裔妻李氏，乃宗室女。文述其伯母卒於永淳元年八月，葬於同年冬十一月一日，則誌銘當作於九、十月間。

作庭菊賦（本集卷一）。

賦序稱天子（高宗）幸東都，皇儲（即太子李顯）監國，裴炎、薛元超爲左庶子，考史當爲永淳元年；賦末又謂「歲將何其，歲將逝」，則當作於是年秋冬之際。

作少室山少姨廟碑（本集卷五）。

前調露二年敘事，已述高宗於該年正月至少室山，親謁少姨廟及啓母廟，并命立碑。本文首稱「臣聞」，後又稱「承明詔」，知此碑文即楊炯奉「立碑」之令而作。宋趙明誠金石録卷四：「唐少姨廟碑，楊炯撰，沮渠智烈書，永淳元年十二月。」當時奉詔撰碑者，猶有崔融，所撰爲唐啓母廟碑，上引金石録同時著録。

又作和劉侍郎入隆唐觀詩（本集卷二）。

劉侍郎，當即劉禕之。舊唐書劉禕之傳：「劉禕之，常州晉陵人也。」有文藻，少與孟利貞、高智周等同直昭文館，遷左史，又與元萬頃、范履冰等共撰列女傳、臣軌等千餘卷。儀鳳二年（六七七）轉朝奉大夫、中書侍郎。又拜中書舍人，檢校中書侍郎。則天臨朝，參預其謀，擢中書侍郎、同中書門下三品。垂拱三年（六八七）被誣，賜死於家，年五十七。隆唐觀，在登封縣逍遥谷中。全唐文卷二二八載王適體玄先生太中大夫潘尊師碣文并序（又見嵩陽石刻集記卷上），謂調露元年（六七九），唐高宗同武后如嵩山，幸道士潘師正之居，「爰制有司：就師（指潘師正宅）立觀。即於逍遥隱谷建隆唐焉」。詩稱「劉侍郎」而未言其爲相，當在調露元年後、武后臨朝稱制前。詩又謂「仙都日月開」，則劉褘之之入隆唐觀，蓋在該觀落成時，當與高宗同時下令所立之唐少姨廟碑、唐啓母廟碑落成同時，故繫於是年。

永淳二年癸未（六八三）

春正月甲午朔，高宗幸奉天宫。遣使祭嵩嶽、少室、箕山、具茨等山，西王母、啓母、巢父、許由等祠。七月己丑，召皇太子至東都。十一月丁未，自奉天宫還東都。疾甚，宰臣已下并不得謁見。

楊炯三十四歲，爲崇文館學士、太子詹事府司直。

正月後不久，作爲劉少傅等謝敕書慰勞表（本集卷五）。

舊唐書高宗紀下：永隆二年（六八一）三月辛卯，「左僕射、同三品劉仁軌兼太子少傅」。同上書劉仁軌傳：「劉仁軌，汴州尉氏人也。」武德初補息州參軍，稍除陳倉尉。太宗時累遷給事中。高宗咸亨三年（六七二）拜太子左庶子、同中書門下三品。上元二年（六七五）拜尚書左僕射、同中書門下三品。「永淳元年（六八二），高宗幸東都，皇太子京師監國，遣仁軌與侍中裴炎、中書令薛元超留輔太子。」則天臨朝，加授特進。垂拱元年（六八五）薨，年八十四。本文乃楊炯代劉仁軌等諸留守大臣而作。敕書慰勞具體時間不詳。按表文述及用珪璧祭祀事，當在永淳二年正月高宗遣使遍祭諸神後不久。

作李懷州墓誌銘（本集卷九）。

李懷州，名沖寂，字廣德，隴西狄道人，高宗族兄。卒後贈懷州刺史。誌文述墓主卒於永淳元年（六八二）某月日，於次年夏五月葬，則文當作於此時間段内。

作後周青州刺史齊貞公宇文公神道碑（本集卷六）。

所稱宇文公，即宇文彪，原名蕭彪，卒於北周武帝宇文邕保定四年（五六四）。文稱「年移十紀」，十紀約一百二十年，則本文當爲改葬或補碑而作，約在高宗末或武后初，姑繫於此。

弘道元年癸未（六八三）

永淳二年十二月己酉，詔改永淳二年爲弘道元年。是夕，高宗崩於洛陽真觀殿，時年五十六。皇太子李顯即位於柩前，是爲中宗。

楊炯三十四歲，爲崇文館學士、太子詹事府司直。

作隰川縣令李公墓誌銘（本集卷九）。

墓主李公，名嘉，字大善，鎮軍大將軍李客師之子，楊炯妻兄。誌文稱「永淳元年（六八二）八月二十一日，終於京師道政里之私第，享年七十二」；「越弘道二年歲次甲申，正月甲申朔，二十六日己酉，陪葬於昭陵東南之平原」。所謂「弘道二年」，即中宗嗣聖元年（六八四），疑誌文作於弘道元年十二月（即永淳二年十二月，亦即高宗崩後一個月）。蓋楊炯作誌文時，不知下年將改何年號，故不得已而署弘道二年也。

唐中宗嗣聖元年甲申（六八四）

楊炯三十五歲，爲崇文館學士、太子詹事府司直。

嗣聖元年甲申春正月甲申朔，改元。

唐睿宗文明元年甲申（六八四）

嗣聖元年二月戊午，皇太后武則天廢皇帝（中宗）爲廬陵王，幽於別所，仍改賜名哲。己未，立豫王輪爲皇帝（睿宗），令居於別殿。大赦天下，改元文明，皇太后仍臨朝稱制。

楊炯三十五歲。爲崇文館學士、太子詹事府司直。

作瀘州都督王湛神道碑（本集卷八）。

墓主王湛卒於咸亨三年（六七二）七月，睿宗李旦文明元年二月陪葬獻陵（高祖陵），則陪葬當爲改葬。碑文應作於本年改葬稍前。

作送李庶子致仕還洛詩（本集卷二）。

庶子，太子府屬官，正四品上，見唐六典卷八。李庶子，當是李義琰。舊唐書李義琰傳：「李義琰，魏州昌樂人。……少舉進士，累補太原尉。……麟德中爲白水令，有能名，拜司刑員外郎。

上元中，累遷中書侍郎，又授太子右庶子、同中書門下三品。」博學多識，言皆切直，爲官廉潔。「義琰後改葬父母，使舅氏移其舊塋，高宗知而怒曰：『豈以身在樞要，凌蔑外家，此人不可更知政事。』義琰聞而不自安，以足疾上疏乞骸骨，乃授銀青光禄大夫，聽致仕。乃將歸東都田里，公卿以下祖餞於通化門外，時人以比漢之二疏。垂拱初起爲懷州刺史，義琰自以失則天意，恐禍及，固辭不拜。四年，卒於家。」據舊唐書高宗紀下，李義琰拜同中書門下三品在高宗上元三年（六七六）四月。又據新唐書高宗紀，弘道元年三月庚子，「李義琰罷」。按弘道僅一個月即年終，換歲後改元嗣聖，僅月餘，又改元文明。則所謂弘道元年三月，已入文明元年矣。詩當作於祖餞於通化門時。詩言「炎氛匝」，當在夏季。

武則天光宅元年甲申（六八四）

文明元年九月，大赦天下，改元爲光宅。旗幟改從金色，飾以紫，畫以雜文。改東都爲神都。又改尚書省及諸司官名。初置右肅政御史臺官員。故司空李勣孫柳州司馬徐敬業僞稱揚州司馬，殺長史陳敬之，據揚州起兵，自稱上將，以匡復爲辭。駱賓王作代李敬業傳檄天下文。薛元超卒。徐敬業起兵失敗後，駱賓王下落不明。

楊炯三十五歲，爲崇文館學士、太子詹事府司直。

作爲薛令祭劉少監文（本集卷一〇）。

是文乃楊炯代薛元超作。文稱「薛令」，當在薛元超爲中書令後。按舊唐書薛元超傳：「永隆二年（六八一）拜中書令、兼太子左庶子。」本文既是代作，則薛元超仍在世。薛氏卒於光宅元年冬十二月，疑託楊炯作祭文時已在病中，故繫於本年。

作祭汾陰公文（本集卷一〇）。

薛元超卒於光宅元年十二月初二。祭文稱「光宅之元祀太歲甲申冬十有二月戊寅朔丁亥御辰」，以戊寅朔推之，丁亥爲初十日。

作和石侍御山莊詩（本集卷二）。

石侍御，當即石抱忠。新唐書員半千傳附石抱忠傳：「抱忠，長安人，名屬文。初置右臺，自清道率府長史爲殿中侍御史，進檢校天官郎中，與侍郎劉奇、張詢古共領選募，廉潔而奇，號清平。」按舊唐書職官志三：御史臺，「光宅元年（六八四）分臺爲左右，號曰左右肅政臺。左臺專知京百司，右臺按察諸州」。又曰：「殿中侍御史六人，從七品下。……殿中侍御使掌殿廷供奉之儀式。」詩既稱「侍御」，則當作於「初置右臺」之光宅元年或稍後。

垂拱元年乙酉（六八五）

垂拱元年春正月，以敬業平，大赦天下，改元。三月，遷廬陵王哲於房州。頒下親撰垂拱格於天下。

楊炯三十六歲，爲崇文館學士、太子詹事府司直。

楊炯永隆二年（六八一）以薦爲崇文館學士，遷太子詹事府司直，至上年已秩滿。原所事皇太子李顯（中宗）繼位不久即被廢，新立豫王旦爲皇帝（睿宗），然令不預政而居於別殿。此乃政治動盪時期，故原太子府屬官并未因秩滿解職，楊炯後在梓州作唐昭武校尉曹君神道碑中自述稱「始以東宮學士，出爲梓州司法」可證。

作常州刺史伯父東平楊公墓誌銘（本集卷九）。

墓主楊德裔，字德裔，乃楊炯伯父，卒於文明元年（六八四）夏四月，「越垂拱元年春二月某日，與夫人隴西李氏合葬於某原」，則本文當作於此時段內。

作中書令汾陰公薛振行狀（本集卷一〇）。

薛振即薛元超，以字行。卒於武則天光宅元年（六八四）季冬，行狀上於武則天垂拱元年四月初，則文當作於此時間段內。

秋冬，出爲梓州司法參軍。

舊唐書楊炯傳：「炯俄遷詹事司直。則天初，坐從祖弟神讓犯逆，左轉梓州司法參軍。」新唐書楊炯傳：「遷詹事司直。俄坐從父弟神讓與徐敬業亂，出爲梓州司法參軍。」作「從父弟」是，前已辨。楊炯四月尚作薛振行狀，下年初已在梓州（見所作梓州官屬祭陸鄴縣文），其赴梓州，約在是年秋冬。

垂拱二年丙戌（六八六）

正月，皇太后武則天下詔復政於皇帝，睿宗知其非實意，乃固讓。皇太后仍舊臨朝稱制。九月丁未，雍州言新豐鄉東南有山湧出，改新豐爲慶山縣。

楊炯三十七歲，爲梓州司法參軍。

作爲梓州官屬祭陸鄄縣文（本集卷一〇）。

文稱「維垂拱二年太歲丙戌正月壬寅朔，二十二日癸亥，長史劉某謹以清酌庶羞之奠，敬祭陸明府之靈」，則當作於是年初。

作唐昭武校尉曹君神道碑（本集卷八）。

墓主曹通，原爲沛國譙（今安徽亳州市）人，後世因官爲瓜州常樂縣（今甘肅安西縣一帶）人。爲鮮卑首領賀拔威部將，唐開國初投降唐軍，授昭武校尉。龍朔元年（六六一）卒。其夫人永淳元年（六八二）卒，是時陪窆於塋内。碑文稱「炯效官昌運，負譴明時，始以東宮學士，出爲梓州司法」云云。既稱「始以」，則本文當作於垂拱二年初爲梓州司法後不久。

又作和劉長史答十九兄詩（本集卷二）。

劉長史，當是劉延嗣。舊唐書劉德威傳：劉德威，徐州彭城人。子審禮，「審禮從父弟延嗣，文明年（六八四）爲潤州司馬，屬徐敬業作亂，率衆攻潤州，延嗣與刺史李思文固守不降。俄而城陷，敬業執延嗣，邀之令降，辭曰：『延嗣世蒙國恩，當思效命。州城不守，多負朝廷，終不能苟免偷生，以累宗族。豈以一身之故，爲千載之辱？今日之事，得死爲幸。』敬業大怒，將斬之，其黨魏思温救之獲免，乃囚之於江陵獄。俄而賊敗，竟以裴炎近親（按舊唐書裴炎傳，炎因勸武則天歸政，誣以謀反，於光宅元年十月被殺）不得叙功，遷爲梓州長史，再轉汾州刺史，卒」。十九兄，其人無考。按：資治通鑑卷二〇三述李思文（乃徐敬業叔父）之功，繫於垂拱元年正月，劉延嗣不得叙功及遷梓州長史，蓋在此稍前。本詩末有「恩波浹後塵」句，當指作者坐從父弟神讓參與徐敬業起兵，受累貶梓州司法參軍事。楊炯在所作梓州官僚贊中，述現任梓州長史爲秦遊藝，前長史爲楊譓。疑劉延嗣任長史時間很短，待楊炯至梓州時已經離任，故自稱「後塵」。是詩約作於垂拱二年楊炯爲梓州司法參軍之初。

垂拱三年丁亥（六八七）

正月，封王子成義爲恒王，隆基爲楚王，隆範爲衛王，隆業爲趙王。「九月己卯，虢州人楊初成詐稱郎將，矯制於都市募人迎廬陵王於房州，事覺伏誅。」（資治通鑑卷二〇四）

楊炯三十八歲，爲梓州司法參軍。

垂拱四年戊子（六八八）

二月，毁乾元殿，就其基造明堂。夏四月，魏王武承嗣僞造瑞石，文云「聖母臨人，永昌帝業」，令雍州人唐同泰表稱獲之於洛水。皇太后大悦，號其石爲「寶圖」。五月，皇太后加尊號曰聖母神皇。秋七月，大赦天下，改「寶圖」曰「天授聖圖」。十二月，武后拜洛水，受「天授聖圖」。張説舉詞標文苑科及第。

楊炯三十九歲，爲梓州司法參軍。

作送東海孫尉詩序（本集卷三）。

序稱孫某爲東川（梓州）人，告别到東海（今屬江蘇連雲港市）作縣尉。末句謂「但當晨看旅鴈，君逢繫帛之書；夕望牽牛，余候乘槎之客」。按張華博物志卷一〇：有人乘槎至天河，見牽牛人，「牽牛人乃驚問曰：『何由至此？』此人具説來意，并問此是何處，答曰：『君還，至蜀郡訪嚴君平，則知之。』竟不上岸，因還如期。後至蜀，問君平，曰：『某年月日有客星犯牽牛宿。』計年月，正是此人到天河時也」。既用此典，表明是時作者在蜀，當在梓州司法參軍任上。具體年份不詳，姑繫於此。

又作梓州官僚贊（全唐文卷一九一）。

本文盈川集不載，原爲磨崖石刻，文本今見全唐文卷一九一。楊炯遍爲梓州及其屬縣官吏二十九人（包括自己）作贊，自贊稱「歲聿云徂，小人懷土。歸歟歸歟，自衛返魯」，顯然在將離梓州之時。

由長江出蜀赴洛陽，作三峽詩并序（本集卷二）。

文苑英華卷一六一載廣溪峽，編者於詩下注曰：「三峽有序，不録。」序已佚。今存廣溪峽、巫峽、西陵峽三詩。詩中無秋冬景象，而云「飛水千尺瀑」、「驚浪回天高」（廣溪峽），疑在夏季。

十二月，已在洛陽，作宴皇甫兵曹宅詩序（本集卷三）。

皇甫兵曹，據序文當爲安定（今甘肅平涼地區）人，疑爲皇甫無逸後人或族子。舊唐書皇甫無逸傳：「皇甫無逸，字仁儉，安定烏氏人。」隋末爲右武衛將軍，投李淵，拜民部尚書，累轉益州大都督府長史。據唐六典等，唐代尚書兵部、諸衛、諸衛府及太子左右衛、諸王衛皆有兵曹參軍。序文稱「高會於中京」，又云「河圖適至」、「冰納千金之水」。「河圖」指武承嗣僞造之瑞石，號曰「寶圖」，武則天於是拜洛水，受「天授聖圖」。冰納，即納冰。千金之水，謂冰雖爲水，然極貴重。詩經豳風七月：「二之日鑿冰沖沖，三之日納於凌陰。」毛傳：「冰盛水腹，則命取冰於山林。沖沖，鑿冰之意。凌陰，冰室也。」按周禮天官凌人：「凌人掌冰。正歲十有二月，令斬冰，三其凌。」鄭玄注：「正歲，季冬火星中大寒，冰方盛之時。」則此文當作於洛陽，時在垂拱四年十二月。作者自謂「下走齊之濫吹」，其時已梓州司法參軍秩滿，尚無官。

永昌元年己丑（六八九）

春正月，神皇親享明堂，大赦天下，改爲永昌元年，大酺七日。張柬之舉賢良方正科及第。孟浩然生。

楊炯四十歲，在洛陽。

作鄘國公墓誌銘（本集卷九）。

按：隋恭帝（楊侑）於義寧二年（六一八）遜位於唐，封鄘國公。楊侑死，族子楊行基嗣。本墓主楊柔，即楊行基之子，嗣封鄘國公。誌銘首句云「永昌元年春二月甲申朔，鄘國公薨」；後又謂「越某月，葬於某原」，則文當作於是年二月之後數月間。

載初元年己丑（六八九）

正月，神皇親享明堂，大赦天下。依周制建子月爲正月，改永昌元年十一月爲載初元年正月，十二月爲臘月，改舊正月爲一月，大酺三日。

楊炯四十歲。

天授元年己丑（六九〇）

載初元年秋七月，有沙門十人僞撰大雲經，表上之，盛言神皇受命之事。制頒於天下，令諸州各置大雲寺，總度僧千人。九月九日壬午，革唐命，改國號爲周，改元爲天授。大赦天下，賜酺七日。乙酉，加尊號曰聖神皇帝，降皇帝爲皇嗣。丙戌，初立武氏七廟於神都。李善卒。

楊炯四十一歲，在内侍省掖廷局與宋之問分直習藝館。

文苑英華卷一四八宋之問秋蓮賦并序：「天授元年，敕學士楊炯與之問分直，於洛城西入閣。每雞鳴後，至羽林仗，閽人奏名，請龜契，佇命拱立於御橋之西。」又宋之問祭楊盈川文：「大君有命，徵子文房。余亦叨忝，隨君頡頏。同趨北禁，并拜東堂。志事俱得，形骸兩忘。載罹寒暑，貧病洛陽。裘馬同敝，老幼均糧。」則楊、宋二人自天授元年起，曾在「文房」共事。所謂「文房」，即内教，又稱内文學館、習藝館。舊唐書宋之問傳：「初徵，令與楊炯分直内教。」新唐書宋之問傳：「武后召與楊炯分直習藝館。」其止式職名爲宫教博士。新唐書百官志：「宫教博士二人，從九品下，掌教習宫人書算衆藝。」原注：「初，内文學館隸中書省，以儒學者一人爲學士，掌教宫人。

武后如意元年，改曰習藝館，又改曰萬林内教坊，尋復舊。有内教博士十八人。……開元末館廢，以内教博士以下隸内侍省，中官爲之。」載初元年九月九日方改元天授，秋蓮賦序稱「自春徂秋」，祭楊盈川文又稱「載罹寒暑」，則至少任職至天授二年九月，其實蓋至四考秩滿，即到長壽二年（六九三）。

天授二年辛卯（六九一）

春三月，改唐太廟爲享德廟。夏四月，令釋教在道法之上，僧尼處道士、女冠之前。冬十月制，官人者咸令自舉。

楊炯四十二歲，分直習藝館。

作唐贈荆州刺史成公神道碑（本集卷七）。

本文稱「大周」云云，當作於載初元年（六八九）九月九日武則天革唐命，改國號爲周、改元天授之後。碑文闕載墓主卒、葬年份。考宋趙明誠金石録卷四：「周贈箕州刺史成公碑，楊炯撰，正書無姓名，天授二年（六九一）二月。」據碑文，墓主成知禮嘗歷箕州平城縣令，卒後武周朝廷贈荆州刺史，與金石録「贈箕州刺史」小異，然趙氏所録當即此碑無疑。則文當作於天授二年初或稍前。

作梓州惠義寺重閣銘并序（本集卷五）。

序稱「大辰之歲，正陽之月，有鄴縣宰扶風竇兢，……與禪師釋智海，寓目於長平之山」云云；

後又稱「輪王所處，純金爲説法之堂；諸佛所游，衆香作經行之地，亦未可同年而語也」云云，知是銘當作於重閣落成之後。按爾雅釋天：「大辰，房、心、尾也。大火謂之大辰。」大火乃古代天文學十二次之一。所謂十二次，即將天之赤道帶分爲十二等份：星經、玄枵、娵訾、降婁、大梁、實沈、鶉首、鶉火、鶉尾、壽星、大火、析木。用十二次與十二辰對應，爲古代紀年法之一。十二辰以十二地支命名，大火對應卯，故所謂「大辰之歲」，即卯年。考楊炯行年，坐從父弟楊神讓從徐敬業起兵連累，貶爲梓州司法參軍，約於垂拱元年（六八五）秋冬入蜀，天授元年（六九〇）已在洛陽内侍省掖廷局與宋之問分直習藝館（見上引宋之問秋蓮賦序），而卯年爲本年即天授二年（辛卯）。又按漢書五行志下之下：「當夏四月，是謂孟夏。」説曰：「正月謂周六月，夏四月，正陽純乾之月也。」則銘當作於天授二年四月。楊炯是時已離梓州，蓋應竇兢遥請而作也。

天授三年壬辰（六九二）

楊炯四十三歲，分直習藝館。

作杜袁州墓誌銘（本集卷九）。

按文稱「公諱某，字某，京兆杜陵人也。……以某年月日終於淮海之館，春秋七十有七，嗚呼哀哉！夫人太原王氏，……咸亨二年（六七一）某月日終長杜之官第。維天授三年春二月，合祔於杜陵之平原，禮也」。則文當作於是年二月稍前。

如意元年壬辰（六九二）

天授三年四月，大赦天下，改元爲如意，禁斷天下屠殺。秋七月，大雨，洛水汎溢，漂流居民五千餘家。遣使巡問賑貸。

楊炯四十三歲，分直習藝館。

作盂蘭盆賦（本集卷一）。

賦稱「粤大周如意元年秋七月，聖神皇帝御洛城南門，會十方賢衆，蓋天子之孝也」，云云。舊唐書楊炯傳述是賦寫作緣起道：「如意元年（六九二）七月望日，宫中出盂蘭盆分送佛寺，則天御洛南門，與百寮觀之。炯獻盂蘭盆賦，詞甚雅麗。」

長壽元年壬辰（六九二）

如意元年九月，大赦天下，改元爲長壽。改用九月爲社。大酺七日。并州改置北都。

楊炯四十三歲，分直習藝館。

長壽二年癸巳（六九三）

臘月，改封皇孫隆基爲臨淄郡王。春二月，尚方監裴匪躬坐潛謁皇嗣（李旦），腰斬於都市。秋九月，上加金輪聖神皇帝號，大赦天下，大酺七日。

楊炯四十四歲，分直習藝館。

作大周明威將軍梁公神道碑（本集卷六）。

碑稱「公諱待賓，安定臨涇人也。……長壽二年正月六日終於神都旌善里私第，春秋五十。……以大周長壽二年歲次癸巳二月辛酉朔，二十四日甲申，遷窆於雍州藍田縣驪山原舊塋，禮也」。文當作於此時段内。

長壽三年甲午（六九四）

楊炯四十五歲。

據舊唐書職官志，官員「遷代則以四考爲限」。楊炯分直習藝館，上年已滿四考，今年不詳是否仍在任。

延載元年甲午（六九四）

長壽三年五月，武則天加尊號爲越古金輪聖神皇帝，大赦天下，改元爲延載，大酺七日。秋八月，梁王武三思勸率諸蕃酋長，奏請大徵斂東都銅鐵，造天樞於端門之外，立頌以紀武則天之功業。

楊炯四十五歲。

證聖元年乙未（六九五）

是年春一月，武則天加尊號曰慈氏越古金輪聖神皇帝，大赦天下，改元證聖，大酺七日。丙申夜，明堂火災，至明而并從煨燼。庚子，以明堂災告廟，手詔責躬，令内外文武九品已上各上封事，極言正諫。

楊炯四十六歲。

天册萬歲元年乙未（六九五）

證聖元年春二月，武則天去「慈氏越古」尊號。秋九月，親祀南郊，加尊號天册金輪聖神皇帝，大赦天下，改元爲天册萬歲。

楊炯四十六歲。

秋八月，作老人星賦（本集卷一）。

賦首句爲「赫赫宗周，皇天降休」；末句爲「臣炯作頌，皇家萬年」，顯非一般體物之作，而政治氣味十分濃烈。按文苑英華卷五六一載武三思賀老人星見表曰：「臣守節等文武官九品以上四千八百四十一人上言：臣聞惟德動天，必有非常之應；惟神感貺，允屬會昌之期。天鑒孔明，降休徵者所以宣天意；神聰無昧，效嘉祉者所以贊神功。……伏惟天册金輪聖神皇帝陛下潤色丕業，光赫寶祚。執大象而御風雲，鼓洪鑪而運寒燠。浹洽四海，輝華六幽。希代符來，超今邁昔。浪委波屬，故合沓而無窮；日臻月見，尚殷勤而未已。伏見太史奏稱八月十九日夜有老人星見，……臣等謬參纓笏，叨目禎祥，慶抃之誠，實倍殊品。無任踴躍之至。」表稱老人星見在八月十九日夜，而親祀南郊、加天册金輪聖神皇帝在九月，蓋先有老人星見，至祀南郊、加尊號時方上表爲賀。賦當亦作於是時，疑楊炯奉武三思之命而作，蓋後者欲借其名以頌聖也。

萬歲登封元年丙申（六九六）

臘月甲申，武則天登封嵩嶽。大赦天下，改爲萬歲登封元年，大酺九日。丁亥，禪於少室山。甲申，親謁太廟。

楊炯四十七歲，約在本年授盈川令。

舊唐書本傳：「則天初，坐從祖弟神讓犯逆，左轉梓州司法參軍。秩滿，選授盈川令。」又新唐書本傳：「坐從父弟神讓與徐敬業亂，出爲梓州司法參軍。遷盈川令。」按：兩唐書本傳叙事遺漏分直習藝館事，但楊炯仕終盈川令，則無異詞。授盈川令時間，文獻闕載，上年作老人星賦，知天册萬歲八九月間尚在洛陽，則出爲盈川令，最早也只能在本年冬。有學者稱楊炯爲盈川令「始于天授元年或次年」（唐才子傳校箋第五册，中華書局一九九五年版，第六頁），根據爲顏真卿唐故通議大夫行薛王友柱國贈秘書少監國子祭酒太子少保顏君（惟貞）廟碑銘（顏魯公集卷一六補遺，金石粹編卷一〇一）。該廟碑銘曰：「天授元年，糊名考校，判入高等，以親累，授衢州參軍。與盈川令楊炯、信安尉桓彦範相得甚歡。」按唐代舉子取得科名後，并非馬上授官，故天授元年顏維貞幾不可能赴衢州任。況顏維貞授衢州參軍乃因「以親累」，其親（蓋指其父）所犯何事至連累其仕途，何時免於追究皆不詳，故顏氏雖天授元年判入高等，但與授衢州參軍并非同時，則廟碑銘雖文字相接，但并不等於即與授官時間。況楊炯天授元年後尚有多篇文章作於洛陽、長安一帶（見前述），并不在盈川，故據顏維貞事推定楊炯天授元年或次年始爲盈川令，或爲誤判。按：盈川，縣名。舊唐書地理志三衢州盈川縣：「如意元年（六九二），分龍丘置縣。西有刑溪，陳時土人留異惡『刑』字，改名盈川，因以爲縣名。」後久廢。廢縣舊治，在今浙江衢州高家鎮盈川村，有楊炯祠。

臨行，張説作贈別楊盈川炯箴。

張説張燕公集卷一二贈別楊盈川炯箴略曰：「杳杳深谷，森森喬木。天與之才，或鮮其禄。君服六藝，道德爲尊。君居百里，風化之源。才勿驕吝，政勿煩苛。明神是福，而小人無冤。……」按舊唐書本傳曰：「炯至官，爲政殘酷，人吏動不如意，輒榜撻之。」又新唐書本傳：「遷盈川令，張説以箴贈行，戒其苛。至官，果以嚴稱，吏稍忤意，搒殺之，不爲人所多。」此蓋以張説箴敷演爲説，謂其有先見之明，然是否「爲政殘酷」，別無旁證。

作李舍人山亭詩序（本集卷四）。

據詩序，山亭原爲高陽公許敬宗所有，其後李舍人得之。李舍人乃宗室子，名不詳，蓋嘗爲太子府舍人。李舍人爲永嘉（今浙江温州）人。楊炯除爲盈川令外，平生別無東南之行，故其預李舍人山亭宴，只能在爲盈川令期間，具體年份不詳。

楊炯卒於官，時間待考。

舊唐書本傳：「（選授盈川令），無何卒官。中宗即位，以舊寮追贈著作郎。」又新唐書本傳：「（遷盈川令），卒於官。中宗時贈著作郎。」中宗李顯即位，在神龍元年（七〇五）春正月。

按趙明誠金石録卷五載：「周晉州長史韋公碑，楊炯撰，孫希弼八分書，長安三年四月。」考新唐書宰相世系表，韋氏凡九房，唯彭城公房韋悦然嘗爲晉州長史。雍正山西通志卷七五職官三：「韋悦然，京兆杜陵人，晉州長史。」蓋韋悦然即韋公碑墓主。惜除此之外，現存文獻未能提供更多信息。武則天長安三年，爲公元七〇三年。就現有史料，楊炯卒於盈川令任上無疑，似不可能長安三年仍在世。然趙氏所録，或爲刊碑時間，而楊炯赴盈川任準確年份不詳，故其準確卒年不可考。有學者説周晉州長史韋公碑絶非出於楊炯之手，似難斷定。若楊炯生前已預撰碑文，或撰文時韋氏已卒，至長安三年方下葬刊石，皆不無可能。又明豐坊書訣稱楊炯被武則天「用爲司刑卿，睿宗時追論酷吏，貶盈川令，尋賜死」。此説純爲杜撰。宋之問祭楊盈川文首句稱「維大周某年月日」，則楊炯未能活到中宗時，更遑論睿宗矣。

楊炯弟由盈川運靈柩回洛陽，宋之問爲營葬，并作文祭之。

宋之問祭楊盈川文：「君有兄弟，同心異體。陟岡增哀，歸葬以禮。旅櫬飄零，於洛之汀。我之懷矣，感歎入冥。見子之弟，類子之形。悼往心絶，慰存涕盈。古人有言，一死一生。昔子往矣，追送傾城。今子來也，乃知交情。……子宅子兆，我營我思。」

楊炯妻李氏，無嗣。

李氏乃右武衛將軍、丹陽郡公李客師之女。李客師爲唐初大將李靖（舊唐書本傳稱「本名藥師」；新唐書謂「字藥師」）之弟。考隰川縣令李公墓誌銘，墓主李嘉爲李客師之子。誌銘又曰：

「炯樗櫟庸材，瓶筲小器。仰惟先友，叨雅契於金環；俯逮嘉姻，荷深知於玉潤。南容有道，僅聞將聖之言；東武建塋，俄述安仁之賦。」「南容」二句，論語公治長：「子謂南容，邦有道，不廢；邦無道，免於刑戮。以其兄之子妻之。」何晏集解引王（肅）曰：「南容，弟子南宫縚，魯人也，字子容。不廢，言見用。」將聖，指孔子。論語子罕：「大宰問於子貢曰：『夫子聖者與？何其多能也。』子貢曰：『固天縱之將聖，又多能也。』」兩句謂孔子之兄僅聞孔子之言，即將其女嫁南宫縚。此謂自己得李客師信任，而被俯納爲婿。「東武」二句，文選潘岳懷舊賦：「余十二而獲見於父友東武戴侯楊君。始見知名，遂申之以婚姻，而道元、公嗣，亦隆世親之愛，不幸短命，父子凋殞。」李善注引潘岳楊肇碑曰：「肇字秀初，滎陽人，封東武伯，薨，謚曰戴。」又引賈弼之山公表注曰：「楊肇女適潘岳。……肇生潭，字道元，大中大夫；次韶，字公嗣。」則「東武」指楊肇。懷舊賦又曰：「東武託焉，建塋起疇。」李善注引如淳漢書注曰：「塋，冢田也。」按潘岳字安仁，則「安仁之賦」即懷舊賦。此兩句，楊炯自謂爲妻兄李嘉作墓誌銘，與潘岳當年受岳父楊肇之託，爲妻兄弟楊潭、楊韶「建塋起疇」之事相同。由此可知，所謂「俯逮嘉姻」者爲李客師，即楊炯乃李客師之婿也。或云楊炯乃李嘉之婿，恐非是，否則「東武建塋」二句便無着落，而二句乃述事之結穴，不可不察。宋之問祭楊盈川文：「痛君不嗣，匪我孤諸。」

明楊慎編全蜀藝文志卷五四氏族志二楊氏曰：「楊氏自潼川徙郫，自郫徙成都，譜寔祖唐盈川令（楊）炯。炯謫梓州司法參軍，遷盈川，既卒官，還葬潼，因家焉。」按：上已述楊炯卒後，其弟將靈柩由盈川運回洛陽安葬，葬於何地不詳（一説在今陝西華陰縣東十五里），然「葬潼」之説斷不可信。自洛陽至蜀不僅路途遥遠，且梓州乃其貶所，并非流澤之地，實無還葬之理。況炯既無嗣，何「後人」之有？又按全蜀藝文志所收氏族譜，署元費著撰，據學者考證，費著當取自南宋袁説友所修慶元成都志（見謝元魯歲華紀麗譜等九種校釋前言，巴蜀書社一九八八年版巴蜀叢書第一輯），則南宋時已有此説，而所謂「徙郫」、「徙成都」者，蓋梓州當地楊氏攀附古代名人爲祖，行爲甚鄙，兹不取。

有家禮十卷、盈川集三十卷行世。

宋之問祭楊盈川文：「子文子翰，我緘我持。」則楊炯文稿，由宋之問保存，編纂成集，蓋亦出於宋氏之手。舊唐書本傳：「文集三十卷。」舊唐書經籍志著録楊炯集三十卷。新唐書藝文志乙部（史部）著録家禮十卷，丁部（集部）著録盈川集三十卷。崇文總目、郡齋讀書志袁本卷四上、衢本卷一七著録盈川集二十卷，晁氏解題曰：「集本三十卷，今多亡佚。」二十卷本宋以後亦散亡。明萬曆間，龍游童佩搜輯遺文，勒爲盈川集十卷。崇禎時，張燮又重輯爲十三卷，刊入初唐四子集。童佩本録入四庫全書，影印入四部叢刊初編，今爲通行本，然其文字錯訛甚多，非可謂善本。一九八〇年，徐明霞用四部叢刊初編本點校，更名楊炯集，由中華書局出版，與徐明霞點校盧照鄰集合訂爲一册。